Muito além do infinito

O ARQUEIRO

GERALDO JORDÃO PEREIRA (1938-2008) começou sua carreira aos 17 anos, quando foi trabalhar com seu pai, o célebre editor José Olympio, publicando obras marcantes como O menino do dedo verde, de Maurice Druon, e Minha vida, de Charles Chaplin.

Em 1976, fundou a Editora Salamandra com o propósito de formar uma nova geração de leitores e acabou criando um dos catálogos infantis mais premiados do Brasil. Em 1992, fugindo de sua linha editorial, lançou Muitas vidas, muitos mestres, de Brian Weiss, livro que deu origem à Editora Sextante.

Fã de histórias de suspense, Geraldo descobriu O Código Da Vinci antes mesmo de ele ser lançado nos Estados Unidos. A aposta em ficção, que não era o foco da Sextante, foi certeira: o título se transformou em um dos maiores fenômenos editoriais de todos os tempos.

Mas não foi só aos livros que se dedicou. Com seu desejo de ajudar o próximo, Geraldo desenvolveu diversos projetos sociais que se tornaram sua grande paixão.

Com a missão de publicar histórias empolgantes, tornar os livros cada vez mais acessíveis e despertar o amor pela leitura, a Editora Arqueiro é uma homenagem a esta figura extraordinária, capaz de enxergar mais além, mirar nas coisas verdadeiramente importantes e não perder o idealismo e a esperança diante dos desafios e contratempos da vida.

Jill Mansell

Até onde você iria por amor?

Muito além do infinito

ARQUEIRO

Título original: *To the Moon and Back*
Copyright © 2011 por Jill Mansell
Copyright da tradução © 2021 por Editora Arqueiro Ltda.

Todos os direitos reservados. Nenhuma parte deste livro pode ser utilizada ou reproduzida sob quaisquer meios existentes sem autorização por escrito dos editores.

tradução: Regiane Winarski
preparo de originais: Mariana Gouvêa
revisão: Carolina M. Leocadio e Midori Hatai
projeto gráfico: DTPhoenix Editorial
diagramação: Abreu's System
capa: Siobhan Hooper
imagem de capa: Kat Heyes
adaptação de capa: Natali Nabekura
impressão e acabamento: Bartira Gráfica

CIP-BRASIL. CATALOGAÇÃO NA PUBLICAÇÃO
SINDICATO NACIONAL DOS EDITORES DE LIVROS, RJ

M248m

Mansell, Jill
 Muito além do infinito / Jill Mansell ; [tradução Regiane Winarski]. – 1. ed. – São Paulo : Arqueiro, 2021.
 384 p. ; 23 cm.

 Tradução de: To the moon and back
 ISBN 978-65-5565-204-8

 1. Ficção inglesa. I. Winarski, Regiane. II. Título.

21-72274
CDD: 823
CDU: 82-3(410.1)

Camila Donis Hartmann - Bibliotecária - CRB-7/6472

Todos os direitos reservados, no Brasil, por
Editora Arqueiro Ltda.
Rua Funchal, 538 – conjuntos 52 e 54 – Vila Olímpia
04551-060 – São Paulo – SP
Tel.: (11) 3868-4492 – Fax: (11) 3862-5818
E-mail: atendimento@editoraarqueiro.com.br
www.editoraarqueiro.com.br

Para Cino, minha alma gêmea.
Não esperávamos ficar juntos nem seis meses, não é?
E agora 25 anos se passaram.
Acho que um dia deveríamos pensar em nos casar...

Capítulo 1

– O QUE VOCÊ FARIA SEM MIM?
Recém-saída do banho e parada à porta do quarto, Ellie avaliou a visão encantadora. Sério, havia algo melhor do que um homem deslumbrante de 28 anos usando só uma cueca boxer branca e segurando um ferro a vapor em uma das mãos e uma saia preta na outra?

E pensar que ele é meu, todo meu. Ela tinha a certidão de casamento como prova.

– Tudo bem, não responda, eu sei o que você faria. – Jamie se inclinou para a frente e tirou o ferro da tomada. – Você sairia usando uma saia amassada.

– Possivelmente. – Ela prendeu a toalha verde-limão em volta do tronco. – Mas eu não preciso fazer isso, preciso? Porque eu tenho você. – Ela se inclinou por cima da tábua de passar e beijou aquela boca que nunca se cansava de beijar.

– Então você está agradecida? – Ele deu um puxão de brincadeira na ponta da toalha.

– Estou. Muito agradecida. Obrigada muito além do infinito.

– Se estiver a fim de agradecer pelo favor, acho que consigo pensar em uma forma de você fazer isso.

Com pesar, Ellie mostrou o relógio.

– Não temos tempo. Olha meu cabelo. Preciso me vestir, me maquiar... Ah, não, para, sai daqui!

Ela pegou a saia e se afastou dançando antes que Jamie a agarrasse. Naquela noite, eles sairiam separados. Com um grupo de amigos do trabalho, ela ia assistir a uma apresentação de *The Rocky Horror Show*, para a qual era obrigatório se fantasiar. Por isso a saia preta, comprada para uma festa de Halloween em um brechó beneficente e cortada com uma tesoura de jardinagem para que ficasse com a barra em zigue-zague. Estava no fundo do armário desde a festa, mas seria a peça perfeita para o tema Rocky Horror, junto com o penteado bagunçado, o delineador exagerado nos olhos e a meia arrastão.

– E qual camisa devo usar? – Jamie indicou as que tinha passado enquanto ela estava no banho. – Azul? Ou branca? – Ele ia para um encontro da escola em Guildford.

– Que tal a rosa? – sugeriu Ellie. Ela o viu curvar os cantos da boca para baixo, como ele fazia quando ficava constrangido.

– Não sei. Hoje não.

– Por quê?

– É porque… porque não. Prefiro usar a azul hoje.

Ela pegou a camisa fúcsia no armário e a balançou, provocando.

– Mas esta é linda! Olha a *cor*. Por que você não quer usar?

– Porque não quero chegar lá e ouvir todo mundo dizer que não sabia que eu era gay.

– Ah, para com isso! Só porque é rosa?

Jamie fez uma cara de poucos amigos.

– É um rosa muito gay.

Tudo bem, talvez fosse mesmo, mas ele podia usar.

– Eu comprei para você de Natal! Você podia ter ido à loja trocar. – Ellie balançou a cabeça sem acreditar. – Você disse que tinha amado!

– Eu não queria te magoar. Além do mais – respondeu Jamie com hesitação –, eu até que gosto de *olhar* para ela. Só não gosto de *usar*.

– A cor cairia muito bem em você.

– Vou usar em breve, prometo. – Ele tirou a camisa azul do cabide e a vestiu.

Sinceramente, qual era a dos homens?

– Tudo bem, já chega, espera só o próximo Natal. Não vai ter presente, e assim você vai aprender a não virar a cara para a camisa que eu escolher. Ano que vem você não vai ganhar nada.

Jamie abriu um sorriso.

– Isso quer dizer que também não preciso comprar nada para você?

– Espera só. Você vai se arrepender. Não, sai daqui! – Gargalhando alto, Ellie acabou encurralada num canto da sala. – Já falei, não temos *tempo*!

Jamie passou os braços pela cintura dela e a puxou para perto.

– Às vezes – murmurou ele com persuasão no ouvido dela – é preciso pensar nas prioridades e *arrumar* tempo.

DIIIIIIIIING DOOOOOOONG, fez a campainha, e Jamie botou a mão no coração e cambaleou para trás, como se tivesse levado um tiro.

– Ah, não, não é justo...

– Ah, que pena. Bem quando eu ia mudar de ideia. – Ellie passou por ele saltitando, foi até a janela e espiou calçada abaixo.

Todd acenou para ela. Ela acenou de volta.

– E pensar que ele era meu amigo. – Jamie abriu a janela e gritou: – Você chegou cedo!

– Eu sei. – Todd abriu bem os braços, evidentemente satisfeito. – Isso porque você mandou eu não me atrasar.

Jamie revirou os olhos.

– É a primeira vez em vinte anos que ele chega cedo para *alguma coisa*. – Ele ergueu a voz e gritou: – Olha, estamos meio ocupados agora! Que tal você fazer um enorme favor e dar uma corrida de vinte minutos em volta do quarteirão?

– Se manca!

– Você também podia fazer isso.

– Não vai rolar. Para de falar e abre a porta. – Batendo os pés de forma enérgica e esfregando as mãos, Todd acrescentou: – Está um gelo aqui fora. Minhas bolas estão congelando.

☾

– Olha só você – disse Todd, encantado, cumprimentando Ellie com um beijo quando ela finalmente saiu do quarto, arrumada e pronta para sair. – Bem discreta. Gostei. Vai para a igreja?

– Rá, rá.

Ela adorava Todd, o que era ótimo, considerando que ele era o melhor amigo de Jamie. Por quase vinte anos, os dois rapazes foram inseparáveis.

As personalidades deles se complementavam, e o senso de humor que ambos tinham em comum permitia que eles lançassem piadas um para o outro com tanta facilidade que nunca se cansavam. Jamie e Todd eram conhecidos como uma dupla dinâmica, e Ellie vivia com medo de Todd ter um relacionamento sério com uma garota de quem ela não gostasse, pois o que poderia ser pior do que isso? Como eles aguentariam? Tinha o potencial de estragar tudo e ela não conseguia suportar a ideia de isso acontecer. Eles só podiam cruzar os dedos e rezar para ele escolher uma menina ótima.

– Muito bem, estamos prontos? – Era Jamie quem ia dirigir naquela noite; ele balançou a chave e foi andando até a porta. – Vamos. Onde deixamos você?

Ellie acrescentou uma última camada de spray de purpurina no cabelo penteado para trás, só para dar sorte.

– Na estação do metrô. Todo mundo vai se encontrar no Frog and Bucket.

– Você não vai andar de metrô sozinha, vestida assim. – Ele beliscou a bunda dela quando ela passou por ele na escada. – A gente te leva até o pub.

– *Eca*. – Todd estalou os lábios, consternado. – Tem spray de cabelo na minha boca.

– Abre o bocão. – Ellie olhou lá dentro e falou: – Ih, tem purpurina também.

Jamie sorriu.

– É para ele ter uma conversa brilhante com as garotas de quem gostava na escola.

Ellie tirou um pontinho de purpurina da bochecha de Todd.

– Que Deus ajude as pobres garotas.

☾

Quando Ellie voltou para o apartamento em Hammersmith, era quase uma da manhã. Você sabia que uma noite de Rocky Horror tinha sido boa quando voltava para casa com a garganta doendo de tanto cantar e as solas dos pés pegando fogo. Durante todo o show, eles pularam e participaram da dança, gritando a letra das músicas que todos conheciam de cor. Depois, a caminho do Frog and Bucket para a saideira, foram cantando pela rua "The Time Warp", uma das canções do musical.

– São 10,50 libras, querida.

Ela pagou o motorista, saiu do táxi e olhou ao redor para ver se Jamie já tinha chegado em casa. Não havia sinal do carro, mas talvez ele tivesse precisado parar depois da esquina. E as janelas estavam escuras, mas isso podia significar que ele estava dormindo.

Ellie entrou no apartamento, sentiu o ar parado e soube que era a primeira a chegar em casa. Tudo bem, não havia problema, ela ainda estava vibrando de adrenalina. Se Jamie voltasse logo, ela talvez o seduzisse para compensar o que não tinha acontecido antes graças à chegada de Todd. Toddus Interruptus, rá. Seu contraceptivo humano. Ela sorriu e acendeu a luz da sala. Faria um misto-quente e assistiria a um DVD. Ah, a luz do telefone estava piscando. Ela esticou a mão, apertou o botão e ouviu a mensagem:

– E aí, Jamie, o que está *rolaaaando*? É Rodders aqui, cara. O que aconteceu com você e Todd, hein? Vocês disseram que viriam. Liga pra gente, cara. Vocês perderam uma noite e tanto.

A ligação terminou. Era só aquilo. Rodders era Rod Johnson, que tinha assumido a missão de organizar o encontro escolar daquela noite em Guildford. E ele tinha ligado uma hora antes, o que não fazia sentido nenhum, a não ser que Jamie e Todd tivessem chegado ao evento cedo, espiado pela janela, concluído que estava horrível e caído fora antes de serem vistos.

Que outra explicação poderia haver para eles não terem aparecido?

O único som na sala, o tiquetaquear do relógio de piso que a avó de Jamie dera para eles de presente de casamento, parecia mais alto agora. Ellie remexeu na bolsa em busca do celular, desligado desde que eles tinham entrado no teatro cinco horas antes.

Sete ligações perdidas. Uma mensagem. Com o coração vibrando nas costelas, Ellie teve uma experiência de consciência dividida. Metade do cérebro dela dizia que aquilo não podia estar acontecendo, que tinha havido algum erro, tudo ficaria bem e a qualquer minuto Jamie estaria em casa.

Mas, de alguma forma, ao mesmo tempo, a outra metade do cérebro dela ouvia uma voz calma de mulher transmitindo a mensagem de que Jamie

Kendall tinha sofrido um acidente de trânsito e perguntando se ela podia ligar para aquele número o mais rápido possível...

E agora o chão parecia desmoronar. E outra voz, agora de homem, estava dizendo para ela ir até o hospital Royal Surrey, em Guildford. Jamie se encontrava em estado crítico, explicou a voz ao telefone (*Não, não, não, não é possível!*, gritou a outra voz na cabeça dela). Ele estava sendo transferido da emergência para a unidade de tratamento intensivo.

Capítulo 2

Bip. Bip. Bip. Bip. Bip.

O ruído do monitor cardíaco enchia os ouvidos de Ellie. Enquanto continuasse apitando, tudo ficaria bem. Com cada fibra do seu ser, ela desejava que os bipes não parassem.

Eram quatro horas da madrugada, mas a unidade de tratamento intensivo estava tomada de luz branco-azulada. A maior parte da equipe de enfermagem estava ocupada atendendo um paciente idoso na outra ponta do local, dando instruções e empurrando máquinas de um lado para outro. Ellie se desligou do barulho que estavam fazendo. Tinha que concentrar toda a sua atenção nos bipes. E em Jamie, deitado na cama parecendo um modelo de cera de si mesmo em tamanho real.

Como isso pode estar acontecendo? Como?

O lado esquerdo da cabeça de Jamie estava inchado e roxo. Ele não estava reagindo, em coma profundo. A pele estava quente, mas, quando ela segurou sua mão, ele não fechou os dedos em torno dos dela. Dizer o nome dele não gerava reação. Nem quando o médico esfregou os nós dos dedos com força no esterno de Jamie ele reagiu ao estímulo doloroso.

Ora, ele não estava nem conseguindo respirar sozinho. Um respirador fazia o trabalho por ele. Tubos plásticos entravam no corpo dele. Cada função era monitorada eletronicamente. Parecia coisa de filme, com efeitos especiais ultrarrealistas. Só que era real mesmo. Já tomada de horror, Ellie deu um salto quando a mão de alguém apertou seu ombro.

– Desculpe – disse a enfermeira. – Mas será que você poderia sair por um tempinho?

– Não posso ficar? Eu quero ficar.

– Eu sei, querida. – A enfermeira indicou com a cabeça a atividade crescente em volta do leito do outro lado da sala. – É só um pouquinho. Vá tomar um chá. Nós te chamamos assim que pudermos.

Ela não estava pedindo: estava mandando que ela saísse. Com pernas bambas, Ellie foi saindo, quando as portas se abriram e três médicos de jaleco branco entraram.

Era hora de ligar para o pai de Jamie. Ah, Deus, como ela ia contar sobre aquilo? Mas era preciso.

Por favor, que isso acabe logo.

Do lado de fora, as temperaturas abaixo de zero fizeram seus dentes baterem. O chão estava escorregadio, as poças estavam congeladas. Como será que Jamie se sentiu quando o carro começou a derrapar? Que pensamentos surgiram na mente dele quando soube que tinha perdido o controle? Ela não suportava pensar naquilo, mas não conseguia *parar*. Imagens horríveis se repetiam na mente dela. Se ao menos houvesse um botão que ela pudesse apertar para desligá-las. Ele gritou quando o carro bateu na mureta? Quando acordasse, ele se lembraria de cada detalhe ou sua memória do acidente se apagaria?

Bom, anda logo, liga para o Tony em Los Angeles e conta o que aconteceu. Será que ele poderia ir até lá ou teria compromissos de filmagem dos quais não teria como escapar?

As mãos de Ellie tremeram quando ela encontrou o número no celular. A diferença de fuso entre Los Angeles e Londres era de oito horas, então eram oito e meia da noite lá. Como ela daria a notícia quando ele atendesse o telefone? Quais eram as melhores palavras? É só apertar o botão verde. Anda. Quanto antes fosse resolvido, mais rápido ela poderia voltar para Jamie.

Momentos depois, ela ouviu a voz familiar do outro lado da linha. É agora.

– Tony? – Ciente de que estava prestes a partir o coração dele, sua voz falhou de tanto sofrimento. – Ah, Tony... Jamie sofreu um acidente...

A enfermeira a encontrou na sala dos parentes quinze minutos depois. Ao voltar para a UTI, onde a calma havia sido restaurada, Ellie viu a cortina fechada em volta do leito do idoso do outro lado da sala, o que tinha sido o centro das atenções antes.

– Está tudo bem agora?

A enfermeira respondeu com delicadeza:

– Infelizmente, ele não resistiu.

Não resistiu?

Ela queria dizer que o homem atrás da cortina estava *morto?*

Ah, não, isso só acontecia na televisão, a uma distância segura. Não ali, na frente dela, na vida real.

– Sente-se, querida. – A enfermeira a guiou até a cadeira ao lado do leito de Jamie. – Respire fundo. Vou buscar um copo d'água. Você tem que ser forte agora.

Forte? Ellie engoliu em seco. Sentia-se tão forte quanto um gatinho recém-nascido. Jamie estava ali, em uma sala onde as pessoas morriam, e cada minuto era mais apavorante do que o anterior. E ela estava usando uma fantasia de Rocky Horror que não podia ser mais inapropriada, só que ir para casa e vestir roupas normais estava fora de cogitação, porque ela não podia deixar Jamie...

Ah, Jamie, acorda, por favor, abre os olhos e me diz que tudo vai ficar bem.

O homem morto foi colocado em uma maca de metal coberta e retirado do local por dois homens. Dois novos pacientes chegaram, um adolescente e uma mulher amarelada e esquelética. Parentes choravam ao redor da cama deles e olhavam com uma expressão estranha para Ellie, com a saia de barra em zigue-zague e meia arrastão. Quando nenhuma das enfermeiras estava olhando, ela beijou o rosto de Jamie, mas a sensação não foi nem um pouco parecida com as vezes em que ela o beijara, e agora ele tinha pontinhos reveladores de purpurina na testa e na bochecha.

– Desculpe pela purpurina – disse Ellie para a enfermeira quando ela voltou para fazer a avaliação.

– Não tem problema. Vamos só limpar com um pedaço de algodão úmido, que tal? Para não cair nos olhos dele. Quer que eu veja se temos alguma roupa para você poder se trocar ou prefere pedir a alguma amiga para trazer uma coisa sua?

Ainda parecia que era madrugada, mas o relógio na parede mostrava nove e meia da manhã. E estava claro lá fora. Com um sobressalto, Ellie percebeu que tinha que estar no trabalho. Lá fora, no mundo real, a vida continuava como se nada tivesse acontecido.

– Hum, vou ligar para uma amiga.

Do lado de fora, ela ligou para o trabalho. Paula atendeu o telefone e deu um gritinho de indignação fingida.

– Sua preguiçosa, eu bebi muito mais do que você ontem à noite e consegui chegar na hora!

– Ah, Paula, estou no hospital e preciso da sua a-ajuda...

☾

Com os olhos fundos pela privação de sono e tomada pela dor, Ellie ficou ao lado do leito de Jamie. O cheiro químico de antisséptico da sala penetrava na pele dela. Médicos entravam e saíam. Vários exames foram realizados. Paula chegou de táxi derramando rios de lágrimas, com uma muda de roupas e artigos de higiene e um cartão de melhoras comprado às pressas para Jamie e assinado por todos no trabalho. Sem poder entrar, ela segurou as mãos de Ellie e continuou soluçando.

– Pobrezinha, não *consigo* acreditar. Mas ele vai ficar bem, não vai? Ele não vai morrer, né?

Entorpecida, Ellie aceitou o abraço. Foi um alívio quando Paula finalmente se soltou dela e foi embora. Ela só queria voltar para Jamie e ouvir os bipes.

Mais horas se passaram, e a enfermeira foi lhe avisar que Todd estava do lado de fora. Daquela vez, como ele era o amigo mais antigo e mais próximo de Jamie, as enfermeiras deixaram que ele entrasse, já que não viria nenhum outro familiar.

O estômago de Ellie se contraiu quando ela viu Todd se aproximando do leito. Havia cortes e hematomas na cabeça e nas mãos dele; depois de passar a noite em observação, ele estava mancando, mas, fora isso, estava bem. Ele passou os braços em volta dela, mas ela acabou se encolhendo. Não queria ser tocada nem abraçada, sua pele estava sensível demais. Era como estar com gripe, quando até pentear o cabelo doía. Como duas pessoas podiam estar no mesmo carro, no mesmo acidente, e uma delas escapar quase sem ferimento nenhum?

Era injusto. Tão injusto. Por mais que ela gostasse de Todd, o que ele tinha feito para sair praticamente ileso? Por que tinha que ser Jamie deitado inconsciente na cama? Não que ela pudesse dizer isso em voz alta, não seria educado e poderia magoar Todd. Mas essa era a grande questão da vida e do destino: *nunca* era justo. Coisas horríveis aconteciam com pessoas boas e coisas ótimas aconteciam com pessoas ruins.

Não que Todd fosse ruim. Porém, entre os dois, não era ele que ela amava de corpo e alma.

Mas ele também amava Jamie. Ellie se sentou e o viu se dirigir até o leito e colocar a mão no ombro exposto de Jamie. Um músculo pulou no maxilar dele enquanto ele olhava, pálido, para seu melhor amigo.

Bip. Bip. Bip.

Bip. Bip.

Biiiiiiiiiiiiiiiiiiip...

– *Ah, Deus, o que está acontecendo? Não, não, não...*

– Nada de pânico. – A enfermeira se aproximou e prendeu o eletrodo que tinha se soltado quando a manga de Todd esbarrou na clavícula de Jamie. – Pronto – disse ela enquanto os bipes voltavam a soar. – Tudo resolvido.

– Desculpe.

Visivelmente abalado, Todd se afastou da cama e limpou uma camada de suor do lábio superior.

Quando a enfermeira os deixou sozinhos de novo, Ellie perguntou:

– Como aconteceu?

– Não sei. – Ele deu de ombros, impotente. – Não estávamos indo muito rápido. O carro fez uma curva e saiu derrapando. Pareceu câmera lenta, mas meio que acelerada ao mesmo tempo. Eu falei "Ah, caceta" e Jamie disse "Ah, merda". – Os nós dos dedos dele ficaram brancos com o esforço de segurar as lágrimas. – Só soubemos que havia gelo na estrada quando era tarde demais. – A voz dele falhou. – E aí a gente... *foi*.

☾

Todd já tinha ido embora. Mais exames foram feitos. Os hematomas de Jamie estavam ficando mais azuis. A noite chegou e o pai de Jamie também; Tony ligou e informou à unidade que tinha pousado no aeroporto de Heathrow e estava a caminho do hospital. A enfermeira que falou com ele reconheceu a voz e juntou os pontos. Em poucos minutos, a notícia de que Jamie era filho de Tony Weston tinha se espalhado... É, *o ator*. Por trás da fachada profissional, a empolgação aumentou. Enquanto os observava, Ellie se agarrou a todas as esperanças e se perguntou se eles fariam um esforço maior para ajudar Jamie a se recuperar. Porque, se eles só precisassem de um incentivo para se esforçar mais, talvez ela devesse oferecer dinheiro.

Mas uma imagem vívida surgiu em sua mente, e ela sorriu de leve ao pensar em explicar *isso* para Jamie quando ele chegasse em casa, olhasse incrédulo o extrato do banco e exigisse saber por que ela esvaziou a conta conjunta deles.

Quarenta minutos depois, Tony chegou. Com 50 e tantos anos, bronzeado e bonitão, ele foi imediatamente reconhecido pela equipe como o ator que se mudou para os Estados Unidos e fez nome como o típico inglês de classe alta, apesar de ter nascido e crescido em um apartamento de quatro cômodos em uma construção subsidiada em Basingstoke. Ainda que todos da unidade hospitalar estivessem discretamente animados por vê-lo em carne e osso, Ellie só sentiu alívio. Não tinha mais que ser a pessoa no comando. O pai de Jamie havia chegado, e ele era um adulto de verdade. Lágrimas de exaustão rolaram dos olhos dela quando ele a abraçou.

– Ah, querida... – Isso foi tudo que Tony disse, tudo que precisava dizer.

Ele estava com cheiro de avião e café e camisas de lavanderia caras; também estava sem se barbear. Virou-se para Jamie e o observou em silêncio, parecendo vibrar de dor. Finalmente, murmurou:

– Ah, meu garoto... – E sua voz falhou de tanto sofrimento.

O médico especialista se materializou em minutos e se apresentou. Ellie o viu realizar vários exames neurológicos em intervalos regulares desde a chegada de Jamie na unidade. Ela observou o rosto do homem, procurando pistas, esperando que a expressão séria sumisse e se abrisse em um sorriso de alívio antes de se virar para eles e dizer "Ele só está se recuperando agora, em poucas horas vai acordar".

Vai, diz.

Por favor, diz.

O sorriso não veio. Ela e Tony ficaram sentados juntos, em silêncio, ao lado da cama de Jamie e o viram, ainda sério, escrever alguma coisa no prontuário. Finalmente, virou-se para eles. Ellie sentiu como se a cadeira tivesse sido retirada abruptamente. Um barulho alto surgiu nos ouvidos dela; era o jeito da natureza de sufocar as palavras que ela já sabia que não queria ouvir?

O barulho era alto, mas não tanto a esse ponto. O medo se coagulou como cimento no peito dela. Ao seu lado, Tony estava balançando a cabeça de leve, mas o resto do corpo tinha virado pedra. Uma das enfermeiras mais velhas foi para perto deles com uma expressão solidária.

Não faça isso, por favor, não fale, Jamie talvez escute...

– Sinto muito – disse o especialista –, mas os exames que fizemos são conclusivos. Não há mais atividade cerebral. – Ele fez uma pausa. – Vocês entendem o que isso significa?

Não, não, nãããããããão...

– Você quer dizer que ele teve morte cerebral. – Havia um mundo de sofrimento nas palavras de Tony. – Ele se foi. Meu garoto se foi.

O especialista inclinou a cabeça, concordando sombriamente.

– Infelizmente, sim.

Capítulo 3

Quinze meses depois

– Tem certeza de que não quer ir ao cinema?

Era sexta-feira, cinco da tarde, e Paula estava tirando as coisas da mesa do escritório e enfiando a maquiagem de volta na bolsa enorme, junto com os sapatos do trabalho, uma garrafa de refrigerante Lilt pela metade e um pacote de batatas Kettle para comer no ônibus na volta para casa.

– Se você quiser vir, sinceramente, seria ótimo, adoraríamos a sua companhia.

Ellie ficou emocionada; era como dois balões convidando um porco-espinho para sair com eles. Dois balões recém-apaixonados numa noite romântica. Paula estava sendo atenciosa por fazer a proposta, mas ela nem sonharia em aceitar. Paula e Dan só estavam saindo havia três semanas, e ela vinha se esforçando para fingir que não estava completamente louca por ele, mas era óbvio que estava apaixonada. Era mais um dos supostos "segredos" que Ellie tinha que fingir não perceber para poupar os sentimentos de todo mundo e os dela.

– Obrigada, mas estou bem. Quero ir à loja de decoração pegar o papel de parede que encomendei.

O programa parecia chato? Ah, não importava. Era chato, mas era verdade.

Paula parou e olhou para ela com solidariedade, a expressão que ela agora conhecia tão bem. E disse com animação:

– Bom, vai ficar legal, não vai? Quando estiver pronto. É para a sala?

Ellie assentiu. Havia um mofo preto crescendo nas paredes da sala. Como raspar e pintar por cima não tinha dado certo, cobrir com papel de parede parecia ser o próximo passo lógico.

– Bom, se você quiser ajuda com isso amanhã, eu e Dan podemos ir dar uma mãozinha. Eu nunca botei papel de parede, mas não deve ser muito difícil, não é?

De jeito nenhum. Paula mal sabia passar um batom direito.

– Tudo bem, eu consigo fazer sozinha. – Agradecida pela proposta, Ellie pendurou a bolsa no ombro e deu um abraço nela. – Mas não vou fazer nada amanhã mesmo. Tony vem passar uns dias e vai me levar para almoçar.

– Ele vem? Ah, *que ótimo*. – Aliviada de escapar da tarefa, Paula falou com entusiasmo: – Sua sortuda! – Em seguida, fez uma careta e botou a mão sobre a boca. – Meu Deus, desculpe. Sou tão burra!

Já tinha acontecido dezenas de vezes. Talvez centenas. Por mais que Ellie dissesse para ela parar de se preocupar e de pedir desculpas, Paula sempre repetia aquilo. No trabalho, todo mundo agia assim; era uma espécie de reação pavloviana que eles não conseguiam controlar.

– Eu tenho sorte mesmo. A gente vai se encontrar no The Ivy.

– Uau. Que chique!

– Encontrar no The Ivy e comer no McDonald's.

Paula arregalou os olhos.

– É mesmo?

Ela era tão doce, tão bem-intencionada, tão fácil de enganar.

– Não, é brincadeira. – Ellie abriu um sorriso. – Acho que vamos almoçar no The Ivy mesmo.

☾

– Porcaria... porcaria... *porcaria* de coisa inútil...

À meia-noite, Ellie estava prestes a assassinar o papel de parede. De pé na escada e batendo loucamente no canto superior direito do pedaço que estava tentando pendurar havia quarenta minutos, ela não tinha mãos livres para impedir que a seção adjacente se soltasse e rolasse parede abaixo.

– Pronto, já chega, estou de saco cheio de você!

Ela soltou um grito e foi para cima do primeiro pedaço, errou e bateu na parede de cor pastel de um jeito que fez a palma da mão arder. O papel a tinha irritado tanto que ela estava prestes a ter um chilique. Hora de parar. Não era sua culpa, ela só havia comprado um produto impossível de aplicar ou que não era autocolante, algo assim. Tudo bem, que o troço caísse se era o que queria. Não importava, era melhor ir para longe daquela carnificina e pegar um KitKat na geladeira.

Ellie voltou da cozinha e deu as costas para a cena desesperadora; o papel tinha se soltado todo agora. Ela se jogou no sofá, abriu o chocolate e começou a zapear. Aah, que maravilha, *Sintonia de amor*, será que já estava passando havia muito tempo?

Nesse momento, Jamie entrou na sala e se sentou com ela no sofá. Estava usando a calça jeans velha e a camisa rosa que tinha se recusado a vestir no encontro da escola. Ele a usava com frequência agora. Ellie adorava vê-lo com ela e estava certa sobre a cor, ficava ótima nele. Ela sabia o que ficava bem em Jamie mais do que ele próprio.

– Ótimo trabalho com o papel de parede. – Ele sorriu para ela, sentando-se de lado com uma perna embaixo da outra e os pés descalços a centímetros do joelho dela.

– Eu sei. Sou demais. – Ellie observou cada detalhe do rosto dele, os olhos azuis cintilantes, o cabelo louro com mechas clareadas pelo sol, o bronzeado dourado.

– Você deveria virar profissional. As pessoas pagariam caro para decorar suas casas assim. Sabe o que é isso, não sabe? – Jamie assentiu com seriedade, indicando as paredes expostas, o papel amassado e caído. – É pobre chique pós-moderno.

– Se você tivesse me dado uma ajuda, talvez eu tivesse me saído melhor – argumentou Ellie.

– Ah, mas é bem mais divertido ver você tentar sozinha.

– Você quer dizer que tem preguiça de ajudar.

Ele deu um sorriso triste para ela.

– Ah, querida, eu ajudaria se pudesse. Você sabe disso.

Ellie sentiu o ardor familiar atrás dos olhos. Claro que ela sabia. Eles se esforçaram tanto para deixar o apartamento a cara deles. E ela *não ia* chorar.

– Tudo bem, já chega, pode ir agora. Vou assistir a esse filme.

Ele virou a cabeça, olhou para a televisão com desconfiança. Era bom mesmo ele sair dali.

– É um filme meloso de mulher?

Ele a conhecia tão bem. Ellie assentiu.

– Com certeza.

Jamie levantou as mãos, horrorizado; filmes de ficção científica e de guerra eram mais a cara dele.

– Vou te deixar em paz. Tchau, linda.

– Tchau.

Mas o filme não conseguiu segurar a atenção dela naquela noite. Depois de dez minutos sem conseguir se concentrar na história, Ellie desligou a televisão. Podia trazer Jamie de volta, mas não faria isso. Ela estava começando a ficar com certo medo de que aquilo que vinha fazendo no último ano não fosse muito normal. Porque Jamie não estava mais ali. Também não era um fantasma. Ela só conjurava uma imagem dele na mente, falava com ele e fazia com que respondesse, como se fosse real. Na escola, os professores sempre diziam que ela tinha imaginação fértil. Bom, eles estavam certos. E agora Ellie a estava usando bem, pois descobriu que imaginar que Jamie ainda estava presente era uma coisa bem reconfortante. Como chupar o dedo ou abraçar um cobertorzinho, fazia com que ela se sentisse... *melhor*. Pelo menos enquanto ela estava fazendo. Às vezes, depois, Ellie se sentia pior, abandonada e solitária e mais triste do que nunca. Mas na maior parte do tempo era bom. Se Jamie pudesse aparecer como um fantasma de verdade... bom, obviamente seria fantástico, mas até o momento não tinha acontecido; ele não tinha feito esse favor e ela não acreditava mesmo em fantasmas. Além do mais, assim ela podia controlar as roupas dele. Se quisesse que Jamie usasse paletó ou um tutu de bailarina, não havia nada que ele pudesse fazer além de reclamar com mau humor.

Ellie secou os olhos com as costas da mão; às vezes, só percebia que estava chorando quando as lágrimas pingavam do queixo e escorriam pelo pescoço. Ela sentia tanta falta de Jamie que às vezes se perguntava como tinha conseguido seguir em frente, porém quinze meses haviam se passado e de alguma forma ela conseguiu. Talvez ela estivesse ficando meio doida de conjurar Jamie e ter conversas imaginárias com ele, mas era seu mecanismo para lidar com a situação e ela não estava pronta para abrir mão disso ainda.

Ellie sempre esperava ansiosamente o almoço com o pai de Jamie quando ele ia para a Inglaterra. Os dois tinham perdido a pessoa mais importante da vida deles e seus encontros poderiam facilmente ser mórbidos, mas Tony nunca permitia que isso acontecesse. Obviamente, a dor ainda estava presente, porém, em público, pelo menos, não era abordada. Eles falavam sobre Jamie, celebravam sua memória e relembravam tempos mais felizes. Riam muito, comiam bem, acabavam tomando duas garrafas do vinho que ela nunca sonharia em comprar e terminavam indo embora com informações preciosas que eles não sabiam antes sobre o garoto que ambos amavam.

Essa era a melhor parte; era como descobrir tesouros enterrados. Naquele dia, em meio ao ambiente agitado e barulhento do The Ivy, Tony já a tinha brindado com a história da festa de aniversário de 6 anos de Jamie, quando uma de suas amiguinhas pediu um beijo em troca do presente dele e Jamie, totalmente horrorizado, devolveu o presente ainda embrulhado.

– Ele nunca gostou muito desse lance de dar beijos na frente de outras pessoas. – Ellie sorriu, a história deflagrando uma lembrança. – Quando ele conheceu as garotas do meu trabalho, uma delas deu um beijo na bochecha dele no fim da noite e você tinha que ver a cara dele. Parecia que ela tinha dado uma *lambida*.

Ela demonstrou a reação de Jamie na ocasião, a careta que ele fez e como se encolheu. E caiu na gargalhada, percebendo que o garçom que estava tentando encher as taças de vinho achou que ela estivesse fazendo uma careta e se afastando dele.

– Falando nisso, tem alguma coisa rolando nessa área?

Não era a primeira vez que Tony abordava o assunto. Ele ergueu as sobrancelhas e assentiu com intenção para indicar que estava falando dela. Especificamente, se ela já tinha beijado ou sido beijada por outro homem.

– Não, não. Nada. – Ellie balançou a cabeça.

– Vai rolar. – O sorriso dele foi tranquilizador. – Mais cedo ou mais tarde.

Mais tarde, de preferência. Ela não estava nem remotamente pronta para algo assim. A mera ideia a deixava nauseada. Além disso, como seria se Jamie estivesse olhando de algum lugar, tipo por uma câmera de segurança celestial? *E se ele não aprovasse?*

Ellie mergulhou um camarão no molho holandês. Não acreditar em fantasmas era uma coisa, mas acreditar no céu era bem diferente. Nunca se podia descartar a possibilidade de que ele estava observando tudo lá de cima. Em voz alta, ela disse:

– Eu sei. Mas ainda não.

Timing era o forte de Tony. Ele mudou de assunto sem esforço e tomou um gole apreciativo de vinho branco, uma garrafa que tinha custado 85 libras!

– Como está o apartamento? Seus vizinhos barulhentos se mudaram? – perguntou ele.

– Ah, sim. Duas semanas atrás, graças a Deus.

Ela sorriu e não entrou em detalhes; ele não precisava saber que os novos vizinhos prometiam ser cem vezes piores. A última família tocava Eminem alto e com frequência. A nova fazia com que eles parecessem amadores. Nos quinze dias anteriores, houvera umas cinco ou seis brigas, a polícia apareceu quase todas as noites e os cachorros da família latiram sem parar. E o pior de tudo: Eminem foi substituído pela cafonice de Céline Dion e Josh Groban.

Se pudesse escolher, Ellie receberia Eminem de volta de braços abertos. Mas não importava, pois era bem improvável que ela pudesse. Antes que Tony começasse a fazer perguntas sobre os novos vizinhos, ela falou:

– Ah, eu não contei, mas estou redecorando a sala!

Pronto, ele não era o único capaz de mudar de assunto. Ellie começou a contar sobre a luta desastrosa da noite anterior com o papel de parede, transformando o acontecimento numa história engraçada e deixando de fora a parte em que Jamie apareceu, porque esse era seu grande segredo. Muitas pessoas, depois de uma perda, conversavam com a pessoa amada que tinha partido. Ela sabia disso e ouviu muitas vezes que era uma coisa perfeitamente normal. Ao que parecia, o que era menos normal era o morto responder.

☾

Zack McLaren tinha marcado aquele almoço com o diretor de uma empresa de TI com a qual ele talvez fechasse um negócio lucrativo em pouco tempo. Normalmente conseguia se concentrar no assunto da vez sem dificuldade, mas naquele dia tudo estava acontecendo diferente. Mais cedo, enquanto ele estava parado na frente do restaurante atendendo a uma ligação, uma garota de casaco rosa chamou sua atenção enquanto caminhava pela rua na sua direção. O cabelo dela era comprido e escuro, os olhos castanho-claros, as bochechas rosadas, e o efeito que ela surtiu nele foi extraordinário; Zack não conseguia parar de olhar para ela. Fosse quem fosse, ele queria saber mais. Céus, que sensação estranha, ele nunca tinha sentido nada assim antes.

Quando ela passou, Zack sentiu o perfume dela, fresco e herbal, desconhecido, mas do tipo que deixava uma impressão duradoura. Ele se virou e ficou olhando o cabelo brilhoso, o casaco rosa ajustado e as pernas longas de meia-calça preta. Belas pernas, na verdade. Seu coração, incrivelmente, batia disparado no peito. O que estava *acontecendo* com ele? Ao perceber aonde as belas pernas a levavam, o disparo virou galope; ela estava indo para o The Ivy...

Zack encerrou a ligação com pressa e a seguiu, bem a tempo de vê-la sendo cumprimentada calorosamente por uma pessoa que ele reconhecia.

Agora, uma hora e meia depois, ele ainda estava com dificuldade de prestar atenção no que seu companheiro de almoço dizia. Do outro lado do salão estava a garota, agora sem o casaco rosa e usando um vestido fino de lã da cor de violetas-de-parma. Ela não era a garota mais deslumbrante que ele já tinha visto, mas o fazia se sentir como se fosse. Se ela estivesse almoçando com uma amiga, Zack a teria abordado, se apresentado, dito alguma coisa, embora ele nunca tivesse sido tão ousado. Mas descobriria quem ela era. Ele teria lhe dado seu cartão, pedido que ela ligasse, não, perguntado se *ele* poderia ligar para *ela*, teria descoberto se ela gostaria de jantar um dia, em breve, se tudo desse certo...

Mas ela não estava com uma amiga, não era? Seria sorte demais. Ela estava em um almoço agradável e divertido com o ator Tony Weston. Os dois conversavam, rindo muito, demonstrando que se conheciam bem e que gostavam da companhia um do outro.

Isso significava que qualquer abordagem não seria apreciada. Ele estava preso ali, longe demais para xeretar a conversa ou ouvir a voz dela, enquanto o diretor sentado à frente dele falava sobre previsões financeiras e...

– E o que você acha, então?

Droga. Claro que isso ia acontecer. Zack voltou a atenção para o motivo de ter ido ao The Ivy naquele dia. Bom, o motivo original.

– Acho que é... interessante. – Ele assentiu, pensativo.

– E qual é o veredito? Vamos fechar o negócio?

Aquilo era ridículo; ele era profissional. Uma coisa assim nunca tinha lhe acontecido antes.

– Ian, não posso tomar uma decisão hoje. – Simplesmente porque ele não tinha a menor ideia do que Ian vinha falando havia uma hora. – Preciso repassar os números, conversar com outras pessoas. Faço contato com você segunda à tarde, prometo.

Ian se encostou, tomou um gole d'água e o olhou com desconfiança.

– Está tudo bem? Você parece meio... distante hoje.

O que Ian diria se ele contasse, se ele se inclinasse sobre a mesa de repente e dissesse: "O lance é que tem uma garota ali, uma desconhecida, mas só de olhar para ela sinto coisas que nunca senti na vida"?

Como Ian, tão franco e com aquele rosto vermelho, reagiria a isso?

Mas era uma pergunta retórica, porque eles eram homens de negócios, que estavam discutindo negócios. Ele nem sonharia em dizer uma coisa daquelas.

– Estou bem. Só um pouco cansado pelo jet lag.

Ele abriu um sorriso curto e tranquilizador para Ian. Acima de tudo, Zack tinha sua credibilidade a preservar. Não queria virar motivo de piada.

☾

Eram três e meia da tarde quando eles saíram do restaurante. Na West Street, Tony chamou um táxi e Ellie deu um abraço nele.

– Muito obrigada pelo almoço. Foi muito bom ver você de novo.

– Foi mesmo. – Ele abriu a porta do táxi e disse: – Pode entrar. Deixo você em casa.

– É tão fora de mão para você! – Ellie balançou a cabeça. – Sinceramente, não precisa, posso pegar o metrô.

– Está chovendo. Me deixe te dar uma carona. – Achando graça, Tony disse: – Tudo bem, eu posso pagar. – Indicando que ela deveria entrar primeiro, ele acrescentou: – Por favor.

Bom, ele tinha razão sobre a chuva. Estava começando a ficar mais forte agora. Relaxada pelo vinho, ela cedeu com graciosidade e entrou (com um pouco menos de graciosidade) no táxi. Só quando eles estavam a caminho de Hammersmith que Tony falou:

– Além do mais, quero ver esse seu desastre do papel de parede.

– Ah, não, você não pode subir!

As palavras saíram antes que ela pudesse impedir. Ela já tinha planejado em sua mente que o táxi pararia no fim da rua. Cada vez que ela e Tony se encontraram nos quinze meses anteriores foi em restaurantes; era assim que acontecia. Ele não visitava o apartamento havia quase dois anos. Com a pele formigando de constrangimento, Ellie sabia que ele ficaria chocado com o estado em que se encontrava agora.

– Isso não é muito simpático – comentou Tony gentilmente.

– Sinto muito, eu não quis ser antipática. – Ela balançou a cabeça, envergonhada. – É que... está uma bagunça.

Ele sorriu.

– Você quer dizer que tem louça na pia?

– É pior do que isso. – Ellie sentiu as bochechas ficarem vermelhas. – O apartamento todo está, ai, meu Deus, está meio... nojento. Eu preferia que você não entrasse.

Mas Tony Weston não tinha chegado aonde chegara se desistisse com facilidade. Ele deu um tapinha na mão dela e disse:

– Não vou julgar você, querida. Eu sou algum monstro, por acaso? Só quero dar uma olhada nesse seu papel de parede problemático.

– Por favor, não vá. Está uma bagunça, só isso.

– Quando larguei a faculdade de teatro e não conseguia arrumar trabalho como ator, eu ajudava um amigo que era pintor e decorador – disse Tony.

– Ah, eu não sabia.

Ele sorriu.

– Sou uma caixinha de surpresas.

– Humm.

Percebendo que tinha sido derrotada, Ellie se recostou no banco. Seu apartamento também estava uma derrota.

Capítulo 4

– Meu Deus! – exclamou Tony. – Então era por isso que você não me queria aqui.

– Bom, era. Agora você sabe.

Não havia nada como um par de olhos (e ouvidos) novos para lembrá-la sobre o buraco onde estava morando. Humilhada e envergonhada de si mesma por ter aguentado aquilo por tanto tempo, na maior parte sem perceber como as coisas estavam horríveis, Ellie o viu andar pela sala. Um ano antes, sua senhoria adorável e gentil, Moira, tinha sofrido um ataque cardíaco, deixando o filho em seu lugar para cuidar das propriedades. O menos adorável Ron não perdeu tempo em encher os apartamentos de pessoas com caráter duvidoso. Demorou para Ellie descobrir que o conselho municipal estava pagando mais do que o valor habitual a ele para aceitar famílias que eram bem conhecidas deles, principalmente porque causaram tantos problemas que foram despejadas das casas anteriores. Aquele era agora seu último recurso, mas, em vez de se acalmarem, parecia que queriam lutar pela honra de se tornarem os inquilinos mais barulhentos e incômodos de Hammersmith, isso se não fosse de toda Londres.

Como se para provar isso, ouvia-se do apartamento de cima algo que parecia uma partida de rúgbi disputada diretamente sobre o assoalho – o tapete pútrido agora ocupava o jardim da frente, do tamanho de uma mesa. Josh Groban estava gritando algo emocionado no volume máximo. Os dois cachorros pareciam enlouquecidos. A matriarca da família, uma mulher de 50 e poucos anos com uma cara de buldogue e uma voz potente, gritava:

– *Se vocês não pararem agora, vou jogar os dois pela porra da janela.*
– Ela está falando com os cachorros? – perguntou Tony.
– Talvez. Ou com os filhos. São quatro.
– *E saiam da frente da televisão, seus viciados!*
– Esses são os dois meninos menores – explicou Ellie.
– Que absurdo. – Tony estava revoltado.
– A gente se acostuma. – Na maior parte do tempo, ela conseguia se desligar do pior do barulho.
– E o que aconteceu aqui? – Ele apontou para o teto manchado.
– Deixaram a torneira da banheira aberta.
– Como se o ambiente já não fosse úmido o suficiente. – Inspirando o odor de mofo que o aromatizador de ambientes não conseguia esconder, Tony observou a parede exposta em que ela tinha trabalhado na noite anterior. – Se você tivesse conseguido colocar papel de parede em cima daquele mofo, ia cair tudo de novo em pouco tempo. Pelo amor de Deus, este lugar é um risco à saúde. Você não pediu que o senhorio resolvesse?

Só um milhão de vezes, mais ou menos. Mas por que ele faria alguma coisa? Ellie sabia que Ron queria que ela saísse; enfiar outra família ali permitiria que ele aumentasse bastante o aluguel. Ela deu de ombros.

– Eu pedi, mas...
– Vai se foder, sua vaca gorda! – gritou uma voz masculina, seguida de uma porta batendo e o som de passos na escada. Em seguida, a porta da frente bateu também.

Tony viu pela janela da sala o garoto, magrelo e de cor branco-azulada, parar encolhido na calçada e dar um telefonema. Em segundos, uma BMW reluzente com janelas com película escura freou e parou lá fora. Uma janela foi aberta, um pacotinho foi trocado por dinheiro e o carro partiu em disparada.

– Não deixe que ele te veja – disse Ellie apressadamente.

Tarde demais, claro. O garoto já tinha se virado. Ao ver Tony à janela, ele deu um sorriso cruel, mostrou o dedo do meio e cuspiu no chão antes de voltar para a casa. Ao passar pela porta dela, gritou:

– Tem gente xereta aqui, não tem?

Ao olhar para o jardinzinho, quase todo ocupado por sacos de lixo abertos e espalhados e pelo tapete manchado, Tony disse, incrédulo:

– Tem seringas na lama.

– Eu sei.

A nuca de Ellie se arrepiou de novo, com tanta vergonha como se ela mesma as tivesse jogado lá. Como aquilo podia se comparar com o palácio de muitos milhões de dólares onde ele morava em Hollywood?

– Ellie. – O tom dele mudou. – Em nome de Deus, por que você não me contou que era assim?

Ela deu de ombros, sem conseguir explicar. Em uma escala de infelicidade, perder Jamie foi como um dez. Em comparação a isso, ter que tolerar vizinhos indesejáveis mal chegava a um dois. E se isso a fizesse parecer ridícula, bom, que pena.

– A gente se acostuma. É só barulho.

Para se distrair, ela tinha adquirido o hábito de conjurar Jamie e conversar com ele. Era só uma questão de se desligar do resto, da gritaria, das portas batendo, da Céline Dion tocando sem parar.

– Tem seringas usadas no seu jardim. Este apartamento devia ter um aviso do governo de possíveis riscos à saúde. Você não pode ficar aqui.

– Vai se foder, maldito, é minha última lata!

Ellie apertou os lábios. Sabia que ele estava certo. E, se aquilo acontecesse com uma amiga sua, ela diria exatamente a mesma coisa. Mas o que Tony não entendia era que fora lá que ela e Jamie moraram juntos. Eles encontraram o apartamento, se mudaram na época de recém-casados ridiculamente felizes, se amaram e riram e tiveram uma vida incrível lá por três anos. Os cômodos estavam cheios de lembranças, e ela não sabia se podia suportar a ideia de deixar aquele lugar para trás...

– Olha, eu não sou tão burro assim. – A voz de Tony se suavizou e os olhos dela se encheram de lágrimas. – Tem a ver com Jamie, não tem?

Ela sentiu um aperto na garganta.

– Tem. – O som saiu em um gritinho agudo constrangedor.

– Então o apartamento não era assim. Mas está assim agora.

Ela assentiu.

– Você sabe o que vou dizer agora, não sabe?

Com cansaço, ela assentiu de novo.

– Provavelmente.

– Se Jamie pudesse ver este lugar agora, ele ficaria horrorizado. – O jeito de Tony foi gentil, mas firme. – Ele ia querer que você saísse daqui.

– Aaah, filho da puta, você vai me pagar por isso! – Houve um rugido, um estrondo e vidro estilhaçado caindo pela janela, junto com uma lata de cerveja girando e espalhando a bebida.

– Ele ia querer a sua segurança – disse Tony. Ele ergueu o rosto para o teto e acrescentou secamente: – Se bem que seus vizinhos sabem escolher o momento perfeito. Isso eu admito.

☾

Era esse o outro motivo para ela ter se esforçado tanto para esconder a situação do pai de Jamie?

Três dias depois que eles almoçaram no The Ivy, Ellie se viu parada na frente de uma imponente propriedade vitoriana na Nevis Street, perto da Regent's Park Road, no coração de Primrose Hill. A parte externa da casa estava pintada de amarelo bem claro, as janelas de painéis tinham moldura branca brilhante e o jardim da frente era pequeno, mas bem cuidado, sem o menor sinal de um tapete velho jogado fora.

Era aquilo que chamavam de residência respeitável.

– E aí? – Tony parou ao lado dela. – O que você acha?

– Sinceramente? Acho uma loucura. Não acredito que você esteja fazendo isso.

– Olha, não estou fazendo isso por você. É um investimento financeiro dos bons. Cada vez que venho à Inglaterra, eu me hospedo em um hotel. É um hotel muito bom, mas não é um lar. – Ele indicou a construção à frente e falou: – Preciso de um lugar para ficar e esse aqui me parece ótimo. Mas, se for ficar vazio na maior parte do tempo, o seguro vai aumentar muito. E vou ficar o tempo todo preocupado com invasores. Mas se alguém estiver morando aqui, cuidando das coisas, não vou precisar me preocupar com nada. Para mim, faz sentido.

O corretor chegou e abriu o apartamento para eles. Ficava no primeiro andar, como o lugar em que Ellie morava havia quatro anos, mas era diferente sob todos os aspectos. Havia dois quartos de bom tamanho, cada um com seu próprio banheiro. Também havia um lavabo, uma sala enorme e arejada e uma cozinha ultramoderna. Parecia coisa de revista. Tudo estava limpo e seco, recém-pintado e com cheiro bom. *Imaculado*.

– Não tem mofo – observou Tony. – Não tem umidade. Não tem Céline Dion.

– Bem quando eu estava começando a gostar... – comentou Ellie.

– Gostou daqui?

– Claro que gostei.

Como não gostar? Ela enfiou as mãos nos bolsos da jaqueta vermelha para esconder o fato de que estavam tremendo.

– Pode nos dar licença um momento? – Tony esperou o corretor deixá-los sozinhos. – Querida, me escute. Eu posso pagar. Vamos estar fazendo um favor um para o outro. – Ele fez uma pausa. – James era meu único filho. Com o que mais vou gastar meu dinheiro?

Ellie assentiu.

– Eu sei e fico grata. Mas... parece exagero.

– Tudo bem, que tal assim? Digamos que eu compre o apartamento de qualquer modo. E você não venha morar aqui e os invasores acabem ocupando o local, destruindo tudo, provocando um monte de confusão e prejudicando todo o bairro. – Ele deu de ombros. – Se isso acontecer, a culpa vai ser toda sua. Todo mundo em Primrose Hill vai te odiar.

Ela sorriu.

– Sem pressão, né? Hum, posso te encontrar no térreo em uns minutos? Eu gostaria... de dar outra olhada sozinha.

Tony seguiu o caminho que o corretor tinha feito escada abaixo. Ela sabia que estava sendo ridícula, mas havia uma coisa que precisava verificar. Ellie fechou os olhos, se concentrou e os abriu novamente.

– Ah, como você tem pouca fé – disse uma voz com tom de diversão atrás dela.

Ela se virou e viu Jamie encostado na porta fechada da sala. Camisa branca, calça jeans clara, braços cruzados, a cabeça balançando como quem não acredita.

Ah, graças a Deus.

– Você achou mesmo que eu não apareceria?

Ela suspirou de alívio.

– Eu só queria ter certeza.

– Bom, estou aqui. – Ele abriu os braços. – *Tcharam!*

– Seu pai tem sido incrível.

– Eu sei. Ele me puxou.

Ellie observou o rosto dele.

– E o que você achou?

– Deste apartamento? É fantástico.

– Então devo aceitar?

– Acho que você seria burra se não aceitasse – respondeu Jamie.

Não dava para considerar muito a opinião dele, porque as palavras estavam vindo do cérebro dela. Ela só o estava fazendo dizê-las.

Ah, que seja. Ele não parecia se importar mesmo...

– Tudo bem. – Ela assentiu. – Vou aceitar.

Jamie piscou e abriu o tipo de sorriso encorajador do qual ela mais sentia falta.

– Que bom.

Capítulo 5

— Meu Deus, olha só este lugar! Parece um sonho, você é tão *sortuda*... Ah, não! Desculpa! — Paula tampou a boca com as mãos. — Já fiz besteira de novo, você não é nada sortuda. *Ai.*
— De agora em diante, cada vez que você pedir desculpas, vou bater na sua cabeça com uma almofada.

Ellie botou a almofada de veludo cinza no sofá e deu uma batidinha orgulhosa nela. Fazia só um mês que tinha ido lá com Tony ver o apartamento pela primeira vez? Esse era o poder do dinheiro vivo; sem necessidade de hipoteca, Tony simplesmente mandou os advogados resolverem e a venda aconteceu em tempo recorde.

E agora ela estava em sua nova casa, cercada de caixas e, até o momento, sem sentir a menor falta do apartamento em Hammersmith.

Bom, só havia três horas que ela estava lá.

— Me diz o que posso fazer. — Paula arregaçou as mangas com exagero e fez cara de eficiente. — Quero ajudar. Vamos começar com isto? — Sem esperar resposta, ela tirou a fita de uma das caixas e disse: — É só me dizer onde quer que eu coloque as coisas... Ah... Ah, não, essas coisas são do Jamie? — Surpresa, ela enfiou apressadamente um bolo de camisas e suéteres na caixa. — Desculpe, foi sem querer! Eu não sabia!

Paula foi embora às cinco. As duas juntas desempacotaram muitas coisas e foi gentileza dela abrir mão do dia de folga para ajudar. Ellie estava agradecida, mas também tinha sido meio exaustivo. A emotiva e sensível Paula ficou com os olhos marejados em três ocasiões. Ao desembrulhar um porta-retratos de prata com uma foto de Ellie e Jamie na lua de mel na Cornualha, ela choramingou:

– Ah, Deus, como você *aguenta*?

Olhando da porta do quarto enquanto Ellie guardava algumas das roupas favoritas de Jamie no fundo do armário, ela declarou com voz trêmula:

– Não sei como você consegue.

E quando soube que Ellie levou três sacolas de coisas de Jamie para o brechó beneficente, ela secou as lágrimas e soluçou:

– Ah, El, você é tão *corajosa*.

Como se ela tivesse escolha. Ellie se viu, não pela primeira vez, tendo que consolar Paula.

Não foi nem pela centésima vez, na verdade.

☾

Na manhã seguinte, Ellie só acordou depois das onze, em parte porque estava exausta, mas principalmente porque seu despertador ainda estava em uma das caixas que ela não tinha aberto. A boa notícia era que ela tinha três dias de folga, por isso não havia problema. Vestida com o roupão atoalhado branco, tomou uma caneca de chá e ficou parada na janela observando o outro lado da rua. O sol estava brilhando, refletido nas janelas limpas das casas em frente. As varandinhas com grade de ferro exibiam vasos de plantas e muitos jardins suspensos. Até o ar parecia mais limpo ali em Primrose Hill. A rua tinha uma fileira de carros modernos e brilhantes. Uma morena elegante de 50 e poucos anos vestindo calça jeans colada desceu de uma picape preta, pendurou uma bolsa cara no ombro e saiu desfilando na direção das lojas. Uma mãe linda empurrava um carrinho de bebê dos mais modernos pela calçada. Mais à frente, um divã preto e dourado estava sendo cuidadosamente descarregado de uma caminhonete de mudança verde-garrafa.

Ellie comparou mentalmente aquilo tudo com sua antiga rua. No dia anterior, quando estava arrumando tudo, ela viu uma camisinha usada no chão ao lado do portão de entrada. Em vez de sentir nojo, sua reação inicial foi de alívio porque pelo menos tinham usado camisinha.

Ela se encostou no parapeito da janela e admirou a cena limpa e desprovida de lixo. Um carro parou, uma van rosa-tulipa, e um buquê enorme de lírios envolto em celofane foi entregue na casa ao lado da que recebia o divã.

Caramba, será que ela conseguiria se encaixar no ambiente ou se sentiria constrangida e deslocada? E se o lugar fosse chique e perfeito *demais*?

Momentos depois, um táxi parou, uma porta verde-esmeralda se abriu e uma pessoa loura saiu correndo da casa em frente. Por um momento, Ellie achou que era um garotinho magrelo de camiseta branca e calça camuflada de cintura baixa, um cabeleireiro, talvez, com o cabelo platinado e cortado supercurto. Mas não, era uma mulher. Quando a pessoa virou, ela viu o batom vermelho-vivo, os brincos longos e a bolsa com pedrarias – apesar de isso talvez não provar nada conclusivo.

Enquanto Ellie olhava, a garota parou de repente, fez sinal para o taxista esperar, voltou para casa e apareceu vinte segundos depois, balançando com triunfo o celular e fechando a porta ao passar. Ela entrou no banco traseiro do táxi e desapareceu pela rua.

Deixando uma coisa pequena e cintilante pendurada na fechadura da porta.

Opa.

Será que os residentes de Primrose Hill eram tão tranquilos com a segurança quanto as comunidades de vilarejos dos anos 1950?

Para o caso de não serem, Ellie deixou a caneca no parapeito, apertou a faixa do roupão, desceu a escada correndo e saiu.

Era melhor prevenir do que remediar.

A barra do roupão esvoaçou um pouco quando ela atravessou a rua apressadamente. O asfalto estava frio embaixo de seus pés descalços. Um adolescente de moletom cinza que passava, e que também tinha visto o chaveiro pendurado na porta, havia abandonado a bicicleta no chão e estava indo na direção da porta esmeralda.

Ellie passou correndo por ele e pegou as chaves um milissegundo antes de ele conseguir chegar lá. Parecia que Primrose Hill não era tão diferente de Hammersmith, afinal. Sobressaltado, o garoto falou:

– Eu não ia fazer nada, falando sério. Eu ia levar para a delegacia.

Ele era pálido, tinha cabelo espetado e um ar de culpa.

– Claro que ia. Mas, tudo bem, você não vai mais precisar fazer isso. – Ellie abriu um sorriso tranquilo e guardou as chaves no bolso. Sentia-se a Mulher-Maravilha. Bom, a Mulher-Maravilha de roupão e com o cabelo horrendo de quem acabou de acordar. – Pode deixar que eu cuido das chaves da minha vizinha. Vão ficar protegidas comigo.

O garoto ficou olhando para ela na defensiva, um oportunista e não um criminoso.

– Também teriam ficado protegidas comigo.

– Excelente, fico feliz de saber.

Ela deu um tapinha no bolso e se virou com triunfo para atravessar a rua. Rá, que beleza, menos de um dia na Nevis Street e ela já era um pilar da comunidade! Se não tivesse agido, a garota do outro lado da rua poderia ter voltado para uma casa vazia.

Houve um ruído de pneus no asfalto e o candidato a ladrão saiu em disparada. Os dois homens na mesma rua, que já tinham entregado o divã, olharam para a vestimenta dela com aprovação. O mais jovem assobiou e gritou:

– É sonâmbula, querida? Que horrível acordar e perceber que está no meio da rua.

Ellie sorriu e acenou antes de entrar em casa. Não seria bom baixar o nível do bairro.

Em casa, ela tomou banho e vestiu uma calça preta, um suéter cinza-escuro e chinelos rosa. Antes de continuar a abrir as caixas, levaria as chaves para a delegacia.

Mas onde *ficava* a delegacia mais próxima? E, se a garota chegasse em casa e não pudesse entrar, não seria mais fácil entregar as chaves para ela?

Ellie escreveu um bilhete, procurou fita adesiva, mas sem sucesso, e acabou resolvendo improvisar. Atravessou a rua mais uma vez e prendeu o bilhete na campainha com um band-aid.

Satisfeita com a própria engenhosidade, voltou para o apartamento.

Às duas horas, Paula ligou do trabalho para saber como ela estava.

Às três, Ellie parou para comer um donut e um pacote de batatas.

Às três e meia, ela estava com uma pilha de caixas vazias desmontadas e prontas para a reciclagem.

Vinte minutos depois, no meio de uma batalha complicada para colocar a capa do edredom, a campainha tocou. Ellie foi atender, armando um sorriso alegre. Era hora de conhecer a vizinha do outro lado da rua e receber as boas-vindas a Primrose Hill. Além do mais, claro, ela falaria sobre o encontro com o pretenso ladrão e como o tinha expulsado...

– Oi, você está com as minhas chaves? – A voz no interfone estava sem fôlego.

– Ah, oi. Sim, estou! Espere um pouco, vou apertar o botão e você pode subir. Peço desculpas pela bagunça, eu me mudei ontem, então...

– Olha, me desculpe, mas estou com pressa. Você pode só jogar pela janela?

Ah... Desanimada, Ellie tirou o dedo do interfone. Erguendo a janela da sala para abri-la, se inclinou para fora e viu a garota de cabelo platinado curto esperando impacientemente na calçada. Assim que viu Ellie, ela esticou os braços e gritou:

– Eu pego. Rápido!

As chaves estavam na mesa de centro, presas em um chaveiro de cristais Swarovski colorido. Ellie fez o que foi pedido e as jogou para a garota, que não conseguiu pegar e soltou um grito quando o objeto caiu na rua, a centímetros do bueiro.

Depois que as pegou, ela levantou a mão em agradecimento e gritou:

– Valeu, você é demais!

Em seguida, passou correndo pelo táxi que aguardava e entrou em casa. Nada de "Obrigada pela gentileza, vizinha".

Ellie suspirou e voltou ao quarto para retomar a luta contra o edredom. Cinco minutos depois, o telefone tocou na sala. Quando atendeu, ela viu a loura sair de casa de novo, agora usando um vestido vermelho e saltos agulha combinando.

– Como você está? – Era Tony, ligando de Los Angeles.

– Muito bem.

– Os vizinhos são simpáticos?

– Não sei. – Ellie viu a garota entrar no táxi sem nem olhar para a janela dela. – Ainda não conheci ninguém.

Naquela noite, o vazio pesou e nem a visita de Jamie ajudou.

– Você quase não comeu o dia todo – observou ele com aquele jeito enlouquecedor. – Vamos, anime-se. Faz um macarrão.

Ela olhou para ele.

– Não me diga o que fazer.

– Não estou dizendo, estou dando uma sugestão simpática. Você pode fazer aquele molho de que eu gostava.

O estômago de Ellie roncou. Ele estava pegando no pé dela, mas tinha razão. Ela fez o molho de tomate com vinho tinto, refogado em cebola e alho, que ficou fervendo no fogão. Deus, não havia nada para ver na televisão. Ela se sentiu enfraquecendo, os olhos se desviando para a caixa de DVDs encostada na parede.

– Não faça isso – disse Jamie, lendo a mente dela sem esforço. Claro que ele conseguia ler a mente dela, estava *dentro dela*.

– Por quê?

– Sempre te faz chorar.

– E daí?

Ele olhou para ela, balançou a cabeça.

– Eu odeio quando você chora.

– Ah, que pena. – Ellie mexeu nos DVDs, encontrou o que queria. – Às vezes, eu quero chorar. Você não precisa olhar.

Jamie deu de ombros e foi embora. Ela se inclinou e enfiou o disco no aparelho.

Aquilo era catártico ou era uma forma de tortura? Ellie deixou a caixa de lenços de papel ao alcance da mão e se sentou para assistir às imagens dela e de Jamie na praia da Cornualha dois anos antes. Não o Jamie imaginário, mas o Jamie *real*, de verdade na tela da televisão, capturado por Todd e sua câmera enquanto eles brincavam nas ondas, corriam um atrás do outro na água e acabavam rolando na areia. Naquela época, a vida era normal e feliz, porque nunca tinha passado pela cabeça deles que o que tinham podia ser arrancado sem aviso e...

Triiiiiim.

A campainha. Às onze e meia da noite. Pelo amor de Deus, ela nem tinha tido tempo de começar a chorar.

Triiiiiim.

Era piada? Sem acreditar, Ellie se levantou do sofá e foi até o interfone. Secamente, ela falou:

– Pois não?

– Você está acordada?

Ela fechou os olhos.

– O quê?

– Desculpe, sei que está meio tarde. Vi que sua luz ainda estava acesa. Você não estava dormindo, né?

– Não.

– Ah, que bom. Escute, eu fui meio grosseira mais cedo?

Ellie se encostou na porta e ouviu a ansiedade na voz da garota.

– Possivelmente sim, um pouco.

– Ah, droga, eu sabia! Nem agradeci pelas minhas chaves?

– Já que você comentou, não, não agradeceu.

– Tudo bem, eu posso explicar o motivo? É que eu estava doida para ir ao banheiro, achava que minha bexiga ia *explodir*. Não estava nem conseguindo falar, que dirá subir a escada da sua casa. Quando você jogou a chave e tive que me curvar para pegar, achei que ia molhar a rua toda! E não estou exagerando. Nunca fiquei tão desesperada na vida. Foi por isso que me esqueci de agradecer. E peço desculpas se você achou que fui mal-educada.

Ellie sorriu e relaxou.

– Está desculpada.

– Oba! – A garota deu um gritinho de alívio. – Tenho uma coisa para você. Posso subir?

– Se a sua bexiga aguentar...

Capítulo 6

Depois de apertar o botão para destrancar a porta de baixo, Ellie abriu a porta do apartamento e esperou que a visitante aparecesse.

Em segundos, a garota com o cabelo curto platinado subiu pela escada.

– Oi, sou a Roo! Comprei um presente de agradecimento. Foi do supermercado que fica aberto até tarde, porque os outros lugares estavam fechados. – De perto, ela era bronzeada e estava arrepiada com o vestido de alcinha, as pernas expostas e os saltos altíssimos. Ela entrou no apartamento e falou: – Aah, que cheiro bom aqui. – Em seguida, botou as sacolas na mesa de centro e tirou dois buquês de rosas laranja. – São para você.

– Obrigada. – Ellie ficou emocionada com o gesto. – Não precisava.

– Que nada. Aqui, isto também é para você. – Com um floreio, ela pegou uma garrafa de Chablis, seguida de uma caixa de trufas de chocolate. – E isto.

Ellie balançou a cabeça.

– É muita coisa.

– Não é, é para pedir desculpas e agradecer. E eu queria te dar isso hoje porque, se eu levasse para casa, acabaria comendo as trufas e tomando o vinho.

Havia algo estranhamente familiar na voz dela. Intrigada e querendo saber onde podia tê-la ouvido antes, Ellie pegou a garrafa fria.

– Podemos abrir agora se você quiser.

– Maravilha, adoro quando as pessoas dizem isso! – Roo a seguiu com ansiedade até a cozinha. – Aah, molho de macarrão. O cheiro está incrível.

O sotaque dela não era evidente, mas a voz ainda tinha algo de familiar. Agora observando o rosto dela disfarçadamente, Ellie tinha a sensação de que já se conheciam. Ela devia ter 30 e poucos anos, era magra e tinha músculos definidos e olhos escuros enormes que dominavam um rosto em formato de coração. Roo era incrivelmente bonita por baixo das camadas de maquiagem...

– Ah, as engrenagens estão girando. – Roo pegou o saca-rolhas da mão dela e começou a abrir a garrafa. Depois inclinou a cabeça e perguntou, achando graça: – Já conseguiu descobrir?

– Ah, Deus, estou constrangida agora. Eu *sabia* que conhecia você de algum lugar. – Era hora de um palpite aleatório. – Bom, eu trabalho no centro de atendimento Brace House em Twickenham. Você é cliente de lá?

– Não.

Droga.

– Eu imaginei que não. Bom, vejamos... Você já trabalhou em loja?

– Eca, não, graças a Deus. É um trabalho pesado demais. – Roo serviu vinho em duas taças. – E acaba com os pés. A não ser que fosse uma loja onde dá para trabalhar sentada. Aí, talvez não fosse tão ruim.

– Tudo bem, deixa eu ver. – Ellie estava perdida. – Consultório de dentista? Hospital? Salão de beleza? Ou a gente se conheceu numa festa? Aah, você já foi ao Frog and Bucket, em Hammersmith?

– Não e nem quero. Parece meio nojento. E seus palpites não passam nem perto.

– Desculpe. Você vai precisar me dar uma pista. – A situação estava ficando muito constrangedora agora.

Roo bateu com a taça na de Ellie com alegria.

– Certo, me imagine com cabelo preto comprido até *aqui*. Na televisão. Andando por aí com um tubinho preto tomara que caia de lantejoulas e cantando mal num microfone.

– Ah, meu Deus, já sei! – Ellie derramou vinho na bancada quando fez a conexão. – Você é uma das Deevas! – Mais constrangedor ainda: elas não se conheciam, mas ela tinha visto Roo na televisão.

– Não se sinta mal. Eu prefiro quando as pessoas não me reconhecem. – Roo enrolou a franja platinada espetada nos dedos. – Por isso pintei o cabelo. Mas isso já tem tempo. A gente cresceu. – Ela revirou os olhos. – Bom, mais ou menos. E seguiu em frente.

Caramba, o Three Deevas havia sido famoso uns sete ou oito anos antes. Chamadas de girl band com garras, elas eram vibrantes, cheias de personalidade e atitude e foram as sucessoras naturais das Spice Girls. As músicas delas tocavam em todos os lugares e o primeiro álbum foi um sucesso. O grupo era formado por uma garota preta de cabelo louro, uma garota branca de cabelo preto e uma garota asiática com cílios longuíssimos e totalmente careca.

Ellie revirou a memória em busca de mais detalhes. Dolly, Daisy e Mya Deeva, esses eram os nomes artísticos delas. O primeiro single fez um sucesso enorme: "Se eu te amasse, me lembraria do seu nome". A música teve que ser censurada com um apito no trecho que dizia "Homens só servem para transar e uma bolsa nova comprar".

Mas a música era um ramo notoriamente difícil. Oito meses depois, Dolly Deeva manchou sua reputação quando mostrou os peitos ao vivo em um programa infantil. Depois, Mya Deeva caiu do palco em um show beneficente e quebrou as duas pernas. Por fim, Daisy Deeva deu uma entrevista embriagada à MTV e anunciou que, na verdade, era desafinada, que Dolly Deeva não era vegetariana e que "aquela empresária gorda" delas tinha que sair do armário.

Depois disso, o feitiço se desfez mais rápido do que uma meia velha. Um ano depois de elas terem explodido na cena musical, tudo acabou. As Three Deevas se separaram e voltaram à obscuridade e os fãs encontraram novas bandas para idolatrar.

Fascinada, Ellie disse:

– Você era a Daisy.

– Só não me peça para cantar. – Roo fez uma careta. – Porque eu não sei mesmo. Prefiro falar sobre você.

Mas primeiro elas tinham que botar o espaguete na panela para cozinhar e acompanhar o molho. Assim que isso foi feito, voltaram para a sala. Ao ver o mar azul e a praia branquinha na tela pausada da televisão, Roo exclamou:

– Aah, o que você estava vendo? *Mamma Mia*?

Antes que Ellie pudesse reagir, Daisy pegou o controle remoto e apertou o play. Tarde demais, Ellie disse:

– Não, é... Bom, não é *Mamma Mia*.

Roo olhou atentamente para a tela e viu Jamie correr atrás de Ellie até a água, puxando-a para um abraço brincalhão no estilo de um filme romântico de Hollywood, quando uma onda quebrou neles e os molhou. Todd, operando a câmera de uma distância segura, gritou:

– Tirem as crianças da praia!

– Essa é você. – Roo olhou para Ellie e para a caixa de lenços de papel no braço do sofá. Ela se deu conta da situação. – Ah, não, você estava sentada aí sozinha, vendo vídeos caseiros e se emocionando. Quem é o cara? Não me conte, vou adivinhar. Vocês não estão mais juntos.

Sem palavras por um momento, Ellie disse:

– Hum, bom, não...

– Rá, eu sabia! E foi ele que deu o fora, isso está óbvio, porque senão você não teria motivo para ver esse vídeo. Olha, isso não está te fazendo bem. – Roo pegou a caixa de lenços, fez um ruído de reprovação e a colocou no chão, fora do alcance. – Confie em mim, os homens não valem isso. Você precisa seguir em frente. Tudo bem que ele era bonito. – Ela se virou para a televisão e apertou o pause, parando a tela em uma imagem de Jamie pulando no meio de um jogo de vôlei de praia. – Mas ele te largou, então não fique pensando no que era bom. Seja *crítica*. Pergunte a si mesma que tipo de cara usa uma camiseta da cor de cocô de neném. E essas pernas? São uns cambitos! Aposto que ele roncava!

Ellie hesitou, a mente acelerada. Já era tarde demais para contar a verdade sobre Jamie a Roo; ela ficaria envergonhada. Mais ainda, ela iria parar de ser irreverente e engraçada e de tratá-la como uma pessoa normal. Era sempre assim, todas as vezes. Assim que a pessoa descobria que ela era viúva, mudava de atitude na mesma hora.

Foi mal, Jamie.

Em voz alta, ela falou:

– É, às vezes ele roncava.

– Eu sabia! – Roo bateu palmas. – E tinha umas perninhas finas como espaguete. Concentre-se nas coisas ruins e você vai esquecê-lo rapidinho. Acredite, já fiz muito isso. Eu devia dar conselhos sentimentais.

– Você está certa. Vou fazer isso. A partir de agora. – Ellie pegou o controle remoto e desligou o aparelho de DVD com um floreio. Sentou-se e indicou o sofá em frente. – Pronto, já estou me sentindo melhor. Vamos, agora é sua vez. Me conte como é morar em Primrose Hill.

☾

– Perninhas finas? *Como espaguete?*

Eram duas da madrugada e Roo Taylor tinha acabado de sair. Ellie descobrira que ela era solteira, mas estava saindo com um cara chamado Niall que se parecia um pouco com o Simon do X *Factor* e era maravilhoso na cama. Ela amava vinhos neozelandeses, programas de televisão no estilo "construa sua própria casa" e maquiagem da MAC. Seu verdadeiro nome era Rosalind, mas seu pai lhe deu o apelido de Roo, uma forma reduzida de "Kangaroo", porque ela era um bebê saltitante. Ela ainda trabalhava no ramo da música, compondo canções para pessoas afinadas...

– Como é? *Cambitos?* – Jamie estava com o short turquesa. Ultrajado, ele apontou para os membros inferiores. – E você deixou que ela falasse! Não tem nada de errado com as minhas pernas. São *atléticas*.

Ellie levou as taças para a cozinha.

– Seus joelhos são meio ossudos.

– E têm que ser! São joelhos; é a função deles serem ossudos. Sem os joelhos, a gente não conseguiria dobrar a perna. *E você disse que eu roncava.*

– Eu disse que às vezes.

– Bem de vez em quando – protestou Jamie. – Eu ronco *bem de vez em quando.* Como qualquer homem normal. Quanto à grosseria dela sobre a minha camiseta...

– Não vou dizer que eu te avisei.

Ah, a briga que eles tiveram na loja de roupas de surfe quando Jamie insistiu que era *aquela* que ele queria e ela reclamou que era um cruzamento hediondo entre a cor cáqui e uma banana. Ellie fez uma pausa e disse:

– Mas eu avisei.

Jamie deu de ombros.

– E você por acaso não mencionou que eu morri.

– Não mencionei. Tudo bem por você?

– Querida, se facilita para você, tudo bem por mim.

Essa era a vantagem de ter uma conversa com uma pessoa que não estava realmente presente; era possível fazer a pessoa concordar com o que você quisesse. Era mentira, mas reconfortante mesmo assim.

– Vou contar a verdade depois. – Ellie terminou de lavar as taças.

– Conta mesmo. Você vai dormir agora?

Ela secou as mãos e assentiu.

– Vou.

– Tudo bem, vou te deixar em paz. Boa noite, querida. A gente se vê amanhã.

– Boa noite.

Ela gostava que ele se despedisse direito; tentar imaginar Jamie deitado ao seu lado na cama não funcionava e era difícil demais de suportar. Ela pendurou o pano de prato no suporte e viu Jamie sair da cozinha.

Ah, Jamie, onde você está de verdade? Já não estou sem você há tempo suficiente?

Por favor, volte.

Capítulo 7

– Meu Deus do céu, você ouviu alguma palavra do que *falei*?

No banheiro ensolarado, Ellie deu a descarga e lavou as mãos. Quando saiu, Roo estava parada no corredor segurando a foto da lua de mel no porta-retratos de prata.

– Isso estava na minha mesa de cabeceira – disse Ellie.

– Eu sei! Você e a coisinha de pernas finas! Olha, não faz bem guardar essas coisas. Você só está se prejudicando.

– O que você foi fazer no meu quarto?

– Fui xeretar. Sou muito curiosa. Tudo bem, eu não mexo nas gavetas das pessoas. Só queria ver como você tinha decorado o quarto. E está muito bonito – disse Roo. – Tirando *isto*.

Bom, fazia dez dias que ela havia se mudado; as coisas já tinham ido muito bem até ali.

– Essa foto é da nossa lua de mel – explicou Ellie.

– Você foi casada? Você não me contou isso. – Roo observou a foto e acrescentou: – Que bom que vocês não tiveram filhos. Eles podiam ter puxado essas pernas.

– Tem outra coisa que não contei. – Ellie respirou fundo. – A gente não terminou, exatamente. – Outra respirada rápida porque ainda era algo difícil de dizer. – Ele morreu.

Silêncio.

Mais silêncio.

Finalmente, Roo falou:

– Ah, meu Deus. Quando?

– Em janeiro do ano passado.

– Ah, meu *Deus*. – Ela deu outra olhada na foto. – E eu debochei das pernas dele.

– Não se sinta mal. – Ellie deu um meio sorriso. – Eu também debochava.

De volta à sala, Roo se jogou no sofá e pegou um punhado de salgadinhos.

– Olha, sinto muito por tudo que falei antes. Mas agora você tem que me contar sobre ele.

Fazia mesmo só nove dias que ela conhecia Roo? Na primeira noite, as duas conversaram por horas. Desde aquele dia, Roo começou a aparecer na casa dela quase todos os dias e agora parecia que elas se conheciam havia anos. O momento foi oportuno; provavelmente não teria acontecido se Marsha, a melhor amiga de Roo, não tivesse se mudado pouco tempo antes para a Nova Zelândia, deixando uma lacuna de amizade em sua vida. Mas Ellie estava feliz por isso: Roo era uma companhia divertida, engraçada, impulsiva e com um histórico absurdo no assunto homens. Também foi um aprendizado e tanto fingir que elas eram só duas garotas solteiras que tinham vidas maravilhosas em Primrose Hill, sem se preocupar com nada além de onde comprar os melhores sutiãs meia-taça e se o batom da Chanel era melhor do que o da Dior.

Ela preparou duas canecas de chá e passou uma hora falando sobre Jamie. Contou tudo a Roo, como eles se conheceram, como ele era e como morreu. Roo pediu para ver mais fotos e juntas elas viram um álbum inteiro.

Finalmente, Roo se virou e perguntou, consternada:

– Por que você não me contou isso antes?

– Fica com o rosto bem assim. Não mexa um músculo. – Ellie deu um pulo, pegou o espelho que ficava pendurado acima da lareira e o levou até o sofá. – Dá uma olhada na sua cara. – Ela botou o espelho na frente de Roo. – Foi por isso.

Horror, solidariedade, pena... tudo isso estava refletido no rosto de Roo. Ao ver, ela disse:

– Ah. Entendi. Desculpe.

– Tudo bem. A gente se acostuma. Mas foi bom ser tratada normalmente. Às vezes, no trabalho, parece que está todo mundo pisando em ovos quando fala comigo.

– Não vou fazer isso – declarou Roo na mesma hora.

– As pessoas não fazem de propósito, mas me tratam diferente mesmo assim.

Com veemência, Roo balançou a cabeça.

– Eu prometo que não vou. Não sou assim.

– Só que você acabou de olhar um álbum de fotos inteiro – observou Ellie – e não debochou da gente nenhuma vez.

– Ah, é porque não seria justo. E poderia magoar você. – Roo fez uma careta, desejando que ela entendesse. – Eu me sentiria *péssima* se dissesse uma coisa que chateasse você depois de tudo que já passou...

– Shhh. É isso que me falam o tempo todo. – Ellie terminou sua segunda caneca de chá. – Eu prefiro que você aja naturalmente. – Ela deu uma batidinha no relógio. – E já são sete horas. Você não tem que encontrar o Niall às oito?

Roo pulou como se tivesse sido eletrocutada.

– São *o quê?* Eu não fiz nada ainda! – Ela ainda estava no estágio em que se arrumar para um encontro envolvia *horas* de preparação sofrida. Depois de pular do sofá, parou e disse: – Ah, meu Deus, me sinto péssima de deixar você sozinha.

– *Shhh.*

– Bom, desculpa, estou indo. – Roo parou na porta. – Tem certeza de que você vai ficar bem?

– *Shhhhhhh!*

– Ah, eu sei, mas é que...

– Eu não sou uma criança de 3 anos – disse Ellie. – Consigo lidar com a situação. Vá se divertir com o Niall e me conte tudo amanhã.

Ela viu Roo assentir. Finalmente. Graças a Deus.

– *Tudo?* – perguntou Roo com a sobrancelha erguida e um brilho no olhar.

– Pode ser seletiva e deixar de fora os detalhes sórdidos. – Ellie relaxou; só queria ser tratada normalmente. – Esqueci como são essas coisas melosas.

Chegou um e-mail na hora do almoço do dia seguinte. Ainda sentada à mesa no centro de atendimento Brace House, Ellie estava trabalhando em uma montanha de relatórios que precisavam ser digitados. Paula lhe levara um café e ela estava comendo um sanduíche que não havia pedido, com fatias nojentas de pepino. Por mais que tentasse, Ellie não conseguia entender como alguém podia gostar de pepino. Tinha um gosto molhado. E verde. E bem... *eca*... de pepino. Depois de pegar os pedaços maiores e jogar no lixo, ela clicou no e-mail de Michael, seu chefe, perguntando se ela poderia fazer duas horas extras à noite, para ajudar a resolver um monte de trabalho que tinha se acumulado.

Droga, como poderia escapar da situação? Na última vez em que dissera não, Michael contou uma história interminável de que, quando ele estava passando por um divórcio complicado, as horas extras tiraram a cabeça dele do sofrimento. Momentos depois, um novo e-mail apareceu na tela e seu coração se apertou ao vê-lo. O assunto era "Oi", o que não revelava nada. E quem tinha enviado era Todd.

Ellie deixou de lado o sanduíche que nem queria. Uma mistura de culpa e ansiedade fez sua boca ficar seca. Por que Todd estava entrando em contato com ela agora? A última vez tinha sido quatro meses antes, no aniversário da morte de Jamie. Ele escrevera um e-mail curto e forçado, e ela respondera com outro mais forçado ainda.

Era culpa dela e ela se odiava por isso. Todd e Jamie eram tão próximos; Jamie amava Todd como a um irmão. E os três juntos formavam uma trupe. Era impensável que eles não continuassem amigos por toda a vida.

Mas isso foi antes de o impensável acontecer, a coisa que alterou as vidas deles para sempre. Ellie engoliu com dificuldade ao perceber todos os antigos sentimentos voltarem com tudo. Depois da morte de Jamie, os dois ficaram tomados de culpa e dor. Todd se culpava; com a reputação de se atrasar aonde quer que fosse, ficou transtornado porque justo naquela noite chegou ao apartamento cedo. Era tudo culpa dele: se eles tivessem saído na hora certa – ou seja, atrasados –, o acidente não teria acontecido. Ele disse isso para ela antes do enterro. Até então, não tinha passado pela cabeça de Ellie que aquilo podia ter feito diferença. Só que, quando ele falou, as sementes foram plantadas e o ressentimento começou a crescer. A chegada adiantada interrompeu o que ela e Jamie estavam fazendo. Graças a Todd, eles não fizeram o último sexo da vida. E ele estava certo sobre o acidente não ter acontecido se tivessem saído meia hora depois, porque naquele horário, ela tinha *certeza*, o caminhão já teria passado para jogar sal e areia na estrada e impedir derrapagens.

Quando voltou a si e percebeu que Todd obviamente não tinha culpa, já era tarde demais. O mal estava feito, o constrangimento entre os dois era muito grande para ser superado e eles passaram a sofrer separados. Três meses depois do acidente, Todd se mudou para os Estados Unidos e Ellie ficou aliviada. Ela ainda não tinha conseguido parar de desejar que, entre os dois, Jamie tivesse se salvado.

Era vergonhoso, injusto e ela se odiava por pensar isso, mas se sentia assim mesmo. Basicamente, ela era uma pessoa horrível.

Sem conseguir apagar a mensagem sem abrir, ela clicou no nome de Todd e leu o e-mail:

Oi, Ellie,
Quanto tempo, não é? Espero que você esteja bem e o trabalho também.
A novidade é que saí do emprego aqui em Boston e estou indo para casa na semana que vem, para trabalhar na sede de Londres. Um ano foi suficiente. Depois que eu voltar, queria saber se a gente poderia se encontrar. Eu gostaria de te ver de novo, de conversar sobre os velhos tempos.
Espero que você também queira me ver. Me avise. Você ainda está em Hammersmith?

Um beijo,
Todd

P.S.: Você não faz ideia de quanto eu adiei escrever este e-mail. Espero que a sua vida esteja boa, na medida do possível, Ell. Estou com saudades.

Ellie se encostou na cadeira. Ela tinha aquela sensação familiar de medo na boca do estômago, o que sinalizava que alguma coisa ia acontecer, quer ela quisesse ou não. Como abrir a correspondência e receber o horário do próximo exame preventivo ginecológico.

Mas o que ela podia fazer? Fingir que o e-mail tinha sumido na caixa de spam? Mudar o endereço de e-mail? Todd não sabia onde ela morava agora...

Ah, chega. Esconder-se dele não era a resposta. Além do mais, ele poderia encontrá-la em cinco segundos se quisesse, só pelo...

– Trabalhando muito, Ellie?

Droga, Michael estava logo atrás dela. Malditos sapatos Hush Puppies que ele usava, que permitiam que se esgueirasse silenciosamente pelo escritório.

– Desculpe. – Rapidamente, ela clicou para fechar o e-mail, embora ele devesse ter lido.

– Você conhece a política da empresa sobre e-mails pessoais. – Michael tinha o irritante hábito de sugar ar pelos dentes inferiores quando estava sendo "o chefe". Ellie se remexeu quando ele fez isso agora e se remexeu de novo em reação à mão que ele colocou em seu ombro. – Mas, diante das circunstâncias, vou ignorar. Todd. Ele é o amigo de Jamie, não é?

Ela assentiu e se preparou para o inevitável apertão. Michael devia achar que estava sendo sensível e empático, mas aquela intimidade toda, sinceramente, a apavorava. De todas as coisas ruins de ser viúva, uma das piores era ter que se submeter a abraços indesejados. Michael se sentia compelido a consolá-la e seria grosseria e ingratidão reclamar. Pobrezinho, a intenção era boa. O que ela ia fazer, acusá-lo de assédio sexual?

– Que tal duas horinhas extras hoje?

Um apertão.

Além do mais, ele não perdia nenhuma oportunidade.

– Hã, o problema é que eu tenho... uma coisa para fazer... – Ah, não adiantava, ela mentia muito mal sob pressão. Ellie cedeu e disse: – Tudo bem, eu faço uma hora.

Michael fez aquele lance de sugar o ar.

– A gente precisa muito recuperar o atraso. Faça duas horas e te dou carona para casa.

Ela hesitou e olhou pela janela. A chuva estava caindo sem parar o dia todo. Havia uma obra de reparo na linha Norte. E esperar no ponto de ônibus estragaria seus sapatos de camurça rosa.

– Tudo bem, combinado.

Michael abriu um sorriso.

– Você é maravilhosa.

Um apertããããão.

Assim que ele saiu da sala, Ellie clicou nos e-mails novamente. Era melhor acabar logo com aquilo para poder tirar da cabeça.

Oi, Todd,
   Fico feliz de você estar bem. Espero que faça boa viagem de volta para casa. Eu estou bem. Na medida do possível, acho. Ando bastante ocupada. Estou fazendo muitas horas extras no trabalho e tenho poucas noites livres. Talvez a gente possa se encontrar quando as coisas se acalmarem.

   Beijos,
   Ellie

Ela clicou no botão de enviar. Pronto, estava feito. Quando Todd recebesse sua resposta forçada e afetada, ele perceberia que ela ainda não estava pronta para encontrá-lo.

Todd não era burro, não a odiaria por isso. Ele entenderia.

Capítulo 8

Às oito e meia, Michael parou na frente do apartamento dela na Nevis Street. A chuva, caindo no teto do Honda Civic, parecia um rufar infinito de tambores. Não havia mais ninguém à vista. Todas as pessoas eram sensatas a ponto de não sair num toró daqueles.

A carona era bem-vinda, a conversa nem tanto. Quando eles estavam percorrendo a cidade, protegidos no carro tratado com amor que era seu orgulho e sua alegria, Michael se abriu e falou longamente sobre sua solidão. Foi um tanto comovente, até. Desde o fim do casamento, ele precisou ver a ex-mulher seguir em frente, se casar com outra pessoa e dar à luz meninas gêmeas. Em contraste, a autoconfiança dele despencou e sua única tentativa de socializar resultou em dançar uma música lenta em uma boate na despedida de solteiro de um amigo com uma garota que, depois descobriu, era um garoto.

– Está vendo, mais ninguém entende o que sinto. – O rosto dele estava pálido e sincero sob o brilho da luz do poste. – Só você, Ellie. Estamos no mesmo barco, você e eu. Você sabe como é.

Ellie tirou o cinto de segurança. Tinha certeza de que nunca havia dançado música lenta com um garoto que na verdade era uma garota.

– Eu sei, mas as coisas vão melhorar. Você vai conhecer outra pessoa. Bom, obrigada pela carona...

– Não vá! – Michael esticou o braço e segurou a mão dela. – Ellie, você está sozinha. Eu também. – *Eca, ele está fazendo carinho nos meus dedos!* – A gente merece ser feliz, não merece? Que tal sermos felizes juntos? Eu nunca a magoaria, juro.

Ele estava sem fôlego e se aproximava agora. Atordoada, Ellie percebeu que ele estava fazendo um biquinho, indo na direção de sua boca como um míssil atraído por calor, enquanto a outra mão se esticava para segurá-la na cintura e...

Clique.

Ufa, salva pelo cinto de segurança. Lamentavelmente sem prática no que dizia respeito a avanços românticos, Michael tinha se esquecido de tirar o dele.

– Michael, não. Pare. – O rosto dele se transformou quando ela o empurrou com gentileza. – Não posso fazer isso.

– Não?

Ellie o viu acrescentar mentalmente essa nova rejeição a todas as outras que ele tinha sofrido na vida.

– Desculpe. Não é o que eu quero. Mas é gentileza sua... oferecer.

Ah, meu Deus, o queixo dele estava começando a tremer. Por favor, ele não vai começar a chorar, vai?

– Tudo bem, sei como é. Entendi o recado. – Michael se recostou no banco, os olhos marejados. – Entendi perfeitamente. Não faço o seu tipo. – Ele passou as mãos no rosto e deu um suspiro. – Tenho 35 anos e ninguém nunca gostou de mim. Parece que não faço o tipo de *ninguém*.

Era possível sentir pena de alguém, mas não a ponto de provar pessoalmente que a pessoa estava errada.

– Ah, Michael, isso não é verdade. Sua ex-mulher deve ter gostado de você.

Ele balançou a cabeça com tristeza.

– Ela disse que só se casou comigo porque eu tinha uma casa de três quartos.

☾

– Argh, que nojento. – Roo estava fazendo uma visita rápida a Ellie antes de ir para um show de comédia no bar O'Reilly's em Camden. Ela tremeu dramaticamente. – Pavoroso.

– Ele não é pavoroso, essa é a questão. Só é triste e solitário. – Ellie fez uma pausa. – Mas foi *um pouquinho* nojento mesmo.

– Você disse não para ele. E ele é seu chefe. Isso vai causar um *climão* no trabalho.

Ela tinha razão. Defender-se de uma investida desajeitada e precipitada e depois ter que consolar seu gerente quando ele começava a chorar no seu ombro não era a situação ideal. Ellie não estava com medo, por isso não ficou chateada. Mas Michael com certeza ficaria envergonhado.

– Talvez seja hora de começar a procurar outro emprego.

Ellie vinha pensando nisso vagamente fazia uns quinze dias. Ela trabalhava no centro de atendimento havia seis anos. Desde que tinha se mudado para a parte norte de Londres, ir e voltar do Brace House tinha se tornado mais complicado. Mas não havia pressa. Ela veria como as coisas se desenrolariam. Seria bom trabalhar para alguém que não estivesse sempre colocando a mão no seu ombro e dando *apertões* reconfortantes.

– Eu preciso ir. – Roo pulou ao ouvir um motor lá fora. – Tem certeza de que não quer vir junto?

– Não, obrigada. Você viu a chuva lá fora?

– Foi por isso que chamei um táxi. Venha, vamos sair. Vai ser ótimo!

Ellie balançou a cabeça.

– Estou acabada. Levar cantada suga a energia da gente. Vou tomar um banho e dormir cedo. Mas obrigada.

– Odeio te deixar sozinha.

Como uma solteirona velha e caquética.

– E eu odeio quando você diz que odeia me deixar sozinha. Não sou completamente inútil.

– Não foi isso que eu quis dizer. Você vai ficar bem?

– Agora você está falando como a Paula. Estou bem, eu juro. – Assim que Roo saísse, ela teria uma longa e deliciosa conversa com Jamie. Não era muito esquisito, era?

– Sim, mas...

– Vai!

Só que Jamie não queria brincar. Fosse qual fosse o motivo, Ellie descobriu que não conseguiu conjurá-lo. Provavelmente porque estava cansada demais. Era difícil se concentrar. Ela tomou um banho de banheira e tentou de novo depois, mas ele não veio.

E aí, como se para provar que ela estava enganada, ele apareceu logo quando Ellie estava adormecendo, quando não estava tentando nada.

– Você está sendo injusta.

Ela abriu os olhos ao ouvir a voz de Jamie. E ali estava ele, sentado na beirada da cama, a observando com atenção.

– O quê?

– Você sabe do que estou falando.

– Não sei, não.

Ele a encarou com intensidade.

– Eu *sei* que você sabe.

– E você vai me obrigar a falar? Tudo bem. Todd. Ele me mandou um e-mail e eu respondi. Fui perfeitamente educada.

– Você está sendo injusta – repetiu Jamie.

– Quer saber? Não ligo a mínima.

– Liga, sim.

– Você por acaso é minha consciência? – Tudo bem, a pergunta era idiota; ela talvez não tivesse todos os parafusos no lugar, mas até Ellie sabia a resposta para aquilo.

– Você não pode culpar Todd pelo que aconteceu. Não foi culpa dele.

– Não estou ouvindo. – Ela fechou os olhos e rolou de bruços, puxando o edredom sobre a cabeça.

– Não acha que ele já se sente péssimo com tudo isso?

– Cala a boca.

– Ele era meu melhor amigo. – A voz de Jamie estava gentil.

Uma lágrima quente escorreu do olho de Ellie.

– Vai embora – murmurou ela. – Estou dormindo.

☾

O café azul e branco no meio da sequência de lojas na Regent's Park Road era um dos lugares favoritos de Roo para passar o tempo enquanto esperava por uma inspiração. Pelo menos essa era a desculpa. A declaração oficial era que ela estava caçando ideias para letras de música enquanto experimentava possíveis melodias na cabeça. Na verdade, ela amava a atmosfera movimentada, ver pessoas, as canecas de chocolate quente e as torradas com queijo e cogumelo picante.

A chuva torrencial do dia anterior tinha lavado as ruas; naquele dia, o sol ardia em um céu cobalto e estava quente o suficiente para ficar sentada na parte externa de camiseta. Roo, estreando óculos de sol novos, tinha se acomodado a uma das mesas de aço na calçada, digitando no notebook. Qualquer pessoa olhando admiraria seu jeito profissional e seu ar de eficiência. E nem desconfiaria que ela estava, na verdade, vendo fotos de atores gatos, lendo seu horóscopo e pesquisando as fofocas recentes sobre as celebridades.

Mas *parecer* eficiente era o que contava.

– ... Então pronto, está decidido. Vamos nos mudar para Albufeira! – A mulher de cabelo escuro da mesa ao lado contava com orgulho as novidades para a amiga. As duas, com 50 e tantos anos, discretas e vestidas com simplicidade para os padrões de Primrose Hill, estavam sentadas juntas com xícaras de chá e pratos de cheesecake de limão. – Roy vai jogar golfe o dia todo e eu vou me dedicar ao lazer!

– Ah, que maravilha, você vai adorar! Vamos sentir sua falta aqui. – A amiga grisalha assentiu com ansiedade. – Mas você vai ter um quarto de hóspedes, não vai? Para que Jim e eu possamos visitar vocês! A gente pode aparecer por lá semana sim, semana não!

– B-Bom, sim...

Roo escondeu um sorriso diante da resposta não muito entusiasmada da mulher de cabelo escuro. Entreouvir a conversa dos outros era um dos seus passatempos favoritos; adorava observar como as outras pessoas interagiam.

– Você já pediu demissão no trabalho?

– Ainda não. Zack está em Manchester hoje. Vou contar para ele amanhã. Ele vai ficar arrasado de me perder, claro. A gente trabalha tão bem junto. Esse cheesecake tem mais *limão* do que o normal?

– Talvez. Mas ele não vai ter dificuldade de achar outra pessoa, vai? Afinal, é Zack McLaren. Vai receber uma enxurrada de propostas de garotas desesperadas para trabalharem para ele!

A mulher de cabelo escuro bufou em desprezo.

– Mas não é isso que ele quer, é? Ele quer uma pessoa capaz, alguém de confiança que tenha orgulho do trabalho. Não uma bobinha afetada de saia curta.

Roo, que estava usando uma saia muito curta, digitou tranquilamente o nome no Google Imagens e viu uma série de fotos aparecer na tela.

Zack McLaren, ao que parecia, era empresário. Caramba, a velha rabugenta e mandona trabalhava para aquele homem? Ele era *bonitão*. Enquanto a observava disfarçadamente, Roo reparou nos sapatos práticos, no permanente dos anos 1960 e no buço precisando depilar. No que ele estava *pensando*?

Dez minutos depois, a mulher limpou delicadamente as migalhas de cheesecake da boca, terminou o chá e se levantou para ir embora.

– Bom, de volta ao trabalho. Tenho muita coisa para fazer no escritório hoje. Vou dizer uma coisa – acrescentou ela com arrogância –, Zack vai demorar a encontrar alguém à minha altura.

A amiga dela assentiu.

– Nisso você está certa, Barbara.

– Eu estou sempre certa. – Barbara abriu um sorriso. – A gente se fala, querida. Tchauzinho!

Como Zack McLaren podia ter empregado uma pessoa que dizia "tchauzinho"? Com tornozelos que pareciam estar derretendo por cima dos sapatos? Roo levantou os óculos de sol e viu Barbara sair andando pela rua como um soldadinho marchando.

Logo antes de ela desaparecer de vista, uma ideia surgiu na cabeça de Roo e disparou adrenalina até as pontas dos dedos. Ela fechou o notebook, se levantou e saiu correndo atrás da mulher.

Barbara tinha dobrado a esquina. Quando Roo a viu de novo, ela estava na metade da Ancram Street. Ela parou, pegou uma chave na bolsa e subiu a escada até uma casa georgiana de reboco branco com pilares na entrada e uma porta vermelha.

Devia ser ali que Barbara trabalhava. A não ser que ela estivesse mentindo sobre voltar para o escritório e tivesse ido encontrar o amante para uma tarde de sexo tórrido e apaixonado.

Mas devia ser mesmo onde ela trabalhava.

Roo chegou à casa e tocou a campainha. A caixa ao lado da porta vermelha brilhosa emitiu um chiado e um sério "Pois não?".

– Barbara? Tenho um recado para você.

– Que recado?

– Bom, está mais para uma proposta. Só que não é de casamento – acrescentou Roo. – Posso entrar?

A porta foi aberta segundos depois. Barbara estava à porta, o olhar voltado para Roo no patamar. Finalmente, ela falou:

– Você estava sentada no café agorinha mesmo.

– Estava. Muito bem! – Roo abriu um sorriso; um pouco de bajulação nunca fazia mal. – E não pude deixar de ouvir o que você falou sobre ter que sair do emprego.

– É mesmo. – Barbara não a convidou para entrar. – O que você quer?

– Bom, seu chefe não ia gostar se você pudesse oferecer uma substituta quando avisar que não vai mais trabalhar para ele? Acho que sim – disse Roo. – E acho que foi o destino que colocou a gente naquele café hoje.

Os olhos claros de Barbara se estreitaram.

– Bem, é gentileza sua oferecer, mas acho que você não é o perfil que estamos procurando. – Ela estava olhando para a sainha curta de Roo, para as botas Ugg prateadas e para a camiseta turquesa com "Já peguei seu pai" escrito na frente.

– Ah, nossa, não! Não sou *eu*. Rá, que ideia! – Roo sacudiu as mãos, horrorizada; entre as duas, foi difícil saber quem ficou mais surpresa. – Não, não, é outra pessoa. O oposto de mim, eu juro. Ela trabalha em um centro de atendimento em Twickenham, mas um emprego aqui seria bem melhor. E ela digita como um raio... – Ela fez uma mímica frenética com os dedos para demonstrar. – Sinceramente, você deveria conhecê-la, ela seria perfeita.

– Quantos anos ela tem?

– Quase 30.

– Jovem demais para a vaga – concluiu Barbara.

– Eu sei. Mas, escuta, eu ouvi o que você estava dizendo antes sobre as garotas quererem trabalhar aqui. E essa não é assim. *Nem um pouco*. Ela não usa minissaia. É eficiente e trabalhadora e não ia arrastar a asinha para o seu chefe. Estou dizendo – respondeu Roo –, você seria louca de não ficar com ela.

Capítulo 9

– O QUE FOI QUE VOCÊ FEZ?

O trajeto para casa não tinha sido dos mais fáceis. Um atraso na linha Circle resultou em gente demais espremida em poucos vagões e Ellie acabou entre dois homens que não conheciam um desodorante. Agora, convencida de que o cecê deles estava impregnado em seu casaco, ela o tirou e o jogou na máquina de lavar.

– Arrumei um emprego para você – falou Roo, ligando o notebook. – Provavelmente. Você disse que estava na hora de mudar, então consegui isto. – Ela tirou um cartão do bojo do sutiã. – Só precisa ligar para esse número e marcar uma entrevista.

– Onde é o trabalho?

– Bem aqui em Primrose Hill. Na Ancram Street. Fica a cinco minutos caminhando. – Com persuasão na voz, Roo acrescentou: – Pensa só, você não vai mais ficar melecada com o suor fedido dos outros!

– Você tem o dom da palavra.

– Eu sei. É por isso que eu sou uma compositora tão incrível. Não tem nada pior do que suor fedido – desabafou ela. – Minha nova criação: "Ela ficou com vontade de vomitar, bem melhor do que um cara com cecê é um cara cheiroso que ama você..."

– O país precisa de você. – Ellie assentiu. – Você devia ser nossa próxima Poeta Laureada.

– Bom, falando sobre caras legais, dá uma olhada nesse aqui. – Roo virou o notebook para Ellie poder ver a tela.

– Quem é?

– Zack McLaren. O cara que vai precisar de uma nova assistente pessoal. Eu me ofereceria para o trabalho, só que precisa saber fazer coisas de secretária e datilografia. Mas e ele, hein? Não é impressionante? Ele é empresário! Veja esses *olhos*...

Ellie observou a foto. Não dava para negar que ele era um sujeito bonitão, com aquele cabelo escuro e brilhante e as maçãs do rosto de ator de cinema. Um corpo atlético ficava evidente embaixo do terno elegante. Olhos bonitos também. Roo estava praticamente babando ao seu lado.

– O lance é que é como pedir a uma vegetariana para admirar um bife. Eu vejo que ele é bonito, mas não significa nada para mim. Tudo isso é irrelevante agora. Não estou interessada.

– Eu sei, eu sei, mas ele não quer alguém que fique babando atrás dele, não é? Mostrando os peitos e choramingando como uma adolescente. É por isso que seria tão bom. Porque você não faria nada disso. Você seria *perfeita*.

– Bom...

– E, se as coisas não derem certo com Niall, esse aí pode ser meu reserva. – Roo fez um carinho na tela do computador. – Ele tem cara de quem é incrível na cama.

☾

Duas horas depois, Ellie esticou o braço por cima da mesa de centro e pegou o cartão de visitas. Quando estava saindo, Roo pediu que ela pensasse no assunto, e agora ela estava pensando. Também tinha tirado o casaco roxo recém-lavado da máquina e o cheirou, e ainda conseguiu *sentir* o cecê nas fibras. Esse era o lado ruim de ter imaginação fértil. Dali em diante, ela sabia que só de olhar o casaco já ficaria meio enjoada.

Ao mesmo tempo, havia ali a possibilidade de um novo emprego, perto de casa e com a vantagem de que seu passado não afetaria as atitudes das pessoas com ela, porque ninguém saberia.

Não havia dúvida.

Eram só nove horas. Não era tarde para ligar, era? Ellie pegou o telefone e digitou o número.

Lá vai...

O telefone começou a tocar quando Zack estava entrando em casa. Depois de um longo dia de reuniões, seguidas de um trajeto de carro de três horas de Manchester, ele só queria saber de uma cerveja gelada e uma hora na frente da televisão, sem pensar em nada antes de ir dormir.

Só que essas coisas não eram opção. Ele tinha um plano de negócios detalhado para elaborar e várias cartas para ditar. Tirou o paletó, abriu a porta do escritório, deixou a pasta na mesa e atendeu o telefone, que ainda estava tocando.

– Ah, oi, é o Sr. McLaren?

Era uma voz feminina que ele não reconhecia. Zack tirou os sapatos e pegou uma caneta.

– O próprio.

– Oi! Estou ligando para falar do emprego.

– Emprego?

– Isso mesmo. Meu nome é Ellie Kendall, e minha amiga me convenceu a telefonar. Espero que o senhor possa me incluir no processo seletivo, porque acho que eu seria uma boa candidata. Sou da região, trabalhadora, digito muito rápido e...

– Espere, desculpe, estou perdido aqui. Não sei do que você está falando – disse Zack.

– Ah! – Ela pareceu surpresa.

– Para que tipo de emprego você quer se candidatar?

– Bom, para sua assistente pessoal.

– Infelizmente, houve algum mal-entendido. Já tenho assistente e estou satisfeito com ela.

– Ah, certo, mas... Não, tudo bem, me desculpe. Erro meu. – Apressadamente, a garota disse: – Sinto muito pelo incômodo. Tchau.

– Espere...

Mas era tarde demais, ela já tinha desligado. E qual seria o sentido de prolongar a conversa? O estômago de Zack roncou, lembrando que ele precisava comer alguma coisa antes de começar a trabalhar. Uma cerveja geladinha e um curry picante, essas eram suas prioridades. Depois, ele ditaria as cartas mais importantes para que Barbara pudesse digitá-las de manhã e enviá-las.

☾

– Então, é isso. Sei que é uma surpresa, mas fique tranquilo, você não precisa se preocupar com nada. Não vou deixá-lo na mão. – O tom de Barbara foi consolador. – Vou me dedicar à tarefa de encontrar uma substituta digna.

Zack olhou para a carta oficial de demissão que ela lhe entregou antes de começar o pequeno discurso.

– Obrigado. Bom, eu lamento te perder, mas vai ser emocionante para você. E o Algarve é lindo. Quem sabe você começa a jogar golfe.

Barbara tremeu.

– Posso garantir que não.

Ele deu um sorriso de leve.

– Pelo menos isso resolve um mistério.

– Como assim?

– Recebi um telefonema ontem à noite de uma pessoa se candidatando para ser minha assistente pessoal.

Barbara fechou os olhos em desespero.

– Aquela garota chata e terrível. Sinto muito. Ela *sabia* que eu só ia falar com você hoje.

Achando certa graça, Zack falou:

– Mas você contou para ela ontem?

– Claro que não contei para ela! Ela ouviu uma conversa particular! Depois, me seguiu até aqui e disse que a amiga podia assumir minha função. Ela foi insistente demais. Acabei lhe dando um cartão seu, senão nunca teria me livrado dela.

– Bom, podemos chamar isso de proatividade. – A reação de Barbara o fez rir. – E a amiga pareceu ótima ao telefone. Acho que eu deveria entrevistá-la.

– Ah, não, não, não. – Com a papada balançando, Barbara meneou a cabeça com veemência. – Não, não, não, não, confie em mim, ela não é o tipo de pessoa que você ia querer contratar.

– Mas... Espere, eu entendi direito? Você não chegou a conhecer a amiga da garota.

– Zack, eu não preciso. A garota tinha cabelo de *roqueira punk*, todo picotado e platinado. E botas prateadas! – Barbara tremeu. – O traje todo era bizarro. E a camiseta era obscena. Pode acreditar, você não ia querer contratar alguém que seja amiga de uma garota daquelas. Não, não, deixa comigo. Vou encontrar a moça certa.

De provocação, Zack observou:

– Ou rapaz.

– Posso garantir que vai ser uma moça. – Ninguém nunca tinha acusado Barbara de ter senso de humor. Fungando com ar de superioridade, ela comentou: – Os homens não são multitarefa.

☽

Era noite de quinta-feira. Fiel à palavra, Barbara tinha feito uma lista de seis candidatas adequadas à posição de assistente pessoal. Zack havia passado a tarde toda as entrevistando, e podia afirmar com segurança que não tinham sido as três horas mais empolgantes da vida dele.

Todas as mulheres eram supereficientes, incrivelmente organizadas e tinham muita experiência. Mas, se existia overdose de microfibra, ele estava sofrendo disso. Mesmo quando elas não estavam usando esse tecido, exalavam uma aura de microfibra. Todas tinham 50 e poucos anos, cabelo impecável e pouca ou nenhuma maquiagem. Roupas elegantes de entrevista. Saias abaixo do joelho. Sapatos de saltos baixos. Unhas curtas e sem esmalte. Basicamente, Barbara mandou meia dúzia de clones dela mesma. Zack sabia por que ela tinha feito aquilo e em teoria concordava, mas ele precisava admitir que a perspectiva de escolher uma delas não o enchia de alegria.

Quinze minutos depois, ele saiu do chuveiro e enrolou uma toalha na cintura. Desceu para o escritório e virou as páginas do bloco na mesa até encontrar a que estava procurando.

Ali estava o número que ele tinha anotado, o que pertencia à amiga da garota inadequada que tanto alarmou Barbara na semana anterior. Sorrindo um pouco ao se lembrar da reação dela, Zack ligou. Ele não sabia nada sobre a garota, apenas que ela não parecia usar microfibra.

A ligação foi atendida no terceiro toque.

– Alô. *Ops.* – Houve um estalo seguido de um baque. – Desculpe. Alô.

– O que aconteceu aí?

– Eu estiquei a mão para pegar o telefone e caí do sofá. Quem é?

– Zack McLaren.

– Ah! Olha, posso só pedir desculpa pela semana passada? Eu fiz besteira, não foi? Coitada da sua assistente, espero que você não tenha se irritado com ela.

Zack achou graça.

– Eu nunca fico irritado. Escuta, você pareceu animada antes. Eu só queria perguntar se quer vir fazer uma entrevista amanhã de manhã.

– É mesmo? Ah, seria fantástico! Só que não posso amanhã, vou pegar o trem de manhã cedinho para Glasgow. – Ela pareceu genuinamente chateada. – É aniversário de 80 anos da minha avó e vai ter uma festa-surpresa, e eu não posso perder. Mas volto no domingo à noite. – Esperançosa, ela acrescentou: – Pode ser na semana que vem?

– Desculpe, eu já entrevistei todas as outras candidatas. Prometi dar a resposta amanhã.

– Ah. – Houve uma pausa. – Bem, eu não estou fazendo nada agora. Além de cair do sofá. Que tal eu botar uma roupa e aparecer aí em meia hora? – Outra pausa. – Hum, dizendo assim, parece que estou nua. Eu não estou nua, estou de pijama. Ah, meu Deus, estou falando demais. Podemos nos ver em trinta minutos, de roupa?

Zack viu o próprio reflexo na janela do escritório. Ele não contou a ela que, fora a toalha enrolada na cintura, ele também não estava usando nada. Mas essa não era a questão.

– Não posso. Tenho um jantar de negócios hoje. – Ele havia ligado para o número por impulso, mas não ia contratar uma pessoa sem conhecê-la primeiro. E ele tinha sido convidado a participar como o orador principal do jantar daquela noite e não podia se atrasar. – Bom, valeu a tentativa, mas acho que vamos ter que deixar pra lá. Foi só um desencontro. – Ele olhou para o relógio e viu que eram oito horas. Como o carro chegaria em dez minutos, precisava se apressar. – Obrigado, de qualquer modo.

– Tudo bem. – A garota, Ellie, pareceu desapontada. – Obrigada por se lembrar de mim. Gentileza sua ligar. Pena que não conseguimos nos encontrar.

Ela tinha uma voz bonita, clara e musical, do tipo que seria uma alegria ouvir. *Se você tivesse tempo.*

– Também acho uma pena. E boa sorte na sua busca. Tchau.

Capítulo 10

– Como está a funcionária nova? – Ao lado de Zack no banco do passageiro, Louisa puxou o quebra-sol e verificou o batom no espelho. – Vem se adaptando bem?

Zack assentiu. Ele acabou escolhendo Christine entre as seis candidatas e ela estava se mostrando tão eficiente quanto Barbara. Christine tinha quase 60 anos e não se interessava por moda; com sobrancelhas espessas e um gosto por saias plissadas, estilo não era a razão de viver dela. Mas digitava tão rápido que os dedos, que mais pareciam salsichas, se tornavam um borrão. Ela também levava almoço para o trabalho todos os dias e comia sanduíches de ovo com maionese à mesa, acompanhados de um chá de ervas com cheiro estranho.

– Ela ainda come sanduíches de ovo?

– Todos os dias.

– Ah, bem, talvez ela mude e experimente queijo com tomate. Você pode parar aqui? – Louisa acenou a mão na direção das lojas à frente e comentou: – Preciso de umas revistas para a viagem.

Zack sentiu um pequeno desânimo. Ele estava saindo com Louisa havia quase três meses e ela tinha várias qualidades: era confiante, glamorosa e muito atraente. Mas parar na banca de jornal, ele tinha aprendido da pior maneira possível, significava que ela passaria as duas horas seguintes lendo trechos das revistas em voz alta para ele. Por algum motivo, ela achava que Zack ficaria tão fascinado quanto ela de saber fofocas das celebridades, conselhos sábios de especialistas em relacionamentos e quais marcas de rímel deixavam os cílios mais longos. Eles estavam viajando pela rodovia M4 para o casamento de uma amiga de Louisa em Bristol, e se ele tentasse ouvir rádio, ela esticaria a mão e baixaria o volume sempre que precisasse transmitir alguma informação nova e vital: ele sabia que Victoria Beckham tinha começado a tricotar? E por que diabos Russell Brand estaria almoçando com Kate Winslet?

Ele parou no meio-fio atrás de um Volkswagen azul. Louisa, com o terno de festa cinza-claro elegante e uma camisa rosa de babados, pulou do Mercedes e sumiu na banca de jornal da Regent's Park Road.

☾

Ellie estava na fila para pagar pelo jornal e pelo chocolate quando olhou para as estantes de revista e viu uma capa com uma garota preta gordinha de biquíni dourado e peruca loura platinada. A legenda dizia: "Dolly Deeva: maior, melhor e de volta com tudo!"

Na noite anterior, Roo tinha comentado que queria saber como Dolly estava. Ellie saiu da fila e pegou a revista, a última. Ela a compraria para Roo.

– Opa, desculpe!

Uma cliente esbarrou em seu cotovelo e a revista quase caiu no chão. Ela a segurou contra o peito e sorriu com um pedido de desculpas para a ruiva elegante de roupa rosa e cinza, apesar de não ter sido sua culpa. A ruiva aceitou o pedido de desculpas com um aceno de cabeça e perguntou:

– Onde você pegou essa revista?

– Ali. – Ellie apontou para o espaço vazio, e a ruiva deu um suspiro de irritação.

– Quer dizer então que não tem mais?

– Não sei. – A mulher realmente esperava que ela lhe entregasse a revista? Ellie falou em um tom simpático: – Deve ter em outra loja.

Alguns minutos depois, ela pagou no caixa, saiu da banca e parou por um momento na calçada para folhear a revista. Ali estava a entrevista, ocupando duas páginas, com Dolly insistindo que sua fase de exibir os seios tinha ficado para trás e, mais ainda, agora era uma cristã renascida que não saía de casa sem a Bíblia. Espremida entre um Mercedes cinza-escuro e um Fusca azul-celeste, Ellie atravessou a rua e subiu a ladeira na direção da Nevis Street. Pelo que Roo tinha contado sobre Dolly Deeva, ela daria boas risadas.

☾

– Aí está você! – exclamou. – Achei que o carro estivesse vazio.

Zack se empertigou.

– Eu só estava mexendo no porta-luvas. Encontrei uns CDs que tinha esquecido. – Ele mostrou a ela o que havia descoberto. – E um saco de balinhas de alcaçuz!

– Eca, não come, deve estar mofado. – Louisa se acomodou no banco do passageiro. – Não consegui a revista que eu queria, uma garota pegou a última. Ai, muito irritante. Mas arrumei outras. – Ela bateu nas três revistas no colo. – Vão me entreter no caminho até Bristol.

– Que bom. – Zack enfiou no aparelho o CD perdido de uma banda de rock excêntrica, apertou o play e ligou o carro. – Você já ouviu isso? É ótimo.

Menos de dois minutos depois, Louisa esticou a mão e baixou o volume.

– Aah, não acredito? Que mentirosa! – Ela apontou para a fotografia de uma antiga *Bond girl* bem preservada. – Ela tem 55 anos no mínimo e diz que nunca usou botox!

☾

– Zack, sinto muito. Eu não aguento mais. Achei que conseguiria, mas não dá. É demais.

– É mesmo?

A primeira reação de Zack foi de surpresa; a segunda, de alívio. Não tinha passado por sua cabeça que ele era um patrão exigente. Por outro lado, isso significava *o fim dos sanduíches de ovo com maionese*.

Graças a Deus.

– É meu marido. – Christine hesitou, os olhos claros ficando marejados. – Ele... não está mais como antes, sabe. Ele vai para um centro de atividades quando estou no trabalho, mas à noite vira outra pessoa. Fica vagando pela casa, tentando achar um jeito de sair. Eu estou dormindo muito pouco e estou exausta. Meu médico me mandou parar de trabalhar. Não consigo nem explicar quanto me sinto mal de deixar você na mão, porque é muito bom trabalhar para você.

Agora ele estava envergonhado; ele era egoísta demais. Zack balançou a cabeça e disse:

– Não se sinta mal. Não precisa pedir desculpas. Sinto muito pelo seu marido. Eu não fazia ideia. Claro que você precisa poupar suas energias para cuidar dele. – Tomado pela culpa, ele percebeu que ela realmente parecia exausta; tinha bolsas escuras debaixo dos olhos. – E, olha, não se preocupa em cumprir aviso prévio. Eu dou um jeito.

Christine o encarou e remexeu na manga procurando um lenço para enxugar os olhos, que transbordavam.

– Ah, Zack, que gentileza. Mas eu não poderia fazer isso com você. Não posso deixá-lo sem ninguém.

– Ei, o que é mais importante? Digitar e arquivar uns documentos ou cuidar da sua saúde? Pensando bem, por que você não vai para casa agora mesmo? – Zack se levantou e pegou a chave. – Vamos, eu te dou carona.

☾

– Bom, acho que é bem improvável. – A voz de Zack McLaren ecoou ao telefone. – Você já deve ter encontrado outro emprego. Mas, caso não tenha encontrado, a moça que contratei precisou sair. Estou procurando outra pessoa e me lembrei de você.

Zack McLaren. Seria o destino? Sentada de pernas cruzadas no sofá, Ellie botou a caneca de chá na mesa.

– Ela teve que sair depois de duas semanas? Isso quer dizer que você é um chefe dos infernos?

Ele pareceu achar graça.

– Não sou, eu juro.

– E você está me convidando para uma entrevista?

– Se você ainda estiver interessada.

Ellie sorriu. Será que ela estava mesmo interessada? Duas semanas antes, estava determinada a fugir do confinamento simpático e claustrofóbico do Brace House. Mas, depois de superar o constrangimento inicial de ter que ver Michael de novo, ficou mais fácil permanecer lá. Seu médico garantira que a inércia era parte do processo de luto. Às vezes você sabia quais eram as mudanças que precisava fazer, mas não conseguia reunir forças para isso.

Só que agora Zack McLaren estava ligando para ela, dando-lhe outra chance, que ela aceitaria.

– Ah, sim, estou interessada. Quando você quer me encontrar?

Ela o ouviu responder:

– O mais rápido possível. Que tal agora?

– Combinado.

Ellie já estava se levantando do sofá, batendo na perna dormente. Talvez chegasse lá e descobrisse que não queria trabalhar para aquele homem. Mas seus instintos diziam que ela ia querer.

☾

Inacreditável.

Inacreditável.

Era ela.

O choque fez Zack se afastar em um pulo da janela do andar de cima. A sensação era que ele tinha levado um soco no peito... Não, era como se alguém tivesse se aproximado por trás para executar a manobra de Heimlich sem avisar. Não era fácil chocá-lo, mas aquilo conseguiu. A garota que se aproximava pela Ancram Street era a que ele tinha visto no The Ivy. Ela causou uma impressão tão forte nele na época (*quando foi? Mais de dois meses antes*) que ele conseguia se lembrar de cada detalhe daquele almoço. Ele até calculou habilmente o fim da reunião para os dois saírem do restaurante mais ou menos na mesma hora. Ao sair na calçada, ele a viu entrar em um táxi com Tony Weston e sentiu uma vontade quase incontrolável de abrir a porta e arrancá-la dali.

Claro que ele não fizera isso. Ele tinha se controlado. Acima de tudo, aquele tipo de comportamento levava as pessoas para a cadeia. Então ele ficou parado na chuva, vendo o táxi desaparecer no fim da rua e pensando que Tony Weston tinha idade para ser pai dela.

Mas agora ali estava ela, andando na direção da casa dele, sendo que ele achava que nunca mais a veria, e havia uma boa chance de que, em menos de um minuto, ela tocasse sua campainha. Porque aquela garota de camisa branca e saia estreita até os joelhos estava vestida para uma entrevista.

O que queria dizer que ela devia ser Ellie Kendall.

Zack ficou com a boca seca. Complicações emocionais eram a última coisa, a última coisa *mesmo,* de que ele precisava na vida profissional. Todo mundo sabia que se envolver com a secretária era pedir para ter problemas.

Como ele poderia lidar com aquela situação?

Capítulo 11

Só podia ser louco quem dizia que levar uma cagada de pombo dava sorte. Quando estava subindo os degraus até a porta da frente, Ellie viu uma gosma branca cair e se esparramar no chão, a centímetros do pé direito dela. Desviando-se tardiamente para a esquerda, ela encarou o acontecido como um preságio de esperança. Escapar por pouco do cocô de um pombo é que podia ser chamado de sorte.

Ela tocou a campainha e esperou. Quando a porta foi aberta, ela já sabia o que esperar pelas imagens no computador de Roo, mas na vida real ele era mais alto do que Ellie tinha imaginado. E inegavelmente impressionante. Não era surpresa Roo ter ficado tão empolgada. Os olhos dele eram lindos e maçãs do rosto, maravilhosas. Com sorte, também teria senso de humor. Principalmente se Roo fosse dar em cima dele de forma nada sutil. Pelo menos, isso não aconteceria enquanto Niall estivesse em cena.

– Oi, Ellie. Sou Zack. – Ele hesitou por uma fração de segundo, segurou a mão dela e a cumprimentou. – Prazer em conhecê-la, finalmente. Entre.

Muito bem, comporte-se, *não conte que um pombo quase fez cocô na sua cabeça*. Ellie segurou firme a bolsa pendurada a tiracolo e o seguiu até o escritório no térreo. Ele estava usando calça jeans e uma camiseta cinza-claro. Roo aprovaria aquela bunda. A própria Ellie podia até ser imune aos homens, mas ainda conseguia reconhecer suas qualidades.

– Eu trouxe meu currículo. – Ela tirou o papel da bolsa e entregou para ele. – Sei quase tudo sobre cuidar de um escritório. Eu digito bem rápido e sei bastante sobre computadores. Você pode me testar. E sou muito dedicada.

– Fico feliz de ouvir.

Zack deu um sorriso breve. Nos vinte minutos seguintes, ele explicou a natureza do trabalho que ela teria que fazer. Ditou uma carta e ela a transcreveu. Ele mostrou o sistema de arquivamento, que era bem simples. Perguntou sobre o centro de atendimento Brace House, e ela falou que gostara de trabalhar lá durante aqueles seis anos, mas que agora estava pronta para um novo desafio, ainda mais a poucos minutos de casa.

– Ah, posso dizer mais uma coisa? – Ellie sabia que ele não podia fazer a pergunta, mas o vira olhando para sua mão esquerda sem aliança. – Eu não sou casada. – Se a ajudasse a conseguir o emprego, ela ficava feliz em garantir que ele não precisaria se preocupar de ela anunciar uma gravidez e começar a pedir benefícios. – E não estou planejando ter filhos. Não vai rolar.

– Certo. – Ele pareceu aliviado, mas ainda a observava com atenção.

Ela hesitou e pesou as opções. Não, não conte sobre Jamie. O objetivo de mudar de emprego era poder recomeçar e não ser tratada de forma diferente das outras pessoas. *Das outras pessoas normais...*

– Enfim, é isso. Sou solteira. – Depois de deixar isso claro, Ellie mudou de assunto: – Você se importaria de contar o que aconteceu com a última assistente?

Foi nesse momento que Zack explicou sobre Christine. Ao concluir a história, ele disse com bom humor:

– Portanto, se você não tiver um marido inválido para cuidar, vai ser outro ponto a seu favor.

Isso era um bom exercício sobre como agir com normalidade. Ellie abriu um sorriso largo e respondeu:

– Bom, isso eu não tenho mesmo!

Ele lhe ofereceu um café e mostrou a cozinha, que era toda verde e de aço inoxidável moderno e dava em um pequeno jardim murado no fundo da casa.

Mas, como não estava tão quente lá fora, eles subiram a escada até a sala, decorada em tons de vinho e cinza-claro e com sinais de que alguém realmente morava ali. Havia jornais desarrumados em uma estante, uma lata vazia de Coca-Cola na mesa de centro e um paletó em uma das cadeiras.

– Sente-se.

Zack indicou o sofá e se acomodou em uma das cadeiras em frente. Ele estava sendo educado, até encantador, e a convidara para subir e tomar um café, mas ainda havia claramente um ar de reserva. Ellie se perguntou se já tinha conseguido o emprego ou se ele ainda não tinha tomado uma decisão.

– Obrigada. – Ela se concentrou em não derramar o café.

– Então você mora na Nevis Street. É ótimo lá.

– É, sim. E morar tão perto significa que posso ter flexibilidade. – Ela não sabia se vender muito bem, mas queria aquele emprego.

– Excelente. – Depois de um momento, Zack perguntou: – Você mora com amigas?

– Hã, não.

– Ah. – Ele deu de ombros. – Eu só estava imaginando. A hipoteca daquele lugar deve ser bem alta.

– Eu não pago hipoteca. – Ellie foi evasiva, pois tinha sigo pega de surpresa pelo rumo da conversa. Nunca haviam feito esse tipo de pergunta numa entrevista.

– Aluguel, então. O aluguel deve ser caro. Ainda seria possível pagar o aluguel com o salário que ofereço?

– Bom, s-sim. – Ela percebeu que estava começando a ficar vermelha sob o olhar dele. Contar sobre Tony só complicaria as coisas, mas ele a encarava com tanta atenção que ela sentiu que devia uma explicação. – A questão é que também não alugo o apartamento. Eu só... sabe como é, eu moro lá. Meio que... cuido do lugar. – Deu para ouvir Ellie engolindo em seco. – Para um amigo.

Houve um silêncio constrangedor. Ela sentiu a pele arder alguns graus a mais. Depois de vários segundos incômodos, Zack finalmente assentiu e disse:

– Certo.

☾

O que ele tinha feito? Meu Deus, onde estava com a cabeça?

Assim como fizera mais cedo, Zack estava agora na janela, acompanhando a caminhada de Ellie Kendall depois que ela saiu da casa e seguiu pela Ancram Street.

Ele foi contra tudo em que sempre acreditara. Oferecera o emprego a Ellie Kendall, e ela aceitara com alegria. Se Barbara estivesse ali agora, teria lhe dado um tapa no ouvido.

Mas ele não conseguiu se controlar, simplesmente por causa do jeito como ela ficou na companhia dele. O motivo para ele ter passado a contratar mulheres como Barbara Mandona e Christine Microfibra foi que suas duas assistentes pessoais anteriores tiveram paixonites não correspondidas por ele que foram uma complicação extra e desnecessária.

A diferença era que, daquela vez, quem parecia correr o risco de se envolver emocionalmente era o próprio Zack.

E, ainda por cima, havia uma boa chance de Ellie estar morando em um apartamento com aluguel pago pelo ator Tony Weston, que tinha idade para ser pai dela.

Zack a viu chegar ao fim da rua e fazer uma pausa, iluminada pelo brilho laranja da luz do poste, antes de virar à esquerda e desaparecer de vista. Quando não a viu mais, pareceu que a luz tinha ficado mais fraca. Ah, meu Deus, que loucura. Ele não devia ter oferecido o emprego. Se sentia tudo aquilo por Ellie, deveria procurar outra pessoa e ligar para ela e explicar por que não seria correto contratá-la. E depois a convidar para jantar.

Mas ele só poderia ligar para uma garota e a convidar para jantar se tivesse rolado um clima entre eles, sinalizando a existência de atração mútua.

E era por esse exato motivo que ele não conseguiria. Ele enfiou as mãos nos bolsos de trás da calça jeans e se afastou da janela. Não poderia fazer aquilo porque, da parte de Ellie Kendall, não tinha rolado clima nenhum. Zero. Se ele ligasse para ela e a chamasse para sair, havia boas chances de que ela fosse educada e firme e recusasse.

O que significaria que ele não teria mais motivo para vê-la.

O que era... impensável.

Tão impensável, evidentemente, que ele teve que oferecer um emprego a ela.

☾

– Adivinha – disse Roo dois dias depois, quando Ellie se encontrou com ela no Café Rouge depois do trabalho.

– O quê? – Roo realmente esperava que ela tentasse adivinhar? Mas, pela expressão dela, a notícia não era boa.

– Quando um homem parece bom demais para ser verdade... e é bonito demais para ser verdade... há uma grande chance de que...

– Tudo esteja dando certo demais para ser verdade?

Por um momento, Ellie entrou em pânico; será que ela estava falando de Zack McLaren? Ah, meu Deus, ela já tinha pedido demissão no trabalho. Roo havia descoberto alguma coisa sobre ele e estava prestes a contar? Ele era um pilantra, um terrorista, um fraudador condenado?

– Na mosca. Isso aí. – Roo estava tomando vinho tinto e vestia calça branca, o que não era muito inteligente com a agitação dela. – Por outro lado, não sei por que estou surpresa. Estamos falando da minha vida, afinal.

A vida de Roo. Não a dela. Ellie expirou lentamente.

– Tem a ver com o trabalho?

Ela usou a palavra "trabalho" sem rigor; a ideia que Roo tinha de trabalho aparentemente envolvia se encontrar com colegas compositores, cantar versos soltos e tocar acordes uns para os outros por algumas horas, depois decidir que aquele não era um bom dia musical e ir para o bar.

– Não, tem mais a ver com a descoberta de que meu namorado é casado.

– Niall? – Ah, meu Deus, e ela era louca por ele. Chocada, Ellie disse: – Tem certeza?

Roo estava girando as pulseiras de prata no pulso fino.

– Absoluta. Considerando que foi ele que me contou.

– Você quer dizer que eles estão separados? Vão se divorciar? – Não teria problema se fosse assim, teria?

– Não. – Ela balançou a cabeça. – Eles ainda estão juntos. – As pulseiras que Niall tinha dado a ela na semana anterior giraram e giraram.

– Ah, não, que filho da mãe. – Ellie se solidarizou com ela. – Isso aconteceu com a Sally lá do trabalho dois anos atrás, mas ela só descobriu quando a esposa do cara apareceu uma noite na porta da casa dela. Ela ficou arrasada. Foi horrível. Por que os homens acham que conseguem sair impunes disso?

– Porque são homens. – Roo tomou outro gole grande de vinho.

– Bom, quem perde é ele. E você vai ficar melhor agora – disse Ellie em tom consolador. – Você não precisa de um lixo assim. Acredite em mim, você vai encontrar alguém um milhão de vezes melhor. Que verme nojento. Já vai tarde.

Roo fez uma careta.

– Não diga isso.

– Claro que vou dizer! Ele não presta e você vai ficar melhor sem ele.

– Mas você não o conheceu.

– Ainda bem! Ah, para com isso. – Ellie se inclinou por cima da mesa e apertou o braço dela. – Você vai ficar bem. Tem um monte de homens incríveis por aí, só esperando para te conhecer. Homens amorosos, homens que não mentem, homens que não são casados... Aah, já sei, você gostou da cara do Zack McLaren, não foi? Quando eu começar lá na semana que vem, vou descobrir se ele é solteiro e talvez...

– *Shh.* – Roo deu um pulo quando seu celular começou a tocar. Ela o pegou na mesa, levou ao ouvido e sussurrou: – Alô? Sim. Não. Não, eu sei. Sim, eu também. Tudo bem. Certo. Tá. Tchau.

A expressão furtiva no rosto dela revelou a Ellie quem era do outro lado da linha.

– Era o Niall, não era?

– Era.

– E...?

– Nada.

– O que ele queria?

– Só... saber como eu estou. – A furtividade agora se misturava com desafio.

– Só isso?

– Basicamente. – Furtividade e desafio misturados com culpa. Roo tomou mais vinho e ficou olhando atentamente para a taça.

– Vocês ainda estão se falando, então.

Será que essa também era a sensação de um advogado interrogando uma testemunha no tribunal?

– Ao que parece.

– Ainda está saindo com ele?

– Talvez. – Uma pausa. – Sim.

– Ah, meu Deus. – Ellie balançou a cabeça. – *Por quê?*

– Não me olhe assim – choramingou Roo. – Eu o amo!

Então foi por isso que Roo não gostou quando ela chamou Niall de verme nojento. Impressionada com o poder que ele tinha sobre ela, Ellie disse:

– Ele é *casado*.

– Mas não é feliz!

– Continua sendo casado.

– Não é culpa dele. – Roo começou a defendê-lo. – Ela o prendeu.

Ellie a encarou por um tempo.

– Você quer dizer em uma armadilha enorme de metal?

– Pior do que isso.

– Então você está me dizendo que eles têm filhos.

Dois pontos vermelhos surgiram nas bochechas de Roo.

– Um filho. Só um. Olha, ele não é má pessoa – declarou ela. – Só está tentando fazer a coisa certa. Ele ia terminar com ela quando ela contou que estava grávida. Niall poderia tê-la largado, mas não fez isso. Ele ficou, pelo bebê. Mas ela é um pesadelo. Fez da vida dele um inferno…

– O bebê?

– Não! A esposa! Yasmin. – Roo curvou os lábios. – Esse é o nome dela. Não parece coisa de… princesa? E ela é uma vaca, você não faz ideia. Falando sério, ele tentou fazer dar certo, mas foi impossível.

– E ele vai deixá-la?

– Bom, sim, claro que vai.

– Quando?

– Em breve.

– Por que ele não deixa agora?

– Ele não pode fazer isso ainda, com o bebê tão pequeno. Precisa ficar até ele completar 1 ano. Senão pega mal, sabe? – Roo fez uma pausa. – Você não aprova, não é? Não me diga que estou fazendo a coisa errada. Você não tem permissão de reclamar.

– Quando tudo der errado, vou poder dizer que eu te avisei?

– Não vai dar errado. Ele é incrível. Eu esperei *anos* para ser feliz assim!

– Mas…

– Ah, por favor, não diga mais nada – suplicou Roo. – Quando você conhecer Niall, vai entender. Eu o *amo*. – Ela bateu com a mão no peito. – E não é minha culpa ele ser casado.

Capítulo 12

Para quem quisesse fazer um londrino mal-humorado falar, Ellie já tinha descoberto a resposta. Era só carregar um buquê enorme embrulhado em celofane para casa depois do trabalho.

– São para mim, amor? – disse o vendedor de jornais em frente ao Brace House quando ela saiu do prédio no último dia lá.

– Ah, obrigado, não precisava! – gritou um motorista de táxi pela janela.

– Que flores lindas, querida, são minhas favoritas – disse um funcionário do metrô.

– Como você sabia que era meu aniversário? – perguntou um estranho com um sorriso enorme na rua.

Era como viver no mundo de Mary Poppins.

Na verdade, era uma mudança bem-vinda que sua última viagem do trabalho para casa fosse transformada num evento tão alegre. Talvez devesse ser obrigatório andar com flores aonde quer que você fosse. Quando chegou à Nevis Street, Ellie entrou no apartamento. Tony já estava lá; ela sentiu o cheiro da colônia Acqua di Parma dele.

Ele foi recebê-la.

– Oi, querida. São para mim? Não precisava. – Achando graça da própria piada, ele pegou o buquê da mão dela e lhe deu um abraço caloroso. – Você está ótima.

– Você também. – Tony ficaria alguns dias para se reunir com produtores de um filme e dar algumas entrevistas. Era ótimo vê-lo novamente.

– Já se adaptou ao bairro?

– Completamente. Eu adoro aqui. E na segunda eu começo no Zack.

– Que ótimo. Como foi sua festa de despedida?

Ellie começou a desembrulhar as flores.

– Emotiva. Paula chorou baldes. Todo mundo ficou relembrando o passado. Estão todos tensos sobre como vou ficar sem eles. Senti um pouco de culpa, porque a decisão de sair foi minha e estou ansiosa para começar no emprego novo. – Ela já tinha dito isso para Tony ao telefone, mas era importante repetir. – Ele não sabe sobre Jamie, a propósito. Não vou contar.

– Tudo bem. – Tony assentiu. – Não fique tão preocupada. O que for mais fácil para você.

Ele fez café enquanto ela arrumava as flores num vaso. Antes de ir se encontrar com os produtores, contou a ela sobre o projeto.

– Estão vendendo o filme como um cruzamento de *Jogos, trapaças e dois canos fumegantes* com uma comédia romântica. Querem que eu faça o papel de um gângster fofo que tem um clube de danças coreografadas, cria chihuahuas e manda matar as pessoas que o irritam.

– Eu assistiria. – Ellie cortou alguns centímetros do cabo de uma gérbera amarela. – E você vai fazer?

– Talvez. A gente filmaria em Londres, no País de Gales e na Islândia. Vamos ver. – Ele botou açúcar no café e mexeu. – A propósito, recebi um e-mail de Todd outro dia. Ele está morando aqui agora.

Ela se concentrou nas flores.

– Eu sei. Ele também me mandou um e-mail.

– Você foi se encontrar com ele?

– Não.

– Por quê?

– Não sei. – Ellie deu de ombros e cortou outro cabo. – Simplesmente não fui.

– Você o odeia?

– Claro que não!

Tony recuou.

– Tudo bem, sem pressão. Só estou perguntando. E quando vou conhecer essa sua nova amiga? A que mora do outro lado da rua?

– Quando ela conseguir ficar longe do boy novo dela. Ou quando ele estiver ocupado com outra coisa. – Sem conseguir esconder a reprovação, ela acrescentou: – Tipo a esposa e o bebê.

– Minha nossa – comentou Tony secamente.

Droga, o que ela estava dizendo? Ellie mordeu a língua; todo mundo sabia que Tony tinha sido infiel quando era casado com a mãe de Jamie. Rapidamente, ela emendou:

– Roo não tem muita sorte com homens. Eu só não quero vê-la se magoar.

– Como ele é?

– Não faço ideia. Ele é fantástico, de acordo com Roo. Vai saber... – A campainha tocou e ela sentiu uma onda de alívio; era o fim dos momentos constrangedores e o fim da conversa sobre Todd. – Pronto, seu carro chegou.

Na hora do almoço no sábado, Ellie pegou o metrô para Camden e seguiu pela Parkway sob o sol. Antes de sair do apartamento naquela manhã para ir ao alfaiate, Tony dissera:

– A propósito, reservei uma mesa para nós no York and Albany à uma hora. – Quando ela protestou que não havia necessidade, que ela podia preparar algo para comer em casa, ele balançou a cabeça. – Se eu estivesse hospedado em um hotel, a gente se encontraria em um lugar decente para almoçar, não é? Vamos continuar fazendo assim. – Com o rosto sério, ele acrescentou: – Não que seus ovos fritos com torrada não sejam deliciosos.

Ele tinha razão. Tony gostava de boa comida e os dois sempre ficavam ansiosos para comer fora. Quando Ellie chegou ao restaurante, seu estômago roncou. Estava dez minutos adiantada, mas talvez Tony já tivesse chegado.

Só que não tinha. Ela foi ao toalete feminino, deu uma arrumada no cabelo e retocou o batom.

Ao subir a escada, viu um cliente sentado a uma mesa perto da janela. Seu couro cabeludo se arrepiou e sua boca ficou seca. *Ah, meu Deus, não.* Naquele momento, alertado pelo barulho dos saltos dela no piso de madeira, Todd se virou para ver por que os passos tinham parado tão abruptamente.

Pela expressão no rosto dele, ficou claro que ele também não esperava por aquilo. Estava tão chocado quanto ela. Ele parecia mais velho, mais adulto. E estava usando uma camisa verde-escura e uma calça azul-marinho que não combinavam. Ellie se recompôs, soltou o corrimão e se aproximou dele.

– Oi, Todd. – Será que ela também parecia mais velha?

– Oi, Ellie. – Ele se levantou, desajeitado. – Que surpresa encontrar você aqui.

– Bom, estou supondo que não seja coincidência. Tony pediu que o encontrasse para almoçar.

Todd ainda estava pensando se deveria dar um abraço nela.

– Ele também me chamou.

Tony sempre tomava as rédeas das situações. E olha que ele ainda nem tinha chegado. Ellie pegou o celular e ligou para o número dele.

– Oi, querida. Ele já chegou?

– Chegou. Você vai se juntar a nós?

– Ellie, almoce com ele. Você pode fazer isso por mim? E não se preocupe com a conta. – A voz de Tony estava tranquilizadora. – Já providenciei tudo.

– Você talvez se arrependa disso – retrucou Ellie. – Vou pedir o vinho mais caro da carta. – Ela desligou e olhou para Todd. – Ele não vem. Não acredito que ele *fez* isso.

Todd a encarou com cautela.

– O que a gente faz agora?

– Não sei.

Ellie fechou os olhos por um segundo, odiando o fato de ter caído em uma armação. Não era uma situação na qual ela quisesse estar. Na última vez em que aconteceu, foi no funeral de Jamie, quando tudo que ela queria era fugir da igreja e correr sem parar. Naquela época, isso não era opção, mas agora era. Se realmente quisesse, ela podia apenas ir embora...

– Que barulho é esse? – Todd pareceu incrédulo. – É o seu estômago?

Estômago idiota, estava roncando como uma betoneira de novo. Ela não tinha tomado café da manhã de propósito, pensando no almoço.

– Acho que vou para casa – disse Ellie.

– O que Tony falou ao telefone?

– Ele quer que eu almoce com você.

Todd perguntou com voz firme:

– E por que você não quer?

Ellie encolheu os dedos dos pés.

– É que... é que eu...

– Olá! – O maître se aproximou deles com um sorriso. – Sua mesa está pronta! Por favor, me acompanhem.

Todd levantou a mão.

– Espere só um momento, talvez tenhamos uma mudança de planos.

Aquilo era idiotice. Todd estava olhando para ela. O maître estava esperando. O casal ao lado do bar estava olhando e ouvindo tudo...

Roooooinc.

Pelo amor de Deus, será que eles também tinham ouvido? Todo mundo no restaurante ouviu?

– Tudo bem. – Ellie botou a mão no estômago em uma tentativa inútil de sufocar o barulho. – Vamos comer.

Durante os primeiros cinco minutos, eles se concentraram no cardápio. Finalmente, quando já sabia tudo de cor e não aguentava olhar nem mais um momento, Ellie deu um suspiro.

– Me desculpe.

– Tudo bem. – Todd deixou o cardápio de lado. – Desculpas pelo quê?

– Você sabe. Por tudo. – Um nó surgiu na garganta dela e ela olhou para os talheres. – Por hoje. Pelos e-mails. Por não querer te ver. Tudo.

– Você sabe por que se sente assim?

– Porque eu sou uma pessoa horrível.

Ele balançou a cabeça.

– Pare com isso. Você não é horrível.

– Sou, sim. – O nó na garganta dela estava aumentando e a garçonete bonita estava se aproximando para anotar o pedido. Ellie empurrou a cadeira para trás e disse apressadamente: – Vou querer a terrine de pato e o risoto. Só me dá um momento...

Ela desceu a escada pela segunda vez, se trancou em um cubículo do banheiro e chorou silenciosamente até a outra mulher sair de lá e ela poder soltar uns soluços altos e escandalosos em paz. Foi um choro barulhento, caótico e indigno que prosseguiu por um tempo, mas não havia como fazer parar. Como uma birra descontrolada de criança, tinha que passar sozinho.

Meu Deus, que estado deplorável. Ellie acabou encarando seu reflexo no espelho e fez uma careta. Olhos inchados e bochechas vermelhas, como antigamente. Ela não ficava com uma cara tão horrível havia meses. Remexeu na bolsa e encontrou o pó compacto e seu batom preferido.

Bom, ainda um pouco assustadora, mas era o que dava para fazer. Se ela soubesse que isso ia acontecer, teria levado o rímel.

– Não precisa falar nada – disse ela para Todd ao se sentar em seu lugar. – Eu já sei.

– Desculpe. – Ele pareceu constrangido.

– Não peça desculpas. Só aconteceu um pouco atrasado, só isso. Mas estou me sentindo melhor. Você fez o pedido?

Todd assentiu.

Ela olhou ao redor e viu olhares se desviarem rapidamente.

– As pessoas estão fingindo não olhar para mim. Aposto que estão tentando entender o que está acontecendo aqui.

Ele conseguiu abrir um breve sorriso.

Ellie tomou um pouco de água. Não adiantava, ela tinha que falar.

– Posso explicar por que sou uma pessoa horrível?

– Vou tentar adivinhar... Jamie se foi e eu ainda estou aqui. Se um de nós tinha que morrer, você queria que tivesse sido eu.

Ah, meu Deus. Ele sabia.

– Isso. – Com vergonha, ela assentiu, os joelhos apertados um contra o outro embaixo da mesa.

– Ell, você acha que eu já não tinha percebido isso? Desde o primeiro dia?

– Desculpe. Eu tentei não me sentir assim. Mas não consegui evitar.

– E eu sentia culpa porque ainda estava vivo. Por que eu deveria estar? Não é uma boa sensação – disse Todd. – Eu sabia que não era melhor do que o Jamie. Eu não merecia ter sido salvo. Já me fiz essa pergunta um milhão de vezes. Por que eu? – Os olhos dele estavam cheios de dor, refletindo sua angústia. – E a questão é que não tem resposta. A culpa não passa nunca. Meu melhor amigo não está mais aqui e eu sinto tanta falta dele... e ainda acho que se eu tivesse chegado atrasado, em vez de pontualmente, ou se eu tivesse ido dar uma volta no quarteirão como Jamie mandou, o acidente não teria acontecido.

Nossa, ele também se torturava com aquilo? Agora era Ellie quem estava sentindo culpa. Ela esticou a mão por cima da mesa e segurou a dele.

– Ah, Todd, eu também sinto falta dele. Mas não foi sua culpa. – Ela apertou os dedos dele para demonstrar que estava falando sério e viu um pouco de alívio surgir no rosto dele. – Não foi mesmo. E não vou mais ser uma vaca, prometo.

A entrada chegou e a atmosfera ficou mais relaxada. Agora que ela tinha confessado que o queria morto e Todd a tinha perdoado por isso, a tensão entre eles desapareceu milagrosamente. A comida estava deliciosa, mas eles estavam ocupados demais botando a conversa em dia para prestar atenção. Todd contou sobre a vida em Massachusetts e exibiu o sotaque de Boston, parecendo um comediante britânico tentando imitar (mal) um americano. Embora trabalhar lá tivesse sido interessante, ele só tinha pedido transferência para tentar fugir da tristeza. Mas aquilo não foi a resposta e agora ele estava de volta, pronto para retomar a vida em Londres, ainda que sem Jamie.

Foi a vez de Ellie de contar sobre o choque de Tony quando ele foi visitar o apartamento de Hammersmith e sobre a decisão dele de comprar o apartamento da Nevis Street.

– Eu me sinto mal de estar morando em um lugar legal só porque Jamie morreu.

Até então, ela não tinha admitido isso para ninguém; devia ser o que as pessoas sentiam quando recebiam a indenização de um seguro de vida e descobriam que agora podiam tirar férias de luxo.

– Tony fez isso porque queria. Aposto que ele se sentiu melhor assim – disse Todd.

Talvez. Na verdade, ela sabia que Todd estava certo.

O prato principal chegou e Ellie descreveu como ela se sentira presa no Brace House.

– As pessoas eram mais legais comigo do que eu merecia. Nunca me senti normal. Era como andar com um VIÚVA pintado na testa. A partir de segunda, eu começo num novo emprego, com um novo chefe e uma nova vida.

Eles continuaram comendo e conversando. Ela contou a Todd sobre Roo. Ele contou como era constrangedor, sendo um inglês nos Estados Unidos, entender errado o significado da palavra *pants*: calcinha para os britânicos e calça para os americanos.

As taças de vinho foram enchidas.

– Eu pareço mais velha? – Ellie se inclinou para a frente e ergueu o queixo para que ele pudesse olhar melhor.

– Não. – Ele sorriu. – Você está idêntica. Por quê?

– Porque você parece mais velho. Desculpe. – Ela fez uma careta. – Pode ser o corte de cabelo. Você parece... mais adulto.

– Eu *estou* mais adulto. Mais maduro. Até parei de ver *Bob Esponja*.

Encorajada pela demonstração de humor, Ellie disse de brincadeira:

– E as garotas em Boston? Conheceu alguma legal? Conheceu alguma maluca a ponto de sair com você?

– Sinceramente? Mais do que você imaginaria. – Todd fez uma careta. – Mais do que eu estava esperando, isso é certo. É o sotaque britânico, pelo visto. Elas adoram. Acham que somos todos chiques.

– Então você está me dizendo que choveu mulher na sua horta. – Claro que sim; Todd era um partidão. Com aquele sorriso irresistível e a personalidade alegre e relaxada, que garota não se sentiria atraída por ele?

– Digamos que chuviscou... – Ele assentiu.

– O que isso quer dizer?

– Quer saber a verdade? Bom, eu saí com uma garota. Por algumas semanas. Ela era... legal. Não havia nada de errado com ela. Mas não consegui me envolver. Porque sentia culpa. Não era justo eu ainda poder fazer esse tipo de coisa e Jamie não. – Todd deu de ombros e disse com simplicidade: – Então, não fiz.

– Esse tipo de coisa?

– Isso mesmo.

– Você quer dizer sexo?

– Exatamente.

– Você nem tentou?

– Não quis tentar.

– E o que a garota achou disso?

– Ela ficou arrasada, achou que era culpa dela. Quando contei sobre Jamie, ela achou que eu talvez fosse gay. – Todd tomou um gole de bebida. – Eu tive que explicar que não era. E, depois disso, foi um desafio. As garotas fizeram de tudo para me seduzir. E, quanto mais elas tentavam, mais eu recuava. Coisa estranha. – Ele balançou a cabeça. – Eu nunca fui tão popular. Foi típico eu não tirar vantagem. Apposto que Jamie estava lá em cima morrendo de rir.

Como ela ficou distante de Todd por tanto tempo? Ele amava Jamie tanto quanto ela.

– Também acho.

Ele se inclinou na direção dela e baixou a voz:

– Você fala com ele?

O estômago de Ellie se contraiu. Ela assentiu.

– Falo.

– Eu também.

Ela botou o garfo na mesa.

– E ele responde?

– Não. – Todd pareceu confuso; a ideia nunca tinha passado pela cabeça dele. – Como poderia? Ele está morto.

☾

– Então você ainda está falando comigo? – indagou Tony como cumprimento quando eles voltaram para o apartamento.

– Você fez a coisa certa. – Ellie lhe deu um abraço. – Obrigada.

Ele deu um tapinha no ombro dela.

– Que bom que deu certo. Pode me chamar de bruxo. Todd, venha aqui. Que bom ver você de novo.

Ellie os deixou conversando, foi para a cozinha e botou a água para ferver na chaleira. Quando eles foram para lá, ela disse:

– Está mais para fada-madrinha, considerando o jeito como você anda resolvendo meus problemas.

– Aproveite ao máximo, eu só fico até quarta. – Tony pegou um biscoito da lata. – Ah, seu chefe novo ligou mais cedo e pediu que você retornasse.

– Ele mudou de ideia sobre te contratar. Você já vai ser demitida – brincou Todd.

Ellie passou o café e ligou para Zack.

– Oi, só para avisar que eu tenho um café da manhã no Savoy na segunda, então não chegue às nove aqui em casa. Melhor chegar às dez. Eu já terei voltado até lá.

– Tudo bem. Obrigada. – Esse era o tipo de mensagem que ela gostava de ouvir.

Zack pigarreou.

– Quem foi que atendeu o telefone quando eu liguei?

Ellie hesitou; por que ele estava tão interessado? E pensar que diziam que eram as mulheres que faziam muitas perguntas. Não era possível que ele tivesse reconhecido a voz de Tony; não era tão marcante assim. Com tranquilidade, ela respondeu:

– Foi um amigo. Então às dez na segunda. Mais alguma coisa que eu precise saber?

– Não que eu lembre. – Por um momento, ele pareceu querer dizer mais alguma coisa, mas estava se segurando. – Aproveite o resto do fim de semana. A gente se vê na segunda.

Capítulo 13

Era segunda-feira à tarde, um dia quente de verão, e toda vida humana estava em Primrose Hill.

Bom, não *toda* vida humana. Mas o suficiente para se distrair por horas. Depois de uma manhã de entrevistas para a imprensa, Tony estava gostando de poder descansar a voz. De sua posição no banco virado para o sul, ele tinha o que era possivelmente a vista mais espetacular de Londres. O sol ardia em um céu quase sem nuvens. Havia pessoas passeando com cachorros e pais brincando com crianças pequenas na grama. Havia um grupo de adultos praticando tai chi. Pessoas parcialmente despidas, mantendo só o mínimo necessário no corpo, pegavam sol na grama, absorvendo o máximo de luz possível. Crianças comiam picolés e observavam margaridas, adolescentes jogavam futebol e um avô estava tentando ensinar o neto a empinar uma pipa.

Netos. Tony, que agora jamais poderia viver essa alegria em particular, foi tomado de nova dor. Ele assistiu ao homem falhar em fazer a pipa voar no ar parado.

Não pense nisso.

Um patinador passou com um labrador numa coleira extensível. Em um banco um pouco mais adiante, um idoso alimentava pássaros com um saco de alpiste. Ereta e perdida em sua concentração, uma mulher olhava para um cavalete e pintava a vista. Seu cabelo era bem curto, a pele era morena, e ela estava usando um vestido longo de algodão da cor de um gerânio, que cobria um corpo generosamente curvilíneo. Tony a viu pintar com confiança, o braço exposto quase dançando conforme ela ia acrescentando cor ao céu. Em um minuto ela estava inclinada para a frente, concentrada em pequenos detalhes, e no minuto seguinte estava afastada, observando o resultado. Em um determinado momento, ela sorriu de satisfação e ele se viu sorrindo também, porque o prazer que a mulher tinha em criar a imagem era contagiante. Daquela distância de uns 12 metros, ele não tinha como ter certeza, mas achava que ela talvez estivesse cantando sozinha.

De cima da colina atrás dela apareceu uma adolescente empurrando um carrinho de bebê e tentando chutar uma bola de futebol para o garotinho pequeno que andava junto. O neném no carrinho chorava e o garotinho corria à frente.

– Chuta! Chuta para mim! – gritou ele.

Distraída, a adolescente conseguiu jogar a bola para o garoto, e ele tentou um chute forte e a fez rodar pelo ar. Num piscar de olhos, Tony previu o que aconteceria em seguida. A bola de futebol foi seguindo a trajetória inevitável, o garoto foi atrás, a adolescente já tinha dado as costas para cuidar do bebê que chorava... e, com um baque, a bola acertou as costas da mulher de vermelho.

Caramba. Mesmo de longe, Tony viu o pincel bater no quadro e voar da mão da mulher. O garoto, ao perceber que tinha feito besteira, parou de correr de repente e fez cara de medo.

Mas, quando a mulher se virou para identificar o culpado, abriu um sorriso maravilhoso e se inclinou para pegar a bola embaixo da cadeira dobrável. Ela fez sinal para o garoto, lhe entregou a bola e apoiou a mão de leve no ombro dele enquanto conversavam sobre o quadro. Em segundos, o garoto estava rindo e olhando para ela, como se fosse sua professora favorita.

Enquanto Tony observava, uma nuvem cinzenta passou e a temperatura caiu de repente. Dois minutos depois, as primeiras gotas de chuva começaram a pingar. A adolescente chamou o garoto e ele correu até ela com a bola, parando para acenar para a mulher de vermelho antes de eles desaparecerem do outro lado da colina. A mulher acenou e gritou:

– Tchau, meu querido!

A chuva ficou mais forte quando a nuvem se aproximou. A mulher já tinha fechado o cavalete para proteger o quadro da água. Mas não estava recolhendo as coisas nem correndo para se proteger. Tony se levantou e foi se abrigar embaixo de um carvalho. Quando passou por ela, perguntou:

– Quer uma ajuda com as suas coisas?

– Não, obrigada, querido, está tudo bem. Essa chuva vai passar logo.

A voz dela era linda, aveludada e cantarolada.

– Você vai se molhar – disse Tony.

O sorriso se alargou e iluminou o rosto dela. Ela passou a mão pelo braço e respondeu tranquilamente:

– Tudo bem, sou à prova d'água.

Em pouco tempo, ficou provado que ela estava certa; em cinco minutos a nuvem tinha passado, a chuva parou e o sol havia voltado. Todos que tinham se abrigado voltaram para a colina. Assim que a mulher montou o cavalete na posição original e abriu a tampa da caixa de tintas, Tony se aproximou.

De perto, o cabelo preto cortado bem rente brilhava com gotas de água. Seu palpite era que ela tinha 40 e tantos anos, mas a estrutura óssea afro-caribenha e a pele sem rugas dificultava a avaliação. Ela não estava usando maquiagem. Os olhos eram de uma cor incrível, um castanho-dourado bem claro, como xarope de bordo.

Não que ela tivesse se virado para olhar para ele. Toda a atenção dela estava voltada para a pintura à frente. Ou, mais provavelmente, na mancha vermelha, cortesia da bola que batera nas costas dela.

O resto do quadro era uma alegria, executado com energia e estilo, exibindo não só a vista mais ampla de Londres, mas as histórias individuais dos vários personagens espalhados pela colina. Tony sorriu e viu os praticantes de tai chi, o corredor e o patinador com o labrador animado, os dois se esborrachando quando a coleira extensível do cachorro se enrolou em um dos postes decorados no caminho.

– Ele estragou?

– O garotinho? Coitado, estava quase chorando. – A mulher balançou a cabeça. – Eu falei que não tinha problema, e que o quadro talvez até ficasse melhor. – Ela pegou um lápis e desenhou em volta da mancha por uns dois minutos. Em seguida, se afastou. – Está vendo? Que tal?

Tony chegou mais perto. No quadrante inferior esquerdo, uma senhora gorducha tinha se materializado, sentada na frente de um cavalete. Ela olhava com consternação para o próprio quadro, que agora tinha uma mancha vermelha, enquanto no alto uma águia com expressão culpada passava voando, segurando uma lata de tinta inclinada.

– Que inteligente. – Havia algo no quadro que o atraía. Hipnotizado, Tony perguntou: – Você vende sua arte?

– Às vezes. Por quê? Ficou interessado?

– Talvez. Gosto de quadros que contam uma história. Quanto é?

– Cento e cinquenta libras.

Tony assentiu.

– Eu gostaria de comprar.

– É sério? Que amor da sua parte. – Ela sorriu e continuou acrescentando detalhes. – Nesse caso, não precisa comprar. Pode ficar com o quadro.

– O que isso quer dizer? – Ele ficou surpreso.

– Me conta uma coisa, você já ganhou algum presente de que não gostou?

Tony hesitou.

– Já.

– É uma sensação horrível, não é? Mas você já deu a alguém um presente sabendo que a pessoa ia amar?

– Bom... sim. – Ele assentiu.

– E a sensação não é fantástica?

– Não existe sensação igual.

Ela se virou para olhar para ele e seus olhos dourados dançaram.

– E é por isso que *eu* tenho prazer em dar meu quadro a *você*. Se você gostou tanto a ponto de pagar por ele, é seu. Por conta da casa. Um presentinho meu. Quando estiver pronto, claro.

Não houve sinal de reconhecimento quando ela olhou para ele. Anos de prática permitiam que Tony identificasse quando as pessoas fingiam não saber quem ele era. Aquela mulher, com seu sorriso franco e jeito tranquilo, não estava fazendo nenhum tipo de jogo.

– É muita generosidade sua. Obrigado. – Tony balançou a cabeça. – Só que assim você nunca vai receber o prêmio de empresária do ano.

– Ah, mas eu sei que meu quadro vai para um bom lar. Vai ser devidamente apreciado. – Ela passou amarelo-topázio no pincel. – Isso é o suficiente para mim.

– Você sempre dá seus quadros?

– Só quando fico com vontade.
– Onde você exibe seu trabalho?
– Em nenhum lugar chique. Só em feiras de arte de vez em quando. E na internet. – Ela se inclinou para perto do cavalete e pintou o vestido de uma menina.
– Qual é o seu nome?
– Martha.
– Vou precisar de mais do que isso se tiver que pesquisar na internet.
Ela caiu na gargalhada.
– Desculpe, eu não tenho jeito. Sou Martha Daines. Você é daqui? Pode me encontrar aqui amanhã à tarde?
– Depois das duas, posso. – Ele tinha uma entrevista ao meio-dia e meia.
– A gente se vê amanhã então. Vou trazer a tela. E qual é o seu nome?
– Tony. – Ela não fazia ideia *mesmo* de quem ele era.
– Tony. Foi um prazer conhecê-lo. Obrigada por gostar do meu trabalho. – As pulseiras tilintaram quando ela balançou o pincel para ele. – Tchau!

Capítulo 14

O PRIMEIRO DIA DELA estava quase no fim. Com todas as informações novas que estava absorvendo, Ellie sentia como se sua cabeça fosse explodir. Zack saiu e voltou para casa, recebeu visitas de clientes e foi encontrar outros. A vida profissional dele era caótica e o telefone não parava de tocar. Ela teve que digitar relatórios, atender ligações, providenciar detalhes de viagem para Zurique e Madri e se familiarizar com a importante agenda de trabalho, assim como o funcionamento geral do escritório.

Zack estava no andar de cima participando de uma teleconferência quando a campainha tocou, às 17h10. Ao abrir a porta, Ellie se viu cara a cara com uma ruiva elegante e chique usando um vestido verde-escuro de linho ajustado.

– Ah, oi. Você deve ser a garota nova. – Os cílios cobertos de rímel piscaram enquanto ela fazia uma avaliação completa, dos pés à cabeça. – Alice?

– Ellie.

– Certo. Bem diferente da Barbara. Sou Louisa, Zack deve ter falado de mim.

Não tinha falado, mas Ellie foi diplomática e não mencionou isso. Ela reconheceu Louisa da banca de jornal no outro dia e não ficou surpresa de a mulher não a ter reconhecido. Não parecia o tipo de pessoa que lembraria. E, supostamente, era namorada do Zack. Uma pena para a Roo, que estava querendo saber se ele era solteiro.

Elas ouviram passos na escada e, com a ligação evidentemente encerrada, Zack apareceu.

– Oi, amor.

Louisa se adiantou para cumprimentá-lo com um beijo que anunciava claramente que ele pertencia a ela. Ou ela teria feito isso se Zack não tivesse se inclinado para trás e virado a cabeça de leve, para impedir a demonstração pública de afeto. Ou de propriedade. Ocorreu a Ellie que ela poderia evitar problemas se simplesmente dissesse: "Olha, tudo bem, não precisa se preocupar comigo. Eu não estou a fim dele."

Mas não, esse não era o tipo de coisa que dava para anunciar. Então, ela falou:

– Reservei os voos e os hotéis, e as cartas estão prontas para serem assinadas.

– Que bom, obrigado. Venha. – Indo na frente até a cozinha, Zack falou: – Está na hora de te apresentar a alguém que você vai acabar conhecendo bem.

– Quem?

Ele sorriu.

– O amor da minha vida.

Ellie adivinhou quem era pelo jeito como Louisa revirou os olhos. Durante a entrevista, Zack perguntara o que ela achava de cachorros. Em seguida, explicou sobre Elmo, mas ela ainda não o tinha visto. Agora ia vê-lo.

– Geraldine voltou da visita a uns amigos em Brighton. Acabou de ligar dizendo que ele está vindo. – Em algum lugar lá fora, eles ouviram um ruído ritmado. Zack fez uma pausa e disse: – Cinco... quatro... três...

– Espero que ele não esteja cheio de lama – comentou Louisa.

– Dois... um...

Outro ruído, dessa vez mais perto. A aba da portinhola de cachorro se abriu e Louisa recuou até um canto quando um animal de aparência desgrenhada entrou na cozinha. Latindo de alegria, ele pulou em volta de Zack por alguns segundos eufóricos e se lançou nos braços dele.

– Não tenho medo – disse Louisa. – É que estas meias são de fio oito denier. Custam uma fortuna.

Então aquele era Elmo, o verdadeiro amor de Zack. Um terrier de 3 anos, com pelo duro e cheio de atitude, Elmo parecia um adolescente depois de uma semana intensa de balada em festival de música. Ele tinha olhos brilhantes, orelhas tortas e um jeito alegre. Sem contar as sobrancelhas peludas e uma barba desgrenhada. Enquanto se debatia nos braços de Zack, ele dava olhadas repetidas de prazer.

Humm, era por isso que Louisa parecia incomodada.

– Vou esperar lá em cima – anunciou ela. – Não demore, tá? Vamos nos encontrar com os Drewetts às 18h15.

– Subo daqui a pouco. – Era imaginação dela ou Zack relaxou visivelmente quando Louisa saiu? Ele se virou, apontou e disse: – Elmo, dê um oi para a Ellie.

Teria sido muito impressionante se Elmo tivesse dito oi. Mas ela ficou encantada com o jeito como ele farejou e balançou o rabo e deu todos os sinais de estar feliz de conhecê-la. Zack o colocou no chão e Ellie se ajoelhou para cumprimentar o cachorrinho da forma adequada.

– Ele é lindo! Oi, fofinho, eu vou ser sua amiga! Você é fabuloso. – Ela jogou beijos quando Elmo apoiou as patas da frente nas mãos dela e lambeu com animação seu pescoço. Ela ergueu o olhar e disse: – E ele não fica confuso de morar em duas casas?

Porque Elmo era propriedade compartilhada. Dois anos antes, a vizinha de Zack, Geraldine, dissera que adoraria ter um cachorro, mas o problema dela na perna era um empecilho. Zack, por sua vez, falou que sempre quis um cachorro, mas sua carga de trabalho e as viagens frequentes para o exterior seriam uma injustiça com o animal. No dia seguinte, de forma verdadeiramente empreendedora, ele propôs uma solução. Uma semana depois disso, Elmo entrou na vida deles.

– Funciona muito bem. Ele tem o melhor dos dois mundos. Geraldine passa a maior parte do tempo em casa. Temos portinholas de cachorro iguais na cozinha. – Zack indicou a janela e mostrou a parte baixa do muro que separava seus jardins. – Elmo pula de um lado para outro quando tem vontade de mudar de ambiente. Se estou trabalhando demais, ele vai buscar um pouco de companhia com Geraldine. Se quiser dar um passeio, ele volta. Nós dividimos a conta do veterinário e controlamos quem está dando comida, senão ele acabaria do tamanho de um barril. – Seu olhar se suavizou como o de um pai orgulhoso enquanto ele a via coçar as orelhas engraçadas do cachorro. – Ele gostou de você.

– Ah, que bom. Eu gostei de você também. – Ellie beijou as sobrancelhas peludas de Elmo e ganhou uma lambida no queixo. – Você é tão... abraçável!

– Zack! – A voz de Louisa desceu pela escada. – Vem, você precisa se trocar antes de sair. A gente não pode se atrasar.

☾

– E aí? O primeiro dia de trabalho. Como foi?

– Foi bom. Agitado. – Ellie estava na cama; tinha deixado o livro de lado e estava olhando para Jamie, deitado de lado na beirada da cama com a cabeça apoiada em um cotovelo. – Acho que vou gostar.

– Você está seguindo em frente. – O olhar de Jamie foi atento.

– Seu pai falou isso. Mas não me sinto assim. – Era difícil explicar, mas parte dela não queria seguir em frente; a perspectiva a deixava culpada. – Eu ainda te amo. Nunca vou deixar de te amar. É só um emprego novo. Com gente que não vai me tratar de forma diferente por causa do que aconteceu.

Jamie falou com tranquilidade:

– Zack parece legal.

– Ele é legal.

– Como é a namorada?

– Louisa? Autoconfiante por fora, mas insegura por dentro. Queria que eu fosse trinta anos mais velha. É engraçado, ela não confia em mim. Se ela soubesse...

Jamie sorriu e jogou o cabelo louro para trás.

– Se ela soubesse a ninfomaníaca que você é?

– Eu quis dizer a celibatária que sou. Eu sou mais inofensiva do que uma freira lésbica.

– Eu sabia contar uma piada sobre uma freira lésbica.

Ellie fez uma careta.

– Sei disso.

– Não lembro como era. Você vai ter que perguntar ao Todd.

– Mas aí corro risco de ele me contar.

– Não faz assim. Minhas piadas são hilárias.

Jamie fingiu tentar pegar os pés dela embaixo do edredom, porque antigamente ele teria feito cócegas sem pena como punição. Mas, como isso não tinha como acontecer agora, ele só podia fingir.

– Todd vem aqui no fim de semana.

– Que bom. Fico feliz de vocês estarem se falando de novo.

Ellie se sentiu acolhida e reconfortada; claro que ele estava feliz. Não foi por isso que ela fez o esforço, tranquila por saber que era o que Jamie ia querer?

– Foi o seu pai. Foi ele que armou tudo.

– Mas você fez sua parte. Fez o esforço. Estou orgulhoso de você.

– Não me faça chorar.

– Ah, meu amor. Eu te amo.

– Eu também. – Ela secou a lágrima que escorria pelo canto do olho.

– Você está indo muito bem. Vá dormir agora. Boa noite, meu amor.

Ellie fechou os olhos e sentiu a solidão crescendo dentro do peito.

– Boa noite.

Capítulo 15

Ele não conseguia lembrar a última vez que tinha ficado tão ansioso para ver uma pessoa de novo. Quase parecia um encontro romântico. Conforme foi subindo a colina, Tony precisou se obrigar a ir mais devagar. Queria ver se ela estava lá, mas não queria chegar ofegante. Nem com o rosto vermelho. Além disso, a cor não ficaria bem com a camisa roxa.

Ele alcançou o trecho final da colina e lá estava ela, sentada no mesmo lugar do dia anterior, mas dessa vez com o cavalete virado mais para o oeste.

Tony parou para observá-la e sentiu seu coração flutuar. Ela estava usando um vestido verde-esmeralda comprido hoje, com uma espécie de colar rosa no pescoço e sandálias rosa do tipo rasteira nos pés. Havia algo na postura dela, uma sensação de que ela ficava absolutamente à vontade com quem era, o que era muito sedutor. Só de olhar para ela, Tony já ficava com vontade de sorrir. E não por ela estar lhe dando um quadro de graça...

Martha o viu quando ele estava se aproximando. Ela acenou com o pincel em um cumprimento e exclamou:

– Oba, você veio!

A voz dela era hipnotizante, calorosa e aveludada e evocava o Caribe.

– Achou que eu não viria? – De perto, ele viu que o colar dela era composto de contas enormes e irregulares com o formato de pedrinhas, pintadas de um vibrante tom de fúcsia.

– Não, achei que viria. – Martha sorriu. – Esperava que viesse. Senão, eu teria trazido essa coisa até aqui à toa. – Ela se inclinou para o lado e pegou uma sacola de lona caída na grama.

O coração de Tony começou a bater mais rápido quando ela enfiou o braço moreno e liso na bolsa enorme e tirou o quadro concluído, profissionalmente apresentado com uma borda de papel-cartão marfim.

– Ainda não acredito que você vai fazer isso. Não precisava emoldurar.

– Ah, não foi nada, eu mesma fiz. – Os olhos dela cintilaram. – Sou danada com um estilete. E dá um acabamento bonito. Você pode escolher sua própria moldura. Aqui, tome. Dê uma boa olhada. É seu.

Os detalhes de caneta e de tinta acrescentados depois aprimoraram os personagens peculiares que ela tinha observado na tarde anterior. O resultado era encantador e cativante sob todos os aspectos.

– Não sei como agradecer. – Tony balançou a cabeça. – Isso significa muito para mim. Você não imagina quanto.

– Fico feliz por ter gostado. E sei, sim, quanto significa. – Martha levantou a mão e tocou no colar. – Senti a mesma coisa quando meu filho fez isto para mim.

Bom, isso explicava as pedrinhas cor-de-rosa. Tony se perguntou quantos anos ela tinha. Teria tido o filho já com uns 40 anos?

– Claro que isso já faz um tempo – disse ela, respondendo à pergunta que pairava no ar. – Ele tem 28 anos agora e é advogado criminal. Ele morre de vergonha porque eu ainda uso. É sempre divertido. Mas sempre que encosto neste colar eu o vejo claramente, sentado à mesa da cozinha de short, enrolando argila para fazer as contas e as pintando com meu frasco novinho de esmalte de unhas.

Tony assentiu enquanto recordava o dia em que Jamie voltou correndo da escola e lhe deu um pote de argila. Vibrando de orgulho, ele anunciou: "É um pote de polegar, pai! A gente fez com o polegar! Você pode guardar suas abotoaduras aí!"

Que fim será que levou o pote azul engraçado? Ele não fazia ideia. Não pense em Jamie agora, não fale o nome dele, não anuncie que você também tinha um filho, mas ele morreu. Só geraria constrangimento e destruiria o clima alegre.

– É um lindo colar. Tem personalidade. A propósito, dei uma olhada no seu site – disse ele.

Deu uma olhada... Assim, parecia que ele só tinha espiado, que tinha clicado casualmente pelas páginas por alguns segundos antes de ir ver outra coisa. Na realidade, ele havia explorado o site por quase duas horas. Não era dos mais chamativos; era modesto, caseiro, sem fotos de Martha e só uma breve introdução ao trabalho dela, junto com a galeria de pinturas do passado e do presente. Os interessados em comprar eram orientados a enviar um e-mail. Cada quadro era uma riqueza, tão individual e caloroso quanto o que ele agora tinha em mãos.

– E...? – Ela botou a mão no peito, fingindo horror. – Eu sempre fico nervosa quando as pessoas dizem isso. Parece que voltei para a escola e a professora está falando que leu minha redação.

– Bom, sua nota é dez, por mim. Virei oficialmente fã do seu trabalho. – Tony fez uma pausa. – E eu gostaria de comprar mais obras. Mas, desta vez, você vai ter que me deixar pagar.

– Jura? – Martha pareceu feliz da vida.

– Juro.

– Agora eu me sinto uma traficante de drogas. Dei uma amostra grátis para garantir que você voltasse querendo mais. – Ela observou o rosto dele.

– Tudo bem, desde que você não esteja fazendo só por educação.

Tony ficou sério.

– Eu raramente sou educado.

Ela sorriu.

– Em qual você ficou interessado?

– Nos nadadores no lago Hampstead. O que tem os fogos de artifício sobre o Tâmisa. Talvez o da festa de casamento.

– Ah, desculpe. Esse já foi vendido.

– Ah.

– Mas eu tenho muitos outros em casa. – Martha se animou. – Ainda não os coloquei no site. Preciso fotografá-los.

– Certo. – Ele assentiu lentamente. – Bem... eu estou muito interessado em vê-los.

– Que ótimo. – Ela continuou pintando.

O que aquilo significava?

– Você vai subir para o site? Ou tem alguma forma de eu ver os quadros pessoalmente? – perguntou Tony.

Martha se recostou na cadeira e observou a cena em progresso no cavalete.
– Você prefere fazer assim?
– Prefiro.
– Podemos ir agora, se quiser. Se você tiver tempo.
– Eu tenho. – Era o que ele queria, mais do que tudo. – Tem certeza de que não tem problema?
Ela sorriu.
– Se eu não tivesse certeza, não sugeriria.
Juntos, eles guardaram as coisas dela. Ele dobrou o cavalete e a cadeira. Martha colocou tudo no estojo de telas. Os dois desceram a colina e ela disse:
– Fica a pouco mais de 2 quilômetros daqui. Você consegue ir a pé?
E Tony, que nunca andava para lugar nenhum em Los Angeles porque… bom, porque ninguém fazia nada a pé em Los Angeles, respondeu:
– Você está me chamando de decrépito?

☾

Ela morava na Lanacre Street, em Tufnell Park, em uma casa de tijolos vermelhos com cestas coloridas penduradas dos dois lados de uma porta amarelo-topázio.
– Por que não estou surpreso de você ter uma porta amarela? – brincou Tony.
– Ah, eu sou uma mulher de cores. – Martha abriu a porta. – É uma das alegrias da vida. Entre.
Ele inspirou o perfume suave com aroma de verão que ela estava usando quando a seguiu para a sala. Com inteligência, ela não exagerou nas cores. Três paredes brancas, uma de um tom vívido de azul-pavão. O sofá era forrado de veludo verde-garrafa e havia tapetes brancos no piso encerado de madeira. As estantes estavam lotadas de livros. Havia quadros nas paredes e vasos de flores para todo lado.
– Não são seus. – Ele indicou os quadros emoldurados.
– Eu não conseguiria pendurar o meu trabalho na minha própria sala. Seria estranho. – Martha fez uma careta enquanto tirava as coisas da bolsa. – Seria como um escritor que decide ler o próprio livro.
Tony olhou ao redor mais uma vez.
– Você não tem televisão?

– Não tenho há anos. Eu escuto rádio. Canto às vezes. – Ela sorriu. – Posso trazer tudo para cá ou podemos subir para ver meus quadros.

Ela realmente não tinha ideia de quem ele era. Encantado pelo jeito dela, pela personalidade... bem, por praticamente tudo nela, Tony botou no chão o cavalete e o quadro que ela tinha lhe dado.

– Vamos subir e dar uma olhada, que tal?

O quarto da frente tinha sido convertido em ateliê. Ali estavam os quadros, apoiados nas quatro paredes, alguns que ele reconhecia por causa do site, outros não. O sol entrava pelas janelas, outro cavalete estava montado no meio do cômodo e havia lençóis brancos manchados de tinta cobrindo o carpete.

– Eles precisam ficar aqui – disse Martha em tom de desculpas – porque eu sou uma desastrada. Cuidado para não tropeçar. Vou lhe mostrar os quadros que você não viu. – Ela apoiou a mão no braço dele e o guiou na direção desejada. – Será que você consegue adivinhar qual é meu favorito?

Daquele momento em diante, Tony se perdeu. Era quase impossível se concentrar no que ela estava dizendo. Ele só conseguia pensar em quanto estava próximo dela, no cheiro maravilhoso que ela tinha, em quanto era inacreditável que ela o fizesse sentir aquilo tudo. No dia anterior, ele não a conhecia. Agora, a voz era como mel e seu sorriso tinha a capacidade de iluminar qualquer ambiente.

– ... bem?

Opa, ele precisava prestar atenção.

– Bem o quê?

Ela o observou, achando graça.

– Você ouviu o que eu estava falando?

– Aquele... Aquele é o seu favorito. – Ele apontou para um quadro de um piquenique na praia.

– Eu acabei de perguntar de que cor eram as paredes. Onde você vai pendurar os quadros.

– Ah, desculpe. Me distraí. – Será que ele devia falar? Preparando-se, Tony disse: – Me distraí com você.

– Comigo? Por quê?

– Porque você é uma surpresa maravilhosa. – Era uma frase ridícula? Mas era verdade. – Você não sabe como estou feliz de ter te conhecido.

Martha desviou os olhos e voltou a encará-lo. Finalmente, suspirou.
– Eu também. Você é um homem muito gentil.
– Não sou só eu que estou sentindo?
Ela balançou a cabeça e engoliu em seco.
– Não é só você.
– Quero que você saiba que eu não costumo fazer isso. – Ele esticou a mão e acariciou-lhe os dedos morenos sem anéis. – Mas quero fazer agora.

Momentos depois, ela estava nos braços dele e ele a estava beijando. Foi como ter 20 anos de novo. O corpo macio de Martha encostado no dele, as pulseiras de prata tilintando quando ela passou a mão pelo cabelo dele. Ela estava tremendo de emoção. Ele queria continuar abraçando-a e beijando-a para sempre. Meu Deus, como ela era *linda...*

– Tony? – Sem fôlego, ela se afastou e observou o rosto dele. – Você é solteiro?

Ele assentiu.

– Divorciado há anos. Estou sozinho há muito tempo.

– Eu também. – Ele sentiu a tristeza dela. Em poucos segundos, passou. – E quero que você saiba que também nunca fiz isso.

Outro beijo, e ela o conduziu para fora do estúdio e por um patamar pequeno. O quarto dela era menor, muito feminino, em tons de creme e dourado.

Tony a virou em sua direção. Maravilhado, acariciou o rosto dela.

– Tem certeza de que está tudo bem?

Havia um mundo de emoção naqueles olhos dourados. Com a voz trêmula, ela sussurrou:

– Eu nunca quis tanto alguma coisa na vida.

Capítulo 16

Uma hora tinha se passado. Possivelmente, a hora mais incrível da vida dele. Quando falou, Tony viu uma expressão de medo no rosto dela:
– Olha, eu tenho uma coisa para contar.
– O quê?
– Acho que eu devia ter falado antes. Mas, tudo bem, é contornável.
Martha estava imóvel.
– Me conte.
– Eu não moro em Londres. Minha casa fica em Los Angeles.
Ela afundou nos travesseiros.
– Ah. Fica bem longe.
– Podemos dar um jeito. Quero continuar vendo você. Espero que queira também. Eu venho em intervalos de semanas. Não sei, talvez você possa ir até lá, ficar um pouco. Tem muita coisa para pintar, pode acreditar.
– Você trabalha lá? – Ela observou o rosto dele. – O que você faz?
– Sou ator.
Ela ergueu as sobrancelhas.
– É mesmo? É bom?
– Sou, sim.
– Faz sucesso?
– Sim. Sim, faço.
Martha pensou por um momento e falou lentamente:

– Você é famoso?

Ele assentiu.

Ela abriu um sorriso enorme.

– Bom, isso explica tudo! Quando estávamos vindo para cá, vi umas pessoas olhando para você. Só que mais do que o normal, sabe? Mais *interessadas*. Achei que era porque você é muito bonito. Mas não era por isso, né? As pessoas te reconheceram. Ah, meu Deus, qual é o seu nome completo?

– Tony Weston.

– Já ouvi esse nome! – Martha cobriu a boca com a mão. – Você é famoso! Você trabalhou naquele filme sobre os dois irmãos... Ah, como era o nome? *Sr. e Sr. Black*!

– Isso mesmo.

– Ouvi falar no rádio! Disseram que você estava muito bem.

Tony sorriu.

– E acertaram.

– Eu sempre penso em ir ao cinema, mas acabo não indo nunca. Você deve me achar péssima. Eu devia saber quem você era!

– Não seja boba.

– Ah, meu Deus! – Dessa vez, ela botou a mão na lateral da cabeça. – Eu acabei de fazer sexo com um astro do cinema!

– Sexo fantástico – corrigiu Tony.

– Sexo fantástico. Sem dúvida. Meu Deus, desculpe, falei demais agora. Isso é bizarro.

– Posso contar uma coisa? – Ele passou as pontas dos dedos na clavícula dela. – Foi a coisa mais milagrosa que aconteceu comigo em muitos anos.

Martha assentiu e seus olhos se encheram de lágrimas.

– Comigo também – sussurrou ela. – Quando você volta para os Estados Unidos?

– Depois de amanhã. Você poderia ir comigo. – Mas ela já estava balançando a cabeça.

– Não posso. Mas obrigada. Nossa, que horas são? Eu não percebi que estava tão tarde. – Ela vestiu um roupão branco de algodão. – Tenho um compromisso às seis. E você não olhou direito os outros quadros...

☾

– Uau, olha só. São tão... felizes! – Ao chegar em casa do trabalho, Ellie viu os quatro quadros enfileirados no sofá. Ela apontou para a pintura de Primrose Hill. – Foi desse que você falou ontem. Ela te deu todos?

Tony balançou a cabeça.

– Eu paguei por eles. Fomos até a casa dela e ela me mostrou o trabalho. Eu comprei os outros três.

Ele guardou o resto das informações para si. Por mais que tivesse vontade de falar sobre Martha, ele era sogro de Ellie; não havia como contar a ela o que mais tinha feito naquela tarde.

– Você devia comprar quadros com mais frequência. – Ellie estava sorrindo para ele. – Faz bem para você.

A alma dele estava cantando. Se ela soubesse...

– Eu talvez faça isso.

☾

A manhã seguinte foi ocupada com reuniões, seguidas de um almoço no Soho com um velho amigo ator que ele não podia deixar na mão. Às duas e meia, quando o táxi o levou até Tufnell Park, o coração de Tony estava disparado no peito. Ele tinha 55 anos, mas se sentia como um adolescente no primeiro encontro.

Era inacreditável. Nunca tinha passado pela cabeça dele que uma coisa assim pudesse acontecer. E na idade dele. Amor, ou algo perigosamente próximo disso, à primeira vista. Martha, Martha, só dizer o nome dela em pensamento o deixava emocionado.

Eles chegaram à Lanacre Street e ele pagou ao motorista. Virou-se para olhar para a porta amarelo-topázio. Martha. Ele quase não tinha conseguido dormir na noite anterior, só pensando nela e revivendo cada segundo do dia. Levantou a mão e tocou a campainha. O que será que ela estaria vestindo? Seria o último encontro deles por semanas; será que ela deixaria que ele passasse a noite lá? Se deixasse, ele teria que ligar para Ellie e inventar uma desculpa plausível para explicar por que não voltaria para casa.

A porta se abriu e ali estava Martha, usando um vestido roxo solto com uma expressão... totalmente diferente. Como se vê-lo na porta da casa dela fosse a última coisa que ela queria. Ela balançava a cabeça discretamente de um lado para outro quando falou:

– Ah, oi, é sobre os quadros? Infelizmente, não é um bom momento.

– Quem é, Martha?

Atrás dela, outra mulher apareceu. Mais velha, de aparência afro-caribenha, mais alta e mais magra, com cabelo grisalho e sapatos confortáveis. Por cima do ombro de Martha, ela o observou com um olhar firme de quem não deixa passar nada.

– Ninguém, só uma pessoa interessada no meu trabalho...

O que está acontecendo?

– Meu nome é Tony. – Ele esticou a mão para Martha e a apertou, depois estendeu a mão para além dela e disse com voz agradável: – Oi, sou Tony Weston.

Obrigada a apertar a mão dele, a mulher de cabelo grisalho assentiu brevemente. Ela tinha um aperto forte e ossudo e o hábito de piscar lentamente, como uma coruja.

– Posso entrar? Já mandei meu táxi embora.

Martha engoliu em seco e disse, com temor na voz:

– Tudo bem, só por cinco minutos.

A perspectiva não a animou, mas ela se afastou para que Tony passasse. Ele seguiu a idosa até a sala.

– Vou trazer os quadros. – Martha foi rapidamente na direção da escada. – Eunice, por que você não faz uma xícara de chá para o Sr. Weston?

Eunice ergueu uma sobrancelha.

– Somos uma lanchonete agora?

– Tudo bem, não se preocupe. – Não seria nada fácil conquistá-la com seu charme. Mais uma vez, Tony sorriu, mas não obteve recíproca. – Sou um grande fã do trabalho da Sra. Daines. A senhora é amiga dela? – Se fosse, ele teria que reavaliar os gostos de Martha.

– Cunhada.

– Ah.

Isso queria dizer que Eunice era irmã do ex-marido de Martha? Ou que era casada com o irmão de Martha? Ele poderia perguntar? Não, claro que não.

Em menos de trinta segundos, Martha estava de volta com várias pinturas nos braços. Uma coisa era certa: ela parecia um gato numa chapa quente. Cada minuto que ele passava debaixo do teto dela era um minuto além do desejável para ela. Assim que os quadros estavam espalhados na mesa, ela disse:

– Aí estão todos. Qual você quer?

A tensão na sala era palpável, como uma overdose de aromatizador de ambientes. Ao perceber que não teria como vencer, Tony encurtou o sofrimento dela e apontou.

– Aquele ali.

– Excelente. – Martha conseguiu abrir um sorriso e soltou um suspiro de alívio. – Boa escolha.

E foi só isso. Quatro minutos depois de tocar a campainha, ele se viu sendo empurrado para a calçada. Com um quadro debaixo do braço e os planos para o resto do dia arruinados. Quando estava saindo, ele pediu com desespero:

– Posso pegar seu número, caso queira comprar outro?

Eunice respondeu secamente:

– Ela não dá o número do telefone para estranhos. Dá, Martha?

Martha engoliu em seco.

– Se quiser falar comigo sobre meu trabalho, tem meu e-mail no site.

– Tudo bem. Vou fazer isso. – Intencionalmente, Tony disse: – Estarei fora do país nas próximas semanas, mas volto no início de julho.

– Certo. Bem, foi um prazer conhecê-lo, Sr. Weston. – Desesperada para fechar a porta, Martha disse: – Aproveite seu quadro. Adeus.

– Posso dar meu número para você? – Era uma última tentativa desesperada pelo tanto que ele precisava falar com ela antes de ir embora.

– Não será necessário – interveio Eunice friamente. – Por que ela ia querer telefonar para você?

Porque nós passamos a tarde de ontem na cama juntos, sua bruxa velha intrometida. E estou apaixonado por ela.

Mas claro que Tony não disse isso em voz alta.

Capítulo 17

— Pode atender, por favor? — Ellie estava ocupada lavando suas Havaianas favoritas na pia quando a campainha tocou no sábado de manhã.

Todd apertou o botão do interfone e esperou.

— Oi, sou eu. — A voz de Roo ecoou timidamente pelo alto-falante. — Estou saindo em uma missão secreta. Quer vir?

— Que proposta. — Todd começou a imitar Sean Connery. — Vamos no meu Aston Martin vintage?

Uma fração de segundo depois:

— James Bond, é você?

— Querida, essa informação é confidencial. Eu poderia te contar, mas aí teria que seduzi-la.

— Abre a porta para ela. — Ellie enxaguou o sabão dos chinelos rosa. Seria interessante; como seu velho amigo e sua nova amiga se dariam?

Roo subiu a escada e entrou no apartamento com uma camisa xadrez preta e branca, uma saia branca e botas Ugg pretas.

— Posso adivinhar quem você é. — Ela balançou os dedos para Todd. — Mas você tem mesmo um Aston Martin?

— Como?

— Está vendo? Agora eu estou decepcionada. E você não é nada parecido com Sean Connery.

— Eu sou mais jovem do que ele. Mais engraçado. Além disso, tenho cabelo.

– Qual é o objetivo da missão? – Ellie terminou de secar os chinelos com papel-toalha e os colocou nos pés.

– Bom, Niall veio aqui ontem. E, enquanto ele estava no banheiro, achei uma lista de compras no bolso da jaqueta dele. Nada de mais, só fraldas, lenços umedecidos, essas coisas. Mas estava escrita com caligrafia de mulher em uma folha adesiva com o nome de um salão de beleza no alto. – Roo estreitou os olhos de um jeito detetivesco. – Niall nunca quis me dizer onde a esposa dele trabalha. Então, liguei para o salão hoje de manhã e perguntei se Yasmin está trabalhando hoje... e ela está! E adivinha? Marquei uma hora com ela hoje à tarde! Podemos ir juntas!

Ellie fez uma careta. Como alguém podia pensar que aquilo era uma boa ideia?

– Quem é Niall? – perguntou Todd.

Roo olhou para ele.

– Meu namorado.

– E ele tem esposa?

– Tem, mas ela é horrível.

– E eles têm um bebê?

– O único motivo para ele ainda estar com a esposa.

– Por que você está tendo um caso com um homem casado?

– Eu o amo. E ele me ama.

– Onde está seu amor-próprio?

Roo enrijeceu.

– Qual é o seu problema?

– Olha, vamos falar de outra coisa? – Ellie tentou botar panos quentes.

– Não vamos, não. – Todd se virou para Roo. – Quando eu era criança, meu pai teve um caso com outra mulher. Ele me abandonou e largou minha mãe. Acho que destruir o casamento de outras pessoas é uma coisa bem baixa de se fazer.

Roo respondeu na defensiva:

– Pode acreditar, o casamento do Niall já estava destruído bem antes de eu aparecer.

– E por que você marcou hora nesse salão? – indagou Ellie.

– Porque eu quero vê-la. Quero ver como ela é. Não vou fazer nada – protestou Roo. – Ela não vai saber quem eu sou. Ah, por favor, venha comigo – suplicou ela. – Vai ser mais fácil conversar se formos juntas. E depois você vai poder dizer para esse coisinha aí que eu não sou um monstro.

Todd respondeu com voz gelada:

– O *coisinha aqui* pode decidir sozinho, obrigado.

Ah, caramba. Que ótimo começo.

☾

O salão ficava em Hampstead. Olhando pelo lado de fora, o lugar era todo em tons sutis de rosa-claro e creme. Dentro, tinha o cheiro do paraíso. Ellie nunca tinha ido a um salão de beleza; quando precisava decidir como gastar 30 libras, ela sempre preferia um frasco de sais de banho e uma blusa nova. Depilação e unhas ela sempre fez sozinha. Mas isso não importava agora. Elas tinham uma missão. Roo estava tentando esconder o nervosismo. E a mulher na recepção com o rosto apavorante de rainha do gelo e o cabelo penteado para trás podia ser a esposa de Niall.

– Meio-dia e meia... Vamos ver... – Ela passou uma unha ferozmente escarlate pela agenda. – Pronto, aqui. Fica à vontade, a Yasmin já vem.

Então não era a rainha do gelo.

Elas se sentaram e esperaram enquanto viam outra cliente fazer as unhas dos pés. Dois minutos depois, a porta do salão se abriu e uma mulher de 20 e poucos anos entrou esbaforida com um pacote enorme de fraldas debaixo de um braço e uma sacola de farmácia no outro.

Depois de guardar tudo nos fundos, ela voltou.

– Oi! Desculpa te deixar esperando, mas eu tive que correr no mercado. Sou a Yasmin. Nossa, você é a cara daquela cantora de uns anos atrás, mas com outro cabelo. Como é o nome dela? Como era mesmo? Daisy Deeva.

– É o que me falam o tempo todo. – Roo fez uma careta. – Eu a vi uma vez na Selfridges. Ela estava comprando um chapéu horrível.

– Mas o dinheiro dela até que não cairia mal, né? – Yasmin não parecia ser um pesadelo. Era sorridente e simpática, com cabelos cor de mel ondulados e olhos bonitos. – Eu soube que você pediu por mim especificamente. Quer dizer que fui indicada por outra cliente minha?

Pega de surpresa, possivelmente pela simpatia dela, Roo balbuciou:
– Hum...
– A gente foi a um bar de vinhos ontem – comentou Ellie – e uma garota da mesa ao lado estava contando para a amiga que você é uma ótima manicure. Ela tinha unhas lindas e a gente perguntou onde você atendia.
– Ah, uau, que incrível! Quem será que era? – Yasmin abriu um sorriso de prazer. – Tomara que você também goste!
A conversa girou em torno desse assunto nos minutos seguintes, enquanto ela trabalhava nas mãos de Roo. Ellie ficou vendo as mãos da amiga serem detalhadamente limpas e hidratadas, um esfoliante de cristais ser aplicado e um óleo especial ser massageado nas unhas e cutículas. Finalmente, Roo falou:
– Vi você entrando com as fraldas. Você tem um bebê?
Yasmin sorriu.
– Bom, acho que ficariam meio pequenas em mim. Sim, a gente tem um menino, Benjamin, de 7 meses. Ele é muito fofo. – Os olhos dela estavam brilhando. – Ele fez uma diferença incrível nas nossas vidas. E você?
– Se eu tenho filhos? Não. – Roo balançou a cabeça e se deu conta de que um filho poderia ser útil. Ela apontou para Ellie. – Ela tem um.
Ah, que ótimo. Obrigada.
Yasmin se virou para ela.
– Tem, é? Não é maravilhoso? Menino ou menina?
– Menina. – Ellie assentiu e rezou para elas não começarem a contar histórias de parto. – Cinco meses. O nome dela é Alice.
– Ah, que lindo. – Com alegria, Yasmin comentou: – Mas dá trabalho, não dá? Seu marido ajuda ou é um inútil como o meu?
Por sorte, a atenção dela estava no trabalho, e ela não viu o olhar irritado de Roo.
– Não muito. Eles são todos meio inúteis, né? – respondeu Ellie.
– Nem me fala! Meu marido tinha que ter comprado essas fraldas ontem, mas adivinha? Ele chega em casa à meia-noite, diz que teve que trabalhar até tarde, mas é tudo mentira. Ele não estava trabalhando. Eu sei muito bem onde ele estava!
Roo engoliu em seco.
– Onde ele estava? – perguntou Ellie.

– Com os amigos, claro! Foi um daqueles encontros com os camaradas na sexta. Ele não consegue largar. Eu nem me importaria, mas ele prometeu ir para casa com os lenços umedecidos e as fraldas. – Yasmin balançou a cabeça. – Os homens são assim. Eles não conseguem ser multitarefa como a gente, né?

Ellie olhou para a aliança fina cintilando na mão esquerda de Yasmin.

– Como ele é trocando fraldas?

Yasmin sorriu.

– Ele trocou três quartos de uma fralda uma vez. Estou dizendo, foi uma coisa surreal de se ver. Parecia que estava segurando uma bomba prestes a detonar. Foi hilário. Pronto, vamos enrolar suas mãos numa toalha quente para absorver bem o hidratante. E você pode escolher a cor de esmalte que quer...

– Mas ele deve trocar as fraldas às vezes. – Ellie franziu a testa. – Tipo hoje, com você aqui trabalhando.

– Ah, ele não está cuidando do bebê agora. – Mais resignação, ainda achando graça. – Niall gosta de dormir até tarde no sábado de manhã. Eu deixo o Benjamin na minha mãe antes de vir trabalhar.

– Que interessante – murmurou Ellie quando Yasmin foi falar com outra cliente.

Roo devia estar arrasada ao descobrir que a esposa do namorado era tão legal.

– Está vendo? Eu falei que ela era um pesadelo – sussurrou Roo. – Completamente controladora.

☾

Todd as estava esperando no pub, assistindo a uma partida de tênis na tela gigante na parede.

– E aí? Como foi?

– Fiz minhas unhas. – Roo mostrou as mãos para ele. – Ela até que fez um bom trabalho.

– Nossa, ainda bem, né? – A voz de Todd estava carregada de sarcasmo. – Como ela era?

– Um amor – disse Ellie.

– Ah, por favor, até parece. – Roo balançou a cabeça. – Ela estava *fingindo* ser um amor porque estava fazendo minhas unhas. Ela está trabalhando, eu sou a cliente, claro que ela vai passar uma boa imagem. Mas deu para ver como ela é de verdade.

– Ela foi ótima – insistiu Ellie. – Alegre, simpática, esforçada no trabalho. Quer minha opinião honesta?

– Não. – Roo estava ocupada mexendo nos óculos escuros.

– Niall parece ser um canalha.

– Você está influenciada.

– Porque ele é um *canalha*.

– Agora eu me arrependi de ter levado você comigo.

– E Yasmin é tipo uma mãe solteira – continuou Ellie. – Ela faz tudo e ele não faz nada. – *Como Roo não conseguia ver?*

– Porque, quando ele tenta fazer alguma coisa, ela diz que ele está fazendo errado!

– Ele falou para ela que ficou trabalhando até tarde ontem. Mas não estava, ele estava com você.

Roo continuou na defensiva:

– Quando ele chega em casa, ela só enche o saco dele.

– Provavelmente porque ela está exausta de ficar cuidando do bebê sozinha!

– Olha, ela estava exagerando, se fazendo de explorada para sentirem pena dela.

Todd, a cabeça virando de uma garota para a outra, falou:

– Isso é melhor do que tênis. E aí, vai terminar com esse cara?

– Não seja cruel! Eu o amo!

Ele pareceu exasperado.

– O cara é mentiroso e trai a mulher.

– Todo mundo mente. – As bebidas chegaram e Roo deu um gole na dela. – Você devia ter visto Ellie falando do bebê dela.

– Que bebê?

Roo abriu os braços.

– Não digo mais nada.

Todd não pescou a piada; ele estava ocupado encarando Ellie.

– Você está *grávida*?

Ellie cuspiu vinho dentro da taça.

– Não! Como eu poderia estar grávida? A gente só fingiu que eu tinha um bebê para ter algum assunto em comum. – Ela viu a expressão de alívio no rosto dele. – Foi uma mentirinha inocente, só isso.

Roo olhou o relógio, virou o resto de vodca e mexeu no cabelo platinado espetado.

– Marquei hora para pintar as raízes, então já vou. Divirtam-se vendo tênis sem mim. – Ela encarou Todd. – Eu diria que foi um prazer conhecer você, mas seria outra mentira.

Ele respondeu de forma agradável:

– Isso porque eu estou certo e você está errada. E você sabe.

☾

O tênis acabou sendo uma partida tensa de cinco sets que fez todo mundo no pub vibrar e assistir de pé. Depois, Ellie e Todd saíram para comer pizza antes de irem a uma boate em Camden ver uma banda.

– Que show mais... alto – disse Ellie três horas depois, quando eles estavam voltando por Chalk Farm para Primrose Hill. – Meus ouvidos estão zumbindo.

Todd assentiu, concordando.

– A música estava tão alta que nem sei se a banda era boa. Isso quer dizer que estamos ficando velhos?

– Nós *estamos* velhos. Talvez da próxima vez seja melhor a gente ficar em pé na calçada e ouvir de longe.

– Por que de pé? A gente pode levar umas cadeiras de praia. Ficar à vontade, enrolar a perna da calça.

– Botar uns lenços amarrados na cabeça – disse Ellie. – Nada melhor do que um lenço amarrado. Na verdade, para que ir ver uma banda velha e barulhenta? Qual é o problema de ir ver dança folclórica?

– Agora sim, que ideia ótima. Vamos levar uma garrafa térmica com chá e um pote com sanduíches de presunto. – Ele fez uma pausa para ver se ela estava bem.

Ellie conseguiu abrir um sorriso para demonstrar que estava bem. Aquilo era coisa do Jamie, pegar uma ideia e dar continuidade, inventar personagens e criar esquetes improvisados. De vez em quando, ela e Jamie faziam isso, mas nunca tinha acontecido entre ela e Todd. Era uma experiência estranha, como segurar a escova de dente na mão errada. Você sabia que estava escovando os dentes, mas a sensação era estranha.

– Meu Deus, que saudades dele – comentou Todd.

Ela assentiu, o vazio familiar no estômago inflando como um balão. Juntos eles subiram a Gloucester Avenue. A noite estava quente e havia música saindo das janelas abertas. Na frente de uma porta, um casal fantasiado estava tendo uma discussão embriagada, a mulher de freira gritando e acusando um homem de Frankenstein de ter flertado com outra pessoa ("Ela não é a Supermulher, é só uma vaca gorda!"). Mais adiante, outro casal se beijava apaixonadamente. Lá em cima, as estrelas cintilavam no céu preto aveludado e uma lua quase cheia pairava acima dos telhados. Agora, eles ouviam uma balada soul sendo tocada ali perto. Em outras circunstâncias, aquilo contaria como uma situação romântica. A sensação de vazio no estômago aumentou. Se Jamie estivesse ali agora, ela estaria tão feliz. Na verdade, se estivesse ali, ele a teria puxado e dançado em círculos pela rua enquanto cantava uma balada triste e brega.

Eles chegaram à Nevis Street e Ellie pegou a chave.

– Obrigada. Foi um ótimo dia.

– Eu também me diverti.

– Você não precisava vir comigo até em casa. Acabou perdendo o último metrô.

Todd deu de ombros com tranquilidade.

– Não tem problema. Eu pego um ônibus.

Até a casa da mãe dele em Wimbledon. Demoraria à beça.

– Tudo bem. – Ela deu um passo à frente e deu um beijo na bochecha dele.

– Eu te ligo. Se você estiver livre no fim de semana que vem, a gente poderia sair de novo. Ver quais bandas vão se apresentar, fazer um estoque de plugues de ouvido. – Ele hesitou. – Sem pressão. Só se você quiser.

Ela queria? Ellie achava que sim. Nos dezessete meses anteriores, ela se acostumara tanto a não querer sair nem ser sociável que recusar tinha se tornado automático. Sempre que alguém a convidava para alguma coisa, seu cérebro começava a procurar desculpas plausíveis para ela não ir.

Mas aquele dia tinha sido diferente. Ela não desejara secretamente voltar para casa e ficar sozinha. Devia ser um bom sinal, não?

Ela encarou Todd. Ele era o amigo mais antigo de Jamie e agora ela tinha superado a fase ressentida idiota e estava à vontade na companhia dele.

– Sim, me liga. Vai ser legal. – Pronto, não foi tão difícil, foi?

– Ótimo. – Ele pareceu satisfeito. – Eu compro os plugues.

Ellie sorriu.

– E eu levo a garrafa térmica.

Capítulo 18

Elmo estava pulando de um lado para outro como um lunático, correndo atrás de sementes de dentes-de-leão que desciam como miniparaquedas acima da cabeça dele. Sem tirar o olho de dois pastores-alemães que brincavam juntos na parte mais baixa da colina, Zack levou os dedos à boca e assobiou. Como uma celebridade de quarta categoria avistando os paparazzi, Elmo ergueu as orelhas e voltou correndo.

– Aqueles dois são maiores do que você. – Zack tirou sementes de dentes-de-leão das sobrancelhas grossas de Elmo e prendeu a guia. – Eles te comeriam de café da manhã. Vem, temos que ir para casa agora.

Ele e Elmo desceram a colina e voltaram em direção à Ancram Street. Mais tarde, no fim da manhã, ele viajaria a Amsterdã para se encontrar com um investidor. Estaria de volta às oito. No dia seguinte, visitaria uma fábrica de sapatos em Derby. No dia seguinte, tinha o dia cheio de compromissos com potenciais clientes e ainda precisava fazer uma quantidade absurda de pesquisa sobre as empresas.

Mas era assim que Zack vivia. O trabalho vinha em primeiro lugar; sempre tinha sido assim. Os negócios eram sua prioridade e os relacionamentos pessoais vinham depois. Ele os encaixava quando era conveniente. Gostava, claro, mas os relacionamentos não faziam seu coração bater mais rápido como a perspectiva de um acordo brilhante de negócios.

Pelo menos não até Ellie Kendall entrar na vida dele.

Elmo estava ocupado investigando uma embalagem de sorvete abandonada. Zack o afastou da grama na direção da calçada. A situação em que ele estava era louca, ridícula. Sua mente nunca tinha ficado ocupada durante reuniões importantes com pensamentos sobre uma mulher que *não estava nem remotamente interessada nele.*

E, para piorar, ele a tinha contratado. Foi necessário, senão quando ele teria a chance de vê-la de novo?

– Elmo, pare. – Ele puxou a guia quando o cachorro começou a se esticar para farejar os tornozelos de um idoso com um short largo e sandálias papete. Ao mesmo tempo, seu celular começou a tocar.

O nome de Louisa piscou na tela. Atender? Não atender?

Ok, era melhor encarar de uma vez. Ela continuaria insistindo.

– Oiê. – Ela estava usando a "voz de telefone", propositalmente sexy. – Escuta, que tal eu ir à sua casa hoje à noite?

Zack sabia que tinha algo de errado quando a proposta não o encheu de alegria. O relacionamento deles tinha começado tão bem que demorou um tempo para ele se dar conta de que a Louisa que ele conhecera era uma fachada, uma personagem sedutora criada para causar boa impressão. Com o passar do tempo, ela começou a mudar e a revelar um lado mais mandão e possessivo. Os dois tinham menos em comum do que ele achou de primeira.

– O problema é que eu vou estar mortinho quando voltar de Amsterdã. – Uma mentira, mas necessária.

– Sei disso, é por isso que estou sugerindo. Posso preparar o jantar e te mimar. Você vai se sentir melhor rapidinho. Vamos lá – ronronou Louisa no ouvido dele. – Você quer, vai.

Ele não queria, não naquela noite.

– Olha, não quero estragar a sua noite. Eu talvez tenha que esticar para tomar uns drinques com os Van den Bergs. Sabe-se lá que horas vou voltar.

– Ah, querido, obrigada pela preocupação, mas eu não me importo mesmo.

E agora ela estava sendo legal, o que só o fez se sentir pior.

– Mas eu, sim. Não é justo com você. – Tomado de culpa, Zack falou: – Vamos deixar para outro dia, está bem?

– Ah, tudo bem. Que tal amanhã, então?

– Amanhã. Ótimo. – A voz dele se suavizou. Qualquer coisa para manter a paz.

Ele ainda gostava dela quando estava relaxada e não se levava tanto a sério; o lance era que esses momentos aconteciam cada vez menos agora. Sendo sincero, ele sabia que deveria terminar com Louisa, mas também sabia que seria difícil. Louisa era tão dramática que não aceitaria ser rejeitada sem dar um escândalo. Era uma perspectiva tão horrível que o fazia adiar o assunto. Quando tudo que você queria era se concentrar no trabalho, pensar em uma situação que traria tanta angústia e tormenta era desanimador, no mínimo.

Zack encerrou a ligação, afastou Elmo de um nugget de frango abandonado na porta de uma loja e voltou para casa. Eram 9h10, e Ellie já devia ter chegado. Ele também sabia que era errado estar com Louisa enquanto sentia o que sentia por outra pessoa. Só que a indiferença absoluta de Ellie por ele significava que não importava. Terminar com Louisa não faria com que ela mudasse de ideia de repente e se apaixonasse por ele. Não funcionava assim.

Se funcionasse, ele já teria feito exatamente isso.

Ellie estava no escritório, exalando um perfume delicioso e com o cabelo preso em uma fita cinza de veludo que revelava o pescoço. A correspondência já tinha sido separada em pilhas e ela estava agora molhando a floresta de plantas que tinha ido morar no parapeito da janela por cortesia de Barbara.

– Algumas dessas plantas estão ficando esquisitas – avisou ela por cima do ombro. – Eu falei que não seria capaz de cuidar delas. Sou uma *serial killer* de plantas. Olha as folhas desta aqui.

Ela estava usando uma blusa cinza de jérsei com decote quadrado e mangas até os cotovelos e uma saia vermelha. Ao chegar mais perto, Zack inspirou o perfume fresco e cítrico e observou o brilho do cabelo escuro na luz do sol que entrava pela janela.

– É, parecem mesmo folhas na minha opinião.

– Mas as pontas estão ficando estranhas, amarelas. – Frustrada, ela virou o vaso azul de cerâmica para mostrar para ele. – Eu achei que precisava de mais água e molhei muito ontem, mas agora está bem pior. Você acha que eu devia tentar secar a terra?

A curva de preocupação das sobrancelhas dela fez com que ele tivesse vontade de beijá-la. Era uma planta comum, praticamente uma erva daninha, porém Ellie gostava mesmo dela. Como não havia possibilidade de beijá-la, ele disse:

— E como você faria isso?

— Eu estava pensando em usar um secador de cabelo. — Ellie ergueu o vaso azul e deu uma cutucada hesitante na terra encharcada.

— Pode tentar. Se não funcionar, pelo menos as folhas vão ficar estilosas.

Ela parou de cutucar.

— Você está debochando de mim?

Zack sorriu; a única coisa que ele sabia que não deveria fazer era flertar com ela.

— Estou fazendo graça com o fato de que nenhum de nós tem a menor ideia de como cuidar de uma planta.

— Ainda bem que não temos filhos. — Alegremente alheia ao efeito que essa declaração teve nele, Ellie falou: — Bom, vou levar lá para fora. Talvez ela só precise de um pouco de sol para se animar. Ah, a propósito, tem uma mensagem no telefone de um cara chamado... Huggy? — Ela pareceu intrigada. — É isso mesmo?

— Huggy Hill. — Zack segurou a porta para ela e a viu colocar a planta com cuidado em um local ensolarado perto da parede. — Meu primeiro parceiro de negócios da vida.

— Primeiro da vida? Como foi? Na época da faculdade?

Ele assentiu e a seguiu até o escritório.

— Isso mesmo. Eu estava estudando administração. Huggy era meu colega, muito inteligente para algumas coisas, mas sem noção nenhuma de negócios. Ele tinha montado uma microempresa que vendia celulares e veio pedir meu conselho. Depois de dois meses, eu vi o potencial do que ele estava tentando fazer, isso antes de os celulares explodirem. E aceitei uma parte da empresa em troca do trabalho que eu estava fazendo por ele. Mais porque ele estava duro e era a única forma que tinha de me pagar. Mas as coisas começaram a decolar e percebi que preferia trabalhar com Huggy a fazer um curso de três anos.

— Então você largou a faculdade. — Ellie conhecia essa parte da história; ele sabia que ela tinha lido o currículo dele. Mas conversar com ela não era difícil; talvez ela até se impressionasse.

– Larguei. A gente incrementou o negócio e vendeu dois anos depois, por muito dinheiro. Àquela altura, eu já tinha começado a diversificar. Descobri que tinha bons instintos, conseguia ver por que as empresas estavam indo mal e o que seria necessário para recuperá-las. Fiz um trabalho com uma consultoria de suporte para computadores que mudou tudo.

Ela assentiu.

– Depois, teve a empresa de sorvetes.

Ele sorriu.

– Eu adorava essa.

– E o resort em Dorset.

– Você andou pesquisando.

– E o restaurante com o serviço de entregas. Seu amigo Huggy também começou a investir em outras empresas?

– Não, ele se mudou para o Caribe, passava os dias surfando e se tornou um rato de praia profissional. Ainda está lá. Só na vida boa.

– Você queria estar fazendo o que ele faz?

– Nunca. Sou feliz aqui. – Será que isso o fazia parecer chato? Obcecado pelo trabalho? *Ele era chato e obcecado pelo trabalho?* – E você?

Ellie pensou por um momento.

– Dependeria de quem estivesse comigo. Morar no lugar perfeito com a pessoa errada seria horrível.

Zack não conseguiu se segurar:

– E morar com a pessoa perfeita em um lugar horrível?

Algo brilhou nos olhos dela por um segundo. Ela abriu um meio sorriso.

– Se a pessoa for perfeita, ainda seria perfeito.

O que aquele sorriso significava? Ela estaria pensando naquele namorado ator dela, Tony Weston? Estaria pensando que ela *poderia* morar com ele em um buraco qualquer e ser feliz, mas por sorte não precisava porque, oba!, ele a tinha instalado em um ninho de amor de meio milhão de libras em Primrose Hill?

Nas poucas ocasiões em que ele lhe fez perguntas sutis sobre a vida particular, ela fugiu do assunto. Ele ofereceu a oportunidade para ela contar sobre Tony Weston, mas Ellie preferiu não falar. Portanto, ele não forçaria a barra. O único caminho era esquecer aquilo e deixá-la cuidar da própria vida. Se ela queria privacidade, ele a deixaria ter. Seu instinto lhe dizia que ele só podia ficar na dele e esperar. Não seria fácil, mas ele conseguiria a qualquer custo. Porque, naquele momento, graças àquele instinto infalível, Zack tinha certeza de que Ellie não estava nem remotamente interessada nele. Portanto, ele *tinha* que ficar na dele. Nada de flerte. Nem mesmo uma *sombra* de flerte. Ela trabalhava para ele, ele era o chefe dela, e não havia nada mais horrendo do que ser o alvo indesejado do afeto de um colega de trabalho. Ele já tinha passado por isso e sabia como era ruim. Devia ser bem pior para uma mulher ser objeto de atenção indesejada.

Então, era isso. Ele ficaria completamente na dele. Seria encantador e gentil como sabia ser. Mas sem flertar. Não seria fácil, mas ele conseguiria. Tinha que conseguir. Porque era importante demais para ele fazer besteira.

– É melhor eu ir me trocar e sair. – Zack ainda estava com o moletom e a calça jeans que usara para passear com Elmo. Ele mostrou as pastas na mesa. – Tem bastante coisa aí para você fazer. Se tiver algum problema é só me ligar. Se meu celular estiver desligado, deixa uma mensagem que eu retorno.

– Certo, tudo bem. Ah, que menino malvado, não faz isso!

Se ao menos ela estivesse falando com ele! Mas era com Elmo, que estava cavando como louco, provavelmente por ter visto uma aranha e ter se enrolado nos cabos debaixo da mesa. Ellie pulou por cima da mesa bem na hora e conseguiu segurar a impressora antes que caísse no chão.

– Muito bem. Aqui, com licença. – Ele esticou a mão para puxar o aparelho de volta e roçou acidentalmente no braço dela. Uma onda de adrenalina correu por suas veias. Era ridículo, parecia que ele tinha voltado a ser um adolescente de 14 anos. – Pronto, resolvido. Elmo, não arrume mais confusão. – Ele ergueu o cachorro na altura dos olhos. – Comporte-se, viu? Ellie vai levar você para passear de novo mais tarde.

Ele tinha dito a palavra com "p". Elmo fez uma das viradas de cabeça exageradas e soltou um ganido de animação.

– Não, calma, a gente acabou de voltar. – Zack se perguntou se ela o achava louco de falar com Elmo daquele jeito. – Bom, até mais tarde. Comporte-se.

Ellie tinha começado a abrir a correspondência. Ela ergueu o olhar e disse com alegria:

– Vamos tentar.

Até o formato da boca dela era irresistível; quando ela pronunciou a palavra *tentar*, acabou fazendo um beicinho perfeito. E agora ela estava sorrindo de novo, mas ainda sem nada que se aproximasse *daquele* tipo de interesse.

Zack saiu do escritório e se despediu casualmente:

– Até amanhã.

Meu Deus, essa coisa de não flertar e só ser amigo seria difícil demais.

Capítulo 19

O QUE SERÁ QUE ESTAVA ACONTECENDO? Tony não tinha ideia, mas sabia que precisava descobrir. Nos quinze dias anteriores, ele devia ter enviado mais de dez e-mails para Martha. E só havia recebido como resposta uma única mensagem breve no primeiro dia. Ela pediu desculpas e disse que o encontro deles foi um grande erro. Os dois não podiam se ver mais, ela lamentava por ter dado esperanças a ele e lhe pedia que respeitasse sua privacidade e não tentasse mais fazer contato.

Foi só isso. Desde então, todos os e-mails que ele mandou em seguida ficaram sem resposta. A central telefônica não forneceu o telefone de Martha. Tony, preso em Hollywood e interpretando um papel sem graça em um filme horrível, vinha contando os dias. Mas de forma desesperada e não esperançosa, porque ir para Londres descobrir o que estava acontecendo era uma coisa, mas convencer Martha a mudar de ideia sobre ele era outra bem diferente.

Ele estava de volta agora. Mais um dia, mais um táxi. E não havia a menor possibilidade de ele respeitar o desejo dela de privacidade. Quando entraram na Lanacre Street, o peito de Tony se apertou de expectativa. Ele nem sabia se ela estava em casa, mas a necessidade de vê-la de novo era sufocante.

– Onde quer que eu pare? – perguntou o taxista.

– Mais adiante. É a casa com a porta amarela, à esquerda. – Quando o táxi desacelerou, Tony falou: – Pare atrás da van azul.

Momentos depois, a porta amarela se abriu e aquela bruxa chamada Eunice saiu. Seguida por Martha.

– Ah, meu Deus, não pare.

– Oi? Mas o senhor falou para...

– Não pare! – Tony se abaixou e sussurrou: – Continue!

Péssimo timing. Por acaso Eunice *morava* lá? De dentro do táxi, ele viu o perfil de Martha quando ela se virou para trancar a porta. O táxi seguiu até o fim da rua e parou no cruzamento.

– Para onde agora?

– Hã... – Tony olhou pela janela de trás e viu que as duas mulheres estavam indo na direção oposta. – Dê meia-volta e espere. Veja se elas vão entrar naquele carro.

– E depois? – O motorista de táxi se virou no assento para encará-lo. – Vai querer que eu siga o carro? Ah, não sabe quanto tempo esperei para alguém dizer isso de verdade! – Rindo, ele girou o volante com destreza e deu a volta com o táxi. – Você é o Tony Weston, certo?

– Sim.

– Você se importa se eu perguntar o que está acontecendo aqui?

– Prefiro que não.

– Elas não estão entrando em carro nenhum. Parece que vão a pé.

Tony pensou rápido. Conhecendo a sorte dele, elas deviam estar indo ao supermercado. Mas ele estava ali agora e o que mais tinha para fazer?

– Vamos atrás delas.

– Você está falando sério, amigo? Nós estamos nesta coisa – o motorista indicou o táxi – e elas estão a pé.

– Você só vai ter que ir devagar, então, não é? E tomar cuidado para que elas não vejam.

Por sorte, Martha e Eunice não olharam para trás em nenhum momento. O táxi ficou a uma distância segura das duas, seguindo em velocidade de tartaruga. Quando eles chegaram à rua principal, ficou mais complicado, e o taxista não teve opção senão parar de seguir e dar um jeito de não ficar preso na pista de ônibus.

– Tenho certeza de que deveria ser mais emocionante do que isso – resmungou ele. – Pneus cantando, cavalos de pau com o freio de mão, a polícia aparecendo e tudo mais.

– Veja como você tem sorte. Quando isso acontece – observou Tony –, o taxista costuma não ser pago no fim da corrida.

Martha e Eunice não tinham ido ver vitrines. Elas não enrolaram; era uma saída com destino certo.

Acabaram saindo da rua principal e seguiram pelas transversais. Não estavam conversando, só andando lado a lado. Para onde estavam indo era um mistério. Uma reunião de igreja, talvez. Uma visita a uma amiga. Uma consulta no dentista.

– Prontinho – disse o taxista quando as duas mulheres finalmente seguiram pela entrada de uma propriedade afastada da rua.

Tony se inclinou para a frente. Devia ser um consultório de dentista. Quando o táxi chegou mais perto, ele viu a placa ao lado do portão.

Residencial Geriátrico Casa Stanshawe, dizia a placa.

– Mistério resolvido. – O taxista pareceu aliviado; os 25 minutos anteriores deviam estar entre os mais entediantes da vida dele. – Elas foram visitar alguma vovó.

– Pode ser que sim. Pode ser que não. Elas podem estar visitando qualquer pessoa.

– Pode ser que trabalhem aqui – observou o taxista. – Mas e agora? Você vai entrar atrás delas?

– Não. – Tony se encostou no banco; não era assim que ele tinha planejado passar o resto do dia. – Me leve de volta para Primrose Hill.

☾

Ellie ainda estava no trabalho. No apartamento, Tony pesquisou a Casa Stanshawe na lista telefônica e anotou o número do local. Em seguida, obrigou-se a sentar e esperar, porque a única coisa que ele não podia fazer era ligar com Eunice e Martha podendo ainda estar lá.

Às cinco horas, ele telefonou.

– Oi, gostaria de falar sobre uma pessoa que reside aí. O nome é Daines. – Foi um tiro no escuro, mas era o único que ele tinha.

– Desculpe, quem? – A mulher pareceu distraída.

– Daines.

– Você pode me dizer o primeiro nome?

Tony hesitou. Ele não podia porque não sabia o primeiro nome. Ele nem sabia se era homem ou mulher.

– Hã, bem...

– Ah, você está falando de Henry Daines? Desculpe, sou nova aqui, acabei de encontrá-lo na lista.

Bingo.

– Isso mesmo. Henry. – Tony se perguntou se detetives de verdade ficavam com as mãos suadas quando descobriam uma pista.

– Certo. E qual é o assunto? Posso anotar o recado.

– Ah, não tem recado. Só estou ligando para... saber como ele está.

– Espere, vou anotar. Pode repetir?

Meu Deus, que mulher tonta.

– Não vejo Henry há algum tempo. Eu soube que ele está sob os cuidados dessa instituição – disse Tony. – Você pode me dizer por que ele está aí?

– Aah, não, a gente não pode fazer isso! Desculpe! Mas por que você não faz contato com a família dele? Eles vão poder dar todas as informações de que você precisar.

Claro.

– Tudo bem, então pode me dizer quem...

– Ah, minha nossa, agora a luz vermelha começou a piscar! O que isso significa mesmo? Desculpe, vou ter que desligar, mas ligue para a família dele... Tchau!

☾

Às nove horas da manhã seguinte, Tony tocou a campainha e ouviu o som de passos na casa.

A porta amarelo-topázio foi aberta e pela primeira vez em quinze dias ele ficou cara a cara com Martha. Seu coração acelerou de saudade; era maravilhoso vê-la de novo e tão insuportável ver a angústia no rosto dela.

Ele manteve a voz baixa:

– Você está sozinha?

Ela fechou os olhos por um segundo e assentiu.

– Ah, Tony, não faça isso. Você não devia ter vindo aqui.

– Eu tinha que vir. Você não pode simplesmente me pedir que eu a deixe em paz e esperar que eu aceite. Achei que a gente *tivesse* algo junto...

– Por favor, não. – Martha balançava a cabeça em desespero, os dedos agarrando a frente da camisa rosa-framboesa.

– Posso entrar?

– Não.

– Por que não?

– Já falei, não podemos mais nos ver. – Do outro lado da rua, uma porta se fechou e ela levantou a mão trêmula para cumprimentar a pessoa que tinha saído da casa. Com a respiração curta, ela disse: – Tony, vai embora. Você acha que é fácil para mim? Não é nem um pouco. Posso garantir.

– Eu sei, eu sei, mas a gente precisa conversar. – Ele fez uma pausa. – Quem é Henry?

Ela ficou paralisada, os dedos da outra mão apertando convulsivamente a borda da porta.

– Quem te contou?

– É seu sogro?

– Não.

– Cunhado?

Martha balançou a cabeça.

– Então é seu ex-marido. – Tony já tinha feito essa suposição; não precisava encará-la para confirmar.

Só que ele não pôde se controlar; não conseguiu afastar o olhar do rosto dela.

– Ele não é meu ex-marido – respondeu Martha por fim.

– Quer dizer então que vocês ainda são casados.

Ela apertou os lábios e assentiu de um jeito estranho e trêmulo.

– Que tal eu entrar? – pediu Tony. Dessa vez, ela recuou para permitir que ele entrasse na casa.

Na cozinha, Martha massageou o rosto para ativar a circulação.

– Ainda não sei como você descobriu. Foi Eunice? – Ela balançou a cabeça. – Não pode ter sido Eunice.

Em vez de contar que tinha perseguido as duas, Tony falou:

– Só me conta sobre Henry.

– Quanto você sabe?

– Nada.

– Estamos casados há 33 anos. Um casamento feliz. Muito feliz. – A voz dela começou a oscilar. – Bom, até seis anos atrás. Ai, vou chorar agora. Não diga nada, só ignore. – Ela pegou o rolo de papel-toalha, tirou algumas folhas estampadas e encostou o quadril no armário da cozinha. – A questão é que ele tem Alzheimer. Bom, oficialmente é demência pré-senil. Começou há sete anos, quando ele tinha só 55 anos. Foi gradual, sabe, ele perdia as chaves, esquecia os nomes das pessoas. A gente fazia piada disso no começo. Até que ele cometeu um erro sério no trabalho e isso parou de ser engraçado. – As lágrimas estavam correndo pelas bochechas dela, quase como se ela não soubesse que estavam lá. – Ele foi ao médico e teve que fazer vários exames... Bom, você pode imaginar o resto. Recebemos o diagnóstico. Ficamos os dois arrasados, e eu prometi cuidar dele. Henry era um contador renomado. Um ano depois de perder o emprego, ele não conseguia nem fazer uma lista de compras. – Martha fez uma pausa para secar os olhos. – Tudo aconteceu bem mais rápido do que eu esperava. Ele começou a botar os sapatos no forno. Tentou dar nosso micro-ondas para o carteiro. E, em vez de comer o jantar, ele o escondia no sótão.

Ela parou de novo para se acalmar e Tony precisou se segurar para não tomá-la nos braços. Mas ele ficou onde estava, do outro lado da cozinha.

– E só foi ladeira abaixo a partir daí – disse Martha baixinho. – Eu me esforcei, juro. Mas foi muito mais difícil do que achei que seria. Eu tinha 21 anos quando me casei com Henry. Ele foi o melhor marido que qualquer mulher podia querer. Eu o amava tanto... e ele conseguia fazer *qualquer coisa*, sabe? Ele era inteligente, era prático, se alguém tivesse um problema, era ele quem resolvia. Uma vizinha nossa ficou desesperada uma vez quando o encanador furou com ela. Contei para Henry quando voltou do trabalho e ele passou a noite consertando a privada dela. – Ela balançou a cabeça. – Isso foi antes. Mas tudo mudou e eu passei a ter que cuidar do Henry. Ele começou a ter mudanças de humor e ataques de raiva. Não era culpa dele, ele só estava com medo e frustrado. Só que era como tentar controlar uma criança de 1,80 metro. Ele não era... fácil. E o tempo todo você sabe que só vai piorar. Eu tinha que dar comida para ele. E dar banho. Escovar os dentes dele. – A voz de Martha falhou. – É horrível. Tão indigno. E eu sei que prometi cuidar dele, mas era o t-trabalho mais s-solitário do mundo...

– Foi por isso que você me falou que estava sozinha havia muito tempo – comentou Tony.

Ela assentiu e lutou para se controlar.

– Foi. Mas não foi justo eu dizer isso. Fiz você pensar que eu era divorciada. Isso não foi legal.

– Foi completamente compreensível.

– Não, foi... inadmissível. E eu nunca senti tanta vergonha.

– Eu interrompi. – Tony fez um gesto de voltar atrás com o dedo. – Continue a história.

– A história. – Martha fez uma careta. – A história sem final feliz. Bom, eu aguentei o máximo que consegui. Com a ajuda da Eunice – acrescentou ela. – Ela é irmã do Henry. É muito trabalhadora, muito séria. Devo muito a ela. De qualquer modo, há um ano cheguei ao meu limite. Eu estava exausta, não aguentava mais. Vendi nossa casa enorme em Notting Hill e comprei esta menor. Graças ao Henry, nossas finanças estavam bem. E como eu agradeci? – Ela soltou um suspiro. – Eu o coloquei em um lar de idosos. Foi legal da minha parte, não foi? E quer saber? Se tivesse sido o contrário, ele não teria feito isso, posso garantir. Henry teria cuidado de mim.

– Você não tem como saber.

– Tenho, sim.

– Ele está recebendo os melhores cuidados. Você o visita... Quem pode dizer que isso não é *melhor*?

Martha estava olhando para ele de um jeito estranho. Tony ergueu as mãos em um gesto de rendição.

– Me desculpe. Segui você ontem à tarde. Eu precisava descobrir.

Ela assentiu lentamente.

– Foi burrice minha ignorar você e torcer para que sumisse. Mas você vê agora, não vê, por que a gente não pode se ver de novo?

– É uma situação terrível. – Ele só queria consolá-la e fazê-la parar de sofrer. – Como ele está agora?

– Confuso. Triste, às vezes. Ele ainda me reconhece. Sabe quem eu sou. Ele me chama de "esposa linda". – A expressão de Martha mudou. – E, em troca, eu o traí.

– Quando te vi naquele dia na colina, você parecia não ter preocupação nenhuma no mundo – confessou Tony. – Pareceu tão feliz. Foi o que me atraiu até você.

– Eu estava feliz. – Ela inclinou a cabeça, concordando. – No começo, quando Henry foi para a casa de repouso, fiquei aliviada. E toda vez que sentia alívio, eu sentia culpa. Minha vida tinha ficado mais fácil, mas a dele não. Eu senti vergonha, não devia *estar* feliz. Com o tempo, a culpa começou a passar. Nos últimos dois meses, eu me permiti relaxar e me sentir bem com a minha vida. E, não sei como, às vezes tudo se encaixa. Eu estava a céu aberto em um lindo dia de verão com o sol na cara. Minha pintura estava indo bem. Aquele garotinho fofo veio com a bola de futebol e foi um querido. E de repente percebi que sentia uma paz interior. Foi a experiência mais incrível do mundo, como se tivessem tirado um grande peso dos meus ombros. – Martha olhou fixamente para a parede. – E aí você apareceu e também foi um querido. Parecia que você fazia parte de tudo.

Então foi por isso que ela quis lhe dar o quadro. O aspecto financeiro foi irrelevante, o fato de ele ter amado o trabalho dela foi a única coisa que importou.

– E o dia seguinte foi uma continuação daquilo – concluiu Tony.

Ela assentiu.

– Ainda não acredito que fiz aquilo. Você foi tão... tão perfeito. Foi como tirar férias de mim mesma. Por algumas horas, eu pude ser outra pessoa. Eu me senti normal. Não, não foi isso, eu me senti *maravilhosa*. – Lágrimas novas surgiram nos olhos dela. – Foi como o melhor sonho do mundo. – As unhas dela cravaram nas palmas das mãos. – E aí acabou e eu acordei.

– Mas não foi sonho.

– Sei disso. Queria que tivesse sido. Eu traí meu marido e agora me odeio. E é por isso que você tem que me deixar em paz e não entrar mais em contato. Porque nunca mais vai voltar a acontecer.

Tony não queria ouvi-la dizer aquilo.

– Não acho que a gente tenha feito algo errado.

– Não é verdade. Claro que é *errado*. – Martha olhou para ele com tristeza. – Você só está tentando justificar.

– Mas *tem* justificativa.

– Na alegria e na tristeza, na saúde e na doença. Foram meus votos quando me casei.

– Isso não...

– Não diga nada. – Martha ergueu as mãos para impedi-lo. – Estamos falando do meu marido. Você quer perguntar a Eunice se ela acha que tem justificativa? Qual você acha que seria a opinião dela? Ela mora do outro lado da rua, a propósito. Naquela tarde em que a gente veio para cá, eu sabia que ela tinha viajado para visitar amigos em Stockport. Aí, quando você apareceu no dia seguinte, ela estava aqui. Tinha voltado antes. E Eunice não é burra. Ela não perde nada. É por isso que você tem que ir agora.

Aquilo era insuportável.

– Mas eu te amo – murmurou Tony.

Ela fez uma careta, as palavras a atingindo como flechas.

– Também não diga isso. Não pode acontecer. A gente teve um momento junto, mas foi errado. E *acabou*. Você é um ator de Hollywood e eu sou uma mulher casada comum de Tufnell Park.

– Você não é comum.

Martha apertou os lábios e atravessou a cozinha. Na entrada, ela abriu a porta da casa.

– Não posso mais fazer isso. Você tem sua vida para viver e eu tenho a minha. – Seu tom de voz era o de quem está de coração partido, mas seu olhar era de determinação. – Se você se importa comigo, vai embora. Agora.

Capítulo 20

Um acidente feio de equitação sete anos antes tinha rendido à Dra. Geraldine Castle uma fratura no quadril esquerdo que nunca cicatrizara direito. Agora, a artrite também havia chegado, tornando a situação bem mais difícil. Como ela mesma dizia, era um saco. Andar passou a ser sofrido e cavalgar era coisa do passado. Saltos altos, agora, só para olhar.

Mas isso não impedia que ela os comprasse.

Uma vez rainha dos sapatos, sempre rainha dos sapatos.

O carteiro, como não conseguira entregar o pacote na casa ao lado mais cedo, deixou-o com Ellie. Agora, ao voltar de um almoço com uma colega do antigo trabalho, Geraldine foi buscá-lo.

– Você tem que ver esses – declarou ela. – São lindos de morrer!

Nem o caminhar manco e a bengala de ébano entalhado atrapalhavam seu glamour. Com 61 anos, o estilo natural somado à postura de modelo significava que cabeças se viraram sempre que Geraldine adentrava um ambiente. No ano anterior, ela tinha se aposentado de uma carreira na medicina, depois de atuar por muitos anos como clínica-geral.

No escritório, ela se sentou e abriu o pacote.

– Ah, *aí* estão vocês. Olá! – Depois de tirar a tampa da caixa, cumprimentou os sapatos como filhos perdidos. – Olha só para vocês! Não são lindos? – Ela os pegou e fez carinho no couro lilás macio.

– Se um paciente dissesse que fala com os sapatos – observou Ellie –, você o mandaria para um psiquiatra.

– Quer saber? É provável que sim. Mas isso aqui é diferente. – Geraldine estava ocupada admirando as flores de couro prateado na frente. – É uma obra de arte. Exige adoração!

Ela realmente amava os sapatos. Às vezes, até os usava, mas só sentada. Ellie a viu guardar reverentemente os sapatos na caixa.

– Eu prefiro chinelos.

– Isso porque você é uma bárbara – disse Geraldine. – Onde está Zack hoje?

– Em Northampton. Vai voltar umas seis horas.

– Você está aqui há quase um mês agora. – Os olhos de Geraldine brilharam quando observaram o rosto dela. – Está gostando?

– Muito. Não fico mais espremida no metrô – disse Ellie com alegria. – Que maravilha!

Uma sobrancelha erguida.

– Só isso?

– E posso ver Elmo todos os dias.

– Bom, isso nem precisa ser dito. – Geraldine pareceu achar graça. – Eu estava pensando mais em Zack. Não é ótimo poder vê-lo também?

A aposentadoria tinha deixado Geraldine com muito tempo livre e uma curiosidade sem limites. Ela parecia uma conselheira numa busca perpétua por problemas para resolver. Provavelmente por ser médica, não havia pergunta que ela se sentisse constrangida em fazer. Não era a primeira vez que tentava descobrir se Ellie tinha uma paixonite secreta por Zack.

– Ele é uma boa pessoa para se ter como chefe – disse Ellie pacientemente.

– E não esqueça que é bonito.

– Beleza não é tudo.

– Mas você não tem namorado. – Geraldine já tinha descoberto isso. – Deve achá-lo atraente.

– Ele é bonito de se olhar. Só isso. – Ellie deu de ombros. – De verdade.

– Você não pode estar falando sério! Que decepcionante. – Um novo pensamento surgiu na cabeça de Geraldine. – Aah – murmurou ela com sagacidade. – Você é lésbica?

A pergunta provocou uma lembrança agridoce; sempre que Jamie estava a fim de sexo e ela não, a brincadeira padrão dele era: "Como você pode não me querer? Você por acaso é lésbica?"

Isso era antes. Agora era agora. Ellie sorriu de leve.

– Não.

– Ah, que *pena*. A filha da minha amiga é lésbica. Eu poderia apresentar vocês.

– Desculpe.

– É que o Zack é um amor, é só isso que quero dizer.

– Sei que Louisa também acha.

– Ah, *aquela lá*. – O tom de Geraldine foi de desprezo; ela não conseguia sentir entusiasmo por uma pessoa que não amava Elmo como ela. – Ele consegue coisa melhor. Eu estava no jardim semana passada e a ouvi tendo um ataque de pânico porque tinha pelo de cachorro na saia dela. Parecia que era veneno de cobra de tanto escândalo que ela fez. – Depois de um momento, acrescentou: – Você é muito mais legal do que Louisa. E mais bonita.

– Mas não sinto nada pelo Zack – observou Ellie. – E ele sabe. Por isso me contratou.

– Você está certíssima, querida. – Reconhecendo quando era vencida, Geraldine fechou a caixa de sapatos e se preparou para ir embora. – *Touché*.

☾

– Eu queria tanto que você não fosse casado – sussurrou Roo.

Niall apertou o braço na cintura dela e a puxou para perto.

– Eu também.

Roo fechou os olhos. Era quarta à tarde, e ele tinha ligado ao meio-dia para dizer que estava indo para lá. Graças à imaginação hiperativa, ela tinha conseguido se convencer de que algo mágico havia acontecido, que ele tinha percebido que não conseguia viver sem ela, que ia deixar Yasmin... ou, melhor ainda, que Yasmin havia decidido que *ela* queria acabar com o casamento, porque aí eles nem precisariam sentir culpa...

Mas, como acontecia com as fantasias felizes, não tinha se tornado realidade. Quando Niall chegou, Roo perguntou sem fôlego:

– O que foi?

E Niall, segurando-a pela mão e a puxando para o andar de cima, para o quarto, respondeu:

– Fiquei o dia inteiro pensando nisso.

E era um elogio, claro que era. O fato de ele querer tanto levá-la para a cama era lindo e romântico de um jeito próprio. Só que não tinha correspondido às expectativas de Roo, porque ela havia interpretado a empolgação na voz dele ao telefone e tinha se preparado para algo *mais*...

Mas foi legal mesmo assim.

– Ei, você está bem?

Uma coisa era certa: ela não podia contar o problema para ele. Ele a acharia patética.

– Estou ótima. – Um dos motivos para Niall ter se sentido atraído por ela foi sua autoconfiança. Passando as unhas de leve pelo peito dele, ela encostou a ponta da língua nos lábios. – Comecei a compor uma música sobre você ontem à noite.

– É mesmo? – Ele pareceu satisfeito. – Como é?

Roo pigarreou e começou a cantar:

– É tão bom quando um mais um dá você e eu... Saiba que sou a melhor coisa que te aconteceu... – Ela balançou a cabeça. – Ainda estou trabalhando na canção. Você vai ter que esperar até eu acabar.

Niall a beijou.

– Achei linda. Você é incrível.

– Eu sei. – Uma brisa sacudiu a cortina cinza-claro e todas as boas intenções de Roo voaram pela janela. – Quando você vai largar sua esposa?

– Ei. – Ele inclinou o rosto dela na direção do dele e balançou a cabeça de leve. – Achei que a gente não ia mais falar disso.

Paciência nunca foi o forte de Roo.

– Eu só quero que a gente fique junto direito.

– E a gente vai ficar. Eu te *amo* – disse Niall. – É uma situação delicada. Não posso apressar nada.

– Por quê? – O som foi de um balido, mas Roo não conseguiu se segurar; ela também o amava.

– Porque me prejudicaria. Os advogados fariam a festa. – Agora ele estava olhando o relógio por cima do ombro dela. – Eu preciso voltar ao trabalho.

– Como Yasmin é?

– Já falei. Não dá para deixar pra lá?

Inocentemente, Roo perguntou:

– Onde ela trabalha?
– Querida, pare. Você não precisa saber disso.

Só que eu já sei. Um nó se formou no estômago dela quando ele se afastou e saiu da cama.

– Pode ser que ela seja um amor.
– Mas não é.
– Quando você chegar em casa, vai fazer o quê?
– Sinceramente? Você quer mesmo saber? – Niall começou a vestir a calça. – Tudo bem, a rotina é a seguinte. Eu chego em casa e vejo se tem alguma coisa para comer. De vez em quando, ela se dá ao trabalho de cozinhar, mas, em geral, não. Então eu preparo uma omelete para mim, abro algum enlatado ou esquento comida congelada. O que quer que eu faça, Yasmin reclama. Depois, fico com Benjamin e ela também reclama disso. Se tento botar os pratos no lava-louça, ela diz que botei errado. Se sento para ver algum programa na televisão, pode ter certeza de que ela vai querer que eu me levante e leve o lixo para fora. Basicamente, ela me critica sem parar. E é assim, nosso casamento de contos de fadas, em resumo. – Niall havia abotoado a camisa e agora estava vestindo a jaqueta. – Pode acreditar, minha vida não é divertida. – Quando estava pronto para ir embora, ele foi até a cama e se inclinou para dar um beijo nela. – Só quando eu estou com você.

Por que as coisas tinham que ser tão complicadas? Por que ele não podia ser solteiro? Sofrendo pela injustiça de tudo aquilo, Roo se agarrou a ele por um momento.

– Quando vou ver você de novo? Que tal sábado?
– Ah, meu Deus, quem me dera. – Niall fez carinho no cabelo curto dela. – É aniversário da Yasmin. Ela está insistindo pra gente viajar. Eu não quero, mas não vou conseguir escapar.

Ela ficou enjoada.

– Você vai viajar de férias?
– Não de férias. Só um fim de semana em Norfolk.
– Em um hotel?
– Na casa de uns amigos. Eles também têm filhos, vou ter que levar protetores de ouvido. – Niall fez uma careta. – Vai ser um pesadelo. Mas o que eu posso fazer?

Roo olhou para ele. Metade dela sentiu pena dele, metade sentiu ciúmes. Niall tinha jurado que ele e Yasmin não dormiam mais juntos, mas ela teve que perguntar:

– Se é aniversário dela, ela vai querer transar?

– E mudar o hábito de uma vida toda? – Ele caiu na gargalhada. – Não tem a menor chance. E, se ela quisesse, eu fingiria que peguei no sono. Mas ela não vai querer, posso garantir. Olha só, divirta-se neste fim de semana. Eu vou aguentar da melhor maneira que puder e ligo na segunda. Posso vir à noite. Que tal?

Ainda era quarta-feira. Quando se estava desesperada para passar cada minuto de cada dia com alguém, ser obrigada a esperar cinco dias inteiros para ver a pessoa de novo era o purgatório.

Que escolha ela tinha? Ele era o amor da vida dela e, diante da perspectiva de nunca mais vê-lo, era suportável.

E ela reagiria de forma tranquila, para compensar a demonstração anterior de carência. Com expressão vaga, Roo murmurou:

– Segunda, segunda... Acho que tenho alguma coisa...

– Tudo bem, então fica para a quinta.

Pelo amor de Deus, era uma semana *inteira* depois. Roo cedeu na mesma hora e passou os braços em volta do pescoço dele.

– Segunda, então. – Entre beijos, ela disse: – Vou cancelar o que for.

Niall sorriu.

– Que bom.

Capítulo 21

Havia alguma coisa diferente naquela noite. A percepção surgiu gradualmente para Ellie; no começo, ela achou que estivesse imaginando. Mas não estava.

Bom, isso já estava bem óbvio.

Além do mais, ela parecia estar tendo uma experiência extracorpórea. Todd Howard a estava beijando, e ela tinha se afastado mentalmente, reparando em sua reação à experiência com o distanciamento de um fiscal de provas escolares.

O beijo devia ficar numa categoria mediana. Nem muito molhado, nem muito seco. Nem muito intenso, nem muito suave. Foi completamente bizarro, mas não dava para chamar de desagradável. Ela não queria se soltar e ficar falando *eca*, babando de horror e limpando a boca como uma criança de 6 anos agarrada por uma tia-avó solteirona e bigoduda.

Na verdade, já tinha tempo demais agora. Ela interrompeu o beijo, recuou e abriu os olhos. Todd já estava olhando para ela, esperando para avaliar a reação. Será que ele tinha passado as últimas horas se preparando para aquilo?

– Desculpe. – A respiração dele estava bem pesada. – Você está bem?

– Estou.

Ela ainda se sentia uma observadora. Por ficarem à vontade na companhia um do outro, eles desenvolveram o hábito de passar um tempo juntos no fim de semana. Aquele dia não tinha sido diferente; compras na Portobello Street, uns drinques à tarde e uma caminhada no Regent's Park seguida de uma ida a um clube de comédia em Camden e uma parada para comprar pizza a caminho de casa. Quando chegaram ao apartamento, eles relaxaram no sofá, comeram as fatias da pizza *quattro stagioni* com vinho branco e começaram a ver *Onze homens e um segredo* no DVD.

Na metade do filme, Todd se virou para olhar para ela e disse:

– Ell? Estou com vontade de te beijar.

E ela ficou tão atônita que disse:

– Sério?

– É.

– Ah. – E, mais por educação do que por qualquer outro motivo, ela se ouviu dizer com perplexidade: – Tudo bem.

Em seguida, a boca de Todd se aproximou da dela. *E eles se beijaram*. Foi nessa hora que o efeito de tela dividida começou de verdade. Metade de Ellie estava avaliando a pressão, a umidade, o gosto do beijo dele, o cheiro da pele dele e a sensação da barba por fazer arranhando sua bochecha. A outra metade se sentiu um manequim numa vitrine de loja.

Mas tinha que ser estranho mesmo. Fazia um ano e meio que Jamie tinha morrido, um ano e meio que ela não tinha contato boca a boca. E aquela boca era desconhecida.

Também estava dizendo alguma coisa. Opa, ela ficava tão ocupada avaliando a sensação que não tinha prestado atenção. Ellie balançou a cabeça.

– Desculpe, não ouvi.

– Eu só perguntei se você tem certeza de que está bem.

– Estou bem, sim. – Pobre Todd, parecia tão preocupado. Ela sorriu de leve para tranquilizá-lo. – Estou bem.

– Você não tinha ideia de que eu queria fazer isso? Não estava esperando?

– Não.

– Mas não odiou?

– Não.

Todd pareceu aliviado.

– Eu estava tomando coragem.

– Ah, é? – O que mais ela podia dizer?

– É. – Ele assentiu e observou o rosto dela em busca de reação. – Eu gosto de você, Ellie. Isso nunca passou pela minha cabeça, quando você e Jamie estavam juntos. Só que nessas últimas semanas... não sei, parece que aconteceu alguma coisa. Eu gostei muito de passar o tempo com você. – Os olhos dele brilhavam. – Você é linda.

– Sou? – Era bizarro ouvi-lo falar aquilo.

– É, sim. – Ganhando confiança, ele acrescentou: – Veja bem, eu também sei ser lindo quando quero.

Ela sorriu ainda mais, porque era o tipo de brincadeira que ele e Jamie faziam. Não demorava e já começavam a discutir quem era mais lindo.

– Olha, sem pressão – continuou Todd. – Vou embora agora. – Uma pequena pausa foi a deixa para Ellie dizer que ele não precisava ir embora. Como ela não falou nada, ele se levantou. – Você precisa de tempo para processar. A bola está com você, viu? Me ligue quando quiser. Sei que deve ser meio estranho, mas acho que a gente se daria bem. A gente pode tentar, ver se dá certo. Se você quiser.

Ela ficou de pé.

– Tudo bem, obrigada. – Foi estranho, foi como se eles estivessem em uma entrevista de emprego. Será que eles deviam apertar as mãos agora?

Todd resolveu o dilema dando-lhe um abraço rápido de bons amigos.

– Vou esperar sua ligação.

Ela retribuiu com um beijo educado de bons amigos na bochecha.

– Certo, obrigada. – A sensação ainda era surreal. Ela deu um tapinha no braço dele. – Tchau.

☾

– Ora, ora, quem diria?

Na cama, Ellie estava sentada abraçando os joelhos junto ao corpo, observando a expressão de Jamie. Ela precisava saber o que ele achava do que tinha acontecido mais cedo. O bom era que ele não parecia revoltado. Parecia totalmente à vontade.

Por outro lado, era ela que estava controlando as reações dele.

– Eu sei. Me pegou de surpresa. Eu não dei nenhuma indicação de que queria.

Os olhos azuis de Jamie estavam cintilando.

– Não precisa ficar na defensiva. Você pode dar mole para outros homens.

– Você não acha estranho? – Ele devia achar, sem dúvida.

– Tudo bem, um pouco. – Ele se recostou na parede e deu de ombros. – Mas talvez seja melhor alguém que eu conheça. Eu confio nele. Todd não vai partir seu coração. Isso deve ser bom, não é?

– Acho que sim.

– Melhor do que você sair, ficar bêbada e ter um caso de uma noite com um cara qualquer, que nem se lembraria do seu nome no dia seguinte.

– Droga – disse Ellie. – Eu estava ansiosa para acontecer algo assim.

Jamie sorriu.

– Eu conheço você bem demais.

– Não estamos falando sobre sexo. – A perspectiva de ficar nua e *fazer aquilo* era bizarra demais até de pensar. – Isso não vai rolar.

– Certo. É melhor ir devagar. – Ele assentiu. – Dar uns beijos, andar de mãos dadas, isso basta por enquanto. Para você ver como se sente.

– Já sei como me sinto. Eu me sinto *estranha*.

– Já tem um ano e meio.

– Ah, é? – Surpresa debochada. – Tanto tempo assim? Eu nem tinha reparado.

– Me diz uma coisa: ele beija bem?

– Ele beija direitinho.

– Melhor do que eu?

– Hum, vou ter que refletir sobre isso – brincou Ellie, fingindo.

– Espero que ele não seja melhor do que eu – disse Jamie. – Nem nos beijos nem nas mãos dadas.

Ela olhou para os dedos compridos e bronzeados, lembrou-se da sensação deles e de como encaixavam perfeitamente nos dela. Ela daria qualquer coisa para poder segurar a mão dele de novo. Ah, que maravilha, lá vem o choro, isso não vai acabar nunca?

– Não chore – pediu Jamie.

– Eu sei. – Ela tirou um lenço de papel da caixa na mesa de cabeceira.

– Isso quer dizer que ele é melhor?

Ele fingia horror, tentando fazê-la rir. Ellie sorriu e secou os olhos.

– Fica tranquilo. Você ainda é o melhor.

– Ainda bem. – Ele relaxou e enfiou as mãos nos bolsos de trás da calça jeans de cintura baixa favorita. – Mas, só para você saber, por mim tudo bem ser o Todd. Você poderia ter escolhido bem pior.

Capítulo 22

— Me desculpe, Zack não está aqui hoje. Vocês tinham hora marcada?

O casal na porta pareceu decepcionado. A garota, baixinha e de cabelo escuro, comentou:

— A gente veio sem marcar para ver se dava sorte. Que pena! A gente leu o artigo sobre ele no *Telegraph* outro dia e achou que ele parece nosso tipo de pessoa.

— Não tem medo de se arriscar de vez em quando se encontra uma proposta de que gosta. — O homem que a acompanhava era alto, magro e com uma aparência meio bicuda, mas de um jeito bom. O cabelo era louro tipo nórdico, o jeito entusiasmado e ele parecia um jogador de tênis malvestido. — E é isso que a gente acha que tem — disse ele com ansiedade.

— Bem, entrem um pouco e a gente vê o que pode fazer. — Ellie os levou até o escritório. Pegou a agenda de compromissos na mesa e disse: — Olha, abriu um horário amanhã de manhã. Posso marcar vocês para as onze horas, que tal?

— Ótimo. Maravilha. — Eles se entreolharam e sorriram.

— Seus nomes, por favor. — Ellie pegou a agenda e uma caneta.

— Kaye e Joe Kerrigan.

— E a proposta está aí dentro, não é? — Ela indicou o envelope A4 forrado que Joe estava segurando junto ao peito como um tesouro. — Por que vocês não deixam aqui? Assim, Zack poder dar uma olhada antes de se encontrar com vocês. Vai poupar tempo.

– Ah, mas... – Kaye pareceu preocupada, porém se controlou. – A questão é que a gente queria conversar com ele sobre a proposta toda...

Joe pôs a mão ossuda no braço dela.

– Deixe com ela. O que for mais fácil para o Sr. McLaren. Vamos voltar amanhã. – Ele abriu um sorriso para Ellie. – Desculpe. Isso é tão importante pra gente. Você nem tem ideia.

– É tudo no mundo – ecoou Kaye com animação. – Se alguém é capaz de fazer isso acontecer, é Zack McLaren. Lemos sobre ele a semana toda. – Os olhos dela brilhavam. – Você tem tanta sorte. Deve ser incrível trabalhar para ele.

– Ele é um pesadelo. – Ellie abriu um sorriso. – Não é, não, ele é ótimo. Vou cuidar para que ele receba isso. – Ela pegou o envelope forrado. – E a gente se vê amanhã.

– Espere. – Kaye pegou o envelope antes que Joe pudesse entregá-lo. – Desculpe! Só quero dar um beijo de boa sorte...

☾

Zack chegou às quatro. Ellie contou a ele tudo que tinha acontecido no escritório. Em seguida, entregou a pasta que estava dentro do envelope.

Zack deu uma espiada na proposta por uns vinte segundos, fechou a pasta e a jogou na mesa.

– Você tem que ler – disse Ellie.

– Eu já li.

– Tudo!

– Não preciso ler tudo. Só preciso entender o essencial.

– E...?

– É um roteiro de filme.

– Eu sei!

– Eles querem que eu custeie, que financie a produção do filme. – Achando graça, Zack balançou a cabeça. – É uma loucura. Não é o que eu faço. Não mesmo.

– Mas se desse certo...

– Não daria. Esse é o negócio mais arriscado do planeta. Eu não tocaria em um projeto assim em circunstância nenhuma.

Os rostos sinceros de Kaye e Joe Kerrigan, tão esperançosos, surgiram na frente dela. Eles ficariam arrasados.

– E *Mamma Mia*? – indagou Ellie.

– A exceção que prova a regra.

– *Titanic*.

– A outra exceção que prova a regra.

– *E.T.*

– E quanto do seu próprio dinheiro você aceitaria apostar que esse roteiro é tão bom quanto o de *E.T.*? Olha, eu não vou apoiar essas pessoas. Seria loucura. E não me olhe assim. Não sou um ogro. Só não quero botar todo o meu dinheirinho suado em um único fogo de artifício gigante para explodir sobre Londres.

– Você nem leu o roteiro – protestou Ellie.

– Não preciso. De que adiantaria?

– Ah, pare com isso, você é um empreendedor. Pode acabar sendo fantástico. Você não *tem como saber*. – Ela balançou a caneta que estava usando. – Sinceramente, esse casal se esforçou muito para isso. Você não olhar o roteiro é como... como ver um bilhete de loteria no chão, mas não se dar ao trabalho de pegar porque a chance de ganhar o prêmio é pequena!

Zack ergueu as mãos em rendição.

– Tudo bem, tudo bem. Entendi. Você quer mesmo me fazer sentir tanta culpa que eu acabe lendo o roteiro?

– Quero, sim.

– Tudo bem, você venceu. Vou ler.

– Promete?

– Prometo. – O celular dele ganhou vida e Zack atendeu. – Robert, obrigado por retornar. Você tem tempo de dar uma olhada nos números agora? Que bom, espere, minhas anotações estão lá em cima... – Zack saiu do escritório, apontou para a pasta na mesa, apertou a mão no peito e acrescentou, apenas articulando a palavra sem som: – *Prometo*.

Quando ele saiu, Ellie abriu a pasta e separou o roteiro do filme do resto dos papéis. Havia pouco mais de cem folhas A4. Ela atravessou o escritório, as colocou na copiadora e apertou IMPRIMIR. Ela podia não ser uma empreendedora multimilionária, mas o entusiasmo de Kaye e Joe Kerrigan tinha despertado a curiosidade dela.

Ela leria o roteiro, mesmo que Zack não lesse.

☾

– E aí? – perguntou Ellie na manhã seguinte.

– E aí, o quê? – Zack estava jogando a bolinha de borracha de Elmo pela cozinha, quicando pelos armários. Elmo estava pulando e deslizando pelo piso de mármore creme como um personagem de desenho animado.

– Você leu?

– Li o quê?

– O roteiro do filme.

– Ah, aquilo. Li, sim.

– *Au* – latiu Elmo com impaciência, esperando que Zack jogasse a bolinha de novo.

– O que você achou?

– Olha, até que achei bom.

Ele jogou a bolinha.

Ellie encheu a chaleira na pia e pulou para longe quando Elmo passou correndo numa perseguição frenética à bola.

– E...?

– Não vou financiar.

– Au, au, *au*. – O rabo de Elmo balançou furiosamente quando Zack se abaixou atrás da mesa e pegou a bola uma fração de segundo antes de ele a alcançar.

– Quem era o padre? – perguntou Ellie.

– Que padre?

Rá!

– O do roteiro, que apareceu no fim.

Zack se empertigou; a camisa polo vermelha tinha saído de dentro da calça e havia um rasgo novo no joelho da calça Levi's.

– Ah, aquele padre. – Ele estreitou os olhos num esforço de concentração e disse com inocência: – Desculpe. Acho que não lembro.

Ellie balançou a cabeça.

– Você prometeu. – O que ela mais achava de Zack era que ele era honesto. Se ele tinha dito que faria uma coisa, devia ter feito.

– Fiquei muito ocupado ontem à noite. – Ele observava a reação dela. – Como você sabe que tem um padre?

– Eu tirei uma cópia, levei para casa ontem e li. – Intencionalmente, ela acrescentou: – Ao contrário de certas pessoas.

– Eu te decepcionei? – Zack jogou a bola na direção dela, acima da cabeça de Elmo. – Toma, pega.

Ellie pegou a bola com a mão esquerda quando Elmo pulou no ar.

– Decepcionou, sim.

– Boa pegada. – Ele sinalizou sua aprovação. – E o que você achou do roteiro?

Ela jogou a bola para ele, deixando Elmo em um frenesi de empolgação.

– Achei brilhante. É brilhante. É engraçado, emocionante e original. Se virasse filme, eu assistiria.

– É mesmo?

– É.

Zack provocou Elmo balançando a bola fora do alcance dele.

– E você choraria nas partes tristes?

– Talvez. Bom – admitiu Ellie –, provavelmente.

– Tipo na parte em que Mary enfim encontra o filho que ela deu para adoção e descobre que é o padre Dermot?

– Ah, meu Deus, *sim!* – Tardiamente, ela parou. Zack jogou a bola no ar e ela ficou parada sem nem tentar pegar. Um dos bancos estalou quando Elmo quase destruiu o próprio cérebro ao mergulhar para pegar a bola e recuperá-la com triunfo.

Zack abriu um meio sorriso.

– Acabei de lembrar de repente.

– Então você leu tudo?

– Eu não ia ler. Mas você me fez ler por vergonha.

– Excelente. – Ellie ficou corada de prazer. – Vai financiar o filme?

– Não posso fazer isso. – Ele fez uma expressão de quem lamentava. – Não é meu ramo, os riscos são astronômicos, eu não tenho os contatos para investir nesse tipo de coisa. Mas gostei do roteiro – disse. – Muito. Quando eles chegarem, vou ser gentil na hora de recusar.

– Certo. – Bem, pelo menos ela tinha tentado.

– E, se o filme um dia for feito, a gente vai junto ao cinema para assistir. Por minha conta.

Elmo soltou a bolinha aos pés dele, desesperado para continuar a brincadeira.

– E vou poder dizer que eu te avisei? – perguntou Ellie.

– Combinado – respondeu Zack com bom humor.

☾

A campainha tocou faltando dois minutos para as onze horas. Ellie abriu a porta para os Kerrigans e viu a esperança nos olhos deles.

Enquanto ela os conduzia pelo corredor, Kaye sussurrou com animação:

– Ele leu o roteiro?

– Leu.

– A gente não pregou o olho ontem à noite! E no caminho até aqui vimos duas pegas. Duas, para dar alegria!

Ah, caramba. E agora Zack ia destruir os sonhos deles. Ellie os levou pela escada e bateu à porta da sala.

– Vai acontecer, finalmente. Esse pode ser o grande momento. – Joe Kerrigan, respirando fundo, tocou brevemente no braço de Ellie enquanto eles esperavam Zack chegar. – Nos deseje sorte.

Eles ficaram lá dentro com ele por quase trinta minutos. Ellie, digitando com os ouvidos alertas, finalmente ouviu a porta se abrindo no andar de cima, seguida do som de passos na escada. Se a reunião tinha durado meia hora, poderia significar que Zack havia mudado de ideia?

– Bem, obrigado, de qualquer forma. – Ela ouviu Joe dizer e soube que não.

Zack botou a cabeça para fora da porta do escritório.

– Tenho umas ligações a fazer, mas Joe e Kaye querem dar uma palavrinha rápida antes de irem, então vou pedir que você os leve até a porta.

– Ele não vai poder nos ajudar – explicou Joe quando Zack subiu a escada. – Mas queríamos agradecer a você por lutar por nós.

– Ele contou que você encheu o saco dele para ler o roteiro. – Kaye estava sendo corajosa. – E disse que você leu também.

– Eu achei incrível. – Eles eram um casal adorável.

– Isso significa muito pra gente. – Kaye sorriu para ela.
– Vocês não podem desistir.
– Não vamos desistir. Não podemos – disse Joe. – A gente também acha incrível.
– E olha que ele é bem modesto. – Kaye deu um cutucão nele.
– Eu não consigo me controlar. É nosso sonho. É nosso sonho há tanto tempo.
– É que começamos a ficar sem opções.
Joe balançou a cabeça.
– Temos que seguir em frente.
– Olha, não sei nada sobre produção de filmes, mas vocês precisam fazer isso tudo sozinhos? Que tal enviar o roteiro para as grandes produtoras? Pode ser que uma aceite – sugeriu Ellie.
– Já tentamos isso. Todas as produtoras, todos os agentes. Todos disseram não.
– Ah. – Bom, agora ela estava se sentindo idiota.
– A gente recebeu tantas cartas de rejeição que daria para cobrir as paredes da casa inteira. É tão frustrante. – Kaye *pareceu* intensamente frustrada. – A maioria deles nem se deu ao trabalho de olhar o roteiro. Comecei a botar cabelos entre as páginas para ver se eles tinham aberto. E não tinham!
Caramba. Ellie se perguntou se algum produtor em potencial ficaria encantado de folhear um roteiro cheio de fios de cabelo.
– Não uma peruca inteira. – Joe sorriu. – Um fio por roteiro.
– Fico feliz em saber. – Ele tinha um rosto franco e simpático e um jeito tranquilo. Juntos, ele e Kaye formavam um ótimo casal.
– Mas você precisa voltar ao trabalho – disse Kaye. – A gente só queria agradecer pelo seu entusiasmo e por tentar o possível com o Zack.
– Não desistam – insistiu Ellie quando os levou até a porta.
– Não se preocupe. – Joe parou na porta e ergueu a mão numa saudação.
– Não vamos desistir.

Capítulo 23

Tony, de volta depois de três dias no País de Gales, estava assistindo à televisão quando Ellie chegou do trabalho.
– Pedi comida indiana. – Ele acenou para ela do sofá. – Vai chegar em vinte minutos. Como foi seu fim de semana, querida?

Ellie esperou a comida chegar para contar o que ela sabia que tinha que contar. Tony voltaria para Los Angeles na manhã seguinte e merecia saber a verdade.

Isso se eles não explodissem de tanto comer antes de ela conseguir falar.
– Eu pedi comida demais?
– Um pouco, talvez.

Quando pegava um cardápio de delivery de comida, Tony tinha fama de ser incapaz de escolher uma coisa só. Praticamente todas as superfícies da cozinha estavam ocupadas por recipientes de alumínio e suas tampas.
– Não consigo evitar, odeio a ideia de perder alguma coisa. – Ele estava se servindo de cordeiro jalfrezi, peshwari naan, saag aloo, bindi bhaji e arroz de cogumelos. – Lembra quando pedi um frango tandoori e acharam que eu tinha pedido três? – Tony riu da lembrança. – Jamie não conseguia resistir a um desafio, não é? Acabou comendo todos.

Ah, não, agora ele tinha incluído Jamie na conversa. Com o coração apertado, Ellie botou a embalagem de camarão bhuna na mesa. Como dizer? Ela respirou fundo.
– Tony, você acha que Jamie veria problema se eu começasse... hã, a sair com outra pessoa?

Ele parou de temperar o cordeiro com chutney de manga. Houve uma pequena pausa enquanto ele se recompunha.

– Ah, minha querida, claro que ele acharia que tudo bem. Tem um ano e meio. Eu já não falei isso? Você *devia* estar conhecendo gente nova. Jamie ficaria feliz por você, sei que ficaria. E eu também fico. Desde que seja uma pessoa legal, uma pessoa que te mereça. – Ele olhou para ela de lado. – A pessoa é legal?

– É. – *Conta para ele, conta para ele...*

– Acho que sei quem é. – O sorriso de Tony foi compassivo. – Estamos falando do Sr. McLaren?

O quê? Meu Deus, que loucura.

– Zack? Não, não é o Zack!

– Ah, desculpe, engano meu. Então me conte, quem é o sortudo?

Ellie se preparou. *Conta logo.*

– A não ser que seja uma mulher – disse Tony rapidamente. – Tudo bem também. Não precisa ser homem.

Ellie soltou uma gargalhada e a tensão se dissipou.

– Olha a sua cara!

– Eu sei. Desculpe. – Ele balançou a cabeça. – É essa coisa de politicamente correto. Claro que prefiro que seja um homem.

– Que bom, porque é homem. – *Pelo amor de Deus, fala logo...* – É Todd.

Outra pausa. Tony abriu um sorriso largo e disse:

– É mesmo? Melhor ainda! Querida, que notícia ótima. Eu não imaginava. – Ele pareceu genuinamente satisfeito.

– Nem eu. Achei que éramos só amigos. E agora parece que... Sabe como é, a gente pode passar a ser outra coisa. – Apressando-se para tranquilizá-lo, Ellie disse: – Mas ainda está muito no começo. Ele só me falou no sábado. Não aconteceu nada ainda. – Era informação demais, provavelmente, mas ela precisava que Tony soubesse que ela não vinha fazendo nada no apartamento pelas costas dele.

– Confie em mim, Jamie ia querer que você vivesse sua vida.

Ela esperava que ele estivesse certo.

– Estou me esforçando.

– E não precisa sentir culpa. – Tony era perspicaz. – Você não está sendo infiel.

– Eu sei. – Ela se serviu de uma colherada de arroz. – Mas a sensação é estranha.

– Deve ser mesmo.

Agora que tinha começado, Ellie percebeu que não conseguia parar:

– A sensação é de um casamento arranjado.

– Ah, querida, é só uma questão de se acostumar. Desde que haja aquela química básica, você vai ficar bem.

Humm, essa era outra coisa da qual ela não tinha tanta certeza ainda. Será que havia mesmo química entre eles? Como ela podia saber estando tão sem prática? Desde a noite de sábado, ela tinha pensado muito. Como o beijo em si, a perspectiva de se envolver romanticamente com Todd não a enchia de horror abjeto. Por outro lado, se ela recusasse, ia ferir os sentimentos dele. Consequentemente, Ellie tinha decidido ir em frente com a ideia, por enquanto. No mínimo, seria legal ser parte de um casal, se sentir normal de novo.

Bem, relativamente normal.

Enfim, iria devagar, para ver onde as coisas iam dar. E pelo menos ela tinha contado ao pai de Jamie agora. Era um obstáculo a menos.

Os pratos dos dois continuavam cheios. Ellie não estava mais com fome, mas pegou o dela e disse:

– Vamos para a sala?

Querendo mudar de assunto, ela começou a falar da reunião malsucedida de Kaye e Joe Kerrigan com Zack.

– É difícil. – Tony assentiu, concordando. – É mais fácil você ser acertado por um raio do que aceitarem produzir seu filme. Em Los Angeles – continuou ele secamente –, é mais fácil você ser acertado por um raio do que encontrar alguém que não escreveu um roteiro.

– Esse é muito bom.

– Milhares de roteiros são muito bons. Dezenas de milhares.

– Mas eles tentaram enviar para agentes e produtoras, e as pessoas nem se deram ao trabalho de ler!

– Isso porque eles recebem milhares de roteiros que não foram solicitados. Literalmente. Se elas se sentassem e lessem todos, não fariam mais nada. Às vezes, olham só a primeira página. – Ele falou isso como se melhorasse alguma coisa.

– É tão injusto – disse Ellie, frustrada.

– Como falei, é uma área difícil.

Ela engoliu um pouco de comida.

– Eu sei. Mas é irônico, não é? Considerando que tantos filmes prontos acabam sendo um lixo.

☾

Na manhã seguinte, Tony acordou cedo, fez as malas e esperou que o carro chegasse para levá-lo até o aeroporto de Heathrow. Foi com a xícara de café até a sala e mexeu nos jornais e nos exemplares da *Heat* no revisteiro em busca de algo para ler no avião. Guia de televisão, não. *Cosmopolitan*, nem morto. Folhetos de viagens baratas e animadas, não, obrigado. Um catálogo de loja, que morte horrível. Ele encontrou o roteiro sobre o qual Ellie ficara falando na noite anterior. Em determinado momento, ela até o pegou no revisteiro e tentou convencê-lo a ler. O que lhe faltava em talento para as vendas, ela compensava com entusiasmo, mas ele retaliou argumentando:

– Tem um papel para mim nesse filme que ainda não existe?

Ela fez uma cara triste e respondeu:

– Na verdade, não.

– É como perguntar a um jacaré se ele está interessado em um sanduíche de dente-de-leão.

Ellie abandonou a campanha depois disso. Eles viram *O Aprendiz* na televisão, debocharam dos participantes e conversaram sobre o fim de semana dele no País de Gales com o elenco do filme que parecia o cruzamento de uma comédia romântica com *Jogos, trapaças e dois canos fumegantes*.

Agora, Tony se empertigou e olhou pela janela. O carro estava parado lá fora. Tudo bem, ele compraria algumas revistas quando chegasse ao terminal de embarque, mas ainda seria bom ter alguma coisa para passar o tempo até o aeroporto. Uma olhada atenta pela janela confirmou que ele novamente tinha tido azar em relação ao motorista da vez; Malcolm era uma boa pessoa, mas a alegria e a tagarelice infinitas e as péssimas imitações de celebridades eram um pouco demais naquela hora da manhã.

Tony terminou o café, pegou o roteiro e observou a folha de rosto: *Meu pai irlandês perdido*, de Kaye e Joe Kerrigan. Com um título horroroso daqueles, não era à toa que não tinha sido levado a sério pelos especialistas.

Bem, ele levaria o roteiro e leria a caminho do aeroporto; assim, talvez o intrometido Malcolm abandonasse as imitações e o deixasse em paz. Guardou-o na mala de mão e parou no corredor, pensando se deveria bater à porta de Ellie. Ele deveria acordá-la para se despedir?

O bom senso prevaleceu. Eram seis horas. Nos meses após a morte de Jamie, Ellie sofrera terrivelmente de insônia, sem contar que acordava às quatro da manhã e não conseguia voltar a dormir. O sono dela estava se normalizando só agora.

Perturbá-la seria um ato de crueldade.

Ele simplesmente iria embora.

☾

Mais um fim de semana, mais um sábado com Todd, mais um momento constrangedor no fim do dia.

E três, três beijos daquela vez! Um quando ele chegou ao apartamento, outro quando eles estavam andando no Regent's Park e, agora, a despedida na porta dela no fim da noite.

Ellie se esforçou para deixar os músculos relaxados. Ela estava tentando se permitir relaxar, mas a sensação era estranha. Seu corpo todo ficou desconfortável. E o pior de tudo: ela agora não conseguia tirar da cabeça a ideia de que Jamie estava em algum lugar no céu, olhando para eles, vendo-a e achando a falta de talento e de envolvimento dela hilária.

Era tão desanimador. Não era surpresa ela não conseguir se concentrar.

– Eu me diverti muito. – Todd acariciou a lateral do rosto dela e afastou uma mecha de cabelo.

– Hum, eu também.

"Tem certeza?" A voz de Jamie soou na cabeça dela, clara como água. "Porque você não me beijava assim."

Cala a boca, cala a boca, cala a boca.

"Você esqueceu como se faz", acrescentou Jamie, querendo ajudar. "Talvez devesse ter umas aulinhas à noite."

Pelo amor de Deus, era fácil entender por que ela não conseguia relaxar! Todd ainda estava mexendo no cabelo dela.

– Você está bem?

Será que ele podia parar de fazer isso?

– Sim, estou. Só um pouco cansada, só isso.

"Ah, caramba, ah, caramba." Jamie achou graça. "Isso não é verdade."

Não enche o saco, tá?

– Cansada – repetiu Todd, também sem se convencer.

– Desculpe.

Ela percebeu, pela expressão dele, que ele entendia o que ela queria dizer. Basicamente, se ele tinha esperança de ficar, ia se decepcionar, pois não ia acontecer. De novo.

– Ok. – Como antes, Todd escondeu bem a decepção. – Durma bem. – Ele deu um último abraço nela. – Ligo amanhã. E não esqueça o churrasco da minha mãe.

Ellie sufocou outro tremor. Seu primeiro convite para um evento social como namorada de Todd. Dali a duas semanas, na quarta, seria o aniversário de 60 anos da mãe dele. Haveria um festão em casa com churrasco, música no quintal e amigos e parentes de todos os cantos para comemorar a ocasião. Quando Todd deu a notícia para a mãe de que ele e Ellie estavam juntos, Maria Howard bateu palmas de prazer e exclamou:

– Que maravilha! Estou tão *feliz* por vocês dois!

Então, era isso; em onze dias, Ellie seria apresentada para todo mundo e recebida oficialmente na família. Mais ainda, não havia motivo para ficar nervosa, porque ela sabia que eram pessoas ótimas, ansiosas para conhecê-la.

– Na quarta da outra semana. – Ela assentiu e sorriu para Todd. – Vou escrever na agenda. Não vou esquecer.

– Mal posso esperar para você conhecer todo mundo. Vai ser ótimo. – Todd deu um beijo na boca de Ellie, em despedida.

Muah!

Ah, bem, ela gostava de festas e gostava de pessoas. Talvez ser apresentada como namorada de Todd fosse fazer tudo parecer um pouco mais... real.

Capítulo 24

– O QUE É ISSO? Eu não mandei isso para você.

O agente de Tony tinha passado pela casa dele em Beverly Hills para pegar uma pilha de contratos assinados e exibir a Ferrari verde-limão recém-saída da concessionária. Desde que "atraísse as gatas", palavras constrangedoras do próprio Marvin, não o incomodava que a cor contrastasse com sua cara vermelho-camarão. Agora, no terraço com sombras, ele viu o roteiro na mesa ao lado da jarra de água.

– Onde você arrumou isso, Tone? Nossa, é o pior título que já vi na vida.

– Eu sei. Mas o roteiro é muito bom. Na verdade, é incrível – disse Tony.

– Não pega.

– Muito bom, muito bom, *incríííível*. – Marvin gargalhou; ele morria de rir imitando o sotaque do Tony. – E quem escreveu?

– Ninguém que você conheça. Deixa aí. Tome alguma coisa. Está com fome? – Ah, era tão fácil botar pilha no Marvin. Psicologia reversa era uma coisa maravilhosa. Discretamente, Tony viu seu agente pegar o roteiro e abrir na primeira página.

A bem da verdade, não era a melhor primeira página do mundo. Noventa e nove por cento dos agentes teriam desistido. Por outro lado, noventa e nove por cento dos agentes não tinham Tony Weston dizendo com sinceridade:

– Estou falando sério, Marvin, deixa isso aí, não tem nada a ver com você.

O que poderia ser mais provocativo do que isso?

Tony continuou assinando os contratos que Marvin tinha levado. E esperou. Quando vários minutos haviam se passado, ele perguntou:

– E aí?

– Interessante. Diferente. – Os óculos Prada de Marvin estavam apoiados sobre a testa vermelha. Se fosse fisicamente possível, ele estaria com a testa franzida. – Não tem papel nenhum para você aqui.

– Eu sei. Mas tenho uma boa sensação quanto a esse roteiro. Sabe quando a gente sente isso às vezes? E não há mal nenhum em ser a pessoa que apresenta o roteiro certo para o produtor certo. Tenho alguns contatos que...

– Alô, capitão? Quem tem mais contatos nesse mercado? Você ou eu?

– Sim, mas...

– Correto. – Marvin apontou o dedo gordo para ele. – Eu tenho. Quem trabalha para uma das maiores agências de talento do país? Uau, dá para acreditar? Eu de novo. Tone, faça a coisa certa aqui, está bem? Me deixe cuidar disso, me deixe levar para a agência e mostrar para o Stephen. Se alguém consegue fazer uma coisa acontecer, esse alguém é ele.

Tony escondeu um sorriso. Em poucos minutos, tinha feito um trabalho bem razoável em gerar buzz em torno do roteiro. Contudo, a indústria cinematográfica era assim mesmo. Quem parecia desesperado morria na praia. Mas bastava dizer que a pessoa não podia ter alguma coisa que ela brigava para tê-la. Mesmo agora, Marvin estava folheando o roteiro com um brilho ganancioso nos olhos.

Bem-vindo a Hollywood.

☾

– Querido, vamos lá, diga que sim. Você quer, eu sei que quer.

Bom, a hora tinha chegado. Zack se preparou para a crise iminente. Ele não tinha planejado que acontecesse naquela noite, ali no apartamento de Louisa, mas ela tinha forçado a barra. Durante todo o jantar, só falou sobre férias. Uns amigos dela tinham alugado um sítio de luxo na Toscana no fim de agosto e queriam que Louisa e Zack fossem com eles, mas precisavam de uma resposta até o dia seguinte, supostamente porque, se os dois recusassem, os amigos poderiam convidar o próximo casal da lista.

Zack também presumia que, como já estavam em meados de julho, ele e Louisa não foram nem de perto as primeiras opções.

Mas Louisa ficou encantada pela proposta dos amigos e queria ir. Agora, desesperada para convencê-lo de que ele também queria, ela estava olhando para ele com expressão brincalhona e encorajadora.

– Pense em como vai ser fabuloso. E, melhor de tudo, só adultos! Sem crianças chatas gritando e estragando o clima e enchendo a piscina de boias. – Evidentemente, boias na piscina estavam no mesmo nível de camisinhas usadas. – Só paz e tranquilidade gloriosas, comida maravilhosa, conversa de adultos e ótimos vinhos. O que poderia ser *mais* idílico?

Por conversas de adultos, ela queria dizer infinitas conversas sobre qual celebridade tinha feito a melhor plástica no rosto, claro. Bom, era agora. Prepare-se, prepare-se.

– Sinceramente? Não me parece tão idílico. Minha ideia de férias boas é ir para a casa da minha família na Cornualha e descer para a praia com meus sobrinhos e sobrinhas. A gente joga vôlei e cava buracos na areia, toma sorvete, derruba uns aos outros no mar e faz muito, muito barulho mesmo.

– Ah! – Louisa chegou para trás, sobressaltada. – Ah... desculpe, eu não imaginava que você gostasse disso. – Depois de reorganizar os pensamentos, ela disse apressadamente: – Mas isso também parece bom! Olha, de repente a gente pode passar para visitar sua família antes de ir para a Itália...

– Eu acho que você não ia gostar – disse Zack. – Tem bebês, tem cachorros, tem almofadas de peido. Tem peixe empanado com batata frita, jogos na praia e brinquedos de parque de diversões. – Ele balançou a cabeça. – E tem bem pouca conversa de adultos.

– Mas...

– Na verdade, qualquer um que tentar começar *isso aqui* de uma conversa adulta – ele ergueu o indicador e o polegar separados por 2 milímetros – acaba enrolado em alga e jogado no mar.

– Tudo bem, tudo bem, entendi. Você gosta de férias barulhentas. E o que a gente vai fazer? – Ela abriu um sorriso de negociação.

– Eu acho que você deveria ir para a Toscana – disse Zack. – Você vai se divertir muito.

O sorriso dela hesitou.

– Você quer dizer... sozinha?

– A gente não gosta das mesmas coisas.

Louisa tinha erguido as sobrancelhas.

– *Sozinha?*

– Olha, a gente precisa conversar. – Zack botou a faca de queijo na mesa. Como ele odiava aquela parte. – A questão é que eu acho que você seria mais feliz com outra pessoa.

– Eu seria mais feliz com outra pessoa – repetiu Louisa, atordoada. – Nas férias?

– Não só nas férias. Em geral. Na vida.

– Você quer dizer... em vez de você?

– Não, não... Bom, sim. – Ele era péssimo naquilo. Como as pessoas faziam? Zack torceu para que ela não começasse a chorar.

– Você está terminando comigo?

– Não *terminando*. Só acho que seria melhor se... você sabe, a gente encerrasse por aqui.

Louisa botou a colher na mesa.

– Não seria melhor *para mim*. Eu não quero encerrar por aqui.

Eles não estavam chegando a lugar nenhum assim. Zack respirou fundo e disse com tom firme:

– Mas eu quero.

Ela soltou um ganido de angústia.

– Zacky, mas *por quê?*

Ele se encolheu. Ela o tinha chamado de *Zacky*. Será que ele podia citar aquele como o motivo número um?

Seria crueldade. Ele não queria ser cruel.

– Olha, você é ótima. Não é você, sou eu. Eu trabalho muito. Você merece estar com uma pessoa que vai fazer você feliz.

– Você me faz feliz.

– Eu não faria. – Zack balançou a cabeça. – Não no longo prazo.

– Achei que a nossa história seria no longo prazo! – Ela estava chorando agora, tentando esticar as mãos por cima da mesa para pegar as dele. – Eu tenho 35 anos, Zack. Esse era nosso futuro. Achei que teríamos filhos juntos, e tudo o mais!

Era a primeira vez que ele ouvia aquilo.

– Você não gosta de crianças – observou Zack. – O objetivo de ir para a Toscana é que não haveria crianças estragando as férias.

– Filhos dos *outros*. É completamente diferente. Eu ainda quero ter uns meus!

Uns?

– Sinto muito. – Zack se levantou. – Eu tenho que ir. Você vai ficar bem...

– Não acredito nisso. Eu preparei um jantar para você. – Louisa moveu o braço na direção da cozinha. – Batata gratinada e costela de cordeiro! De um açougue de verdade!

– Eu sei e estava ótimo. – Talvez ele devesse enviar flores no dia seguinte para agradecer. Meu Deus, era tão complicado e difícil. Por que era tão mais fácil pular fora de um contrato de negócios ruim do que de um relacionamento sem futuro?

– Você está com outra pessoa? – Ela observou o rosto dele.

Zack manteve a expressão cuidadosamente neutra.

– Não, ninguém.

– Tem certeza? Porque faria sentido. Mais sentido do que você decidir do nada que, oi?!, a gente gosta de férias diferentes, então vamos terminar.

– Eu não estou saindo com ninguém.

– Nem mesmo aquela lá? Sua assistentezinha bonitinha? – Havia rímel escorrendo nas linhas em volta dos olhos maquiados de Louisa. – Ellie?

– Não. – Ele balançou a cabeça. Zack via Ellie quase todos os dias. Mas não era nada como Louisa estava falando. Ele ficava para morrer de vê-la e não poder fazer nada, mas seria ainda pior não vê-la.

Pelo menos eles estavam no apartamento de Louisa, o que queria dizer que ele podia ir embora. No corredor, ela tentou se jogar nos braços dele. Ele lhe deu um último abraço de desculpas.

– E a Disney? – Ela murmurou as palavras úmidas no ombro dele. – A gente pode ir para lá se você quiser.

Ele não respondeu.

Louisa se afastou e olhou com infelicidade para ele.

– Não?

– Desculpe. – Zack balançou a cabeça. Era hora de sair dali. – Tchau.

Capítulo 25

Será que ele estava sendo furtivo? Ele não recorria a táticas clandestinas habitualmente. Se ajudasse, por que não?

Zack se inclinou, soltou a guia de Elmo e fechou a porta ao entrar. Elmo, balançando o rabo, foi pelo corredor cumprimentar Ellie.

– Oi, lindinho! O passeio foi bom?

Não seria ótimo se ela dissesse aquilo para *ele*?

– Bom dia. – Quando ele chegou ao escritório, Elmo estava no colo dela. – Está de dieta?

– Não. – Ela olhou para ele, intrigada.

– Que bom. Então pode comer uma dessas. – Zack abriu a tampa da caixa de tortas para mostrar a ela. – Tive que comprar. Passei pela confeitaria e vi isso na vitrine.

– Te chamando. – Ellie sorriu. – Chamando e sussurrando seu nome. Elas fazem isso às vezes. Principalmente as danadinhas de morango.

Ele amou a forma como ela fez instintivamente a mímica de chamar e sussurrar enquanto falava, sem ter a menor ideia de como ficava irresistível fazendo aquilo. Ele poderia ficar olhando para sempre.

– Você gosta?

– Só um pouco!

– Vou pegar dois pratos.

– Obrigada – disse Ellie quando ele voltou da cozinha. Ela tirou Elmo do colo e se serviu de um dos doces, mordendo um morango glaceado com prazer. – Humm, que delícia.

Um pouco de suborno gentil não fazia mal. Zack pegou um doce para si e puxou a cadeira em frente.

– Só para você saber, você não vai ver mais Louisa aqui. A gente terminou – falou ele, com casualidade, mas ficou de olho na reação dela; não seria fantástico se o rosto dela se iluminasse, traindo todos os sentimentos que tinha se esforçado para esconder dele o tempo todo?...

– Ah, não! Sinto muito. – Ellie pôs o doce na mesa. – Você está chateado?

Lá se iam os sentimentos escondidos.

– Não.

– A decisão foi dela ou sua?

Ela pareceu genuinamente preocupada. Por uma fração de segundo, ele pensou em tentar o voto de solidariedade. Não, seria baixo demais. Zack sorriu brevemente e disse:

– Minha.

– Ah. Nesse caso, fico feliz.

– É mesmo? – Ele se encheu de esperanças.

– Ela não era a pessoa certa para você. – Ellie pegou o doce de volta e lambeu um pouco de creme. – Ela *definitivamente* não era a pessoa certa para o Elmo.

– Eu sei.

– E ela desconfiava de mim. Não confiava de eu trabalhar com você. – Ellie sugou geleia de morango do dedo indicador. – Chegava a ser constrangedor.

Tudo bem, pode parar agora...

– Ela já era. – Zack puxou a agenda para perto dele na mesa. – Se ela não era a pessoa certa para mim, quem seria? – Ele se recostou, fingindo um distanciamento divertido. – Que tipo de garota eu deveria procurar agora?

– Falando sério? Uma garota. Com senso de humor. Extrovertida. Que goste de cachorros. Que não goste de bala de alcaçuz.

– Mas... eu *gosto* de bala de alcaçuz.

– Exatamente. Se ela também gostasse, vocês acabariam brigando pelas balas. Melhor se ela não gostar.

– Você está mesmo refletindo sobre isso, não é?

Ellie engoliu outro pedaço de massa folheada e creme.

– É do meu interesse que você arrume uma pessoa legal. Assim, você para de ser ranzinza.

– Eu não sou ranzinza – protestou Zack. Boa resposta!

– Ah, gente ranzinza sempre diz isso.

– Tudo bem, vai. Vou procurar uma versão da Joan Rivers que odeie alcaçuz, ame cachorros e seja cinquenta anos mais jovem. Enquanto isso... – Ele virou algumas páginas da agenda do escritório. – Eu talvez precise pedir um favor.

Ellie nem hesitou.

– Tudo bem. Que tipo de favor?

Ah, sim, ele era brilhante. Aquilo podia fazer toda a diferença. Só tinha passado pela cabeça dele naquela manhã que ele podia usar a situação em vantagem própria... Socializar com Ellie fora do ambiente do escritório talvez a fizesse vê-lo de outra forma.

Talvez pudesse acender a chama.

– Eu tenho que ir a uns eventos noturnos, e às vezes preciso levar uma acompanhante. É o que todo mundo faz e o número de pessoas fica bagunçado quando alguém vai sozinho... Normalmente é legal, não é tão chato... – *Cala a boca, escuta o que você está falando, parece um idiota.* – Que tal? Você se importaria de me ajudar com algo assim de vez em quando? – *Meu Deus, que idiota que nada, você parece é um cretino.*

– Por que não? Parece divertido. Tudo bem. – Ellie estava sorrindo para ele como se ele não fosse um cretino. Infelizmente, também não como se o achasse irresistível.

– Tudo bem. – *Não, ela acabou de dizer tudo bem, não diga tudo bem também.* – Certo, bom, esse aqui vai ser o primeiro. Vou contar sobre o evento. – Ele bateu com o dedo na página em que tinha parado. – Vai ser no Dorchester na quarta-feira e...

– Quarta-feira? – Ellie levou a mão à boca. – Não posso na quarta! Desculpe!

– Ah. Que pena. – Não era vital levar acompanhante, mas ele ficou decepcionado. Seu grande plano tinha ido por água abaixo.

– Não é típico? É o único compromisso a que eu não posso faltar. Em qualquer outra noite eu poderia.

– Ok, vou dar um jeito. É alguma coisa legal?

Ellie hesitou. Depois de um momento, como se estivesse refletindo se devia ou não contar, ela falou:

– Espero que sim. É a festa da mãe do meu namorado.

Bom... Aquele raio caiu do nada. Surpreso, Zack se perguntou o que a tinha feito falar. Ela estava mesmo abrindo o jogo depois de tanto tempo sobre o relacionamento com Tony Weston?

Além do mais, se era dele que ela estava falando, quantos anos a mãe dele devia ter? Cento e quarenta?

– Bom, você não pode faltar mesmo – disse ele. Como ela já tinha tocado no assunto, Zack aproveitou. – Onde é a festa?

– No jardim da casa dela. Vai ser um churrasco. – Ellie estava ocupada acariciando as orelhas de Elmo. – Ou seja, pode ser que a chuva atrapalhe, mas não importa.

– E é um aniversário especial?

– Ah, é. Ela vai fazer 60 anos.

Não era a mãe de Tony Weston, então. O coração de Zack estava disparado no peito.

– E qual é o nome desse namorado?

Ela ficou vermelha.

– Todd.

– Você nunca falou dele. – Era difícil manter o tom casual.

– Não. Bom, é tudo novidade. Só estamos juntos há duas semanas.

– Está indo bem?

Ellie assentiu e disse com animação:

– Está ótimo!

Droga. Maldito Todd, seja lá quem você for.

– E você teve alguém antes dele? – Será que ele estava fazendo perguntas pessoais demais agora? Possivelmente, mas precisava descobrir.

Ela hesitou.

– Como assim, a vida *toda*?

– Eu quis dizer desde que você chegou aqui em Primrose Hill.

Ellie balançou a cabeça.

– Não, ele é o primeiro em bastante tempo. – Ela pareceu intrigada. – Por quê?

Sempre mantenha as mentiras o mais perto possível da verdade.

– É que uma pessoa por acaso mencionou que achava que tinha visto você com o Tony Weston.

Ellie ficou bem mais vermelha.

– Ah.

– E aí me dei conta de que, quando liguei para sua casa um tempo atrás, foi ele que atendeu o telefone.

– Certo. Sim, foi. – Ela estalou os dedos para Elmo, convidando-o a pular de volta no colo dela. Técnica clássica de distração.

Ele tinha começado, podia muito bem terminar.

– E você disse que morava sem pagar aluguel no apartamento de um amigo.

– Ah, meu *Deus*. – Meio rindo e meio envergonhada, Ellie escondeu o rosto nas orelhas peludas de Elmo. – Ele é meu *amigo*. Não é meu namorado! Não acredito que você pensou isso!

– Desculpe. Me desculpe. – Ele tinha tirado conclusões equivocadas. – Também não acredito que pensei isso. Culpa do Michael Douglas e da Catherine Zeta-Jones.

Então a boa notícia era que Ellie nunca tinha se envolvido romanticamente com Tony Weston. A má notícia era que ele parecia ter perdido sua janela de oportunidade e agora ela estava feliz com outra pessoa.

Sério, será que alguém lá em cima por acaso não gostava dele?

– Ele é só meu amigo. – Ellie ainda estava fazendo uma careta e balançando a cabeça.

– Amigo bom de se ter, esse aí. – Para mudar de assunto, Zack perguntou: – Como você o conheceu?

Ellie engoliu em seco e olhou pela janela, se preparando visivelmente. Na mesa, o telefone começou a tocar.

– Bom, hã...

– Deixa tocar. – Zack a impediu de atender. – Se for importante, vão ligar de volta. – Intrigado demais para parar agora, ele pediu: – Continue a história.

Porque havia uma história, ele tinha certeza.

O telefone parou de tocar. Ellie ainda estava agarrada a Elmo. O cachorro, amando a atenção, estava agora reclinado como uma pequena Cleópatra peluda nos braços dela.

– Tony é meu sogro. Bom – corrigiu Ellie –, ele *era* meu sogro.

– Então você foi casada.

Assim que as palavras saíram pela boca, Zack ligou os pontos. *Ele sabia.* Ele não tinha pesquisado Tony Weston no Google naquele primeiro dia, depois de ver os dois juntos no The Ivy? Ele não leu na Wikipédia que o verdadeiro nome de Tony Weston era outro? Mas, na época, o fato de o sobrenome ser Kendall não foi significativo a ponto de ele lembrar, e foi por isso que ele não percebeu quando Ellie entrou na vida dele.

E ele também não leu no mesmo site sobre a perda trágica do único filho de Tony em um acidente de carro?

Ah, meu Deus.

– Eu fui casada. – Ellie abriu as mãos, reconhecendo o fato de que ele tinha entendido. – O nome dele era Jamie. Ele era... maravilhoso. – Ela continuou fazendo carinho na cabeça de Elmo. – Mas ele morreu.

– Eu sinto muito. – Zack não conseguia nem imaginar o que ela tinha passado. – Eu não sabia. – Ele viu os dedos dela brincando com as orelhas de Elmo.

Ela deu de ombros.

– Eu também sinto muito. Devia ter te contado. Mas eu queria recomeçar do zero.

– Compreensível. – Isso explicava a falta de reação dela diante dele. Ou ele só não fazia o tipo dela?

– Posso só dizer uma coisa? Não quero que você comece a ser legal comigo agora.

– Você não quer que eu comece? Isso quer dizer que eu *nunca* fui legal com você?

Ellie olhou para o prato vazio e deu um sorriso breve.

– Você sabe o que eu quis dizer. Só queria que tudo continuasse como antes.

– Tudo bem.

Acima de tudo, Zack esperava que as coisas *não* continuassem como antes. Em algum momento do futuro, por favor, Deus, que a situação deles mudasse. Porque agora, sabendo o que ele sabia sobre a história dela, ele estava se permitindo ter uma leve esperança pela primeira vez.

Mas ainda era uma pena esse lance com o tal Todd.

– E esse sogro aprova seu novo namorado?

Diga não, diga não.

– Tony? Ah, ele adorou saber. Pareceu que foi ele que planejou. Ele não podia estar mais feliz. – Os olhos de Ellie brilhavam.

– Certo. Excelente. – Zack assentiu como se também estivesse feliz. *Droga.*

– Olha, você precisa ir para a reunião. – Ellie encerrou o assunto. – Na quarta que vem eu posso ver se Roo está livre para ir com você ao Dorchester. Isso ajudaria?

A amiga maluca com o passado duvidoso e um gosto bizarro para camisetas?

– Acho que não – disse Zack com firmeza. – Mas obrigado.

☾

Ufa. Bom, aquela questão estava resolvida. Quando Zack saiu do escritório, Ellie suspirou de alívio. Não tinha planejado que acontecesse, mas agora que havia acontecido ela ficou feliz. Esperava ter desenvolvido um relacionamento de trabalho tão forte com Zack que a descoberta da verdade sobre o passado dela não alteraria a forma como ele a tratava. Além do mais, duas outras coisas boas tinham acontecido. Ela não havia chorado, o que era um passo adiante.

E ela tinha citado Todd como seu namorado. Aquilo foi um experimento, dizer em voz alta, sentir como a palavra ficaria na língua. E, para ser sincera, a sensação foi estranha. Mas era normal, era a primeira vez. Foi como um treino para a semana seguinte, quando ela encontraria tantos parentes do Todd. Depois de ser apresentada como namorada dele e soltar casualmente a palavra "namorado" numa conversa, com sorte tudo começaria a parecer normal e não mais tão estranho como, digamos, a palavra "banana".

– Como eu estava dizendo outro dia para a minha banana...

– Ah, eu sei, minha banana também adora rúgbi...

– Minha banana e eu *amamos* aquele filme...

– Ah, sim, eu comprei uma camisa nova para a minha banana no sábado...

A questão era: ela se acostumaria a dizer "namorado" em breve. E não pensaria mais naquilo.

Uma pena o desencontro. Uma noite no Dorchester com Zack seria divertida. Mas não tinha jeito.

O churrasco de aniversário seria bom também.

Abruptamente, os olhos de Ellie arderam e ela piscou para segurar as lágrimas. Às vezes, ainda acontecia sem aviso.

Não chore, não chore.

Ah, Jamie, onde você está? Ainda está aí? Estou indo bem?

Capítulo 26

Tony massageou lentamente as têmporas doloridas; esse era um efeito colateral de envelhecer que ele preferiria não ter que enfrentar. Antigamente, umas seis doses caprichadas de uísque mal o abalariam. E não provocariam uma ressaca daquela magnitude.

Mas a dor de cabeça era a menor das preocupações dele naquela manhã.

O que era aquela invenção sobre a qual ele ouviu falar? Uma espécie de teste de destreza conectado ao seu computador, no qual você tinha que passar para poder ter acesso à internet. Assim, se você por acaso entornasse, digamos, meia dúzia de uísques ao longo da noite e fosse tomado por uma compulsão intensa de enviar o tipo de e-mail que nem sonharia em enviar sóbrio, não seria possível.

Só que sempre era possível, claro, porque aquilo ali era Beverly Hills. Era só ligar para alguém, uma pessoa da equipe ou um técnico de computador, e combinar para a pessoa ir até sua casa e, por um pequeno valor, executar a tarefa habilidosa necessária para você poder entrar na sua conta de e-mail.

Como não tinha instalado aquela invenção específica, ele nem precisou fazer isso. Só abriu o notebook, digitou o endereço de e-mail de Martha, escreveu a mensagem e apertou o botão de enviar.

Pronto, feito. Fácil assim.

Estupidamente fácil.

E ele não estava tão embriagado a ponto de não lembrar o que tinha escrito. Por mais que suas palavras fossem desprovidas de excelência literária, eram de coração. De um coração ferido, solitário, desesperado e apaixonado.

> *Ah, Martha,*
> *Sei que não deveria estar fazendo isso, mas tenho que fazer. Sinto sua falta. Sinto sua falta demais, Martha, o tempo todo. Sei que não devia, mas isso só piora tudo. Estou me esforçando para esquecer você. E adivinha? Não está dando muito certo.*
> *Espero que esteja tudo bem com você. Já vendeu muitos quadros? Espero que não esteja mais dando nenhum por aí. E como está o Henry? Você está bem? Não vou perguntar se você sente minha falta também.*
> *Bom, vou dormir agora. Será que você vai ler isto? Pode ser que delete meus e-mails sem olhar. Mas não se preocupe, não vou esperar resposta.*
> *Desculpe. Eu só precisava falar.*
> *Eu amo você e sinto sua falta, linda Martha, mais do que você pode imaginar. Mas entendo.*
> *Seja feliz.*
> *Todo amor do mundo,*
T.

Tony viu a tela do computador ganhar vida. Teria passado dos limites daquela vez? Poderia haver um e-mail dos advogados de Martha, avisando que as mensagens dele constituíam assédio e que, se ele mandasse mais uma, iria direto para a cadeia?

Mas o coração dele deu um pulo, porque lá no meio da lista de e-mails que tinham chegado à noite havia um de Martha. Pela primeira vez em semanas, ela respondeu. Tony se concentrou em controlar a respiração. Por vários segundos, não conseguiu abrir o e-mail, com medo de a reação dela ser dura demais. Se ela anunciasse que ia bloquear o endereço de e-mail dele, Tony teria que aceitar que não poderia mais entrar em contato com ela.

Como aguentaria isso?

Sua mão tremeu quando ele mexeu no mouse.

Clique.

E lá estava o e-mail de Martha na tela.

Bem curta e direto ao ponto, ela escrevera:

Também sinto sua falta.

☾

– Ah, eu senti *tanto* a sua falta!

– Não estou conseguindo respirar. – Niall sorria para ela, o cabelo molhado de chuva. – Você está me sufocando.

Roo afrouxou o abraço. Assim que ele passou pela porta, ela pulou nele como um macaco.

– Não consigo evitar. Estou empolgada. Você também teve um fim de semana horrível?

– O que você acha? – Ele tinha sido obrigado a passá-lo em uma conferência de trabalho em Southampton. – Estou com alvos de venda e estratégias de expansão até aqui. Meu Deus, não vamos falar disso agora. *Você* – os dedos dele abriram habilmente o sutiã de cetim azul-marinho – está deslumbrante.

– Você até que não está ruim.

Roo reagiu tirando o paletó dele e a gravata. Ela não ia perguntar como Yasmin e Ben estavam. Não devia nem pensar neles. Era hora do almoço de segunda, Niall havia ido lá correndo do trabalho e eles só tinham quarenta minutos até ele ter que voltar correndo. Eles não tinham tempo a perder. Por isso ela estava usando tão poucas roupas...

Trinta minutos se passaram da forma mais gloriosa imaginável. A pele brilhando de suor, Roo se deitou na cama e se alongou com prazer, como uma gata. No banheiro em frente, Niall já tinha entrado no chuveiro. Em dez minutos, ele estaria voltando para o trabalho, mas ela não ia reclamar. Ele voltaria na noite seguinte. Ela seria alegre e compreensiva, o tipo de reação que *faria* com que ele tivesse vontade de vê-la de novo e talvez em alguns meses, quando...

Plim.

Roo parou de respirar e virou a cabeça. Era um som abafado, baixo, mas instantaneamente reconhecível, que sinalizava que o celular de Niall tinha recebido uma mensagem.

Isso não era incomum. Mas, em todos os meses que ela o conhecia, era a primeira vez que Niall largava o celular para trás. Normalmente, ele levava para todo lado, até para o banheiro. Os dois nunca se separavam. Agora, como uma criança que viu o Papai Noel e não consegue mais resistir a fuxicar, Roo saiu da cama e seguiu a direção de onde tinha vindo o som.

E ali estava, no bolso da calça que ele tirava com tanta rapidez. Ela segurou o celular na mão e viu que a mensagem era de um contato listado apenas como V.

V... V... De cara, ela só conseguiu pensar em Vivica, uma das antigas colegas de trabalho dele. Ela tinha saído da empresa dois meses antes; Niall foi à festa de despedida dela. Ele também mencionou de passagem que ela era uma vendedora incrível, solteira e trabalhadora.

Roo ficou parada nua segurando o celular, a mente girando. Em parte porque era a primeira vez que ela conseguia botar a mão no celular dele. Mas também porque um sexto sentido estava lhe dizendo que ela deveria abrir aquela mensagem.

Seu polegar pairou sobre o botão. Se ela o apertasse, a mensagem apareceria. Mas, se ela o apertasse, Niall saberia que ela o apertou.

Em seguida, no banheiro, o chuveiro foi desligado. Uma onda de adrenalina percorreu o corpo dela, porque agora Roo tinha menos de um minuto. Se ia apertar o botão, tinha que ser naquele instante.

Por um lado, Niall talvez a odiasse por fuçar as coisas dele. Talvez ficasse furioso.

Por outro lado, ela tinha que descobrir o que a mensagem dizia.

Tinha.

Ah, por favor, que não seja ruim...

Ela apertou o botão.

Meu Deus, foi o melhor fds do mundo!!! Quando a gente pode repetir? (E repetir e repetir!!!!!) Me liga logo. Com amor, V. bjs

Não, por favor, não. Roo choramingou de medo, o cérebro com dificuldade para absorver o significado das palavras. Ela sentiu um enjoo... como quem fosse realmente *vomitar*. Do outro lado do patamar, ouviu Niall abrir a porta do boxe e pisar no piso de azulejos. Ela não poderia confrontá-lo; sua cabeça ainda não estava pronta. Ela ouvia um zumbido alto nos ouvidos, ele sairia do banheiro em menos de quarenta segundos. Não havia tempo para nada agora, ele tinha que voltar ao trabalho...

Certo, apagar a mensagem. Sem fôlego e desajeitada, os dedos de repente parecendo enormes como salsichas, Roo apertou repetidas vezes os botões necessários. Segurou o telefone contra o peito para abafar os barulhinhos agudos de cada nova ação. Finalmente, a mensagem estava apagada, deletada, desaparecida, sumida para sempre. *Quase como se ela tivesse imaginado, só que sabia que não tinha sido imaginação.* Estabanada e bem na hora certa, enfiou o celular de volta no bolso da calça de Niall. A porta do banheiro se abriu e ele apareceu, se secando vigorosamente com sua toalha lilás favorita.

– Preciso ir ao banheiro – disse Roo de repente e passou correndo por ele.

Quando saiu, ele estava vestido e pronto para ir embora rapidamente.

– Não quero ir embora. – Ele deu um beijo leve nos lábios dela, ao mesmo tempo que tateava nos bolsos do paletó. – Mas tenho que ir. Merda, cadê meu celular?

Ela ficou esperando que ele encontrasse o aparelho e viu a expressão momentânea de ansiedade mudar para alívio na hora em que ele tirou o celular do bolso da calça e verificou a tela por instinto. Nenhuma mensagem nova. Legal. Ele abriu um sorriso confiante e disse:

– Bom, já vou. A gente se vê amanhã, não é?

– Isso mesmo.

A voz dela soou aguda e estranha, mas Niall não reparou. Ele bagunçou o cabelo dela e desceu correndo, saiu da casa e pulou no carro.

Paralisada, Roo ouviu o ruído do motor sumindo ao longe. Seu cérebro ainda estava fervilhando, o que impossibilitava qualquer pensamento racional. Menos de dez minutos antes, ela tinha um namorado que adorava. Tudo bem que ele tinha esposa e filho bebê, mas, fora isso, era quase perfeito.

E agora, graças a uma pequena mensagem de texto, seu mundo tinha virado de cabeça para baixo. Porque, por mais que tentasse, ela estava tendo dificuldade de pensar em uma explicação convincente para aquilo não significar o que parecia significar.

Cinco minutos depois, ainda suando, mas não mais de um jeito bom, ela conseguiu encontrar Vivica no Google. Outro exemplo do milagre da tecnologia. Mas às vezes desejava que não desse para fazer tudo. A vida era mais simples, mais fácil e menos sofrida antes do advento da internet.

Vivica + "Broughton and Wingfield Associates" no Google Imagens levou a três fotos de Vivica Mellon recebendo um troféu de campeã de vendas no ano anterior. Ela *parecia* uma vendedora. O cabelo escuro brilhante estava cortado acima dos ombros, ela usava batom vermelho com contorno labial e vestia um terninho marinho de microfibra.

A parte da microfibra não devia ser verdade, mas Roo se sentiu melhor de pensar isso. A expressão de triunfo no rosto em formato de coração de Vivica, o rosto de quem não se deixava abater por nada, revelava tudo que ela precisava saber sobre a personalidade da mulher. Se ela trabalhasse em uma loja e você quisesse uma caixa de leite, ela só deixaria você sair se comprasse a geladeira junto.

Será que era ela?

Será que ela estava dormindo com Niall?

Será que estava acontecendo tudo de novo?

Tremendo, Roo desligou o notebook. Não conseguia suportar. Durante toda a vida, ela se apaixonou por homens que começavam perfeitos e viravam filhos da mãe. Com o passar do tempo, de alguma forma, eles a decepcionavam e partiam seu coração. *Pisoteavam* seu coração, melhor dizendo.

Quando conheceu Niall, ela achou mesmo que tinha tirado a sorte grande. Daquela vez, finalmente, seria diferente.

Mas, assim que a conquistou, ele contou que era casado.

O que não era muito bom, claro, mas havia excelentes motivos para ele estar sendo infiel à esposa.

Havia mesmo?

E agora aquilo.

Ela não tinha certeza, mas parecia que não era só Yasmin que Niall estava traindo.

Roo sentiu pânico, náusea e uma solidão horrível. De alguma forma, ela teria que descobrir.

Capítulo 27

O nome de Niall apareceu na tela e Roo se preparou. Era agora. Ela pegou o telefone e apertou o botão.

– Alô?

– Oi, sou eu. – A voz dele estava cautelosa, o que, por si só, já confirmava seus piores medos.

– Ah, oi. – Roo manteve o tom alegre.

Na noite anterior, ela quase não tinha dormido. Agora, seu estômago ainda estava embrulhado, sendo que ela não tinha conseguido comer nada. Mas era importante parecer normal, normal, normal...

– Tudo bem?

– Tudo ótimo! Por que não estaria?

– Nenhum motivo em especial. – Uma pausa. – Hum, você olhou meu celular ontem?

– Seu celular?

– É que uma pessoa disse que me mandou uma mensagem de brincadeira, mas eu não recebi.

Ele tinha calculado os horários, não tinha? Descoberto exatamente quando fora enviada? Roo esperou e disse com voz firme:

– Seria alguém com inicial V? E a mensagem terminava com um monte de beijos?

O silêncio dele revelou tudo que ela precisava saber. Era verdade, então.

– Foi só uma brincadeira – explicou Niall. – Um dos caras do escritório estava de sacanagem, querendo me pilhar...

– Niall, não foi brincadeira. Por que você não vira homem e admite? Você está dormindo com Vivica Mellon.

Mais silêncio. A confirmação final.

– Acho que algumas pessoas são gananciosas demais – prosseguiu Roo. – Por que ter uma amante se você pode ter duas?

– Olha, não é a mesma coisa. Juro por Deus, ela é só uma pessoa com quem eu trabalhava.

– E agora você está dormindo com ela.

– Uma vez. Um fim de semana, só isso. Ela deu em cima de mim. Ela me *caçou*.

Ele ainda estava mentindo. De repente, Roo conseguiu perceber. Era como quando um espelho de uma face só ficava de repente transparente e revelava tudo.

– Ah, meu Deus. Você é inacreditável.

Outra pausa.

– Bom, tudo bem. – Niall mudou a abordagem de repente. – Então é assim? Você não quer me ver mais. Acabou.

O medo e o pânico tomaram conta dela. Medo e pânico e… uma sensação forte de déjà-vu. Claro, era isso, o tradicional blefe. Era uma estratégia que ela já tinha visto, com o objetivo de assustar e fazer a pessoa recuar. E ela *tinha* recuado, porque era o equivalente a ver uma bolsa bonita numa loja, tentar decidir se ia comprar ou não e ouvir uma pessoa exclamar: "Uau, olha aquela bolsa linda! Preciso comprar!" A ameaça de perder uma coisa gerava terror e desespero na alma da pessoa…

Hoje não. Ela não ia cair naquela tática de novo. Daquela vez, faria a coisa certa.

– Sim, acabou.

– Roo. – A voz dele se suavizou na mesma hora. – Gata, você sabe que não está falando sério.

– Ah, estou. – Ela tremia, mas estava determinada. – Estou mesmo.

– Você quer jogar fora tudo o que a gente tem por causa de um… caso bobo? Isso é loucura. Já falei, Vivica não tem importância nenhuma para mim. Olha, estou preso aqui no trabalho, mas vou aí à noite. Chego às oito e vamos poder conversar direito, resolver tudo.

– Não venha. Não quero mais ver você. Nem falar com você. Não acredito que confiei em você. Mas eu sou assim, sou uma burra.

– Roo, a gente precisa...

– E não vou mudar de ideia. – Ela tinha que desligar o telefone agora, antes que perdesse o controle. – Adeus, Niall. Fala para a Vivica que o contorno labial não fica bem nela. E hoje à noite, só para variar um pouco, por que você não experimenta ir para casa, para a sua esposa?

☾

– Que tal? – Ellie saiu do quarto e rodopiou, exibindo o vestido vermelho novo com alças finas e babados na barra. Tinha comprado no Wallis, especialmente para a noite seguinte. – Está bom para conhecer sua família?

– Perfeito. – Todd esticou os braços e foi na direção dela. *Ah, meu Deus, lá vamos nós de novo, ele está se preparando para mais um beijo.* Ela escapou projetando os lábios e transformando num selinho.

– Muah! E, se esfriar, posso colocar minha jaquetinha roxa de seda. Bom, vou tirar agora e a gente pode sair.

Ela fugiu dos braços dele e foi para o quarto. Naquela noite, um grupo de garotas do Brace House ia a um show. Paula, que tinha planejado a saída, insistiu para que ela fosse com elas e dormisse no sofá da casa dela para não precisar voltar tarde para o outro lado da cidade.

– Ah, Ellie, você *tem* que vir, há séculos não vemos você! Como você está? Como vão as coisas?

Paula, aquela querida, era como uma galinha jovem cuidando da pintinha. Mas tinha boas intenções e um bom coração. Seria ótimo ver todo mundo de novo e saber das novidades. Ellie estava ansiosa. E Todd, que tinha ido exibir o carro novo, lhe daria uma carona até West End.

Ellie tirou o vestido e colocou uma calça branca e um colete cáqui. Quando estava pendurando as alças do vestido num cabide, a campainha tocou e ela gritou:

– Você pode ver quem é?

Momentos depois, Todd respondeu:

– É Roo. Ela está subindo.

– Saio em um segundo. Ela disse se quer alguma coisa?
– Não. Acho que ela está chorando.
Ellie botou o cabide no lugar.
– *O quê?*
Roo estava chorando. Mas tentando não chorar. O cabelo platinado parecia tão bagunçado quanto ela, e o rosto estava inchado. Quando viu que Ellie estava maquiada e vestida para sair com as amigas, ela comentou, mais do que depressa:
– Ah, você vai sair...
– Aqui, venha se sentar. O que houve?
– É Niall. – Roo estava segurando um lenço de papel amassado. – Acabou.
Todd ergueu a sobrancelha.
– Ele terminou com você?
Sinceramente... homens. Ellie balançou a cabeça pela falta de tato dele.
– Não, eu terminei com ele. Nem acredito que fiz isso. Sabe de uma coisa? Ele estava saindo com outra pessoa – declarou Roo.
Ellie ficou de boca aberta.
– *Além* de você e Yasmin?
– Isso mesmo. Uma garota com quem ele trabalhou. Os dois passaram o fim de semana juntos. – Ela secou os olhos quando mais lágrimas rolaram. – Ele é um filho da mãe.
– Você já sabia disso – anunciou Todd. – Já vai tarde, é isso que eu digo. Você vai ficar melhor sem ele.
– Eu sei.
– Não entendo por que você está chorando. – Ele pareceu genuinamente intrigado.
– Porque eu o amo. Porque eu achava que ele me amava. – Roo fungou. – Porque essa é a história da minha vida idiota e patética.
– Ah, Roo... – Dividida, Ellie olhou o relógio; eles tinham que sair naquela hora.
– E talvez ele venha até aqui para tentar me fazer mudar de ideia. Não quero estar lá caso ele apareça. Mas você vai sair. – Ela olhou com súplica para Ellie. – Posso ficar aqui umas duas horas? Tudo bem por você?
Ellie tomou uma decisão.

– Olha, vou cancelar. Só preciso ligar para Paula e explicar, e aí posso ficar com você.

– Não, não. – Roo balançou a cabeça com veemência. – De jeito nenhum, não é justo. Você não vai desistir da sua noite por minha causa. Isso só me faria me sentir pior.

– Bom, eu não vou te deixar aqui sozinha. – Igualmente determinada, Ellie cruzou os braços. – Não *posso*.

– Eu fico com ela. – Todd pegou a chave do precioso Toyota novo e se virou para Roo. – Tudo bem?

Ela piscou, surpresa.

– *Você?*

Ellie sempre percebeu o clima meio complicado entre eles. Todd não fez segredo do fato de que reprovava o relacionamento de Roo com Niall. Roo, por sua vez, reagia sendo irreverente e ficando na defensiva.

– Não sei se é uma boa ideia – disse Ellie.

– É o único jeito. Eu te deixo na Shaftesbury Avenue e volto para fazer companhia a ela.

Roo falou com cautela:

– Para pegar no meu pé a noite toda? Porque estou avisando, não estou com humor para sermão do Sr. Certinho.

– Ele não vai fazer isso. Vai ser legal. *Não vai?*

Ellie apontou um dedo ameaçador na direção de Todd. Mas ele estava certo; ela era o motivo principal de Paula ter organizado a saída só de garotas. Não seria justo deixá-la na mão agora.

– Claro que vou ser legal – declarou Todd.

Novas lágrimas rolaram dos olhos de Roo enquanto ela puxava um fio solto do joelho rasgado da calça jeans. Sem confiar nele nem por um minuto, ela murmurou:

– E você também não pode me dizer que me avisou.

Todd não respondeu.

– Ah, meu *Deus*. – Roo soltou um choramingo de desespero. – Que droga, eu mereço ser infeliz. Vai, diz logo. – Ela balançou a cabeça, derrotada. – É tudo minha culpa.

☾

Eram onze horas e a coisa mais bizarra e poderosa estava acontecendo. Em toda a vida, Roo nunca tinha tido uma experiência assim. Durante três horas, ela e Todd conversaram sem parar. Ele contou a ela sobre a infância com Jamie, a amizade que eles tinham, suas namoradas anteriores, a família e a carreira. Ela contou sobre sua carreira musical, a infância e o lamentável histórico com o sexo oposto. De alguma forma, ao longo da noite, sua percepção sobre Todd Howard passou por uma mudança radical.

Ou... ou... a percepção que *ele* tinha dela tinha se alterado e o fato de que ele a estava vendo de um jeito diferente significou que ela pôde relaxar e parar de ser tão chata e ficar na defensiva.

Ou algo assim. De qualquer modo, foi a transformação mais incrível do mundo. Do nada, uma espécie de eletricidade surgiu. Cada vez que olhava para Todd, ela sentia. E, pelo jeito como ele olhava para ela, encarando seus olhos sem hesitar, ele também estava sentindo.

Não que eles tivessem falado sobre isso. Mas estava ali, pairando no ar entre eles como neblina.

E, assim como neblina, era de tirar o fôlego. Ela estava tendo cada vez mais dificuldade de respirar...

– Certo. – Todd rompeu abruptamente o silêncio. – Você está esperando que eu vá primeiro?

– O quê? – A taça de Roo estava vazia, mas ela a pegou e, nervosa, fingiu tomar um gole mesmo assim. Seus dentes bateram na borda.

– Ei. Você sabe o quê. – Ele pegou a taça e colocou na mesa de centro. Depois se aproximou dela, aninhou o rosto dela nas mãos frias e disse: – Eu nunca pensei que fosse fazer isso, nem em um milhão de anos. Mas preciso.

Suas bocas estavam a centímetros de distância; mais perto e ela ficaria vesga. No caminho de volta para o apartamento, Todd tinha parado numa loja e comprado uma única garrafa de vinho; era a única coisa que eles haviam tomado. Roo sabia que não estava bêbada, mas nunca tinha se sentido tão impotente.

– E Ellie? – Sua voz entalou na garganta, saiu em um grunhido.

– Ah, meu Deus, eu sei. Não quero magoá-la. Mas... Não é certo.

– Eu sei que não é certo! A gente não pode fazer isso! Eu tenho que ir embora... É isso, vou para casa. – Roo tentou se afastar e se levantar, desajeitada. Mas Todd estava balançando a cabeça, se levantando também, sem soltá-la.

– Eu não quis dizer isso. Eu e Ellie... Nosso relacionamento não é certo. Eu tentei e tentei, mas não está funcionando. A gente nem tem um relacionamento... *direito*.

– Mesmo assim a gente não devia estar *fazendo* isso.

– Eu sei.

Ele a puxou para perto, passou os braços em volta dela e a abraçou apertado. Sem se mexer. Por vinte, trinta segundos eles ficaram assim. Quanto mais tempo Todd passava sem beijá-la, mais desesperadamente ela queria que ele a beijasse. Sua pele estava vibrando, seu corpo todo nunca tinha se sentido tão vivo. Finalmente, ele a soltou e olhou no fundo dos olhos dela.

– E aí? Devemos parar agora?

Roo não conseguiu falar. Era essa a sensação de estar no corredor da morte e ouvir que sua apelação final tinha sido recusada? Ela só conseguiu olhar para ele maravilhada e absorver os detalhes do rosto, cujas feições pareciam tão comuns antes, mas haviam se tornado, em poucas horas, *extraordinárias*... A testa larga, os cílios curvos e os olhos cinzentos, que, de perto, tinham pontinhos cor de âmbar. O rosto dele tinha a forma certa para aquelas feições, a boca era irresistível... Ah, meu Deus, ela tinha que se afastar, mas não conseguia, não *conseguia*...

– Não. – Todd sorriu de leve, lendo a mente dela. – Eu também não consigo.

Ele pegou a mão dela de novo (*eletricidade, mais eletricidade do que ela suportaria lidar*) e a levou para a porta.

– Venha, não podemos ficar aqui.

Juntos, eles saíram do apartamento e atravessaram a rua. A pele ainda estava formigando. Roo sentia como se estivesse em um sonho; não era mais responsável por suas ações...

Ah, pelo amor de Deus, que patético, claro que ela era responsável. Em quem ela pretendia botar a culpa? Parou na calçada em frente à sua casa e firmou os calcanhares.

– Isso é errado. Não vai rolar.

– Roo. – Todd respirou fundo. – Só para você saber a verdade. Eu preciso explicar sobre o meu lance com a Ellie.

Ela botou as mãos no rosto; eram Niall e Yasmin, tudo de novo.

– Não quero saber.

– Você precisa saber. Lembra o que eu te falei antes? Me escuta. Não é um relacionamento direito. Não tem sexo. Não tem intimidade. Não é real, não está dando certo. Achei que daria, mas não deu. E agora estou preso. Me meti em uma situação da qual não consigo sair.

– Então você está me dizendo que não quer ficar com Ellie. – Roo segurou o corrimão preto de ferro. – Mas ela quer ficar com você.

– Não sei. Acho que quer. Mas não consigo saber, de verdade. – Havia dor genuína nos olhos dele. – E fui eu que comecei, o que posso fazer? Teoricamente, somos perfeitos um para o outro. A gente tem Jamie em comum. Eu sabia quanto ela sentia falta dele e queria fazer com que ela se sentisse melhor. E tentei, me esforcei de verdade, mas não está rolando. – Todd deu de ombros com impotência. – Se fosse qualquer outra pessoa, eu terminaria, mas como posso fazer isso com Ellie? Ela passou por tanta coisa. Não serei eu quem vai magoá-la de novo.

Nossa, foi por pouco. Ainda bem que ela recuperou o bom senso a tempo. Cheia de autodesprezo, Roo disse:

– Claro que não pode. Ah, meu Deus, olha o que a gente quase fez hoje. Não consigo nem pensar.

– Mas você fez isso com a esposa do Niall.

Era isso que Todd pensava dela? A pior das piores? Seus dedos estavam doendo de tanto apertar o corrimão.

– É diferente. – Mesmo ainda sendo desprezível. – Ellie é minha amiga.

– Mas não é só sexo. Você e eu. – Ele a encarou com emoção genuína. – Essa... coisa entre nós. Sei que veio do nada... mas parece *real*.

– Esquece. Não é real e nada vai acontecer. Você vai embora agora e eu vou para a cama. – Roo estava morrendo de vergonha. – Você vai contar alguma parte disso para Ellie?

Era como perguntar ao príncipe Charles se ele gostava de comer gatinhos cozidos. Sem acreditar, Todd respondeu:

– Claro que não.

– Certo. Tchau, então.

Roo o viu se virar. A culpa era quase insuportável, mas ela não disse para ele que talvez contasse.

Capítulo 28

– O QUE VOCÊ ESTÁ FAZENDO? – perguntou Todd.
Ellie continuou escrevendo a mensagem. Eles estavam indo para o churrasco da mãe dele em Wimbledon.
– Estou tentando falar com a Roo o dia todo. Ela não atende o telefone. Espero que esteja bem.
– Ela vai ficar bem. Você está linda.
– Hum?
Com os dedos voando sobre o teclado, Ellie terminou a mensagem: "Roo, me liga. Você está bem? Estou preocupada! Bjs, Ellie."
Ela apertou o botão de enviar e disse, distraidamente:
– Ah, este vestido? Obrigada.
Por que ele estava olhando para ela daquele jeito? Ela tinha feito alguma coisa errada? Rápido, pense...
Ah, ela era namorada dele, talvez ele estivesse esperando que ela o elogiasse em resposta. Ela abriu um sorriso largo, tocou na manga da camisa de algodão de Todd e disse:
– Sua camisa também é linda!

☾

– Eles chegaram! Ah, olha só isso!
A empolgação de Maria Howard não teve limites quando ela se virou e viu os dois passando pelas portas que levavam ao jardim dos fundos.

Abrindo os braços como as asas de um anjo, ela derramou sem querer um bocado de bebida nas plantas.

– Meu filho maravilhoso e a linda namorada! Venham aqui, venham aqui... Ah, Ellie, é tão bom vê-la de novo! E vocês ficam perfeitos juntos!

– Desculpe – murmurou Todd no ouvido dela. – Eu avisei.

Ele tinha avisado, mas não dava para escapar. Ellie se viu sufocada no abraço de Maria de blusa florida e com a fragrância de Lauder. Ela ficou emocionada com as boas-vindas, mesmo se sentindo meio fraudulenta. Todo mundo ia achar que ela e Todd eram um casal com um relacionamento normal. Na realidade, ela se sentia cada vez mais como uma alienígena tentando se passar por ser humano.

– Você não sabe como fico feliz – Maria a estava segurando com os braços esticados, observando-a com orgulho – de ver vocês dois assim. Pobre Jamie, todo mundo o amava tanto. Mas ele ia querer que você seguisse a vida.

Ellie assentiu.

– Eu sei.

Surgiu um nó na garganta dela. A última vez que ela tinha visto a mãe de Todd foi no enterro de Jamie, e suas lembranças daquele dia eram confusas. Antes disso, elas tinham se encontrado algumas vezes. Mas era meio intimidante que Maria estivesse olhando para ela com a atenção de uma futura sogra. Rapidamente, Ellie entregou o cartão e o presente que tinha levado e mudou de assunto.

– Feliz aniversário! Você está linda!

– Estou? Ah, você é um amor! – Maria deu outro abraço nela. – A gente vai se divertir tanto... Podemos ir fazer compras juntas! Agora venha, quero te apresentar para todo mundo. Estão todos ansiosos para te conhecer. Todd, pegue para Ellie uma bebida e alguma coisa para comer... Sue, Sue, onde está Tanya? Vejam quem chegou!

A hora seguinte foi uma confusão de novos rostos, dificuldade de lembrar o nome de todo mundo, ouvindo sem parar como ela e Todd formavam um lindo casal. As pessoas também olharam para ela com pena, disseram que tinha passado por poucas e boas e murmuraram de forma encorajadora como ela era corajosa antes de sorrirem e começarem a falar de um futuro melhor. As irmãs, os primos, os amigos e os vizinhos de Maria eram bem-intencionados e boas pessoas. Houve muitas conversas alegres sobre ela e Todd e especulações brincalhonas se era hora de começar a procurar um lugar novo para morar. Quando Ellie comeu um drumete e perguntou a Maria o que ela tinha colocado na marinada, Tanya exclamou:

– Ah, você gosta de cozinhar, é? Que sorte do Todd!

Quando ela admirou o colar de Sue, a mulher mais velha segurou seu braço com empolgação e disse:

– Comprei em Veneza. Você já foi lá? Ah, você e Todd precisam ir, é o lugar mais romântico do mundo.

Isso fez com que Dave e Hazel, que moravam na casa em frente, dissessem que Veneza foi onde eles passaram a lua de mel. E Rita, a loura de cabelo armado da casa ao lado, sorriu para Ellie e disse:

– É uma ideia e tanto, não é?

Ellie sorriu e se esforçou para classificar os comentários como brincadeiras inofensivas, mas eram muito pouco sutis, frequentes demais. Era como estar presa em uma série de comédia dos anos 1970. Talvez, se ela e Todd fossem um casal de verdade, ela adorasse todas as piadinhas de duplo sentido e os comentários sobre casamento, e talvez estivesse sentindo um quentinho no coração e uma sensação de pertencimento. Mas aquilo só estava fazendo com que ela sentisse claustrofobia. Eles não podiam continuar assim; ela teria que fazer alguma coisa.

Mas não agora, na festa de aniversário de Maria. Só acabaria estragando o dia de todo mundo.

Então ela se concentrou em ficar alegre, apreciar a comida, dançar com todo mundo e se divertir.

À meia-noite, Ellie dividiu um táxi de volta para casa com Brendan e Judy, amigos de Maria que moravam em Hampstead. Antes de sair da festa, Maria a abraçou e disse com voz estridente:

– Quer saber? Eu amei a pulseira que você me deu, mas você é o melhor presente de aniversário que eu poderia desejar. Você e Todd ficarem juntos fez meu ano!

Ellie tinha recusado a proposta anterior de Todd de ele lhe dar carona para casa, para permitir que ele relaxasse e bebesse um pouco. Quando os dois se despediram, ele a beijou e sussurrou:

– Obrigado. Te ligo amanhã.

No táxi a caminho de Primrose Hill, Judy insistiu em pegar o celular e mostrar uma seleção aparentemente infinita de fotos borradas do tamanho de selos dos três netos deles.

– Ah, sim, eles são a luz das nossas vidas, não são, amor? – Ela abriu um sorriso sonhador para Brendan. – A vida não seria a mesma sem eles, não é? Maria sempre pergunta por eles; ela está desesperada para ser avó há anos.

Ah, que pena.

– Quando Todd foi morar em Boston, ela morreu de medo de ele conhecer alguém lá e acabar ficando nos Estados Unidos de vez – disse Brendan. – Ela ficou tão aliviada quando ele decidiu voltar.

– E agora ele tem você – completou Judy. – Não é à toa que ela está nas nuvens. Quer saber, querida, você nunca ia precisar de babá com Maria por perto.

Socorro...

☾

Passava da meia-noite e Roo estava com o estômago embrulhado. A culpa era uma emoção que nunca tinha feito muito parte da vida dela. Não até aquele dia, aquela manhã, quando a culpa a agarrou com seu aperto de torno e mudou tudo. Ah, sim, estava compensando o tempo perdido agora.

E ela, Roo Taylor, também ia mudar.

Mais ainda, não era um ímpeto. Não era como acordar uma manhã e decidir fazer uma faxina geral ou uma dieta. Era muito mais do que isso. Porque até o momento ela tinha tido uma vida encantada, sem estresse e *egoísta*. E, para falar a verdade, nem sempre fora uma pessoa legal. E o pior de tudo: ela nem tinha percebido, só foi agindo sem pensar, procurando prazer e fazendo coisas que tinham o potencial de magoar outras pessoas. Ela bebeu demais, tomou drogas demais, dormiu com homens com quem nunca devia ter dormido. E se eles tivessem esposas ou namoradas em casa... bem, ela ia em frente e fazia de qualquer jeito, afinal, por que não? Meu Deus, ao olhar para trás agora, Roo via que tinha sido um ser humano nojento e desprezível. Seu comportamento sempre foi inadmissível e ela deveria morrer de vergonha.

Enquanto olhava pela janela para a rua escura e vazia, Roo cravou as unhas nas palmas das mãos. Bom, agora ela estava morrendo de vergonha. E estava determinada a consertar as coisas. Sua antiga vida tinha ficado para trás e a nova havia começado.

Ela nem tinha tomado café. Só água. Isso, de tão séria que estava.

Também não ia beber mais. *Nunca mais.*

Só faria muitas e muitas visitas à... igreja. Ah, sim. Se precisasse fazer isso, era o que ela faria. Ela tinha ido naquela tarde, com a esperança desesperada de que Deus fosse falar com ela. Estava frio e com cheiro de mofo lá dentro, com muita cera de madeira. Os bancos eram escorregadios e desconfortáveis. Partículas de poeira dançavam nos raios coloridos de sol que entravam pelos vitrais. Uma mosca zumbiu em volta dela como um minijato de guerra. Deus não falou com ela no fim das contas, mas isso não importava. Sua consciência falou. Na verdade, ouvir a voz de Deus a teria deixado completamente apavorada, e ela ficou feliz de não ter acontecido.

Era melhor assim. Ela faria tudo sozinha.

Roo enrijeceu quando os faróis surgiram na esquina, iluminando a rua. O táxi parou na outra calçada e ela prendeu a respiração.

Ellie estava de volta.

Por favor, que ela esteja sozinha. Sim, ela estava. Roo abriu a janela, botou a cabeça para fora e gritou:

– Ellie?

Ellie se virou e olhou para cima enquanto o táxi seguia pela rua.

– Ah, querida, eu estava tão preocupada com você! Você está bem?

Será que ela estava prestes a perder a amizade para sempre? Estaria certa de fazer aquilo?

Sim. Ela tinha que ser sincera. Era o único jeito.

Com o peito contraído de medo, Roo falou:

– Estou bem. Olha, me desculpa, sei que está tarde. – Sua voz falhou. – Você pode dar um pulo aqui?

Capítulo 29

– ... E FOI ISSO. TODD NÃO QUERIA que eu contasse, mas eu tinha que contar. E você não pode botar a culpa nele. Foi tudo minha culpa. Juro pela minha vida que nunca mais vai acontecer. E vou me redimir, se você deixar. Sei que você deve me odiar. Eu me odeio. Mas mudei. Sou uma pessoa diferente. Vou consertar todas as coisas ruins que já fiz. Só quero que você saiba que sinto muito, muito mesmo.

Ellie balançou a cabeça. Ela tinha ouvido em silêncio enquanto a amiga confessava. Poderia ter dito alguma coisa antes, mas Roo estava tão desesperada para desabafar que teria sido errado interromper o discurso dela.

– Não acredito – disse ela.

Roo deixou a cabeça pender.

– Me desculpe.

– Graças a Deus.

– O quê?

– É a melhor notícia que eu recebi em meses.

Roo ficou confusa.

– Como pode ser uma boa notícia?

– Porque não estava dando certo entre a gente. A sensação era esquisita, e eu fiquei fingindo que não era, mas *era*. E eu não podia ferir os sentimentos do Todd. Não podia contar para ninguém, nem para você. No começo, pensei que era só porque eu estava sem prática, mas não era. Todd e eu não devíamos ser nada além de amigos. E agora ele também sabe disso. Ah, graças a Deus, isso é fantástico, você nem faz ideia!

O rosto de Roo parecia uma caricatura.
– Você está falando só da boca para fora?
– Não.
– Você não está mesmo com raiva de mim?
– Não!
– Mas eu fiz uma coisa horrível.
– Ei? Eu entendi algo errado, por acaso? – perguntou Ellie. – Você transou com ele?
– Não!
– Você o beijou?
– Não, mas queria! *Quase* beijei.
– Bom, agora você pode. Pode fazer o que quiser com ele. Quanto quiser.
– Não. – Roo balançou a cabeça com veemência.
– Não o quê? – Sinceramente, quantas vezes mais elas iam repetir essa palavra?
– Eu não vou fazer nada com ele.
– Mas eu *quero* que você faça.
– Ellie, já falei. Eu mudei. Fiz um pacto comigo mesma hoje. Primeiro, chega de mentiras. Eu tinha que contar a verdade para você, mesmo que significasse perder sua amizade. Segundo, se eu não perdesse você, teria que compensar de alguma forma. E terceiro – Roo estava contando nos dedos –, de qualquer modo, nada vai acontecer entre mim e Todd.
– Isso é besteira. Você gosta dele. E ele gosta de você.
– Mais motivo ainda. É a minha punição. Se eu prometesse que não ia acontecer nada entre mim e Woody Allen, não seria punição, seria?
– Você não precisa se punir. – Ellie franziu a testa; será que ela não estava falando com clareza? – Estou *feliz* de ter acontecido.
– Pode ser, mas isso é irrelevante. A questão é que eu não sabia que você ficaria feliz, sabia? Eu só fui e fiz.
– Mas você não fez nada!
– Eu deixei que ele me abraçasse.
– Grande coisa.
– Tudo bem, mas e se não tivesse sido Todd? Se fosse seu Jamie – declarou Roo sem rodeios –, você não estaria dizendo isso.

Ellie olhou para a amiga. Ela tinha razão. Por outro lado, esperava que Jamie não fosse abraçar Roo.

Você faria isso?

Você está brincando? De jeito nenhum, nem morto, nem mesmo se a gente estivesse na Antártida.

Tudo bem, não exagera.

Falando em maridos...

– E Niall? Não me diga que você está planejando contar para Yasmin que fez bem mais do que só abraçar o marido dela.

– Sabe, eu estava pensando mesmo nisso.

– Nem pense!

Roo pareceu abalada.

– Não é uma boa ideia?

– É uma ideia horrenda, *terrível*. Você não pode fazer isso, não mesmo. – Ellie estremeceu com o pensamento. – Ela tem um bebê e um marido que a trai. Já não é ruim o suficiente? Você não pode contar.

– Ah. Tudo bem.

– Promete?

– Eu prometo.

– Certo. Que bom. Agora, vem aqui. – Ellie se levantou e deu um abraço na amiga. – Vai ficar tudo bem.

Roo caiu no choro.

– Ah, meu Deus, você está sendo tão legal e eu não mereço. Sou uma pessoa tão horrível.

– Não, você não é. – O cabelo espetado e com gel parecia grama artificial. – Você cometeu um erro e agora aprendeu a lição. Estou feliz de saber que não vai mais ver o Niall. Estou ainda mais feliz porque eu e Todd não precisamos mais fingir ser um casal. Podemos voltar a ser amigos. Olha para mim. – Ellie se afastou e olhou para o rosto molhado e infeliz de Roo. – Não chora. Eu adoraria se vocês dois ficassem juntos.

Mas Roo já estava balançando a cabeça, determinada a se punir.

– De jeito nenhum. Isso não vai rolar. Eu não vou deixar.

– Como foi o churrasco ontem? – Zack, entre compromissos, entrou no escritório comendo uma torrada.

Bom, ele ia mesmo acabar perguntando.

– Foi ótima! Não choveu, todo mundo foi um amor, a comida estava fantástica! Comi sete chamuças de frango. Como foi seu evento no Dorchester?

– Provavelmente bem mais chato do que o seu. E infelizmente não tinha chamuças. – Ele terminou de comer a torrada. – Tem outro evento na noite de segunda, no Claridge's. Você acha que consegue ir?

No Claridge's? Oba!

– Na segunda? Tudo bem, eu posso. – Enquanto Ellie assentia com entusiasmo, a campainha tocou, anunciando a chegada do compromisso seguinte dele.

– Que bom. Excelente. Pode deixar que eu atendo à porta. – Parecendo satisfeito, Zack saiu do escritório, recebeu o cliente e o levou para o andar de cima.

Ellie voltou a digitar. Ela não conseguiu contar a ele sobre Todd. Tinha só uma semana que ela havia falado sobre ele pela primeira vez, gabando-se para Zack sobre como os dois estavam felizes. Que tipo de idiota ela pareceria se anunciasse dias depois que tinha acabado? Se ela tentasse explicar que estava feliz da vida, Zack não acreditaria. Acharia que ela tinha levado um fora, sem misericórdia. Pior, sentiria pena dela. Ela voltaria à estaca zero, a pobre viúva digna de pena, com quem se pisa em ovos.

Não, era mais fácil não falar nada. Não havia motivo para contar a verdade a ele.

Falando em verdade, ainda havia coisas para resolver com Todd. Ah, a pobre mãe dele. Maria ficaria arrasada quando soubesse que o filho estava solteiro de novo.

Mais um motivo para persuadir Roo a mudar de ideia e abandonar a promessa.

☾

Todd foi para a casa de Ellie direto depois do trabalho. Ele não poderia estar mais arrependido.

– Sinto muito.

– Ah, não começa. Eu já falei, isso é bom! Não estava dando certo. A gente sabia disso, mas não queria falar por educação. Agora a gente pode relaxar e parar de tentar fazer dar certo, parar com aquele lance nojento de se beijar!

Todd relaxou visivelmente.

– Nossa, não foi estranho? Eu não tinha ideia de que podia ser assim. Não consegui entender por que parecia tão... tão...

– Nojento – sugeriu Ellie, querendo ajudar. – Sem querer ofender. O problema não era você.

– Também não era você.

– Era errado, só isso. Como um sanduíche de carne com Nutella. São duas coisas legais, só não combinam.

– Pepino em conserva com chocolate. – Todd assentiu, concordando.

– Alcaçuz e bacon. Bom – ela abanou as mãos –, vamos parar por aqui. Estou começando a ficar enjoada.

– Vamos voltar a ser amigos.

– Quer saber? Já me sinto bem melhor. – Ela fez uma careta. – Será que sua mãe vai ficar chateada?

– Bom, vai, mas ela vai superar.

– Espere só até ela conhecer a Roo.

Todd passou os dedos pelo cabelo.

– Juro por Deus, eu não tinha ideia de que isso ia acontecer. Já repassei mil vezes na minha cabeça e não encontrei sinal nenhum.

– Eu sei. Não é incrível que uma coisa aconteça assim? Eu achava que você nem gostava dela.

– É isso. – Ele fez um gesto de descrença. – Eu *realmente* não gostava dela. Porque ela estava saindo com um homem casado. Mas aí, na terça... não sei... ela foi tão dura consigo mesma e tudo mudou de repente. Os sentimentos surgiram do nada. E aconteceu a mesma coisa com ela. A gente simplesmente soube. Eu não queria dizer nada, mas não ia aguentar saber que você ficaria magoada.

– Você é um amor! Ainda bem que Roo me contou. A gente poderia ter continuado a se enganar por meses. – Ellie se abanou de alívio. – Na verdade, você precisa ir lá agora.

Todd hesitou.

– Ela disse que a gente não podia se ver.

– Ah, isso foi antes. Ela já deve ter superado. Vem, vou com você para ela ver que está tudo bem.

Ele pareceu incomodado.

– Você não pode ligar e falar? E aí eu vou sozinho.

– De jeito nenhum! Quero ver isso com meus próprios olhos. Essa química incrível que surgiu. Não estrague minha diversão – implorou Ellie. – Vai ser tão romântico! Mal posso esperar.

☾

– Não.

Ellie tentou de novo.

– Roo, para com isso. Abre a porta.

Da janela de cima, Roo balançou a cabeça.

– Não vou abrir.

O cabelo dela estava de pé; ela parecia um gato branco eletrocutado e tinha manchas no rosto. Estava concentrando toda a atenção em Ellie, recusando-se a olhar na direção de Todd.

– Ele não vai entrar.

– Está tudo bem. Se você quiser me fazer feliz, é só vocês ficarem juntos.

– Não vai rolar. Na verdade, estou bem chateada de você achar que pode me convencer. Isso não é capricho, sabe. Eu sou uma nova mulher agora. Com padrões morais. Escrúpulos.

– E de camiseta suja – completou Ellie, porque havia manchas cinzentas na frente da camiseta dela também. – O que você está *fazendo* aí em cima?

– Arrumando. Desapegando. Desintoxicando a minha vida. Pensando bem, o carro dele está aqui?

– Eu consigo ouvir – observou Todd. – E, sim, estou de carro.

– Certo. Espera aí. – Roo desapareceu de vista.

– Está vendo? – disse Ellie com um tom encorajador. – Eu falei que ficaria tudo bem. Ela está descendo.

– Não estou, não. – A cabeça de Roo apareceu de novo. – Cheguem para trás, minha mira não é boa.

– O que você vai fazer? – perguntou Ellie. – Atirar na gente?

Flump. Flump. Flump. Três sacos de lixo lotados caíram na calçada. Um deles, que não estava amarrado direito, tinha uma calça jeans com estampa de oncinha aparecendo.

— Se quiser ser útil — gritou Roo —, leva isso para uma instituição de caridade!

Ellie se inclinou e olhou a etiqueta da calça.

— O que é isso? Essa é a sua calça favorita! — E era da marca Vivienne Westwood.

— Eu sei. Agora pode ser a favorita de outra pessoa.

A amada jaqueta de camurça roxa, o top preto de renda com borda de veludo vermelho, a saia branca, o cinto de couro prateado... Remexendo no conteúdo do saco, Ellie disse:

— Ah, Roo, isso é tudo que você mais ama. Você não pode fazer isso.

Flump, fluuump-flump. Ellie saiu da frente quando o lote seguinte de sacos voou pelo ar. Era como ser atacada por gaivotas enormes.

— Posso, sim — retrucou Roo. — Tenho que fazer isso.

— Ah, meu Deus — murmurou Todd. — Há dois dias eu me apaixonei pela garota dos meus sonhos. Hoje eu descubro que ela é louca.

— Você se *apaixonou* por ela?

Ellie se virou, boquiaberta, e Todd percebeu o que tinha acabado de dizer. Suas orelhas ficaram vermelhas e ele começou a gaguejar.

— Olha, eu não quis dizer isso, quis dizer me *interessei*, não coloque palavras na minha...

— Seu subconsciente falou. Isso quer dizer que seu cérebro sabe o que você pensa. — Ela segurou os braços dele. — Não fique constrangido, vá com tudo.

— Como eu mencionei, isso foi antes de eu descobrir sobre a loucura.

— Roo? Deixa Todd entrar agora. Ele está apaixonado por você!

— Ele não vai entrar. Quero que ele vá embora.

Ellie continuou argumentando, mas Roo se recusou a ceder. Ela tinha tomado uma decisão. Como não havia mais nada que pudesse fazer, Todd colocou os sacos de lixo no carro e foi embora. Quando ele saiu, Roo destrancou a porta.

— Não tente me fazer mudar de ideia porque não vai rolar. Aqui, experimenta isso. — Ela virou o jato para cima e borrifou perfume no ar.

A bruma caiu como neve fina ao redor do rosto de Ellie. O aroma era divino, limões mediterrâneos em um frasco.

– É o seu Annick Goutal.

– Se você quiser, é seu. Vem, tem muita coisa lá em cima ainda.

Ela não estava brincando. A casa estava cheia de caixas e sacos.

– Pode ficar com toda a minha maquiagem. – Roo fez um gesto de desprezo. – Não vou precisar mais.

Ela estava de cara limpa, usando só a camiseta velha e suja e uma calça jeans surrada.

– Olha, isso está passando dos limites. Você não pode dar sua maquiagem – ralhou Ellie.

– Se não quiser, vou encontrar quem queira. E parei de beber também. Tem Sauvignon Blanc neozelandês na geladeira se quiser.

– Roo, você não precisa fazer isso.

– Eu quero. Me sinto melhor assim. E eu arrumei um emprego. – Ela abriu um sorriso. – Começo amanhã.

– Que tipo de emprego?

– De voluntária no bazar beneficente na Ormond Street. Na clínica ao lado da agência de viagens.

– Isso quer dizer que você vai ficar o dia inteiro em pé. Seus pés vão doer.

– Se as velhinhas conseguem, eu também vou conseguir.

Isso era discutível; as velhinhas que trabalhavam como voluntárias em bazares beneficentes costumavam ser mais fortes do que Roo. Ela era uma flor de estufa.

– Você teve notícias do Niall?

– Não. Eu bloqueei o número dele.

– Você pode ser uma pessoa melhor e ainda assim sair com Todd, sabe?

– Nem vem. Não sair com Todd é minha punição por ter sido desprezível. Eu *mereço* ser punida.

– Tudo bem. – Ellie fez uma pausa. – Podemos ir ao pub agora?

– Isso não é engraçado! – Roo bateu nela com uma calça dourada de lantejoulas. – Não!

– Você vai dar isso para um bazar beneficente?

– Provavelmente.

Ellie saiu de perto.

– Que bom.

Capítulo 30

— Jamie? Está aí? — Ela não falou em voz alta, só em pensamento. Mas ele ouviu mesmo assim.

— Estou sempre aqui, você sabe disso. — Jamie apareceu na sala, sorrindo e descalço. — Sou tipo o Tropeço da família Addams. *Chamou?*

— Você é mais bonito do que o Tropeço. — Ellie esperou. — Agora é a sua vez de dizer que sou bonita também.

— Você já sabe disso. Esse é meu vestido favorito.

Eles o tinham visto três anos antes na vitrine de uma lojinha em Totnes. Tinha um estilo simples e era feito de seda mate escorregadia, azul-pavão com espirais verde-esmeralda e dourado, pintadas à mão na gola e na barra. Era um vestido bonito e ela o usou quando eles saíram para jantar no último aniversário dele.

— O motivo principal disso é que você descobriu que conseguia abrir o zíper só com uma mão.

— Que bom que vou ficar em casa hoje. Eu não ia querer seu vestido se abrindo enquanto você estiver no evento chique com seu chefe — disse Jamie com bom humor.

Ellie pegou o tubo de gloss labial.

— Lamento informar, mas você não está aqui de verdade. Seus dias de abrir o zíper acabaram.

— Eu sei. — Ele a viu passar uma camada de gloss nos lábios. — Esse é o que tem gosto de damasco?

– É. – A garganta de Ellie se apertou; ele a beijava até tirar o gloss, espalhando deliberadamente na própria boca.

– Não chore. Vai estragar a maquiagem.

Era mais fácil falar do que fazer. Ela jogou o gloss na bolsa.

– Agora eu vou.

– Divirta-se. – A expressão de Jamie se suavizou. – Estou falando sério. Quero que você se divirta mesmo.

Um jantar chique no Claridge's, em Mayfair. O que ela não daria para poder passar uma noite com Jamie lá? *Pronto, pare com isso, não pense nisso agora.*

– Pode deixar. Tchau.

☾

Zack não era Jamie, mas provocou um impacto e tanto. Quando o táxi seguiu pela Brook Street, Ellie viu o reflexo deles na vitrine da Vidal Sassoon, na frente do Claridge's. Ela parecia uma versão melhor do que nunca dela mesma, e Zack, com o terno escuro, estava fazendo as pessoas se virarem para olhar. Uma garota, ocupada demais babando por ele para prestar atenção no caminho, escorregou no meio-fio e quase caiu na calha do esgoto.

Zack, sem perceber por que ela tinha tropeçado, colocou a mão protetora nas costas de Ellie e disse:

– Cuidado, essas calçadas não são muito boas.

Ele a guiou até o outro lado da rua, na direção do hotel, e ela viu os dois em outra vitrine.

Uau, olha só a gente, indo para a entrada do Claridge's como um casal glamoroso de uma propaganda da Chanel! Isso se as garotas das propagandas da Chanel usassem sapatos verde-esmeralda e grampos de cabelo com pedras comprados em lojas de departamento. Bom, nunca se sabia. Talvez.

Eles chegaram do outro lado da rua. Ellie parou para olhar a fileira de bandeiras penduradas do lado de fora da entrada do hotel. Chefes de estado se hospedavam lá. Membros da realeza se hospedavam lá. Pense em quantas pessoas famosas tinham passado por essas portas giratórias e...

– Ah, oi! É Ellie, não é? Que engraçado, eu estava admirando seu vestido e reconheci você do salão! Você foi lá com sua amiga outro dia.

Era Yasmin Brookes. Enquanto Ellie avaliava a situação, parecia que o tempo fez aquela coisa de acelerar e ficar em câmera lenta simultaneamente. E ela nunca tinha conhecido Niall, mas Roo já havia mostrado uma foto dele. O homem com Yasmin era Niall. Céus, saindo com a própria esposa, o que ele estava pensando?

– Ah, sim. Oi. – Yasmin olhou para Zack; apressadamente, Ellie falou, antes que ela pudesse tirar conclusões constrangedoras. – Este é meu chefe; temos um evento de trabalho.

– No Claridge's, que fabuloso! Eu amei mesmo seu vestido. Este é Niall, meu marido.

Enquanto Niall assentia afavelmente para eles, Yasmin falou:

– Batemos um papo ótimo no salão, nós três. Contei para você sobre a amiga da Ellie. Era ela que parecia aquela cantora pop, a Daisy Deeva. Lembra, do Three Deevas de anos atrás? Não era ela, claro. Mas ela era legal!

A expressão de Niall ficou paralisada; seu olhar se desviou de Yasmin para Ellie, um músculo se contraiu no maxilar e o pescoço ficou vermelho quando ele se deu conta de quem ela era. Ellie sorriu para ele, satisfeita com o desconforto dele. Essa sensação era *schadenfreude*? Excelente!

Em voz alta, ela disse:

– Ela é legal. – Ellie viu o pomo de adão de Niall subir e descer como um pato de borracha no mar agitado.

– E ela ficou cuidando do seu bebê para você sair esta noite?

Ai, isso era o feitiço do *schadenfreude* virando contra o feiticeiro.

– Ficou, sim. Para onde vocês estão indo hoje? – disse Ellie rapidamente.

– Ah, a gente vai só se encontrar com uns amigos em um bar na South Molton Street. É um luxo, não é, poder sair à noite? Ellie tem uma menina – explicou Yasmin para Niall. Ela se virou para Ellie: – Me desculpe, esqueci o nome dela…?

Ah, droga, droga, droga… O coração de Ellie começou a galopar, ela não conseguia lembrar, não tinha ideia, e Zack agora estava olhando para ela sem entender… Ah, socorro, pelo amor de Deus, *qual era o nome do bebê?*

– Lembrei! Alice! – Yasmin fez um gesto de alívio que nem chegava perto do que Ellie sentiu. – Sinceramente odeio quando isso acontece. Ter um bebê faz isso com a gente, né? Cérebro de mãe!

Escapar por um triz deixou Ellie se sentindo enjoada. Alice, era isso, graças aos céus que uma delas lembrou. Ela conseguiu abrir um sorriso.

– Nem me fale. Não consigo nem me lembrar do meu nome às vezes! – Ela apontou para Zack. – Nem o do coisinho aqui.

☽

Depois que eles entraram, Zack falou:

– Imagino que sua amiga Roo não esteja cuidando de nenhum bebê hoje.

– Não está mesmo.

Será que ele ouvia o coração dela, ainda disparado no peito como um macaco querendo sair da jaula?

– Espero que isso não signifique que você deixou Alice sozinha em casa.

– Ah, ela sabe se virar. Se estiver com uma garrafa de rum e o controle remoto da televisão na mão, ela fica feliz. Ela é muito avançada para a idade. – Ellie olhou para trás, para ver se Yasmin e Niall não tinham entrado atrás deles pela porta giratória. Não, a barra estava limpa. Ela suspirou. – Obrigada por me tirar de perto deles.

– Não foi nada. – Zack tinha se intrometido de forma habilidosa e explicado que eles estavam atrasados e precisavam entrar. – Se bem que, tenho que dizer, cheguei a acreditar por alguns segundos. Eu estava começando a me perguntar se era outro parente sobre quem você não tinha me contado.

– Não tenho um bebê, eu juro.

– Percebi isso quando você não conseguiu se lembrar do nome dele.

– Ah, meu *Deus*. – Ellie fez uma careta. – Ficou tão óbvio assim?

– Só para quem sabe com certeza que você não tem um bebê. Acho que eles não repararam.

– Ufa. De qualquer modo, eu nunca mais vou ver nenhum dos dois. – Ela olhou para o relógio. – Estamos atrasados? Temos que subir agora?

– Ainda temos uns minutinhos.

– E, então, quer saber como foi que consegui arrumar uma filha imaginária?

– *Querer* seria até pouco.

– Tudo bem, vou contar. Mas não é uma história bonita. – Ellie respirou fundo. – Niall é o homem casado com quem Roo estava tendo um romance. Ela descobriu onde a esposa dele trabalhava e me fez ir junto com ela para ver se Yasmin era o pesadelo que Niall dizia que ela era. Na hora, pareceu uma boa ideia inventar que eu tinha um bebê, para a gente ter assunto para conversar. E foi tudo ótimo até que ela mencionou o parto.

– Eu ouvi falar que dói um pouco – disse Zack seriamente.

– Dói, mas eu fui uma guerreira. Bom, você acabou de conhecê-la. Yasmin foi um amor. Mas Roo não conseguiu admitir isso. Só que, no fim de semana passado, ela descobriu que não era a única amante. Por isso, deu um pé na bunda do Niall e agora está ocupada tentando virar freira.

– E ele é aquele tipo de homem que só fica feliz quando trai a esposa. Legal. – A expressão de Zack deixou a opinião dele sobre o assunto bem clara. – Espero que seu namorado não seja assim.

– Não é, não. – Como ainda não tinha contado sobre o término com Todd, ela não podia contar sobre o fiasco entre Todd e Roo.

– Ele não liga de você vir aqui hoje comigo?

– Nem um pouco. – Isso era verdade, pelo menos.

– Que bom. Olha, melhor a gente subir agora.

Quando Zack a conduziu na direção do elevador, a mão dele roçou no braço dela e Ellie sentiu um arrepio. Estranho, isso nunca tinha acontecido. Momentos depois, as portas do elevador se abriram e ele inclinou a cabeça, indicando com um breve sorriso que ela deveria entrar primeiro. Por uma fração de segundo, Ellie sentiu um frio na barriga. Ah, não, para com isso, ela estava totalmente enferrujada em relação a homens e sua primeira tentativa de ter um relacionamento fora um desastre. Não poderia estar prestes a se jogar numa paixonite desesperada logo pelo chefe. Que constrangedor. Que patético. Que coisa humilhantemente inadequada.

Isso não ia acontecer. A razão vence a emoção. Ela ia pôr um fim a tudo antes que pudesse tomar conta dela.

Apenas... não deixe começar.

Capítulo 31

O JANTAR DAQUELA NOITE foi mais diversão do que trabalho. Bob Nix era um investidor bilionário texano impetuoso com quem Zack já tinha feito negócios no passado. Querendo aumentar a rede de contatos, ele convidou uma dezena de pessoas do mundo dos negócios e seus acompanhantes para drinques e um jantar no Clarence Room, uma das suítes particulares do sexto andar.

A atmosfera estava barulhenta e relaxada. Se você pegasse um caubói dos filmes de faroeste e o enchesse de ar com uma bomba de bicicleta, esse seria Bob. Com o rosto vermelho e parecendo prestes a explodir, ele era tão barulhento e alegre quanto se esperaria de um bilionário texano. Com 50 e tantos anos, 1,95 metro sem o chapéu de caubói Stetson e com facetas de porcelana nos dentes que brilhavam no escuro, ele era muito maior do que a esposa Bibi, jovem e superglamorosa, de um jeito meio Dolly Parton. Mas ela era tão acolhedora quanto o marido. Depois de uns minutos elogiando os grampos de cabelo de Ellie, Bibi descobriu que elas tinham a mesma idade; em pouco tempo estavam conversando sobre moda, música, sapatos e maquiagem.

– Vocês são casados?

– Não, não, eu só trabalho para Zack. – Por sorte, Zack estava conversando com alguém perto da lareira.

– Ah, dá para trabalhar junto e se apaixonar. – Os olhos de Bibi cintilaram. – Foi assim que eu conheci Bob! Eu era personal trainer dele.

Ellie tentou apagar a imagem mental de Bob com um short apertado gemendo ao fazer abdominais.

– Bom, não vai rolar. Zack só me contratou porque sabia que não ia rolar. Além do mais, eu tenho namorado.

– Ah, é. Desculpe. Mas Zack é bem bonito.

Eu sei que é.

– Meu namorado também – retrucou Ellie em voz alta.

Bibi riu.

– Ei, não esquenta, não; eu sou só uma romântica incurável! Bob e eu somos tão felizes que eu passo o tempo todo tentando juntar outros casais. – Ela percebeu o brilho de surpresa nos olhos de Ellie. – Ah, viu? Você achou que eu era interesseira, não foi? Mas não sou. Ele é o amor da minha vida. E assinei um contrato pré-nupcial. Se a gente se separar, eu só levo o meu orgulho.

– Que bom para você. – Inexplicavelmente, os olhos de Ellie começaram a arder. Ah, meu Deus, ela não tinha jeito.

– E a chave do cofre, obviamente! Brincadeirinha!

Durante o jantar, a esposa de outro empresário perguntou a Ellie se ela poderia indicar um bom médico de botox na Harley Street.

– Desculpe, eu nunca fiz botox – disse Ellie.

A mulher, cujo nome era Kara, respondeu:

– Nossa, por que *não*?

– Eu tenho 29 anos.

– Meu Deus, você está adiando muito! Eu comecei com 20! – Kara, que tinha o rosto parecido com o de uma jiboia, se inclinou para a frente e dilatou a narinas com dificuldade. – Quando eu tinha a sua idade, passei por seis procedimentos... olhos, orelhas e uma plástica completa no rosto!

– E os joelhos – complementou o marido. – Como é que você sempre diz? Não tem nada pior do que uma mulher com joelho gordo.

– Nem me fale. – Kara fez gesto de vômito. – A gente passou a Páscoa na Toscana com os Mainwarings. Você devia ter *visto* os joelhos da Kizzy. Tão gordos e nojentos. Eu ficava enjoada toda vez que olhava para eles!

– Calma, querida – comentou o marido. – Tem gente que prefere um visual mais natural.

– Bom, não deviam. – Kara tremeu. – Não está certo. Essas pessoas deveriam ter mais consideração pelos outros.

Ela estava falando sério. Ellie teve vontade de perguntar ao marido de Kara se ele também tinha feito plástica nos joelhos. Do outro lado da mesa, ela cruzou olhares com Zack e teve que se esforçar para ficar séria.

A conversa se voltou para a Toscana, onde todo mundo parecia ter passado férias. Muitos dos empresários eram donos de casas de campo lá.

– E você, Ellie? Onde gosta de passar as férias? – perguntou Bob.

– Alguém já foi a San Gimignano? – Kara estava empolgada, os olhos de cobra com as pálpebras quase inexistentes tremendo à mesa. – Fica a 50 quilômetros de Florença, é um vilarejo medieval feudal com um *muro* enorme em volta. A gente se hospedou em uma fazenda próxima e não fez absolutamente nada por um mês. Foi idílico.

– E então, Ellie? – repetiu Bob.

Ela sorriu para ele.

– Eu gosto de ir à Cornualha.

– Corno-alha? – Intrigado, balançou a cabeça. – Fica no canto inferior esquerdo da Inglaterra, não é? Não posso dizer que já fui lá.

– Ah, mas deveria. – Ellie botou a taça de vinho na mesa. – É lindo. Meu lugar favorito é Looe, fica...

– *Loo?* – Bibi bateu palmas com prazer. – *Banheiro* em inglês britânico? Meu Jesus!

– Eu descreveria o lugar como uma latrina – disse Kara. – A gente foi convidado a ir lá uma vez. Que pesadelo. O lugar estava cheio de farofeiros.

O garfo na mão de Ellie estava cheio de frutos do mar com molho de açafrão. A tentação foi gigante.

– Eu costumo ir para lá.

– Então você já viu como é. Usam lenços de tricô na cabeça e tomam latas de cerveja na praia. Cheio de bebês chorando, crianças derrubando sorvete, lojas de suvenir... – O lábio superior de Kara fez um esforço para se curvar, em uma expressão de nojo.

– Bom, eu nunca fui à Itália – Ellie olhou para Zack, na dúvida se devia estar falando aquilo –, mas tenho quase certeza de que há lojas de suvenir em Florença. E bebês que choram.

– Ah, bem, cada macaco no seu galho. – Um sorrisinho de satisfação se abriu no rosto de Kara. – Algumas pessoas foram feitas para a Toscana, outras não.

– A gente também tentou ir uma vez, não foi, Bob? Que tédio. Facilmente preferimos a Disneylândia – disse Bibi.

Ellie teve vontade de dar um abraço nela. Kara fez cara de quem foi picada por um marimbondo. O garçom chegou para encher as taças. Do outro lado da mesa, a boca de Zack estava tremendo, tentando segurar o riso.

Talvez isso significasse que ela não seria demitida ali mesmo.

No fim da noite, Bibi se despediu dela com um abraço. Num impulso, Ellie se afastou e tirou os grampos que Bibi havia admirado mais cedo.

– Aqui, você disse que tinha gostado. Pode ficar para você.

– Ah, meu Deus, não acredito, é tanta gentileza sua! Espere... – pediu Bibi. – Também quero te dar uma coisa.

Apressadamente, Ellie a impediu.

– Não, você não pode fazer isso.

Bom, ela podia, mas o objeto que ela estava tentando tirar do pulso era uma pulseira de muitos quilates de diamantes. Uma troca meio constrangedora pelos dois grampos de loja de departamento que tinham custado 1,50 libra cada.

☾

Eles saíram do hotel às 23h15. No táxi, Ellie disse:

– Desculpe por aquele lance com Kara. Espero não ter causado problemas para você.

Zack estava achando quase impossível parar de olhar para ela. Naquela luz, os olhos dela estavam enormes. O cabelo, não mais preso em um semicoque, agora emoldurava o rosto, e o queixo estava inclinado em um determinado ângulo. A expressão dela não era de arrependimento; Ellie estava pedindo desculpas pela possibilidade de ter causado problemas nas relações de negócios, mas não por ter dito o que disse.

– Problema nenhum. Ela é esnobe demais e também não gostei muito do marido dela. Eu não sabia que você era tão fã da Cornualha.

– Nossa, eu adoro! Vou lá desde criança. A gente ficava num acampamento de trailers entre Looe e Polperro. Depois disso, fui passar férias acampando com amigos, às vezes na costa sul, às vezes em Newquay. Outras pessoas iam para a Espanha e para a Grécia, mas eu ainda preferia a

Cornualha. – O táxi fez uma curva fechada e Ellie se agarrou na porta para não deslizar para cima de Zack.

Zack desejou que ela tivesse deslizado.

– E aí você conheceu Jamie.

– Conheci. E ele também amava a Cornualha. A gente ia lá três ou quatro vezes por ano. Foi onde passamos a lua de mel, num hotelzinho lindo em St. Ives. A gente conversava sobre ir morar lá um dia. Era nosso sonho. – Ela fez uma pausa. – Mas isso não aconteceu.

Acima de tudo, Zack queria consolá-la. Não importava que resolver problemas era seu ponto forte; aquele problema ele não tinha como magicamente resolver. Por um segundo, quando Ellie jogou o cabelo para trás e ele inspirou o perfume agora já fraco, Zack se perguntou o que ela faria se ele a beijasse.

Pularia para fora do táxi, provavelmente.

Melhor não tentar nada.

– Sabe, você estava certa sobre Florença. Pode até ser uma cidade linda, mas é muito quente e lotada de turistas – comentou ele.

– É mesmo?

– Com certeza. E tem uns mendigos que enchem o saco. Uns bem fedidos.

Eles estavam seguindo pela Portland Place agora. Zack tinha conseguido fazê-la sorrir de novo. Ainda bem que ele tinha se controlado e não tentou beijá-la. Teria estragado tudo.

Ellie inclinou a cabeça.

– E você? Já foi à Cornualha?

– Já.

– Tudo bem, foi uma pergunta boba. Todo mundo já foi um dia. Você gostou? – Ela abanou a mão num pedido de desculpas. – Desculpe, fui meio abrupta. É que fico louca com gente como Kara criticando um lugar que amo tanto.

– Gostei. Ainda gosto. Fui criado lá. – Ele viu a expressão dela mudar, a boca se abrir.

– É sério? Você nunca me contou isso!

– Ora, eu não sabia que precisava contar. – Alguma coisa relaxou dentro dele; *finalmente, algo em comum entre eles, que estava lá o tempo todo.* – Minha família ainda mora lá. Vou sempre que posso.

– Onde?

– Perranporth.

– Eu conheço Perranporth! Fica perto de Newquay! Ah, meu Deus, eu conheço Perranporth! – Os olhos dela brilhavam, o rosto todo iluminado.

– E eu conheço Newquay. Passava semanas inteiras lá na praia de Fistral. Ellie bateu com a mão no peito.

– Ah, eu sou apaixonada por Looe, mas a praia de Fistral é a melhor para surfar. Só é cheia de farofeiros, obviamente.

– Ah, eu gosto de ser farofeiro.

– Eu também. Melhor ser farofeira do que ser cobra. – Ela repuxou o rosto, imitando a pele esticada de Kara com as feições repuxadas e reptilianas.

– Posso te contar por que eu finalmente terminei com Louisa? Porque ela queria que a gente fosse para a Toscana com uns amigos dela para passar quinze dias sem crianças, sem diversão e sem farofeiros.

– Não creio! – Ellie caiu na gargalhada. – Ela é *parente* da Kara?

– Pois é, não me surpreenderia se fosse. Então, foi isso. Foi a gota d'água.

– É o que chamo de ser salvo pelo gongo. Se você começasse a tirar férias assim, acabaria lendo livros do Salman Rushdie. Bom, estou sendo meio vaca agora. Me manda calar a boca.

– Não só lendo – disse Zack –, como também discutindo os livros. Em detalhes intermináveis.

– Isso quando você não estiver falando de degustação de vinho e vinhos vintage ou que seu vinho de Montepulciano favorito tem notas de Nutella misturadas com notas de Sucrilhos.

– Com um toque de creme de amendoim e uma pitada de desodorante.

– Olha só o que a gente está dizendo. – Os olhos de Ellie pareciam dançar. – Somos *completos* farofeiros.

– Graças a Deus.

– Me conta sobre sua família em Perranporth.

– Meus pais ainda moram na casa onde passei a infância. Ficou grande demais para eles agora, mas não querem se mudar.

– Tem vista para o mar?

– Isso mesmo.

– Eu também não ia querer me mudar. Quais são os nomes deles? Desculpe. – Ellie abanou a mão. – Estou sendo xereta. Você não precisa responder.

Ele queria contar, quase tanto quanto queria que aquele trajeto de táxi durasse para sempre.

– Por que eu não ia querer contar para você sobre a minha família? Eles me fazem passar vergonha, mas nem tanto. Minha mãe se chama Teresa, só que todo mundo a chama de Tizz. Meu pai se chama Ken. Eles tinham uma empresa de paisagismo até se aposentarem dois anos atrás. E tenho três irmãs que moram na Cornualha. Claire está em St. Ives, casada e com três filhos. Steph mora com o marido em St. Austell e eles têm gêmeas. E Paula está em Helston com os dois filhos, um menino e uma menina.

Ellie ficou impressionada.

– Uau. Então você tem vários sobrinhos.

– Alguns. Cinco meninas e dois meninos entre 3 e 11 anos. Quando a gente se encontra, não é exatamente silencioso. – Zack sentiu que estava sorrindo; era o efeito que pensar na família barulhenta e hiperativa exercia sobre ele. – E tem os cachorros. Você tinha que ver quando a gente ia à praia.

– Espero que vocês distribuam protetores de ouvido para as pobres pessoas que estão tentando ler os livros do Salman Rushdie em paz.

– Ninguém lê Salman Rushdie na praia de Fistral, e essa é a melhor parte. Somos todos farofeiros juntos.

– Posso ter visto você lá. – Ellie estava assentindo, impressionada com a ideia. – A gente pode ter estado lá na mesma hora. Não é estranho pensar isso? Você pode ter jogado de volta quando nossa bola caiu no meio do seu castelo de areia.

– Eu posso ter chutado areia no seu piquenique.

Zack não conseguia acreditar naquilo. Na primeira vez em que ele a viu em frente ao The Ivy, sua reação foi tão intensa que ele tinha quase certeza de que o caminho deles nunca havia se cruzado. Mas a ideia de que eles podiam ter estado tão próximos ainda era inebriante. Bom, não inebriante, porque na época ela devia estar com o marido e ele provavelmente com alguma namorada. Ainda assim, como ela observou, era um pensamento surreal.

Como se lendo a mente dele, Ellie falou:

– Tenho um monte de fotos em casa de quando fomos lá. Não seria incrível se sua família aparecesse no fundo?

Eles estavam quase em casa agora, seguindo pela Albany Street; em dois minutos, chegariam em Primrose Hill. Zack não se sentia nada descontraído, mas ainda bem que era o que parecia.

– Não sei como Jamie era.

Ellie sorriu.

– Ele era lindo. Posso te mostrar umas fotos.

– Eu quero ver. – *Descontraído, relaxado, sem pressão.*

– Você quer dizer amanhã? Ou hoje? Porque você pode ir lá agora se quiser. Posso pegar os álbuns e mostrar. Você vai ver como ele era.

– Seria complicado? Não quero que você se sinta pressionada.

– Eu acabei de te convidar, não foi? – A expressão dela se suavizou. – Adoro falar sobre Jamie, contar para as pessoas sobre ele. Ele era meu marido, ele existiu, eu tinha orgulho de ser casada com ele. Não é porque ele não está mais aqui que eu apertei um botão e ele sumiu.

Meu Deus, ela era linda demais.

– Fica a seu critério – disse Zack.

Ellie assentiu.

– Você só tem que me prometer uma coisa: quando vir a foto, não pode rir dos cambitos dele.

Capítulo 32

ERA A PRIMEIRA VEZ que ele ia ao apartamento dela. Bom, ao apartamento de Tony Weston. Ellie já tinha explicado que Tony estava em Los Angeles. Ela pediu desculpas pelas embalagens de bombons Lindt na mesa de centro, pela lata vazia de Coca-Cola no braço do sofá e pelos sapatos variados que ela tinha experimentado e descartado antes de sair. Depois de tirar os saltos altos verde-esmeralda e feito café, ela apontou para o sofá e entregou a ele um pequeno álbum de fotos com capa de couro cinza.

– Aqui está. Também não vale zoar o meu cabelo.

O aroma suave do perfume dela ainda pairava no ar. Ele nem sabia qual era. Zack folheou as páginas do álbum e absorveu todos os detalhes das fotografias. Aquela tinha sido a vida dela. Ellie e Jamie em um casamento. Os dois dançando numa festa. Jamie pulando numa piscina, Jamie deitado em um tapete com uma lata de cerveja perigosamente equilibrada no peito, Ellie e Jamie com Tony Weston, sentados em frente a um restaurante ensolarado, os três irradiando saúde, diversão e felicidade.

Jamie tinha cabelo louro-dourado, um rosto simpático e franco e um sorriso matador.

– Ele parece legal.

O que mais ele poderia dizer? Perguntar se ela também gostava de homens com cabelo escuro?

– Isso é porque você ainda não viu as pernas dele. – Ellie prendeu o cabelo atrás das orelhas. – Aliás, eu posso zoar as pernas dele. Você não.

– Eu nem ousaria. – Zack não contou a ela sobre seus joelhos; tentar competir com um morto por pernas estranhas seria maldade. – Mas posso perguntar uma coisa?

– Pode falar. – Ela se apoiou no braço do sofá para ver para qual foto ele estava apontando.

– Quem é o garoto adolescente de saia?

– Ei! O que eu falei? Não vale me zoar. – Ellie fez que ia pegar o álbum das mãos dele. – A cabeleireira disse que eu ia ficar bem de cabelo curto.

Zack sorriu.

– Desculpe. Ficou bem em você. Mas acho que comprido fica melhor.

Será que ele estava mandando bem? Simpático sem flertar, irônico sem ser idiota? Ele se recostou segurando o café, enquanto Ellie se apoiava no braço do sofá ao lado. Os pés descalços bronzeados com as unhas pintadas de rosa iridescente apareciam em seu campo de visão periférica. Meu Deus, até os dedos dos pés dela eram irresistíveis...

– Olha aqui a gente dois anos atrás – disse Ellie. – Na praia de Fistral.

Zack observou a foto. Um jogo animado de vôlei estava em andamento. Ellie usava uma túnica amarelo-limão por cima de um biquíni branco. Ali estava Jamie, pulando no ar para cortar a bola acima da cabeça do oponente.

– Quem é esse? – Zack apontou.

– Todd.

Todd. O que tinha tomado o lugar de Jamie. Para falar a verdade, ele tinha aparência normal, de camiseta cinza e short vermelho. O cabelo castanho era curto e volumoso e o sorriso, largo.

– Quem são as outras pessoas?

– Não faço ideia, elas só estavam jogando junto com a gente. A namorada do Todd, Anna, estava tirando as fotos.

– O que houve com ela?

– Eles terminaram algumas semanas depois. Anna não queria jogar vôlei para não ficar suja de areia. – Ellie sorriu e virou a página. – Espere, essa agora é engraçada...

Um cachorro enorme tinha saído correndo do mar e estava indo na direção da câmera. A foto era borrada e meio torta.

– Ele se sacudiu em cima da Anna. Você devia ter ouvido os gritos dela. Ela também não gostava de se molhar.

– Será que ela já pensou em passar férias numa fazenda na Toscana? – perguntou Zack.

As fotos seguintes mostravam Jamie, depois de botar Ellie nos ombros, correndo pela praia para o mar. Ele tinha pernas finas, e os dois estavam gritando de tanto rir. O forte laço que os envolvia era nítido. A última foto, um close, capturava o olhar trocado entre Jamie e Ellie quando ele estava tirando uma mecha longa de cabelo molhado da bochecha dela. Era uma expressão de puro amor, a ponto de Zack perceber, surpreso, que nunca tivera um relacionamento com um sentimento tão profundo.

Tantos anos, e era isso que ele estava perdendo.

– É isso. – Ellie fechou a última página. – Deu para ter uma ideia. Esse era o Jamie. Agora você já o conhece.

Ele a viu secar casualmente o canto do olho, por onde uma lágrima solitária tinha escapado.

– Dá para ver quanto vocês eram felizes.

Ela assentiu.

– A gente era mesmo.

– Vocês brigavam?

– Nossa, o tempo todo. Pelas coisas mais bobas. Disso eu também sinto falta. A gente brigava por causa de torrada. Jamie gostava de manteiga na torrada quente, e eu gosto na torrada fria para a manteiga não derreter. Ele fazia a torrada dele para mim, porque não conseguia esperar esfriar, e isso me deixava louca. Ou ele ficava danado de raiva quando eu me recusava a seguir o GPS porque sempre tinha certeza de que conhecia um atalho. E sinto falta disso. – A voz de Ellie falhou quando ela tentou manter o controle. – Sinto muita falta dessas coisas bobas. A questão é que a gente tinha uma câmera e gravava os momentos bons, mas nunca passou pela nossa cabeça que devíamos ter gravado os conflitos e as discussões porque um dos dois podia morrer logo e o outro talvez quisesse ver tudo de novo. – Ela parou e respirou fundo. – Desculpa, esquece isso. Idiotice, não é? E eu tenho sorte, porque centenas de anos atrás as pessoas não tinham fotos nem câmeras e, se alguém morria, elas não tinham como lembrar, só de memória.

Zack queria tanto fazê-la se sentir melhor.

– Quando é alguém assim, tão importante, a gente nunca esquece.
– Provavelmente não. – Ellie deu de ombros. – Mas tenho medo de esquecer.
– Você brigou com alguém desde que Jamie morreu?
Ela pensou na pergunta. Aos poucos, a expressão dela mudou.
– Eu não tinha me tocado disso. Não. Todo mundo sempre faz questão de ser legal comigo… Eu não discuti nenhuma vez. Meu Deus, não é estranho? Não é normal.
– Nem mesmo com Todd?
Ellie balançou a cabeça, impressionada.
– Nem mesmo com Todd. Eu fiquei chateada com ele depois do acidente, mas a gente nunca discutiu.
Zack ficou com raiva de si mesmo por se encher de esperanças.
– Por que você ficou chateada com ele?
– Ah, eu o culpei por tudo.
– Foi culpa dele?
– Não, claro que não. Eu também me culpei.
– Certo. Bom, você precisa discutir com alguém. Já pensou em ligar para a Receita Federal? Ou para o DETRAN para reclamar das multas? Quem sabe ir até a Câmara reclamar do asfalto nas ruas?
Ela pareceu refletir.
– Você quer dizer que eu deveria voltar aos poucos. Treinar com estranhos primeiro. Começar uma briga por causa de um carrinho de supermercado ou algo do tipo?
– A gente pode tentar brigar no escritório se você quiser.
– É gentileza sua. Mas você teria que prometer não me demitir.
– Não vou te demitir. – Zack se levantou; ele queria ficar mais, mas estava na hora de ir. – Obrigado por hoje. E por me mostrar as fotos.
– Obrigada por se interessar.
Na porta, Zack teve vontade de beijá-la novamente, mas não podia fazer isso. Até um beijinho na bochecha seria inadequado.
– O que aconteceu com aqueles grampos que você tinha no cabelo? Não perdeu, não é?
– Não, eu não perdi. – Ela abriu a porta. – Tchau. Até amanhã.
Sozinha de novo, Ellie parou na janela e observou Zack descer a rua. Depois de ter dado os grampos de cabelo por impulso porque Bibi tinha ado-

rado, ela agora estava com medo de ter sido uma bobeira. Tinham sido tão baratos que Bibi provavelmente só falou por educação. Ela nem os usaria.

Excelente, você acabou de fazer papel de idiota.

Ah, bom, pelo menos Zack não sabia.

– Jamie?

– Estou aqui.

Ellie se virou e lá estava ele, deitado no sofá.

– Oi. Estou com saudades.

O olhar dele se suavizou.

– Eu sei, querida. Mas você se divertiu hoje, não foi?

– Sim. Foi bom.

– E seu chefe é legal.

– Eu sei. Ele também gosta da Cornualha. Foi onde ele passou a infância. Em Perranporth. Tira os pés do sofá.

– Por quê?

– Você está de tênis. Não quero que você suje minhas almofadas.

Ele pareceu revoltado.

– Meus tênis estão limpos!

– Ah, pelo amor de Deus, tira *logo*, por favor!

– Mas estou tão confortável assim.

– E você não liga de fazer sujeira porque não é você quem vai limpar. Você vai embora e deixa tudo para mim.

– O que é isso? Está tentando puxar uma briga?

– Para de rir de mim.

– Está, não está? Você não discute com ninguém há muito tempo e agora quer se irritar comigo. Mas não quero discutir com você. Não vou brigar.

– Bom, isso é egoísmo. Não posso discutir com você se você não vai discutir comigo.

Ele deu de ombros.

– Desculpe.

– Típico. Você só faz o que quer e não liga para mim, não é?

– Eu ligo, sim. Você sabe.

Aquilo não estava dando certo. Havia uma bola de dor parecendo uma granada sem explodir no peito dela. Ellie olhou para ele.

– Se você ligasse, ainda estaria aqui. Você ainda estaria vivo, não teria me deixado sozinha, não é *justo*...

Ela parou de falar quando alguma coisa no peito dela cedeu. O vestido não estava apertado antes, mas estava menos apertado agora. Ela olhou para baixo e levou as mãos ao zíper que tinha se aberto. Não estava quebrado, só estava aberto.

Ela encarou Jamie.

– Você que fez isso?

Mas ele só deu de ombros, a imagem da inocência.

– Não fui eu.

Capítulo 33

Tony ficou em dúvida entre o Claridge's e o Berkeley, mas no fim das contas escolheu o Berkeley. Ellie não tinha ideia de que ele estava na Inglaterra; para ela, ele ainda estava em Los Angeles.

Era loucura, claro, ter um apartamento em Londres e não usá-lo, mas, com o relacionamento de Ellie e Todd ainda em estágio inicial, ele não queria atrapalhar. E se tivesse avançado mais um nível... bem, aí é que ele não queria atrapalhar mesmo.

Eram os motivos altruístas, pelo menos. O terceiro, mais voltado a favor dele, era que, se tudo corresse bem na visita dele, ele não ia querer Ellie se sentindo constrangida.

Assim, todos tinham privacidade.

Certo. Que horas eram? Ele poderia descer e esperar agora?

Deveria passar mais perfume ou já tinha exagerado?

Será que ela chegaria cedo? Chegaria atrasada? Era possível se sentir mais adolescente do que já estava se sentindo?

No saguão, dez minutos depois, Tony perdeu o fôlego quando ela entrou no hotel, pontualmente. Ah, meu Deus, ainda mais linda do que ele lembrava, embora ela já tivesse fixado residência quase permanente na cabeça dele. Agora, ele guardou cada detalhe na memória e abriu bem os braços.

Martha, usando um vestido ajustado amarelo-limão e sapatos combinando, segurou o rosto dele nas mãos e disse com hesitação:

– Isso é errado, é a coisa mais errada que já fiz. Na última vez, não foi planejado, mas isso agora é premeditado.

Pareceu promissor. Maravilhado por dentro, porque a sensação da pele dela tocando na dele podia gerar uma reação tão intensa, Tony comentou:

– É tão bom te ver de novo.

"Bom" era o eufemismo do ano. Vê-la o fazia se sentir vivo de verdade. Ele apertou as mãos dela e viu o conflito de emoções nos olhos cor de âmbar.

– Ah, Tony... – A voz de Martha estava trêmula. – O que foi que você fez comigo? Eu achava que era uma boa pessoa. Honesta e decente.

– Você é. Ei, não é nada de mais. A gente só está se encontrando para almoçar.

– Eu sei. Só almoçar. – Ela suspirou.

– Dois amigos se reencontrando, botando as novidades em dia.

Esse fora o acordo; obviamente, ele tinha esperança de que rolasse algo mais. Mas, se mais nada acontecesse, tudo bem. Ele não faria pressão. Ver Martha de novo, olhar nos olhos dela e ouvir sua voz era suficiente.

Quase.

Ah, mas somos muito mais do que bons amigos botando as novidades em dia.

– Eu tive que mentir para Eunice. Ela queria que eu fosse com ela hoje à tarde visitar Henry. Falei que não podia, que precisava me encontrar com um cliente.

– Bom, mentira não é. É verdade. Eu sou um cliente. Sou seu maior fã. – Ele tentou tornar o clima mais leve e dissipar a culpa dela. – Quer que eu compre outro quadro? Eu vou comprar outro quadro. Vou comprar quantos você quiser.

E, dessa vez, ela sorriu.

– Ah, Tony... O que você está fazendo comigo?

Havia várias respostas para aquela pergunta, mas ele não as verbalizou. Só apertou a mão dela.

– Venha, vamos para o restaurante. Vou pagar o almoço.

As horas seguintes voaram. Eles tomaram prosecco, mas não muito. Comeram pratos maravilhosos, de que Tony nem desfrutou direito. E conversaram sem parar. A conexão entre eles ainda estava presente, mais forte do que nunca. Eles puderam se encontrar com privacidade e relaxar; ele não queria que terminasse. Quando o restaurante fechou, foram para o Blue Bar e continuaram conversando, protegidos pela bolha particular de alegria de ambos. Ele tinha reservado um quarto no hotel, mas os dois continuaram onde estavam. Não tinha problema. Sem pressão. Ele ia ficar por três dias. Ah, olha só esses olhos. Essa boca perfeita. As covinhas que surgem toda vez que ela sorria. Ele amava cada centímetro dela, cada curva gloriosa de sua pele cor de caramelo. E saber que ela sentia falta dele com o mesmo desespero que ele sentia dela… deu-lhe tanta esperança. De alguma forma, em algum lugar, eles ficariam juntos de um jeito que fosse milagrosamente livre de culpa…

– Você está ouvindo alguma palavra do que estou dizendo? – Martha se inclinou para a frente e bateu no braço dele.

– Desculpe. Você está dificultando a minha concentração. – Ele capturou os dedos dela, perguntando-se se poderia beijá-la antes de ela ir embora. Será que ela permitiria? – O que foi?

– Eu estava contando sobre minha ida à videolocadora outro dia. Henry gosta de ver umas séries antigas de TV, mas fez a peripécia de se sentar nos DVDs, então eu saí para alugar uns novos. Eu estava parada ao lado do balcão quando ouvi você dizendo "O que você está *fazendo* aqui?". Olha, eu dei um pulo de quase 1 quilômetro. Não acreditei, achei que você estivesse logo atrás de mim. Quase tive um ataque cardíaco ali mesmo! – Ela abanou o rosto com a lembrança. – Então é claro que me virei e ali estava você, na tela da televisão, naquele filme do ano passado. Me senti tão idiota… Ah, só um minuto, é o meu. – Ela enfiou a mão na bolsa, retirou o celular que estava tocando e fez uma careta. – Ah, meu Deus, é Eunice.

– Deixa tocar. – Tony já sabia que ela não deixaria.

– Não posso. Mas não vou demorar.

Ela se levantou e saiu do bar, para longe do barulho. Tony a viu se afastar. De longe, ele a viu atender ao telefone e ficar paralisada. Ah, droga, o que será que tinha acontecido? Esperava que não fosse Eunice a pressionando, dando a cartada da culpa. A mão de Martha voou até a boca agora. Havia algo errado. De todas as tardes, por que tinha que acontecer naquela?

– Henry sumiu. – Ela estava de volta, procurando a bolsa, afobada. – Ele se perdeu em Hampstead Heath. Não estão conseguindo encontrar... Pode ter acontecido de tudo... Me desculpe, eu tenho que ir.

Como ele poderia deixá-la ir sozinha? Do lado de fora do Berkeley, o porteiro chamou um táxi e, juntos, Tony e Martha entraram. Protegidos dentro do hotel, eles nem tinham percebido que havia começado a chover. Agora, a caminho de Hampstead, os limpadores de para-brisa do táxi trabalhavam com dificuldade. Trovões ribombavam, o céu tinha ficado um cinza-chumbo e se iluminava com os relâmpagos que o cortavam.

– Não tem sentido você vir comigo. – O rosto de Martha estava transtornado de ansiedade. – Não pode se juntar a nós para procurá-lo. Eunice não pode ver você.

– Posso ficar longe dela. – Ele queria abraçá-la e tranquilizá-la, mas aquela não era a hora. – Como foi que aconteceu?

– Henry sempre gostou da charneca. Às vezes, nós o levamos lá para caminhar. Eunice o levou hoje. Ainda estava fazendo sol quando eles chegaram. Eles se sentaram em um banco e ela cochilou.

– *Cochilou?*

– Ela está exausta. Não dá para culpá-la; ela não para. Mas foi só por alguns minutos. Quando ela acordou, Henry tinha sumido. Não havia sinal dele em lugar nenhum. E aí começou a chover. Ah, meu Deus, é minha punição por não ter ido com eles. Eu vim ver você e agora ele está perdido.

– Calma, não entre em pânico, não vai acontecer nada com ele. – Tony foi firme. – Pode acreditar, ele vai aparecer.

Mas, quando eles chegaram a Hampstead, Henry ainda estava desaparecido. O taxista parou no pé da Millfield Lane, perto dos lagos de Highgate. Martha, ao telefone com Eunice, descobriu que ela estava no lago mais ao norte.

– Vou para lá. Ela está transtornada. Tem guardas do parque procurando por ele. – Ela abriu a porta do táxi e ficou encharcada em segundos. – Por favor, Eunice não pode ver você. Deixe isso comigo. Vá para casa.

– Tudo bem, vou fazer isso. Me ligue assim que puder.

Qualquer beijo seria absurdamente inadequado naquele momento. Tony a deixou ir. Assim que ela sumiu de vista, ele pagou ao motorista e saiu do táxi. Quando Martha virou à direita, ele verificou se não havia vislumbres do vestido amarelo-limão em meio às árvores e virou à esquerda.

A chuva estava caindo agora como um dilúvio. Não havia mais ninguém lá, e os galhos das árvores se sacudiam num frenesi pelos sopros ferozes do vento. Martha tinha dito para ele que Henry havia sumido em Parliament Hill, mas que sua parte favorita da charneca era a área dos lagos. Cada vez mais encharcado, Tony foi naquela direção. Seus sapatos, impróprios para o terreno, escorregavam e deslizavam na lama, nas pedras e na vegetação. Ali estava a margem do lago. Ainda não havia ninguém por perto e a água não estava nem um pouco atraente, cinzenta e fria, a superfície açoitada pela chuva. Até os patos tinham feito o mais sensato e se abrigado. A grama longa e áspera se agarrava às pernas da calça, como algas. Momentos depois, ele ficou paralisado quando uma coisa escura emergiu no meio do lago. Mas não era uma cabeça; era uma sacola descartada. Fim do pânico. Nossa, seu coração tinha disparado agora. Podia ter sido Henry. Tony seguiu em frente e piscou para tirar a água dos olhos e continuar a busca. Em determinado ponto, ao longe, viu uma pequena figura no alto da colina e ouviu uma voz, quase inaudível, gritando o nome de Henry.

Dez minutos depois, aconteceu. Ele ouviu um barulho ou foi coincidência ter se virado e visto um pé descalço saindo por baixo de um arbusto a 10 metros? O medo voltou; o que aquilo podia significar? Tony tropeçou no terreno irregular e viu a perna que pertencia ao pé, vestida com uma calça marrom imunda. E um corpo longo e magro, braços compridos, a cabeça... Sim, era ele...

– Oi.

Tony se aproximou com cautela. Henry estava meio sentado, meio deitado sob uma árvore com os olhos fechados e a boca meio aberta. Ele parecia uma estátua de madeira entalhada, abandonada na chuva.

Mas os olhos se abriram e Henry o encarou.

– Estou molhado.

Vivo, então. Não morto.

– Henry? Você está bem?

– Estou, obrigado. Estou molhado.

– Dá para ver. O que aconteceu com seus sapatos?

Henry olhou intrigado para os pés ossudos e descalços.

– Não sei. Me desculpe. Estou muito molhado.
– Você consegue se levantar?
– Estou com fome. Está na hora do café?

Henry falou em tom gentil, confuso, educado. Obedientemente, ele esticou as mãos e permitiu que Tony o ajudasse a se levantar. Suas roupas estavam encharcadas, como se ele tivesse entrado no lago. Talvez ele tivesse entrado mesmo.

– Foi nadar? – perguntou Tony.

Henry piscou lentamente.

– Estou molhado.

Eles ficaram se olhando por vários segundos na chuva. Tony viu Henry procurar nos bolsos da calça e tirar uma meia cinza. Ele a colocou na mão esquerda, como uma luva. Aquele era o marido de Martha; ele tinha sido contador. Meu Deus, a doença de Alzheimer era brutal e absurda. Passou pela cabeça de Tony que não havia ninguém por perto. Ninguém sabia que ele estava ali. Se ele fosse um personagem de filme, talvez ficasse tentado a levar Henry até a beira da água e empurrá-lo. Era fundo ali. Ele não conseguiria sair. Poderia sumir, ser eliminado, *erradicado*...

Mas aquilo não era um filme. E ele podia ter feito coisas na vida das quais não sentia orgulho, mas não era assassino.

Tony sorriu de leve e pegou o celular.

– Eu queria uma xícara de chá – disse Henry, tirando água do cabelo grisalho.

– Vamos arrumar uma para você. – O dedo dele pairou acima da tela do telefone. – Henry, quem é Martha?

Ele viu um brilho de reconhecimento nos olhos castanho-acinzentados.

– Martha? Acho que ela é a vizinha, não é?

– Martha é sua esposa – disse ele com gentileza.

– Ah, sim. Isso mesmo. – Henry olhou para a meia na mão. – Uma xícara de chá e um biscoito.

– Você ama Martha? – Será que isso o tornava uma pessoa desprezível? – Henry, você a ama? Sua esposa?

– Ah, sim. Onde estão meus sapatos? Eu a amo muito. – Ele estava assentindo com sinceridade agora. – E um sanduíche de presunto. Seria ótimo. Estou com fome, sabe?

Tony fez a ligação.

– Estou com ele. Ele está bem.

– Ah, graças a Deus! – Martha soltou um soluço de alívio. – Onde você está?

Ele contou.

– Não diga nada para Eunice, só venha direto para cá.

Martha demorou menos de cinco minutos para chegar até eles. A chuva tinha começado a diminuir, mas eles estavam tão encharcados que não fazia mais diferença.

– Oi! – O rosto de Henry se iluminou quando a viu andando pela vegetação na direção deles.

– Qual é o nome dela? – perguntou Tony.

– Ah, minha nossa, eu sei qual é. Preciso pensar. Ela é minha linda esposa.

– Ah, Henry, estávamos tão preocupados com você... Não sabíamos onde você estava. – Martha segurou as mãos dele, uma delas ainda envolta na meia cinza. – Onde estão seus sapatos?

– Na Harrods, eu acho. Ou na Sainsbury's. Estou molhado.

– Eu sei, querido. Não importa, vamos te levar para casa agora. – Ela olhou para Tony. – Muito obrigada. Você tem que ir. Mas obrigada.

Quando Tony se virou para ir embora, Martha ligou para Eunice para dizer que estava tudo bem e que Henry estava em segurança.

Henry, examinando a meia na mão, disse para o nada:

– Frango assado também seria bom.

Capítulo 34

AO ABRIR A PORTA às oito horas da manhã, Roo não ficou tão surpresa ao dar de cara com Niall. Ellie tinha contado sobre o encontro recente com ele e Yasmin em frente ao Claridge's. Mas, para mostrar determinação, ela falou:

– O que está fazendo aqui?

– Você bloqueou meu número. Preciso falar com você, descobrir o que está acontecendo. – Ele não perdeu tempo. – Você foi ver Yasmin.

– E daí?

– Quero saber por quê.

– Eu estava curiosa. Queria saber como ela era de verdade. E quer saber? Ela foi um amor. Muito melhor do que você merece, com certeza.

– Bom, não faça isso de novo, viu? Deixe-a em paz.

– Não me diga o que posso e o que não posso fazer – disse Roo.

Niall suspirou.

– Está bem. Por favor, não vá lá de novo. Se você contar, ela vai ficar arrasada. Ah, poxa vida... Ela partiria o coração da esposa dele.

– Você acha, é? – perguntou ela.

– Roo. *Por favor.*

Trabalhar em um bazar beneficente podia não ser glamoroso, mas era bom. As pessoas doavam coisas que não queriam mais e tudo era comprado por gente que *queria*, e o dinheiro era destinado a uma causa nobre.

Só era uma pena que às vezes as pessoas doavam coisas que não queriam mais sem olhar antes se estavam limpas. Aquela era a primeira manhã de Roo no bazar, e ela estava descobrindo que luvas de borracha eram um item de primeira necessidade. Ao abrir as montanhas de sacolas deixadas na porta à noite, ela já tinha tirado uma calça jeans com uma cueca ainda dentro. Nenhuma das duas peças tinha sido lavada. Havia muito tempo. Talvez nunca.

Mas não importava, porque ela estava se redimindo pelos seus erros. Compensando uma vida de hedonismo e egoísmo. Não ia dar um chilique de diva e exigir que lhe dessem algum trabalho mais fácil e menos nojento para fazer.

Além do mais, valeu a pena ver a expressão de Niall quando ela o mandou embora com as palavras:

– Bom, agora eu tenho que ir. Não posso me atrasar para o trabalho.

– Como assim, *trabalho?* – perguntou ele, perplexo.

E ela se divertiu com a resposta.

– Ah, Ellie não contou? Eu arrumei um emprego.

O outro lado bom de ter virado a página era descobrir como era possível ficar cheia de energia e lucidez quando se parava de beber. Antes, ela não tinha percebido a diferença que fazia quando não havia o menor sinal de ressaca atormentando o cérebro.

– Com licença, querida, esse aqui não coube em mim, você tem em tamanho maior?

A cliente tinha uns 40 anos e estava puxando um daqueles carrinhos de feira com bolsa quadriculada. Estava segurando um cardigã rosa com expressão esperançosa. A antiga Roo teria dito: "Oi?! Isso aqui é um bazar, querida. Não é a Harvey Nicks." Ou talvez dissesse: "Se você perdesse uns quilos, talvez coubesse."

Mas ela não era mais a Velha Roo, era a Nova Roo. *Sem* maquiagem, *sem* deboche. Ela fez um esforço consciente para imaginar a vida daquela cliente: impactada pela pobreza, com azar no amor, muita televisão durante o dia... *Ah, Deus, fora a parte da pobreza, sou eu!...* e disse:

– Desculpe, não temos. Mas chegou um verde-claro lindo hoje de manhã e acho que é do seu tamanho. A cor ficaria ótima em você. Quer que eu vá procurar?

Pat, a gerente, disse que o preço era 6,50 libras. Roo levou o cardigã, que coube perfeitamente na mulher. Ela estava certa sobre a cor também; realmente destacava a cor dos olhos dela.

– Ah, mas são 6,50 libras. – A mulher hesitou, visivelmente dividida. – Está acima do que posso pagar.

Meu Deus, imagine não poder pagar 6,50 libras. Roo se inclinou para a frente e sussurrou:

– Tudo bem, pode levar por 1,50. – Não tinha problema, ela pagaria a diferença.

– Está bem. – A mulher abriu um sorriso, como devia mesmo. Era um cardigã de lã de carneiro da Jaeger, em perfeitas condições. – Vou levar!

Três minutos depois, quando a cliente estava saindo da loja, Roo a viu tirar habilmente um par de sapatos de salto agulha Russell and Bromley da vitrine e colocar no carrinho xadrez. Ela piscou sem acreditar quando a mulher agarrou um punhado de lenços e bolsas também.

– Ei! – gritou Roo, ultrajada.

A mulher olhou para ela, mostrou o dedo do meio e saiu correndo da loja mais rápido do que Usain Bolt, o carrinho sacudindo atrás. Roo, irritada por ter escolhido calçar, naquela manhã, sapatos de zebra com saltos de 10 centímetros e várias tiras nos tornozelos, gritou:

– Segurem essa mulher! Ela *roubou*!

Mas não ia rolar. Ela era a única pessoa na loja com menos de 80 anos. Quando conseguisse soltar as fivelas e tirar os sapatos, a ladra e o carrinho estariam em Camden.

Pat saiu da sala dos fundos e olhou para ela com reprovação.

– Você não correu atrás dela?

Em resposta, Roo apontou para a sandália de tiras.

Pat deu uma fungada depreciativa.

– Daqui para a frente, use um sapato que não a impeça de correr. E que história foi essa que ouvi de você deixá-la levar o cardigã por 1,50?

Falando sério, será que havia dispositivos de escuta escondidos embaixo do balcão? Roo foi obrigada a morder o lábio com força.

– Tudo bem, eu não esqueci. Devo 5 libras ao caixa.

Depois de seis horas respirando o ar parado do bazar (não escolher ser voluntária em um dos mais limpos tinha sido um erro), entrar no salão de beleza foi o paraíso. O luxo, os aromas deliciosos e caros, a atmosfera relaxante, a ausência de ladras ingratas...

– Ah, olha suas pobres unhas! – disse Yasmin ao examiná-las. – E essa está quebrada. Deve estar doendo. Como aconteceu?

Roo deu de ombros.

– Carregando caixas pesadas. Tirando fita adesiva de um candelabro de cem lâmpadas. Carregando um fogão elétrico por dois lances de escada.

– Deve ter sido isso mesmo. – Yasmin já estava se preparando para trabalhar com o equipamento de manicure. Ela concentrou sua atenção na unha quebrada. – E para que isso tudo? Você está se mudando?

– Não. Acabei de começar a trabalhar como voluntária num bazar beneficente. Se eu estiver com um cheiro estranho, é por isso.

– Ah, você não está fedendo! E que coisa incrível de se fazer, dedicar seu tempo e trabalhar sem ganhar nada... É muita generosidade. Você deve ser uma pessoa muito boa.

Por um lado, era isso que Roo queria ouvir. Por outro, ah, se Yasmin soubesse.

Mas ela não ia contar. Niall podia ficar tranquilo; não tinha sido por isso que Roo voltou ao salão. Ela queria se redimir sem que Yasmin descobrisse a verdade.

– Milhares de pessoas fazem trabalho voluntário. – Ela apontou para os sapatos de zebra. – Eu estava usando os sapatos errados. Levei uma bronca.

– Mas seus sapatos são lindos.

– Uma ladra roubou a loja.

– Ladra? – Yasmin fez uma careta. – Que *baixaria*.

Falando em baixaria...

– E como vai a família?

– Vai bem, obrigada. Sua amiga contou que a encontramos na rua outro dia?

– Ah, sim, ela comentou.

– Como foi cuidar do bebê?

– Alice? – Roo não era burra; ela fez questão de decorar o nome. – Foi tudo bem. Foi ótimo!

– Mais algum dente?

– Como?

– Dente. No bebê.

– Ah... Bom, talvez alguns. – Agora ela estava fora da sua zona de conforto. – Eu não contei. Bebês não são meu forte.

Yasmin sorriu.

– Então Alice ainda não deixou você balançada. Não sente vontade de ter um.

– Eca, nem pensar.

– Você diz isso agora. – Os olhos da esposa de Niall brilharam. – Mas vai acabar mudando de ideia. Espere só alguns anos. Você está com alguém no momento?

Roo viu suas cutículas serem habilidosamente empurradas com um palito laranja, sentiu o calor dos dedos de Yasmin aninhando sua mão.

– Não, ninguém. Estou sozinha.

– Bom, isso deve ser escolha. Você é tão bonita que poderia ter o homem que quisesse.

Não pense em Todd. E definitivamente não pense em Niall.

– Não funciona assim, não é mesmo? Não é tão simples. Para ser sincera, eu nunca tive sorte com homens – admitiu Roo.

– Ah, não se preocupe, você vai chegar lá. Vai encontrar o homem certo, vai morar com ele, vai ter um bebê... Desculpe, você está bem? Eu falei alguma coisa errada? Aqui, toma um lenço. Me desculpa, eu não queria te chatear...

– Não, não, eu estou bem. – Foram a culpa e a vergonha; Roo usou a mão livre para secar rapidamente as lágrimas que tinham surgido do nada. – É que isso tudo é lindo. Foi assim que aconteceu com você?

– Com o meu marido? – Yasmin fez uma pausa. Com certo pesar, respondeu: – Bom, eu não planejei ficar grávida, mas essas coisas acontecem e a gente faz o melhor que pode, não é? E, agora que Ben está aqui, eu não consigo me imaginar sem ele.

Quando as unhas ficaram prontas, consertadas, lixadas e mais curtas por causa do novo emprego, Roo pagou a conta e acrescentou uma gorjeta de 20 libras.

– Nossa! – Yasmin arregalou os olhos. – Tem certeza?

– Claro que tenho. Você me encaixou em cima da hora. E fez um excelente trabalho – elogiou Roo. – Você merece.

– Bom, obrigada. – Yasmin sorriu. – Volte sempre que quiser.

O estranho era que ela não via a hora de voltar, de certa forma. Roo pegou um dos folhetos brilhantes cor-de-rosa e creme que detalhavam os tratamentos oferecidos pelo salão e ficou pensando em qual deles faria na próxima vez.

– Vou voltar.

☾

O telefone tocou na hora em que Ellie estava se preparando para dormir.

– Oi! É Ellie? Ellie, oi, querida, Tony está com você? – Tamara, a assistente pessoal de Tony em Los Angeles, tinha uma daquelas vozes superdoces e cantaroladas que davam a sensação de estar andando em melaço.

– Não. Ele não está aqui. – Ellie franziu a testa. Que pergunta estranha. – Ele não está na Inglaterra. Está em Los Angeles.

– Não, querida, ele não está aqui. Com certeza está aí, com você.

– Não está, não. E ele teria me contado se estivesse vindo para cá.

– Bom, ele pediu que eu planejasse a viagem. Reservei as passagens e o levei até o aeroporto. Tudo bem, não se preocupe. Só preciso perguntar a ele sobre uma entrevista que querem encaixar, mas o celular dele está desligado. Não tem problema, vou continuar tentando. Tchau, querida!

Que coisa mais estranha. Ellie tentou ligar para o número de Tony. Tamara estava certa; estava desligado. Ela deixou uma mensagem pedindo que ele retornasse e perguntou:

– Se você está aqui, por que não me falou?

Muito estranho. Mas ele devia estar bem, claro. Tinha que haver uma explicação simples.

Ellie bocejou, escovou os dentes e foi dormir.

Capítulo 35

Ele retornou a ligação no dia seguinte, quando ela estava no trabalho.

– Tony! Você está bem? – Ellie tinha começado a ficar preocupada quando viu que o telefone dele ainda estava desligado de manhã.

– Estou bem, querida.

– Onde você está?

– Em casa, em Los Angeles.

Meu Deus, nunca dava para confiar num ator! Ele mentia tão bem, caramba.

– Não está, não – retrucou Ellie. – Falei com Tamara. Você está aqui.

– Ah. Droga. Tudo bem, você está certa. Eu sabia que devia ter ligado para Tamara primeiro.

– Seu telefone estava desligado!

– A bateria acabou. Eu me esqueci de trazer o carregador, só isso.

– Por que você não veio para o apartamento? – *Aqui você tem um carregador em perfeitas condições.*

Tony fez uma pausa.

– Achei que você e Todd gostariam de ficar com o apartamento só para vocês. Eu quis ser discreto e dar espaço.

– Você está falando sério?

– Sério, não me incomodo. Reservei um quarto no Berkeley. Você e Todd não vão me querer por perto e...

– Ah, Tony, já acabou, não deu certo. Não era para ser. – Ellie baixou a voz; Zack estava na cozinha e ela não queria que ele ouvisse. – A gente tentou, mas a amizade foi mais forte.

– Ah, querida, sinto muito.

– Não sinta. A gente está bem com relação a isso. Então pode sair do hotel agora e ir para casa. Você não vai ficar de vela, vamos ser só nós dois.

– Já vou embora amanhã. Foi só uma visita rápida.

Ele pareceu... triste.

– Você vai estar ocupado hoje à noite?

– Não, não tenho nada planejado...

Algo estava errado.

– Vai para casa, então. Não te vejo há séculos. Vou preparar um jantar – ofereceu Ellie. – Aprendi a fazer curry verde tailandês.

– É mesmo? – Era o favorito dele.

– Sim!

– Fica gostoso?

A sinceridade a obrigou a sair pela tangente.

– *Talvez* fique gostoso.

– Ou talvez não?

– Ainda estou treinando. Vai para casa e eu tento de novo. Se der muito errado, a gente pede comida.

Parecendo um pouco mais animado, Tony perguntou:

– Não é melhor eu pedir logo?

Zack entrou no escritório dois minutos depois, de terno e balançando as chaves.

– Tudo bem? Tenho um almoço em Piccadilly. Você pode levar Elmo para dar uma volta em algum momento? Volto até as quatro horas.

– Não tem problema nenhum.

Ele estava usando uma camisa turquesa nova e veio à ponta da língua de Ellie a vontade de dizer como a cor ficava bem nele, mas as batidas se aceleraram no peito, o que significava que estava se sentindo atraída por ele de novo. Droga, ela tinha se esforçado tanto para sufocar aqueles sentimentos, achava que conseguira controlá-los. Era só não mencionar, *fica de boca fechada.*

Mas ela devia ter feito cara de quem ia dizer alguma coisa, porque Zack ficou parado na porta com certa expectativa.

– Mais alguma coisa?

Sim, essa cor fica fantástica com seu bronzeado, você está absurdamente lindo, está me fazendo pensar coisas que eu não devia estar pensando...

– Não. – Ellie abriu um sorriso profissional. – Mais nada. Divirta-se!

Às duas, ela ligou para Geraldine.

– Oi, sou eu. Quer mandar Elmo para cá?

– Ah, oi, querida. Claro! Querido, é para você.

Ellie ouviu um som de farejar.

– Elmo! Quer passear?

– Pronto – disse Geraldine, com satisfação. – Ele está indo.

Momentos depois, Ellie olhou pela janela da cozinha e viu Elmo pular o muro. Ele passou pela portinhola, balançando o rabo furiosamente, as patas deslizando pelos ladrilhos.

– Vem aqui, amor.

Ela se inclinou para prender a guia, mas a campainha tocou nessa hora e Elmo fugiu. Ellie finalmente conseguiu pegá-lo no colo e foi atender à porta da frente.

– Ah. – Louisa, no patamar da escada, se encolheu ao ver Elmo inesperadamente tão perto. – Eu vim ver Zack. Ele está lá em cima?

– Ele não está.

– É mentira.

– Não é.

Afinal, o que ela quer?, pensou Ellie.

– O carro dele está ali. – Louisa apontou para o outro lado da rua.

– Ele foi de táxi para a cidade. Não está mesmo aqui. Ele estava te esperando?

– Não. Eu só preciso falar com ele.

O cabelo e a maquiagem de Louisa estavam perfeitos; ela usava um vestido de linho cor de damasco e sapatos bege muito altos e de bico muito fino.

– Ele foi a um almoço. Por que você não tenta ligar para ele mais tarde?

– Eu *tentei* ligar. Não é a mesma coisa e na maioria das vezes ele nem atende. – A voz de Louisa começou a tremer. – Posso entrar?

Elmo estava se contorcendo como uma enguia, querendo ir logo passear. Ellie hesitou.

– É que a gente ia dar uma volta.

– Tudo bem. Eu vou com você.

– Mas...

– Por favor, eu quero ir. Preciso falar sobre Zack. Pronto, pronto, cachorrinho fofinho. – Com cuidado, Louisa fez carinho na cabeça de Elmo, o que devia ser a primeira vez. Até Elmo pareceu surpreso. – Ele é um amor, não é?

– Quem, Zack?

– Não, o cachorro. – Ela viu Ellie prender a guia na coleira de Elmo e o colocar no chão. – As últimas semanas foram horríveis. Senti tanta falta dele.

– De quem, do Elmo?

– Do *Zack*. – Quando a porta da frente se fechou atrás delas, Louisa desceu os degraus de pedra atrás de Ellie e do cachorro. – Como ele está?

– Entendi. Está do jeito de sempre. – Ah, caramba, ela estava sendo insensível? – Tenho certeza de que ele também sente a sua falta – disse Ellie apressadamente. – Você sabe como são os homens. Eles escondem bem.

Mas era tarde demais; o rosto de Louisa tinha se transformado.

– É tão injusto. Nunca fui tão infeliz na vida. Ele fala sobre mim?

– Hum... não.

– Ele deve falar. Deve ter dito alguma coisa! A gente era um casal *perfeito*.

Os três formavam uma pequena procissão estranha, passando pelas lojas na Regent's Park Road. Elmo ia na frente, puxando a guia, desesperado para chegar à grama. Ellie ia atrás, andando rápido com os chinelos cravejados de pedras. Na retaguarda, oscilando de leve e lutando para acompanhar com os saltos altos demais, vinha Louisa.

– Ele não falou nada para mim – comentou Ellie por cima do ombro. Ela acenou para Briony, que trabalhava na confeitaria.

– Ele está saindo com alguém? – perguntou Louisa.

– Não.

– Como você pode afirmar isso? Como sabe?

– Bom, ele não me contou que está saindo com alguém. E semana passada eu tive que ir com ele num evento como acompanhante porque...

– Ah, meu Deus, o jantar no Claridge's? Ele convidou *você*? Isso é muito injusto!

Ellie acelerou o passo. Aquilo estava ficando constrangedor. Louisa falava alto e as pessoas estavam se virando para olhar para elas. As duas finalmente chegaram a Primrose e ela pôde soltar a guia de Elmo. Ellie pegou um graveto, jogou o mais longe que conseguiu e o viu correr atrás.

– Aposto que você está feliz por a gente ter terminado, não está? – As mãos de Louisa estavam nos quadris e ela tentava recuperar o fôlego. – Você tem Zack todinho para você agora.

Não fique vermelha, não fique vermelha.

– Eu trabalho para ele. Só isso.

– Aaaai! – Louisa soltou um gritinho de pânico e pulou para o lado quando Elmo voltou correndo com o graveto na boca. Seus saltos afundaram na terra e ela teve dificuldade para recuperar o equilíbrio. Em tom acusatório, declarou: – Mas você deve estar a fim dele.

– Olha, já chega. Eu não estou a fim do Zack. – Ellie rezou para seu nariz não começar a crescer de repente. – Eu tenho namorado. O nome dele é Todd. – Todd não se importaria que ela o pegasse emprestado de novo; era por uma boa causa. – E não preciso ouvir essa baboseira, então pode parar de me seguir. Tchau para você.

Louisa escondeu o rosto nas mãos na mesma hora e balançou a cabeça em derrota.

– Ah, meu Deus, me desculpe. Eu não quis dizer isso. Eu só n-não sei o que *fazer*...

As pessoas estavam mesmo prestando atenção agora. Uma garotinha puxou o braço da mãe e perguntou em voz alta:

– Mamãe, aquela moça grandona está chorando?

Isso só fez Louisa chorar mais. Ela cerrou os punhos e choramingou:

– Eu não sou *grandona*!

– Venha. – Ellie a levou até um banco vazio. – Sente-se. Eu tenho um lenço aqui em algum lugar.

Toda a maquiagem, passada com tanto cuidado para impressionar Zack, saiu no lenço. Por vários minutos, Louisa chorou ruidosamente. Ellie ficou sentada ao lado dela, deixando que ela botasse os sentimentos para fora, enquanto jogava o graveto vinte ou trinta vezes para Elmo ir buscar com alegria. Assim como uma garota com péssimo gosto para homens, que coleciona fracassos sucessivos, nunca ocorreu a Elmo parar e questionar se essa brincadeira tinha sentido.

– Você tem mais algum lenço? – murmurou Louisa.

– Não.

– Minha cara está muito ruim?

Muito ruim era eufemismo. Como ser diplomática?

– Um pouco.

– Ah, meu Deeeeeus... – Louisa se levantou. – Preciso me limpar. A gente pode voltar agora, para eu usar o banheiro?

Ellie hesitou, mas não teve coragem de dizer não. Bem, ela poderia compensar Elmo com um passeio caprichado mais tarde. Ela assobiou para chamá-lo de volta e prendeu a guia na coleira.

– Tudo bem, vamos.

Elmo demonstrou seu protesto esperando até elas chegarem na Ancram Street para se agachar e depositar um montinho de cocô na calçada.

– Como você consegue fazer isso? – Louisa tremeu quando Ellie se inclinou e usou o saco plástico ao contrário para pegar o cocô. – É *tão nojento*.

Por acaso Louisa achava que pegar cocô era seu hobby favorito?

– Eu não amo. Mas é uma coisa que precisa ser feita – argumentou Ellie com voz firme.

– Que horas Zack falou que voltaria?

– Ele não falou. – Opa, outra mentira. – Ele pode demorar horas.

– Ou não. Eu posso esperar aqui.

– Não sei, não. Eu tenho trabalho – respondeu Ellie.

– Eu não incomodaria. Vou ficar esperando lá em cima.

– Não é uma boa ideia.

– Ah, pelo amor de Deus. Você não é muito solidária, não é? – O humor de Louisa se alterou e o rosto ficou vermelho. – Você não entende como é importante! Eu amo Zack e o quero de volta. Ele é tudo no mundo para mim. Meu coração está dilacerado, estou comendo o pão que o diabo amassou... Você nunca vai conseguir entender o que estou sentindo!

Por um microssegundo, Jamie apareceu sem aviso, encostado em um carro com os braços casualmente cruzados e o cabelo louro brilhando no sol. Ele observou Louisa achando graça. E, como que sentindo que Ellie estava prestes a dar uma resposta malcriada, ele se virou e balançou a cabeça para ela.

– Não faça isso.

Ele estava certo. Seria a forma menos digna de tentar se sentir superior. Ellie suspirou. Um táxi parou de repente, e Jamie, com a camiseta rosa e a calça jeans, simplesmente sumiu. Elmo latiu loucamente na hora em que Zack saiu do táxi.

Capítulo 36

— Ora, ora, que surpresa — zombou Louisa, olhando para Ellie. — Você estava mentindo. Imagina só.

— Eu falei que não sabia quando ele ia voltar — respondeu Ellie com irritação. Zack podia muito bem assumir o problema agora.

— Oi?! Eu tenho cara de idiota, por acaso? Você estava tentando se livrar de mim porque está a fim dele.

Obviamente, Louisa não tinha percebido que estava, sim, com cara de idiota. *Imagina só.* Zack pagou o taxista e atravessou a rua na direção delas.

Ele avaliou a situação com um olhar.

— O que está acontecendo aqui? O que houve? — Ele foi na direção de Ellie. — Você está bem?

Isso foi bom por um lado, mas fez Louisa ter um ataque de ciúmes.

— Zacky, eu senti tanto sua falta! Precisava ver você.

Zacky? Ah, caramba, ela o chamava assim mesmo?

— Falando sério. — Zack continuou se dirigindo a Ellie. — Você está bem?

— Estou. — A mão dele estava no braço dela. *Que sensação maravilhosa...*

— Zacky? A gente tem que conversar!

Ele se virou para Louisa.

— Não vai adiantar nada.

— Ah, meu Deus, não acredito nisso. Olha só vocês dois juntos. E você está *protegendo essa aí*! — Ela se virou, os olhos inchados voltados para Ellie como miras laser. – Eu perguntei se havia alguma coisa entre vocês, e você negou. Sua mentirosa...

– Agora é com você.

Ellie passou por Louisa para entrar na casa. Zack continuou segurando o braço dela e foi junto. Enfurecida, Louisa soltou um uivo e atacou loucamente, numa tentativa de separá-los. As alças finas do saco de cocô arrebentaram na mão de Ellie. O saco bateu no tornozelo de Louisa com um som úmido e dessa vez a reação dela foi de romper os tímpanos. Seus gritos reverberaram pela rua, e ela saltou para trás e deu um chute no saco como se fosse uma bola de futebol.

– Argh... *eca!*

O saco não rasgou, mas o fato de ter feito contato foi suficiente. Louisa saiu pulando, parecendo que queria amputar a perna atingida. Elmo, animado com outra oportunidade de brincar de pegar, correu pela calçada e buscou o saco com alegria. Ele carregou o saco pelas alças, colocou aos pés de Louisa e esperou que ela o jogasse de novo.

– Seu bicho nojento e asqueroso, SAI DAQUI AGORA!

– Pronto, já chega. – Zack destrancou a porta, guiou Ellie para dentro e assobiou para Elmo ir junto. – Vou resolver isso agora. Entra.

Ellie fechou a porta e foi para a cozinha. Viu Elmo beber ruidosamente da tigela de água. Momentos depois, o telefone tocou.

– Ora, isso animou meu dia de uma forma absurda – disse Geraldine. – É como ter um *Sex and the City* na porta da minha casa.

Ao ouvir a voz dela, Elmo levantou as orelhas e desapareceu pela portinhola.

– Elmo está indo para aí – avisou Ellie.

– Você está na cozinha? Por que não está assistindo ao showzinho? Ande, pegue o binóculo! Louisa está ajoelhada agora, ela vai estragar aqueles sapatos caros. Você pode também vir para cá e a gente vê junta... Ah, oi, querido, aquela moça ruim não quis brincar com você?

– Eu não posso – disse Ellie. – Estou com um monte de trabalho atrasado. – Não era verdade, mas ela já tinha testemunhado sofrimento demais por um dia.

– Que pena. Qual é o problema lá? – Pelo tom de voz, estava claro que Geraldine já sabia.

– Sua janela não está aberta?

– Claro que está! O que você esperava que eu fizesse? Leitura labial? Ela está convencida de que existe alguma coisa entre você e Zack.

A boca de Ellie estava seca.

– Eu sei. Mas não existe nada.

A porta da frente bateu vinte minutos depois e os dedos dela no teclado ficaram frenéticos... *Prezado Sr. Mackenzie,* obrigadaq *por entrar em* contaro... Aargh, Ellie apagou os erros de digitação rapidamente, antes que ele pudesse vê-los.

Só que Zack nem olhou para a tela do computador. Ele enfiou a cabeça pela porta e disse, com um suspiro:

– Venha, acho que a gente está precisando de uma bebida.

Ele pegou uma garrafa de vinho branco na geladeira, Ellie pegou duas taças e eles subiram para a sala. A bebida gelada espalhou pequenas ondas de relaxamento pela barriga dela, mas não ajudou em nada a dissipar os sentimentos por Zack. Ela tomou outro gole. Pelo menos ele não sabia que esses sentimentos *existiam*.

Zack passou os dedos pelo cabelo.

– Bom... Me desculpa por aquilo.

– Não foi sua culpa.

– Não foi? Eu odeio terminar relacionamentos. Meu Deus, é tão desagradável. Talvez eu tenha feito do jeito errado. – Ele fez uma pausa e massageou a testa. – Mas eu nunca esperava esse tipo de reação. Muito menos da Louisa. Ela não parecia ser desse tipo.

– Eu sei. Descolada demais, adulta demais.

Pobrezinha. Ellie sentia mesmo pena dela; dali a alguns anos, Louisa lembraria aquele dia e ficaria perplexa por ter perdido a dignidade de tal forma.

– E sinto muito por ela ter dito aquelas coisas para você. Ela botou na cabeça que tem alguma coisa entre a gente. – O olhar de Zack estava grudado no dela, o tom curioso. – Não sei *de onde* ela tirou isso.

Aquilo era uma acusação implícita? Ele estava insinuando que *ele* não deu a ideia a Louisa, mas que alguém tinha dado. E por acaso não teria sido ela? Envergonhada, Ellie disse:

– Bom, não fui eu! Por que eu faria uma coisa assim? O único motivo para você ter me contratado era porque sabia que eu não estava interessada em você. Essa é a verdade, juro pela minha vida.

E ela não estava mentindo; era verdade. Quando começou no emprego, não estava interessada. Não havia por que confessar que tinha mudado de ideia.

– Eu sei, sei disso. Eu não quis dizer que você tinha comentado alguma coisa com ela. – Zack estava igualmente horrorizado. – É a Louisa, ela está chateada e querendo colocar a culpa em alguém. Mas acabou. Ela foi embora e não vai voltar. Mas me sinto mal por você ter tido que aguentar aquilo. – Ele tomou o restinho de vinho. – Você vai ver Todd hoje? Espero que ele não se chateie.

– Não vou vê-lo hoje. – Ellie já tinha começado a balançar a cabeça antes de Zack terminar a frase. – Mas ele vai ficar bem.

– Que bom. Só que eu ainda queria compensar de alguma forma. – Zack pensou por um momento. – Olha, se você estiver livre esta noite, por que a gente não sai para comer alguma coisa? – Ele abriu as mãos. – É meu jeito de pedir desculpas e agradecer. Que tal? É uma boa ideia?

Se as coisas não estivessem como estavam, se tudo fosse completamente diferente, Ellie teria adorado. Se ela não trabalhasse para Zack e eles estivessem se conhecendo, teria dito sim na mesma hora.

Mas ela trabalhava para ele, já o conhecia e não ia sair com ele, apesar de ser uma proposta inocente e tentadora.

Ela não podia.

– Obrigada, mas não posso. Tony vai jantar lá em casa hoje.

☾

Contrariando todas as expectativas, um pequeno milagre aconteceu. O curry verde tailandês ficou bom. O frango estava macio, o arroz jasmim, soltinho, e os temperos ardiam no céu da boca, mas de um jeito bom. Depois de finalmente superar sua terrível fobia de molho de peixe, Ellie tomou coragem de comprar um vidro e isso fez toda a diferença. O curry ficou mágico.

E isso foi ótimo, pois Tony estava precisando desesperadamente se divertir um pouco. Para começar, ele perguntou sobre Todd, e ela contou como ficou aliviada de se livrar do medo de estar presa num relacionamento todo errado. Tony ficou triste, mas solidário; ele entendeu. Ela falou sobre a confusão do dia com Louisa, e ele assentiu e falou "Coitada dessa garota" algumas vezes e pegou outra cerveja.

Bom, já bastava.

– Tony? Você vai me contar qual é o problema? – Ellie esperou, vendo-o servir a cerveja lentamente no copo. – Porque senão vou começar a achar que você está doente.

Tony botou a garrafa na mesa. As linhas de expressão em volta dos olhos dele não estavam se exercitando muito naquele dia. A infelicidade dele era tangível.

– Eu não estou doente, querida.

Ele era ator. Ellie o observou com atenção.

– Tem certeza?

– Tenho certeza. Eu juro. Não é isso. – Ele apoiou os cotovelos na mesa. – Tudo bem, vou contar. Lembra-se dos quadros que comprei uns meses atrás? Daquela artista que conheci em Primrose Hill?

Capítulo 37

A GARGANTA DE ELLIE estava pegando fogo, o corpo parecia um peso morto e ela não conseguia parar de tremer. Era quase doloroso demais virar na cama. Será que aquela era a mesma sensação de escalar o monte Kilimanjaro? *Ah, meu Deus, Jamie, isso é horrível, onde está você quando eu preciso? Você não pode nem pegar um copo de água para mim?*

Ela acordou de novo três horas depois. O sol brilhava lá fora, e a luz fez seus olhos doerem. Foi um esforço levantar a cabeça e olhar o despertador. Oito e meia. Ah, não, e o trabalho? Mas não tinha como ela ir hoje; não era uma tosse ou um resfriado, era uma gripe das brabas. Ela tinha passado por aquilo duas vezes na vida e agora era a terceira vez. Pelo menos ela não precisou ficar com a consciência pesada; trabalhar estava fora de cogitação. Aquilo não era uma gripe fajuta, era de verdade. Ela teria que ligar para Zack e avisar.

Ellie precisou reunir uma força sobrenatural para sair da cama. Inacreditavelmente, na noite anterior ela só estava se sentindo cansada e meio quente. Agora, mal conseguiu chegar ao banheiro para pegar um comprimido de paracetamol, um copo d'água e fazer xixi. Depois, foi até a sala buscar o celular.

Na cama, sem fôlego e fraca de exaustão, Ellie apertou botões até o nome de Zack aparecer. Ela ouviu a voz dele dizendo que estava ocupado e ela poderia deixar uma mensagem.

– Zack, sou eu. Me desculpe, estou gripada. – Até segurar o telefone drenava a energia dela; a dor na cabeça era indescritível. – Não vou conseguir ir trabalhar. – A garganta ardia e ela estava rouca como um sapo. Sua voz estava ridícula, como a de uma golpista fingindo uma voz de doente que não enganava ninguém. – Desculpe, mas não posso, estou mesmo doente. Estou gripada... Bom... Tchau. – Ela encerrou a ligação e virou de lado com dificuldade. Seus olhos se fecharam, o que só podia ser coisa boa. O sono a ajudaria a se recuperar, não ajudaria?

Quando Ellie acordou de novo, eram quatro horas da tarde e sua pele estava doendo tanto que mal aguentava o toque do edredom. Seus ossos estavam doendo, e ela nunca tinha se sentido tão quente. No entanto, dois minutos depois de ter empurrado o edredom para o lado, começou a tremer incontrolavelmente de novo. Sua boca ficou seca e ela sentiu uma sede inacreditável. Tirar a mecha de cabelo úmida da frente do rosto só provocou mais dor. Aquilo era pior do que escalar o Kilimanjaro com saltos de 8 centímetros. Hora de pegar o copo e beber água. Ela conseguiu não derramar muito pela lateral da boca. Só quando o copo estava vazio foi que Ellie se deu conta de que tinha esquecido de tomar os dois comprimidos de paracetamol. E não conseguiria engoli-los a seco. Só que seria preciso sair da cama para buscar mais água. Seus olhos arderam com as lágrimas. Era nessas horas que mais sentia falta de Jamie. E ela não podia ter escolhido pior hora para ficar doente: Tony tinha voltado para Los Angeles na semana anterior, Todd estava em um evento de trabalho em Edimburgo e até Roo tinha tirado uns dias para fazer uma visita atrasada para a mãe em Marbella. Se estivesse extremamente desesperada, ela poderia ligar para Paula, mas não queria fazer isso. Não seria justo.

Jamie? Jamie, está por aí?

Mas seu cérebro estava tão tomado de dor, exaustão e confusão que ela não conseguiu conjurá-lo. E, mesmo que conseguisse, ele não poderia levar outro copo d'água para ela. A realidade brutal era que ela estava sozinha. Se quisesse alguma coisa, teria que ir buscar.

Ellie se arrastou até a cozinha, tomando o cuidado de não mexer a cabeça, para encher um copo enorme com água da torneira. Havia uma caixa de suco de laranja na geladeira; ao remexer lá dentro para tirá-la, ela empurrou a garrafa de azeite de oliva para o lado e viu com impotência, com a reação lenta de uma lesma, a garrafa balançar e cair da prateleira. A garrafa se espatifou nos ladrilhos brancos e uma poça de azeite de oliva extravirgem pontilhada de caquinhos de vidro se espalhou no chão.

Ellie se segurou na porta da geladeira e observou a sujeira. Você sabia que estava doente quando não tinha energia nem para dizer um "Merda".

Como não havia a menor possibilidade de limpar aquela sujeira, ela pegou o copo d'água e voltou para a cama. Tomou mais dois analgésicos. Fechou os olhos e caiu num sono agitado, o cérebro febril conjurando sonhos desconexos, pouco relaxantes...

E agora ela estava sufocando, sendo esmagada por um urso-pardo e o telefone estava tocando, tocando, tocando...

Não era um urso. Ellie se desvencilhou das profundezas do edredom e conseguiu localizar o telefone no quinto e último toque.

Ela atendeu, sonolenta e com a voz rouca:

– Alô.

– Eu te acordei? – Era a voz de Zack. – Só queria ver se você está bem.

– Ah.

Seu pescoço parecia estar sendo espremido por mãos enormes, ela nem conseguia engolir. Ele estava ligando para ver se ela estava doente mesmo ou só fingindo? Zack pareceu preocupado, mas talvez fosse para saber se ela estava falando a verdade.

– Hum, acho que não vou conseguir trabalhar amanhã... – Ela começou a tossir sem energia, a dor partindo o cérebro. – *Ai*, desculpa...

– Não precisa pedir desculpas. Claro que você não pode trabalhar. Já foi ao médico?

– Não... – Ela havia cometido a burrice de não ter se inscrito ainda na clínica da região. A probabilidade de seu antigo médico de família se despencar de Hammersmith para lá era remota.

– Tem alguém cuidando de você?

Outro ataque de tosse tomou conta dela.

– Não.

– Onde está Todd?

– Viajando, num evento de trabalho.

– Você consegue sair da cama?

– Consigo...

– Que bom. Estou indo aí.

– Não, não... Eu vou ficar bem. Não quero que você pegue o que eu tenho.

Zack a ignorou.

– Está precisando de alguma coisa?

Preciso do Jamie. Ela fechou os olhos e sussurrou:

– De analgésicos. Fortes. Os meus acabaram.

– Eu tenho aqui. Estou a caminho.

Ellie passou a mão no rosto; será que já tinha ficado alguma vez com uma cara tão ruim? Ah, ela estava doente demais para se preocupar e engoliu com dificuldade.

– Obrigada.

A campainha tocou quinze minutos depois. Ela apertou o botão para fazê-lo entrar e desabou na cama.

☾

Zack entrou no apartamento e ouviu uma voz fraca:

– Estou aqui dentro.

A porta do quarto estava aberta, as cortinas fechadas. O cheiro do perfume dela pairava suavemente no ar. Ellie estava encolhida embaixo do edredom, tremendo, mortalmente pálida. Ela abanou a mão esquerda para ele e murmurou:

– Não chegue perto.

– Eu nunca fico doente. – Ele a ignorou e se aproximou. – Você ficou sozinha aqui o dia todo?

Ela assentiu de leve e fez uma careta.

– É só uma gripe.

– Eu trouxe ibuprofeno, paracetamol e antigripal. – Ele colocou tudo na mesa de cabeceira e pegou os copos vazios. – Vou buscar água fresca. Quer uma xícara de chá?

Ellie balançou a cabeça.

– Só água. – Ela enrijeceu ao se lembrar de algo. – Pega no banheiro. Não entre na cozinha, está uma zona. Aconteceu um acidente.

Zack sentiu vontade de abraçá-la, tomá-la nos braços, pegá-la no colo e levá-la para casa. Mas apenas saiu do quarto e abriu a porta da cozinha. Por uma fração de segundo apavorante, ao ser recebido pela visão de uma poça dourada, ele achou que ela tinha tido *aquele* tipo de acidente. Mas então viu o vidro quebrado e se deu conta de que era azeite de oliva.

– Aqui. – Ele voltou com um copo d'água. – Agora, vamos arrumar seus travesseiros.

Ellie rolou na cama e ele afofou os travesseiros achatados. Zack a ajudou a ficar parcialmente sentada, para poder tomar os dois comprimidos com água. Foi o maior contato físico que eles já haviam tido e foi incrível. Ellie estava doente e ele adorou poder ajudar. Ficou encantando até com a pele dela brilhando e meio verde e seu cabelo todo desgrenhado. Ela vestia uma camisola de malha azul-marinho que escorregava de um ombro e ele não queria nem pensar que aquela podia ser a única peça de roupa que ela estava usando.

Ao voltar para o quarto vinte minutos depois, ele perguntou:

– Que tal um suco de frutas?

Ellie balançou a cabeça de leve.

– Não entre na cozinha.

– Tudo bem, já limpei.

– O quê? – Ela franziu a testa. – O azeite? Ah, meu Deus, você não fez isso.

Foi um pesadelo, na verdade; cada vez que ele esfregava o chão e secava, uma pisada no ladrilho revelava que o chão ainda estava escorregadio como uma pista de patinação no gelo. Mas ele queria impressioná-la, então deu de ombros e comentou com tranquilidade:

– Não foi nenhum problema.

– Não acredito que você limpou o piso da minha cozinha. – Ela parecia estar morrendo de vergonha.

– Ei, já está resolvido. Não se preocupe. – Ele pegou a caixa de lenços na mesa de cabeceira. – Isso está quase vazio. Tem mais?

– Não. Mas, tudo bem, tem papel higiênico.

– Você não pode usar papel higiênico. Vou comprar outra caixa. Tenho que ir agora, mas volto em algumas horas.

– Você não precisa voltar.

– Não vou te deixar sozinha assim. Você está doente. Durma um pouco agora. – Zack se inclinou por cima da cama e ajeitou travesseiros que não precisavam ser ajeitados. – Quer me dar a chave para eu não precisar tocar a campainha?

Ela assentiu.

– Na minha bolsa, na sala. Você pode me dar um...? Não, deixa pra lá.

– Pode falar. O que você precisar.

Um sorriso fraco ergueu os cantos da boca de Ellie.

– Que ótimo, eu quero um Mercedes vermelho e uma tiara de diamantes.

– Certo. – Naquele momento, Zack soube que a amava, *que realmente a amava*. – Bom, talvez eu leve uns dias para providenciar isso. Mais alguma coisa até lá?

– Eu adoraria uma lata de Tizer.

– Isso já é abuso. Mas você está inválida, então tudo bem.

Outro sorriso.

– Obrigada.

Capítulo 38

Ellie dormiu de novo e acordou duas horas depois com o barulho de Zack entrando no apartamento. Nossa, que coragem dele de voltar. Que gentileza. Uma lágrima de gratidão escorreu pelo canto do olho dela; quando se estava tão doente, era maravilhoso não se sentir abandonada e sozinha.

Ela devia estar precisando de um banho, mas isso seria impraticável; a ideia de água escorrendo pela sua pele era sofrida demais. Ellie rezou para não estar fedendo.

Mas, quando ele entrou no quarto com uma lata do refrigerante pedido e um canudo dobrável rosa para não derramar na roupa, Zack não parecia estar prendendo a respiração. Talvez ela não estivesse cheirando tão mal. Ele ajeitou os travesseiros de novo, esticou o edredom e prendeu as pontas do lençol de baixo que tinham se soltado com toda a agitação dela no sono.

– Está escuro lá fora. – O refrigerante, gelado e delicioso, aliviou a garganta ardida.

– Dez horas. Hora de tomar mais um ibuprofeno. – Ele destacou os comprimidos da cartela de alumínio e os entregou a ela antes de tirar a tampa oval perfurada da nova caixa de lenços. – Você consegue comer alguma coisa?

Ellie fechou os olhos, pensou em comida e balançou a cabeça.

– Não, obrigada. Não estou com fome. Esse refrigerante está perfeito.

– Que bom. Quer se deitar no sofá para ver um pouco de televisão?

Televisão. Precisava de concentração. Ficar com os olhos abertos.

– Acho que estou cansada demais.

– Tudo bem, então volte a dormir. Eu trouxe meu notebook. Vou trabalhar umas horinhas. Se precisar de alguma coisa é só chamar.

– Não precisa ficar aqui. Eu vou ficar bem.

– Talvez sim. Mas e se não ficar? Olha, não tem problema. E não faz diferença trabalhar aqui ou em casa. Só para você saber, tem muitas outras latas de Tizer na geladeira.

Tão gentil, tão atencioso. E ele não precisava estar fazendo nada daquilo. Ellie se virou e pegou no sono de novo, reconfortada por saber que havia alguém no apartamento, ao menos por enquanto.

Eram quatro e meia quando ela despertou para fazer xixi. Por vários segundos, não teve certeza se estava de madrugada ou de tarde. Ainda estava escuro lá fora, só podia ser madrugada. Com a visão meio borrada, ela saiu da cama e atravessou o quarto até o banheiro da suíte. Assim era melhor. Agora que estava de pé, que tal uma ida à cozinha para pegar outro Tizer gelado?

Ela seguiu pelo corredor, viu que a porta da sala estava entreaberta e a abriu. As luzes estavam fracas e o notebook de Zack estava aberto na mesa de centro. Ele estava deitado no sofá, dormindo.

Mesmo com a cabeça confusa e os membros fracos, Ellie não conseguiu parar de observá-lo; foi impossível desviar o olhar. Ela nunca tinha visto Zack dormindo. Sob a luz sutil do abajur, o rosto dele estava relaxado, suave. Os cílios escuros lançavam sombras embaixo dos olhos e as bochechas pareciam destacadas. A barba estava por fazer, e ele estava deitado de costas com os pés cruzados e uma das mãos apoiada no peito. A respiração estava regular. Melhor de tudo, ele não emitia nenhum som.

Ele não roncava. Sempre bom saber.

Pare com isso. Você está doente.

Ellie se virou e foi para a cozinha. Ele tinha feito um bom trabalho no piso; não estava nada escorregadio. Sentindo-se mais desperta agora e um pouco melhor do que antes, ela abriu a geladeira e pegou outra lata de Tizer. Precisou de três tentativas para romper o lacre. Zack também tinha comprado iogurte, mousse de morango, gelatina e várias garrafas de suco fresco. Seu estômago roncou; ela não comia nada havia 24 horas. Fechou a geladeira e saiu da cozinha, sem conseguir resistir a outra espiada na sala no caminho de volta à cama.

Mas dessa vez os olhos de Zack estavam abertos; o assalto dela à geladeira o tinha acordado. Ele virou a cabeça para encará-la e disse, sonolento:

– Você tinha que ter me chamado. Eu teria pegado para você.

– Tudo bem, eu precisava fazer pipi. – *Ah, meu Deus, não acredito que falei isso.*

– Como você está se sentindo?

Ellie se segurou na porta.

– Constrangida, porque acabei de falar *pipi* na frente do meu chefe.

Ele riu.

– Não fique. Minhas irmãs só falam assim. Estou acostumado.

– Achei que você já tinha ido para casa há séculos.

– Eu consigo dormir em qualquer lugar. Seu sofá é confortável. Você está com uma carinha melhor.

– Muito improvável.

Ellie passou os dedos pelo cabelo. Ela olhou para baixo para verificar se a camisola estava logo acima dos joelhos. Ótimo, ela não queria exibir a calcinha rosa por acidente. Se soubesse que ele ainda estava lá, teria colocado um roupão. Mas era tarde demais, ele já a tinha visto com a roupa de dormir nada elegante e as pernas expostas.

Zack se espreguiçou e se sentou.

– Quer mais alguma coisa?

Ela hesitou. Depois de dormir tanto, estava se sentindo mesmo um pouquinho melhor.

– Será que... você poderia, hum... fazer uma torrada com queijo?

Zack sorriu. Ele se levantou e apontou para o sofá.

– Senta aqui. Você está me perguntando se eu *sei* fazer torrada com queijo?

Ela abriu um breve sorriso.

– Tudo bem se você não souber. Um pouco de cereal está bom.

Ellie ficou sentada com os pés no sofá, a cabeça apoiada nas almofadas onde Zack ficara deitado. Estava silencioso lá fora. Ali estavam eles, no meio da noite, como se fossem as únicas pessoas acordadas em Primrose Hill.

Zack voltou com dois pratos de torrada com queijo, perfeitamente derretidos. Ele tinha cortado as dela em tirinhas para facilitar. Também preparara uma xícara de café preto forte para ele. Juntos na sala, eles fizeram um minipiquenique num quase silêncio estranhamente sociável. Quando Ellie terminou de comer, Zack levou o mousse de morango para ela. Em algum lugar ao longe, uma sirene tocou. Quando amanheceu, os pássaros começaram a cantar nas árvores nos fundos da casa. Surgiram os ruídos dos carros. As pálpebras de Ellie ficaram pesadas e a exaustão tomou conta dela de novo. Do que parecia uma grande distância, ela percebeu Zack ajeitando as almofadas do sofá para deixá-la mais à vontade. Era como ter 5 anos de novo, sendo cuidada e mimada. Sua cabeça estava latejando, mas não importava. Ela sorriu e murmurou:

— Isso é tão gostoso... Você é um amor...

☾

... E acordou novamente, horas depois, com um sobressalto. Ainda no sofá, sozinha no apartamento e com a pior lembrança do mundo.

Isso é tão gostoso... Você é um amor...

Ah, meu Deus, será que ela tinha dito isso mesmo? Aquelas palavras saíram mesmo de sua boca enquanto ela estava febril, quase dormindo? Ela não pretendia dizê-las, talvez tivesse pensado que *era* gostoso e que ele *foi* um amor, mas tudo ficou confuso no caminho até o cérebro e ela não pretendia que ele ouvisse.

Ao investigar mais um pouco, Ellie descobriu que estava coberta com o edredom; em algum momento, Zack devia ter ido buscar no quarto dela e o usado para cobri-la. E ali, na mesa de centro, embaixo do celular dela, havia um bilhete com a caligrafia dele:

Bom dia. Como está se sentindo? Fui levar Elmo para passear e botar uns papéis em dia. Volto no máximo às onze. Se precisar de alguma coisa é só ligar.

Até daqui a pouco.

Z.

O Z terminava com um rabisco que podia ser uma cruz, um peixe ou um beijo. Ellie se pegou concentrada nisso, observando, tentando entender qual dessas opções seria a correta. Chega, toma jeito, ele não deixou um bilhete de amor. Era só um rabisco.

Na mesa de centro também estava o despertador dela, a caixa de ibuprofeno, um copo de água e outra lata fechada de Tizer. Ele tinha pensado em tudo. Depois dos balbucios ridículos dela na noite anterior, era surpreendente não haver uma camisa de força.

Ellie tomou os analgésicos com um pouco de água. Tudo ainda doía, e cochilar de novo era uma saída tentadora. Mas já eram nove e meia, Zack voltaria em uma hora e ela precisava tomar um banho.

A água acertou a pele dela como agulhas, a dor foi intensa e ela não tinha se dado conta de que ficar de pé no chuveiro podia ser tão difícil. Até levantar os braços para lavar o cabelo era exaustivo...

Concentre-se, é só ir até o fim, deixar a água do chuveiro levar o xampu. As pernas estavam fracas e o calor do banho a deixava confusa... Ah, agora havia pontinhos dançando na frente dos olhos dela, isso não era bom, pontinhos crescendo... Pronto, hora de sair, melhor se sentar antes que você caia... *uf*.

☾

– Ah, meu Deus, como isso aconteceu? O que você fez? – Zack estava olhando para ela horrorizado.

Ellie disse para si mesma que podia ter sido pior. Ela podia ter apagado completamente. Zack podia ter entrado no apartamento e a encontrado caída nua e molhada no chão do banheiro. Pelo menos ela estava de roupão e tinha conseguido voltar em segurança para o sofá.

– Eu desmaiei no chuveiro. Bom, meio para fora do chuveiro. – Ela apertou o bolo de lenços de papel na têmpora; o galo tinha inchado a proporções impressionantes, mas o sangramento, felizmente, tinha quase parado. – Eu bati a cabeça na beira do aquecedor. Está tudo bem, não vou precisar de pontos.

Zack observou com atenção o ferimento.

– Acho que vamos ter que pedir uma segunda opinião. Não acredito que você pensou que era uma boa ideia tomar banho. Pelo amor de Deus, você está *gripada*.

– Desculpe, eu só queria me sentir melhor.
– E funcionou? Você podia ter aberto a cabeça. Pronto, é agora que não vou mais deixá-la sozinha.
– Tudo bem, eu prometo que não vou mais tomar banho.

Ele provavelmente não ia querer saber disso e ela nem sonharia em dizer, mas Zack ficava lindo quando estava bravo. Ellie se deitou de novo quando ele desapareceu na cozinha, e ouviu os barulhos que vinham do freezer.

Ele voltou momentos depois com um pacote de milho congelado enrolado num pano de prato limpo.

– Aqui, não se mexa, me deixe fazer isso. Você está branca como papel.
– Você é sempre mandão assim? – Ela fechou os olhos quando o embrulho gelado cobriu o galo do tamanho de um ovo na têmpora dela.
– Sempre.
– Você não pode ficar aqui o tempo todo.
– Eu sei. Mas você precisa ser cuidada. – Zack limpou um filete de água do pescoço dela. – É por isso que vai para a Ancram Street comigo.

☾

Zack levou o carro até lá, estacionou em fila dupla em frente ao apartamento e nem a deixou descer sozinha a escada. Ele saiu com ela no colo.

Quem disse que uma gripe não tinha suas vantagens?

– Parece que estou sendo sequestrada. – Meu Deus, era fantástico. Ellie teve que desviar o olhar para o caso de ele perceber o que estava se passando na cabeça dela.

– Não vamos querer que você caia da escada e quebre o pescoço.

O tom de Zack foi brusco. Ele só estava sendo prático. Sua cabeça parecia uma bola de boliche; era uma dificuldade mantê-la erguida. Ellie cedeu e a apoiou no ombro dele. Ficou melhor ainda. A sensação da camisa macia de algodão na bochecha quente dela era uma delícia.

– Espero que eu não seja pesada.
– Você está ótima. Estamos quase lá. Olha os pés. – Ele chegou no corredor de baixo e passou com ela com cuidado pela porta.

Dois minutos depois, eles chegaram à Ancram Street e o processo se repetiu, ao contrário. Ellie fechou os olhos, lembrando o momento, depois do casamento, em que Jamie a carregou cerimoniosamente pela entrada do apartamento de Hammersmith. Ele fingiu quase cair com o peso dela, ela cutucou as costelas dele com força e os dois acabaram rindo tanto que ele quase a deixou cair de verdade.

Não pense nisso. Ela não tinha energia para ficar emotiva naquele momento. Estava sendo carregada por outro tipo de porta, escada acima. Passando pela sala. Pelo corredor e pela porta de novo.

Vinte minutos depois houve uma batida à porta e ela foi aberta.

– Sou só eu. – Geraldine entrou, apoiada na bengala. – Ah, minha querida, você está mesmo com uma cara péssima. Zack pediu que eu viesse dar uma olhada em você. Que galo impressionante tem aí na sua cabeça.

Ellie estava exausta. Ela se permitiu ser examinada. O quarto de hóspedes de Zack era todo verde-claro e branco com um ar de verão e cortinas verde-folha ondulando. A cama queen era confortável. Sua têmpora estava latejando.

– Estou sendo um incômodo, não estou?

– Não é culpa sua, não é mesmo? Pronto, terminamos. Não é nada de outro mundo. É só descansar e tomar bastante líquido. Você vai se sentir melhor já, já.

– Coitado do Zack, tendo que me aguentar.

– Algumas pessoas gostam de ter de quem cuidar. Desperta o melhor que há nelas. E é bom ver Zack assim. – Geraldine mexeu as sobrancelhas. – Eu sempre achei que saber colocar uma mulher na cama é um ótimo talento para um homem.

Capítulo 39

SERÁ QUE ERA ERRADO? Ele devia ter feito o que fez? Zack só sabia que estar com Ellie em casa o fazia se sentir completo. Ele tinha cancelado algumas reuniões à tarde sem nem pensar duas vezes. Simplesmente não se importava. Por muito tempo, concentrou seus esforços nos negócios, praticamente dedicou a vida ao trabalho. Mas não parecia mais importante.

Não, não era verdade. O trabalho ainda era importante. Só não era sua prioridade.

Ele bateu à porta e perguntou:

– Posso entrar?

Ellie estava sentada na cama, usando uma camiseta branca limpa. O rosto estava pálido e havia olheiras escuras embaixo dos olhos dela, mas ela continuava linda para ele.

– Oi. Obrigada. – Ela esticou a mão para a caneca de sopa de tomate que ele tinha levado. – Não acredito que acordei desejando sopa. – Ela sorriu e tomou um gole. – Está uma delícia. Acho que o pior já passou.

Era uma boa notícia, claro. Mas uma pequena parte egoísta de Zack não queria que ela melhorasse. Até aquela noite, Ellie estava tão mal que fez sentido insistir para que ela ficasse. Só que, assim que melhorasse, ela voltaria para seu apartamento. E Todd voltaria da conferência em Glasgow.

Ele não falou para Ellie, mas achava que Todd poderia ter se esforçado mais; a namorada dele estava doente e ele não telefonara nem nada. Será que ele não se importava com a saúde dela? Não estava nem preocupado? Seria pedir demais se ele mandasse umas flores?

Por outro lado, talvez fosse um bom sinal, indicativo de que o relacionamento deles não andava tão bem. Ele se inclinou para recolher os copos de água vazios da mesa de cabeceira e perguntou casualmente:

– Teve notícias do Todd hoje?

– Ah, sim. Ele ligou mais cedo. – Ellie assentiu e pareceu na defensiva. – E ele me manda mensagens. – Ela indicou o celular, virado com a tela para baixo sobre o edredom. – Me mandou várias.

Será que ela estava constrangida pela pouca atenção que o namorado estava lhe dando? Ótimo.

– E por ele tudo bem você ficar aqui?

Ela assentiu.

– Claro. Ele está agradecido por você cuidar de mim.

– Não foi nada. Você pode me retribuir quando estiver melhor. – Zack abriu um sorriso breve. – Tenho outro favor a pedir.

– Ah, é? Pode falar. – Ellie estava mesmo melhorando; tomava a sopa com prazer.

– Acabei de receber um e-mail de Steph.

– Sua irmã que mora em St. Austell – disse ela. – A que tem filhas gêmeas.

Ele se sentiu absurdamente emocionado por ela lembrar.

– Ela mesma. Bom, Steph e Gareth estão juntos há sete anos, mas só decidiram se casar agora. – Ele fez uma pausa. – Em setembro.

– Setembro *agora*? Nossa.

– É a cara da Steph. Zero paciência. Quando ela decide fazer alguma coisa, é assim. Basicamente, eles souberam que um casamento na igreja do vilarejo foi cancelado e aproveitaram a oportunidade.

– Casamento-relâmpago – disse Ellie. – Por que não?

– E a recepção vai ser na casa dos meus pais. Cem convidados.

– Caramba.

– Vai dar certo. Minha mãe adora essas coisas. O casamento de Claire também foi lá e foi um sucesso.

Ellie terminou a caneca de sopa.

– E onde eu entro? Você quer que eu ajude de alguma forma? Ah, é dos convites que você precisa que…?

– Não esse tipo de ajuda. Na verdade, é mais pessoal. – Zack se sentou na beirada da cama. – A questão é que Steph pediu a Mya, uma amiga dela, para ser madrinha. Eu saí com Mya anos atrás. Mas, olha, ela não é como Louisa – acrescentou ele rapidamente. – Mya parece um labrador, toda agitada e entusiasmada. De acordo com Steph, ela já está se empolgando porque eu vou estar lá. Se eu for sozinho, vou ter que ficar fugindo dela o tempo todo. Vai ser constrangedor. Ela é uma garota legal e eu não quero ferir os sentimentos de ninguém. – Ele hesitou. – O que ajudaria muito seria levar alguém comigo. Ela entenderia e me deixaria em paz. Não incomodaria. – Essa história não era inventada; era real. Mas ele estava descaradamente tirando vantagem da situação e usando em benefício próprio. Com um pouco de sorte. – Então, é com você. Sei que é um grande favor, mas você me ajudaria muito. E seria uma boa ação. – Outra pausa. – Se você achar que Todd não vai se importar.

Zack McLaren, que cara de pau.

Os olhos de Ellie estavam brilhando e um toque de cor tinha voltado às bochechas. Por alguns segundos, ela refletiu. Finalmente, engoliu em seco e disse:

– Vou explicar para ele. Tenho certeza de que não vai se importar.

– Ah, que bom. Obrigado. – O coração de Zack estava disparado no peito. Ellie tinha aceitado ir à Cornualha com ele, para o casamento de sua irmã.

Pronto.

Por mais agradável que tivesse sido receber os cuidados de Zack, Ellie sabia que estava abusando. Agora era domingo, ela estava lá havia três dias e não se qualificava mais como inválida. As dores, os tremores, a febre, tudo tinha melhorado. Seu apetite havia voltado, ela não parecia mais um animal atropelado e a exaustão também tinha diminuído. Ela se sentia humana de novo, embora ainda um pouco frágil.

– Tem certeza de que vai ficar bem? – Zack insistiu em levá-la de carro pela distância de poucas centenas de metros até em casa. – Que horas Todd deve voltar?

– Em breve. – Ellie saiu do carro; eram três horas da tarde. – A qualquer minuto. Obrigada por cuidar de mim. – Ela segurou firme a malinha quando ele indicou que a levaria para ela. – Não se preocupe, eu consigo. E só... bem, obrigada por tudo. Volto ao trabalho assim que estiver bem. Quarta ou quinta. – Ele tinha feito tanto que Ellie nem sabia como expressar gratidão. Pelo menos estar contaminada pelo vírus da gripe significava que um beijo educado na bochecha estava fora de questão.

E, de qualquer modo, ele era chefe dela. Ela era funcionária dele. Seria errado.

Ellie só disse "tchau" e deu um aceno desajeitado antes de enfiar a chave na fechadura e entrar na casa.

☾

– Por que você não me avisou que estava doente? Eu teria voltado na mesma hora! Eu poderia ter cuidado de você!

Ah, caramba, Roo estava ofendida.

– Você foi visitar sua mãe – observou Ellie. – E você não teria ficado feliz se tivesse pegado minha virose.

Roo se irritou visivelmente.

– Eu teria cuidado de você mesmo assim. Eu te *devo*, lembra? Como vou retribuir se você não me deixa fazer as coisas?

– Você não me deve nada, já falei um milhão de vezes. Você me fez um favor. – Ellie suspirou; Roo ainda estava seguindo obstinadamente sua recente promessa de santidade. Nada de cafeína, nada de álcool, nada de maquiagem, bondades infinitas e uma recusa teimosa a atender as ligações e as mensagens de Todd. Estava ficando cansativo, para falar a verdade; Ellie queria a Velha Roo divertida e irreverente de volta.

– Bom, vamos fazer uma lista. – Roo tirou um caderninho da bolsa. – Me diga do que você precisa e eu vou buscar. Comida, produtos de higiene... o que você quiser.

– Está bem. Obrigada. – Ellie a viu apoiar o caderno no braço do sofá e preparar a caneta. – Estou quase sem desodorante, então você pode trazer um em spray para mim.

– Qual marca?

– Qualquer uma, não importa.

Mas essa não foi uma boa resposta.

– Mas de qual você gosta *mais*?
– Tudo bem, Dove.
Roo anotou.
– O que mais?
– Suco de maçã. E um pouco de pão. Branco, fatias médias.
A caneta voou no papel.
– Anotado. O que mais?
– Ligue para Todd.
A caneta parou na mesma hora.
– Para dizer o quê?
– Que quer vê-lo. É só acabar com a infelicidade dele. Você só está dando um tiro no pé.
Roo empertigou o queixo.
– Talvez meu pé mereça o tiro.
– Você falou que faria o que eu quisesse. – Aquela gripe a tinha enfraquecido; Ellie sabia que seus poderes de persuasão não estavam em sua melhor forma. – É isso que eu quero: que você e Todd fiquem juntos.
– Não vai rolar.
– Você está *me* fazendo sentir culpada. Se não fosse eu, vocês já seriam um casal. É minha culpa!
– Boa tentativa. Mas a resposta ainda é não. Seu cabelo está meio feio, aliás. – Ela mudou de assunto. – Que tal eu ligar para minha cabeleireira e pedir que ela venha aqui fazer um corte e uma escova?
Era sempre bom saber que seu cabelo estava feio.
– Obrigada, mas não.
Durante toda a vida, Ellie nunca saiu de um salão gostando da escova que tinha sido cometida contra ela; sempre a fazia se sentir uma madame cafona.
– E fazer as unhas, então?
– Não.
– Massagem?
– Não mesmo.
– Bronzeado artificial?
– *Não*.
Roo apertou os olhos com frustração.

– Teimosa.
– O sujo falando do mal lavado – retrucou Ellie.
– Estou tentando ajudar!
– Eu também!
– Aah, você é tão irritante! – exclamou Roo.
Ellie conseguiu ficar séria.
– Você também.

☾

Roo voltou com as compras e partiu para a Ormond Street, para trabalhar no bazar. Ellie ficou deitada no sofá, cochilando. Ela acordou sobressaltada uma hora depois, com o som de gargalhadas na rua.

Era a gargalhada do Jamie. Era inconfundível. Ellie prestou atenção, atordoada. Era ele… Ah, meu Deus, ele tinha voltado… Ela pulou do sofá e foi cambaleando até a janela, a pele formigando de alegria e descrença. *Jamie, estou aqui…*

Ter levantado tão rápido fez sua cabeça girar. O homem lá fora, na calçada, era corpulento e totalmente careca, com 40 e tantos anos, tinha uma barriga considerável que ficou visível quando ele entrou no carro e continuou conversando com a pessoa que o tinha feito rir daquele jeito sinistramente parecido com o do Jamie.

Não seja burra, como você pôde pensar que era mesmo ele?

O carro foi embora e Ellie voltou para o sofá. Ser enganada por um momento sempre tornava insuportável voltar à realidade. Ela pegou o celular e apertou a sequência conhecida de botões.

– Oi, não posso atender no momento. – Desta vez, era o verdadeiro Jamie falando.

– Bom, você pode se esforçar mais – disse Ellie.

– Deixe uma mensagem depois do bipe e retorno assim que puder. Tchau!

Ellie esperou o bipe e falou:

– Oi, Jamie, você promete? Porque eu vivo deixando mensagens… Deixei um monte de mensagens e *ainda* estou esperando você ligar. – Ela também já tinha dito aquilo. Ellie engoliu em seco, a irritação abrindo espaço para a culpa, como sempre acontecia. Pobre Jamie, não era culpa dele não poder retornar. – Desculpe. Eu só queria ouvir a sua voz. Eu te amo, tá? Estou com saudades. Tchau.

Ela desligou e chorou, usando a manga da camiseta para secar o rosto molhado em vez de se levantar e procurar um lenço. Porque não havia necessidade; não havia ninguém para vê-la e ela não precisava manter as aparências.

– Eca. – Jamie entrou na sala enquanto ela limpava o nariz. – Isso não é coisa de uma dama.

– Quer saber? Não ligo.

– Ah, querida. Achei que você estivesse se sentindo melhor.

Ellie saiu do sofá e foi procurar a caixa de lenços. Ela podia estar se sentindo melhor da gripe. Mas, em relação a Jamie, suas defesas estavam baixas, suas emoções confusas e ela carregava a culpa.

– Eu queria que você cuidasse de mim. Você não estava aqui.

– Desculpa. Mas Zack compareceu. Ele fez um bom trabalho, não fez?

– Acho que sim. Mas ele não é você. Ele é meu chefe. – Ela assou o nariz ruidosamente e se deitou de novo. O cabelo de Jamie estava mais longo hoje; precisava de um corte. E ele usava Havaianas cor de areia com calça jeans e uma camiseta dos Ramones.

– Mas você gosta dele. É por isso que você está se sentindo culpada?

Ellie jogou o lenço amassado em uma bola no cesto de lixo. Errou.

– Não sei. Talvez. Sim.

– E em algumas semanas você vai para a Cornualha com ele, para o casamento da irmã. Você também deve estar se sentindo meio estranha quanto a isso.

– Não.

– Tem certeza? – Jamie pareceu um pouco surpreso. – Você não vai achar estranho ter que inventar uma história e fingir ser namorada dele quando o tempo todo tem uma paixonite secreta por ele e gostaria que estivesse acontecendo de verdade?

– Ah... – Ellie fechou os olhos. Qual era o sentido de tentar esconder alguma coisa de Jamie quando ele já estava mesmo dentro da cabeça dela? – Tudo bem, sim, vai ser estranho. Mas tenho que ir e não posso desistir. Zack só quer companhia, uma pessoa para salvá-lo de uma situação constrangedora. Desde que ele não saiba o que sinto por ele, vai dar tudo certo.

Capítulo 40

– ... Obrigada. Sim, vou avisá-lo. Tchau!

Ellie desligou e rabiscou o recado no bloco ao lado do telefone.

Zack estava no andar de cima, em uma ligação. Ela estava plenamente recuperada agora; era quinta-feira e tinha voltado ao trabalho havia uma semana. A gripe era agora uma coisa tão do passado que era bizarro pensar que ela se sentira doente demais até para tomar um gole de água.

A campainha tocou na mesma hora em que o telefone do escritório fez *ting*, indicando que a ligação no andar de cima tinha terminado.

Ellie abriu a porta e seu coração se apertou um pouco quando ela viu os Kerrigans lá fora. Zack já tinha dito que não podia fazer nada. Não era justo eles aparecerem de novo e o incomodarem assim.

– Oi – disse Kaye com animação. – Somos nós! Voltamos!

Certo, o trabalho de uma boa assistente pessoal era tornar a vida do chefe mais fácil. Por mais que ela gostasse dos dois, eles precisavam aprender que não significava não.

– Oi. – O sorriso de Ellie foi breve. – Olha, infelizmente Zack está *muito* ocupado...

– Tudo bem, a gente não veio vê-lo. – Joe Kerrigan deu um passo na direção dela e, com um floreio, lhe ofereceu um buquê enorme de orquídeas amarelas. – São para você. Porque você foi... magnífica! E nunca saberemos como agradecer pelo que você fez.

– Espere. – Ellie deu um passo para trás enquanto ele sacudia as orquídeas na direção dela e um borrifo de pólen laranja ameaçava cair em sua blusa branca. – O que eu fiz?

– A gente conseguiu vender o roteiro. Dois estúdios brigaram pelos direitos. – Kaye pareceu prestes a explodir de empolgação. – Nosso diretor preferido quer trabalhar com a gente nisso e em projetos futuros. E tudo graças a você. Você fez Tony Weston ler nosso roteiro e mudou nossas vidas!

Chocada, Ellie nem tinha ouvido Zack descer a escada e aparecer ao lado dela.

– Eu não sabia de nada disso – revelou ele.

– Nem eu. – Ela balançou a cabeça. – Eu não tinha ideia de que Tony tinha olhado o roteiro. Eu tentei fazê-lo ler, mas ele disse que não estava interessado porque não tinha nenhum papel para ele ali. Ainda está na minha casa... no revisteiro, eu acho... – Ela parou quando viu Kaye e Joe sorrindo e balançando a cabeça para ela.

– Bom – disse Zack –, seja como for, a notícia é maravilhosa. E vocês não podem ficar aí fora. Entrem e nos contem tudo.

E foi assim que Ellie soube que o roteiro não estava na casa dela, no meio do revisteiro lotado. Joe e a esposa contaram que Tony levou o roteiro para o avião, fez o agente, Marvin, ficar interessado, que, por sua vez, fez Stephen ficar interessado. Stephen era um agente importante da empresa em que eles trabalhavam. Os dois começaram a divulgar o roteiro e vários estúdios ficaram interessados; uma negociação frenética veio em seguida.

– Foi inacreditável! – exclamou Kaye. – Eles pagaram passagens de avião pra gente ir até Los Angeles. De primeira classe! Tomamos champanhe, ganhamos chinelinhos e tudo!

– E tivemos um monte de reuniões – disse Joe. – Você não pode nem imaginar como foi. Começaram a falar de orçamento, discutir ideias, sugerir estrelas de primeiro escalão... Disseram que nosso roteiro é brilhante...

– Eu sabia que era brilhante! – exclamou Ellie. – Sabia!

Os dentes de Joe eram brancos e tortos de um jeito meio fofo; ele ainda parecia um jogador de tênis malvestido, mas hoje era um jogador de tênis malvestido que tinha acabado de ganhar um torneio do Grand Slam e não conseguia acreditar na própria sorte. Com os olhos brilhando, ele passou a mão na barba dourada por fazer.

– A gente sabe que você sabia. O contrato agora foi assinado. Ainda estamos nas nuvens com isso tudo, mas voltamos a Londres. Agora você entende por que a gente tinha que vir aqui.

Ellie estava maravilhada.

– Estou tão feliz de vocês terem vindo.

– Ellie? – Havia lágrimas de felicidade nos olhos de Kaye. – Posso te dar um abraço?

Ellie riu e ganhou um abraço entusiasmado. Ao mesmo tempo, Joe apertou a mão de Zack e Kaye soltou Ellie e deu um abraço em Zack também. Isso foi seguido por um momento meio constrangedor, em que Ellie se virou e esticou os braços, esperando que fosse sua vez de abraçar Joe. Mas não foi o que aconteceu; ele estava ocupado olhando para Kaye, esperando que o abraço dela com Zack acabasse.

Não importava. Foi fofo. Eles eram loucamente apaixonados.

– Legal – comentou Kaye quando eles terminaram. – Bom, é isso! – Ela deu um tapinha leve no braço de Joe. – Vou esperar lá fora. – Virando-se para Ellie, ela acrescentou: – Joe quer dar uma palavrinha rápida com você. Tudo bem?

Joe, por sua vez, olhou para Zack.

– Uma palavrinha rápida e particular, se você não se importar. É uma coisa sobre Tony Weston... meio particular...

– Claro. Tudo bem. – Zack abriu a porta do escritório e indicou para que a esposa de Joe fosse na frente dele. – Vou acompanhar Kaye até a rua.

A porta se fechou quando eles saíram.

– Eu menti – disse Joe.

– Como assim? – Ellie esperava que ele não tivesse inventado a história toda do roteiro vendido. Kaye o estriparia se ele tivesse.

– Não é sobre Tony Weston.

– Não?

– Bom, claro que a gente queria agradecer. Mas eu também tinha um outro motivo para vir aqui hoje. – Ele suspirou. – Trazer aquelas flores é meu jeito de dizer que te acho linda e que estou louco por você desde a primeira vez em que a vi.

Ellie levou um susto. Ele estava falando sério?

– *O quê?*

– Isso mesmo. E aí? Quer sair comigo uma noite dessas? – Houve outra pausa e Joe falou com um sorriso tranquilo: – Você parece meio chocada. Não sou tão horrível, sou?

Será que todos os homens eram assim? Ellie sentiu que corava de raiva.

– E Kaye?

– O que tem ela?

– Você é casado!

– Eu não sou casado! Com quem eu seria casado? Com *Kaye*? – As sobrancelhas dele sumiram embaixo da franja desgrenhada. – Ah, meu Deus, não acredito que você achou isso. Kaye é minha *irmã*.

Ah.

Ah.

Bom.

– Opa – murmurou Ellie. – Entendi errado. Eu supus que vocês eram casados. Vocês têm o mesmo sobrenome. E parecem casados.

Ele ficou alarmado e horrorizado.

– *Como?*

– Vocês não são nada parecidos. – Era um erro compreensível, claro. Joe tinha cabelo louro desgrenhado e olhos verdes; era alto, magro e desajeitado. Kaye era pequena, morena e arrumadinha. Ela usava aliança. Juntos, eles eram os Kerrigans.

– Eu sou parecido com a minha mãe, Kaye é parecida com o meu pai. Ela é casada. Não tem filhos. A gente escreve roteiros junto, só isso, eu juro. Sou completamente solteiro. Posso fazer a pergunta de novo?

– Espera aí, me deixa pensar direito. – Ver alguém sob um novo ângulo exigia um pouco de adaptação. Joe Kerrigan não era casado com Kaye. Tinha acabado de convidá-la para sair. Era fisicamente bonito, mas não de um jeito óbvio. O nariz era adunco, ele tinha um sorriso fácil e um gosto descontraído para roupas que ela achava cativante. Basicamente, ele não era do tipo que intimidava.

– Só para você saber – confessou Joe –, estou começando a ficar nervoso agora.

– É mesmo?

– Ah, é. O pior é que Kaye me avisou que você ia recusar. E odeio quando estou errado e ela está certa.

– Ela é insuportável?

Ele assentiu com tristeza.

– Kaye fica se gabando. Podia até transformar isso na profissão dela. Você não imagina como é tê-la como irmã. Na verdade, perdi a coragem. A gente pode só esquecer que isso aconteceu? Prefiro voltar atrás agora a levar um fora.

– Posso só fazer uma pergunta?

– Fique à vontade.

– Como você sabe que eu sou solteira? Eu posso não ser. Posso estar morando com alguém.

– Eu perguntei ao Tony Weston. Você não mora com ninguém. Terminou com um cara recentemente. Mas não está sofrendo. Eu confirmei todas as informações.

Ellie relaxou. Ele era engraçado, não era ameaçador e parecia boa companhia. Agora que tentava pesar os prós e os contras, estava tendo dificuldades de identificar os contras. Quanto mais pensava, mais atraente a proposta parecia. E mais atraente Joe Kerrigan ficava. A fagulha indefinida tão ausente entre ela e Todd estava dando sinais evidentes de vida.

O melhor de tudo era que Joe não era chefe dela. E se havia uma coisa que ela sabia que precisava muito agora era de uma oportunidade de superar a paixonite constrangedora por Zack.

Havia forma melhor de desviar a atenção?

– Tudo bem – respondeu Ellie.

Joe pareceu cauteloso.

– Tudo bem o quê? Você está concordando que devo voltar atrás agora? Ou que vai sair comigo?

– Isso. A segunda opção.

– Sério? Nossa, que fantástico! – O rosto dele se iluminou. – Quando seria bom para você?

– Qualquer dia. – Com ousadia, Ellie declarou: – Estou livre. Que tal hoje?

Ele assentiu com admiração.

– Você é o máximo. Eu sabia que gostava de você. Rá, vamos lá, chegou a minha vez de me gabar. Espere até eu contar para Kaye.

No corredor, Zack e Kaye estavam conversando sobre cachorros. Kaye se virou para olhar para eles.

– E aí?

Joe fez expressão de orgulho.

– Ela aceitou.

– Aceitou? – Kaye sorriu para Ellie. – Sério mesmo? Caramba, eu falei que você ia dizer não!

– Desculpa. – Ellie estava ciente do olhar de Zack sobre ela.

– Desculpa o quê? – perguntou Zack.

– Eu chamei Ellie para sair – explicou Joe com alegria. – Kaye achou que eu não tinha chance. Rá, a gente vai sair hoje.

Zack parecia ter sido eletrocutado. Um músculo tremeu no maxilar dele.

– Ah.

E Ellie percebeu que estava tão distraída que tinha se esquecido completamente de Todd.

☾

Kaye e Joe foram embora. Zack desapareceu na cozinha para fazer café. Quando voltou para o escritório minutos depois, ele indagou com a voz firme:

– Posso perguntar o que está acontecendo? Você está fazendo coleção?

Ellie parou de digitar e sentiu o suor começando a escorrer pela nuca. Ela tinha mentido para ele; não era surpresa ele não estar achando graça. Pior, ela mentiu para não parecer idiota...

– Você vai contar ao Todd ou não estava planejando que ele descobrisse? Não que seja da minha conta – prosseguiu Zack. – Só estou surpreso.

– Olha, eu e Todd não estamos mais juntos. Não deu certo. Nós terminamos, mas ainda somos amigos. Desculpe não ter contado. – Ela não precisava de um espelho para saber que tinha ficado vermelha. – Eu não queria te incomodar falando da minha vida pessoal.

– Certo. Bom. – Ele não estava feliz de ela não ter contado; talvez estivesse se questionando se podia confiar nela. – Então agora você vai sair com

Joe Kerrigan. Hoje. Tem certeza disso? – Ele franziu a testa. – Não é tudo muito repentino?

Ele queria dizer que ela parecia desesperada. E talvez ela estivesse, mas não pelo motivo que ele pensava. Ellie se sentou mais ereta.

– Por que não pode ser repentino? Você nunca conheceu alguém e sentiu uma conexão imediata? Foi isso que aconteceu hoje. Eu gosto do Joe. Acho que ele gosta de mim. Quem sabe, talvez o destino o tenha trazido aqui com o roteiro.

– Eu só...

– Não – interrompeu ela –, deixa eu falar. Eu não aceitei sair com ele porque estou desesperada para sair com qualquer um. Eu aceitei porque acho que pode ser especial. Estou ansiosa para o encontro. Na verdade – disse Ellie com ênfase –, eu mal posso esperar.

☾

Zack subiu a escada, avisando que ia trabalhar em uma proposta comercial antes da reunião do dia seguinte em Milão.

Na verdade, uma palavra ficava repetindo na cabeça dele. *Merda, merda, merda...*

Como aquilo tinha acontecido? Como *poderia* estar acontecendo? Por que Ellie não lhe contara antes sobre o fim do lance com Todd? E agora era tarde demais, porque ela estava envolvida com uma conexão imediata e não havia nada que ele pudesse fazer.

Merda.

Capítulo 41

Ellie apoiou as mãos na bancada do banheiro e se inclinou para a frente para olhar o reflexo no espelho.

Era isso. Ela quis que acontecesse e ia acontecer. Ela estava decidida.

Quem diria? Ao olhar para trás, parecia inconcebível que a vida pudesse mudar de forma tão drástica. Os sete dias anteriores tinham passado numa agitação só. Era como estar dentro de um globo de neve que de repente alguém pegou e sacudiu. Naquela mesma hora na semana anterior, ela ainda era só mais uma assistente pessoal sem namorado com uma paixonite desesperada e humilhante pelo chefe. Mas aí Joe Kerrigan apareceu e mudou tudo. No primeiro encontro, ele a levou para passear de barco pelo rio Tâmisa. No segundo, eles foram patinar no Hyde Park. O terceiro foi um piquenique em Kensington Gardens; o quarto, uma visita à roda-gigante London Eye. Joe era divertido, engraçado, eles passaram momentos fantásticos. E, quando ele a beijou, ela gostou de retribuir o beijo. A química tão dolorosamente ausente entre ela e Todd estava ali, de sobra. A perspectiva de ir um pouco mais longe não a deixava em pânico nem enjoada. Sua libido, depois de dezenove meses em hibernação profunda, estava de volta.

E tinha chegado a hora de passar para a próxima etapa.

Ali, naquela noite, em poucos minutos.

Ellie olhou mais atentamente o próprio reflexo. Será que ela já parecia diferente? Suas pupilas estavam mais dilatadas do que o habitual? Estava mesmo tudo bem?

Era comum, quando ela olhava naquele espelho, que ela visse Jamie no banheiro, atrás dela. Mas não havia sinal dele naquela noite, e sua mente fugia da ideia de conjurá-lo. Para quê? Para ela perguntar se ele permitia? Para ela fazê-lo dizer que não era para ela se preocupar, que ele não se importava, que estava tudo bem?

Não, aquela noite era dela. Era justo que Jamie ficasse longe e a deixasse sozinha para acabar logo com aquilo.

Acabar logo com aquilo.

Não era justo. Era um grande passo emocionalmente. Assim que a primeira vez depois de Jamie estivesse resolvida, ficaria mais fácil.

Mas era bom sentir aquilo de novo. Às vezes, uma pequena parte dela tinha se preocupado secretamente que suas chances tivessem acabado de vez.

Houve uma batida leve à porta.

– Oi? – disse Joe do outro lado. – Você ainda está aí? Ou pulou pela janela?

Ellie sorriu e a abriu.

– Ainda estou aqui.

Ele passou os braços em volta dela.

– Nervosa?

– Um pouco.

– A gente não precisa fazer nada se você não quiser.

– Eu quero.

– Que bom. Eu também quero. – Joe beijou a ponta do nariz dela e apoiou a testa na dela. – Só para você saber, eu também estou um pouco nervoso.

Talvez ela não devesse ter contado que ele seria o primeiro depois de Jamie. Acabaria por pressioná-lo. Ellie o conduziu pelo corredor até o quarto.

– Venha, vamos fazer isso.

Joe sorriu.

– Para resolver logo a primeira vez.

Viu? Ele entendia.

– Exatamente.

E depois, com sorte, eles poderiam fazer de novo.

A manhã estava deslumbrante, ensolarada e quente, sem uma nuvem no céu, o tipo de manhã que deixava as pessoas felizes por estarem vivas.

Zack, passeando com Elmo, não estava feliz com nada. A semana anterior foi uma das piores da vida dele. Entre a viagem a Milão e outra visita de avião a Dundee, ele foi obrigado a ver Ellie se apaixonar por outro homem. Ou se interessar sexualmente. Fosse o que fosse, a experiência foi horrível. Havia uma luz nova nos olhos dela, ela sempre parecia estar meio sorrindo e havia uma aura nela que não existia antes. Borbulhava nela como um sal de fruta descontrolado.

E ela não conseguia guardar só para si a felicidade recém-descoberta, não parava de falar do cara. Quando Zack fez um comentário sobre o voo de volta de Milão, Ellie começou a contar uma história engraçada que aconteceu com Joe quando ele estava indo para Los Angeles. Se ele preparava um café para ela, ela retaliava com uma historinha de Joe sobre café. Quando ele perguntou se ela tinha assistido ao programa *Dragons' Den* na noite anterior, Ellie respondeu:

– Não, a gente saiu. Joe me levou a um bar que toca salsa. Foi *incrível*.

Como se ele estivesse interessado. Cada novo detalhe era como espremer limão numa ferida, mas Ellie não conseguia se segurar; ela continuava brindando-o com histórias sobre Joe Kerrigan e, em troca, ele tinha que ouvir, assentir e sorrir, como se estivesse feliz por ela.

Elmo se remexeu na outra ponta da guia, farejando um papel de bala na calçada. Zack o puxou, continuou andando e olhou o relógio. Oito e meia.

Via de regra, o trajeto de Primrose Hill até a Ancram Street não seguia pela Nevis Street. Só que, naquele dia, por acaso, ele sentiu vontade de ir naquela direção. Coincidentemente, tinha sentido a mesma vontade no dia anterior. E no outro também.

Bom, um pouco de exercício extra não faria mal, faria?

Mas, da mesma forma que quem escuta escondido nunca ouve coisas boas sobre si, menos de dois minutos depois Zack viu o que não queria ver. Ele e Elmo estavam na parte mais alta da rua e viram a porta da frente da casa de Ellie se abrir e Joe Kerrigan sair.

Com cara de quem passou a noite inteira fazendo sexo.

Zack contraiu o maxilar. A sensação era de que tinha levado um soco no estômago. Não era de surpreender que o cabelo de Joe estivesse desgrenhado e ele tivesse aquela aparência. Ele estava saindo da casa de Ellie às oito e meia da manhã. Claro que eles haviam transado.

Enquanto ele observava, Joe se virou e olhou para a janela do andar de cima. Ele abriu um sorriso e falou:

– Até mais tarde.

A janela foi aberta e Zack ouviu Ellie perguntar:

– O que você disse?

– Até mais tarde. – O sorriso de Joe se alargou e ele jogou um beijo para ela. – Já estou com saudades.

Ele já tinha ouvido o suficiente. Zack sumiu de vista antes que Joe tivesse chance de se virar e reconhecê-lo.

Hora de voltar para casa.

Bem feito para ele por ter ido passear por ali.

☾

Ellie chegou à casa de Zack às nove em ponto, o cabelo ainda úmido do banho. Ela usava um vestido reto rosa-claro, sandálias rosa e prateadas e uma pulseirinha de prata que Zack nunca tinha visto.

– Que linda. – Enquanto anotava um novo compromisso na agenda, ele apontou para a pulseira.

– Isso aqui? Obrigada! Foi presente do Joe.

Outro soco no estômago. Que ótimo. Em voz alta, Zack falou:

– Legal.

– Não é linda? – Ellie estava girando a pulseira para lá e para cá, para refletir na luz. – Ele me deu ontem. Eu adorei!

Ah, Joe, vai se ferrar.

– Excelente. Bom, eu tenho que ir a Monte Carlo na terça e preciso que você compre uma passagem para Nice. A reunião é ao meio-dia. Tudo bem?

– Tudo bem. Vou fazer isso agora. – Os olhos dela estavam brilhando; ela talvez não tivesse dormido muito à noite, mas estava energizada com a adrenalina. – Deixa comigo.

Mas, no meio da tarde, a privação de sono estava começando a pesar. Duas vezes, enquanto Zack estava no escritório, ele viu Ellie bocejando.

Três vezes, o celular dela apitou, indicando a chegada de uma mensagem, e ela parou de digitar para ler e responder.

A gota d'água foi quando Zack tentou retornar uma ligação e descobriu que ela tinha anotado o número errado.

– Olha, peço desculpas por estar mantendo você acordada, mas precisa prestar mais atenção. – Ele entrou no escritório e a encontrou enviando outra mensagem. – Estou tentando fazer uma ligação importante aqui e esse não é o número certo.

Ele empurrou a anotação sobre a mesa, a irritação no nível máximo pelo fato de que Ellie só olhou para o papel com o número quando terminou de escrever e enviar a mensagem.

– Bom, vou tentar. Foi esse que ele me deu. – Ela esticou a mão para pegar o celular dele e digitou os números. – Zero dois meia sete três...

— Não, você escreveu "zero dois *zero* sete três".

– Isso é um seis. – Ellie apontou para o número.

Irracionalmente irritado, Zack reclamou:

– Parece um zero.

– Pode parecer um zero seu – retaliou ela –, porque você nem sempre fecha o seu zero. Mas eu fecho o meu. Esse não está fechado porque não é um zero. É um seis.

Injustamente, o número cada vez mais parecia um seis.

Zack pegou o telefone, sem querer dar o braço a torcer.

– E você não parou de bocejar a manhã toda.

– Eu posso ter bocejado algumas vezes. – Ellie ficou na defensiva. – Mas isso não me impediu de trabalhar.

– Talvez não, mas ficar mandando um monte de mensagens atrapalhou. Só estou dizendo que não é muito profissional parar o que está fazendo de poucos em poucos minutos para ler e responder mensagens do seu namorado.

– Ei, espera aí. Está irritado comigo porque *eu* anotei um número corretamente e *você* leu errado? – Os olhos de Ellie faiscaram. – E porque eu bocejei uma ou duas vezes porque ando tão ocupada que não tive tempo de parar e preparar um café para mim?

– Sem contar as mensagens de texto – disse Zack.

– Tudo bem. Pronto, fique à vontade. – Ela esticou a mão, pegou o pulso esquerdo dele e colocou o celular dela na palma da mão aberta. – Dá uma boa olhada, lê as mensagens que mandei hoje. Anda.

– Não.

– Sim.

– Eu não quero ler suas mensagens.

– E não estou nem aí se você *quer* ou não. – Ellie estava respirando rapidamente quando ela pegou o celular de volta, apertou alguns botões e ofereceu de volta para ele. – Você vai ler.

Portanto, Zack foi obrigado a ficar parado ali lendo cada uma das mensagens dela.

Nenhuma era de Joe Kerrigan. Na verdade, Ellie estava em contato com os assistentes pessoais de dois outros empresários que iam à reunião de Mônaco. Graças às negociações dela, o trajeto do aeroporto de Nice até Monte Carlo não seria mais de carro; eles seriam transportados de helicóptero.

– Ah, meu Deus, me desculpe. – Zack devolveu o celular.

– Está bem.

– Estou falando *sério*.

– Tudo bem. Você está meio tenso hoje. Com um humor estranho.

– Eu sei.

Ellie estava olhando para ele.

– Tem alguma coisa errada?

O que ele poderia dizer? *Sim, tem uma coisa errada e é culpa sua.*

– Não. – Zack balançou a cabeça. – Eu não devia ter falado nada. Não costumo ser assim.

– Eu sei que não. Mas obrigada.

– Por pedir desculpas? É o mínimo que eu posso fazer.

– Não pelo pedido de desculpas – retrucou Ellie. – Pela discussão. Minha primeira discussão de verdade em muito tempo.

– Ah. – Ele começou a relaxar. – E você gostou?

– Muito. Especialmente a parte em que eu venci. Na verdade...

– Na verdade o quê? – Ela o encarava, pensativa.

– Isso tudo era parte do plano? Você sabia que eu estava sentindo falta de uma briga e decidiu puxar uma? – Um sorriso lento estava se abrindo no rosto de Ellie. – Ah, meu Deus, é isso mesmo? Você fez isso de propósito?

Zack considerou brevemente as alternativas. Isso que era dilema moral. *Maldita moral.*

– Olha só – disse ele por fim. – Eu adoraria poder dizer que é verdade. Infelizmente, não é. Eu só fui um ranzinza mal-humorado.

O sorriso de Ellie se alargou.

– Você diz isso agora. Mas não sei se acredito em você.

Zack não conseguiu argumentar. Só sentia vontade de beijá-la.

Mas também não podia fazer isso.

Capítulo 42

A IRONIA DA SITUAÇÃO não passou despercebida para Roo. Ali estava ela, deitada em uma cadeira reclinável com a esposa do ex-amante lhe provocando dor.

Dor é bom.

Ela nem se importaria em sentir mais dor, mas Yasmin era profissional. Com rapidez e habilidade, ela manipulou as linhas entrelaçadas, arrancando pelinhos e deixando as sobrancelhas perfeitamente esculpidas. Bom, Roo esperava que sim. Ela se imaginava se sentando no fim do serviço, se olhando no espelho e descobrindo que uma sobrancelha estava arqueada e a outra, reta. Ou que tinha sido totalmente depilada.

– E aí – disse Yasmin com alegria –, como estão as coisas?

– Nada mal.

Entre os puxões doloridos que arrancavam seus pelos, Roo a atualizou sobre cada acontecimento da loja. No dia anterior, um homem tinha doado um retrato a óleo da mulher mais feia do mundo. Naquela manhã, voltou explicando que era um quadro da falecida esposa dele e que sentira muita falta, será que elas poderiam devolver? O alívio dele quando soube que a peça não tinha sido comprada emocionou todo mundo da loja. Quando entregaram o retrato horrendo, ele chorou de alegria.

– E você? – perguntou Roo, mudando de assunto.

– Eu? Ah, eu estou me separando.

– *O quê?* – Os olhos de Roo estavam fechados. Agora, eles se abriram. – Você quer dizer você e seu… marido?

– Normalmente é assim que funciona.

– Mas... por quê? – Será que ela parecia chocada demais? Ah, meu Deus, que horror. Mas ela tinha que perguntar.

– Nada muito original, infelizmente. A mesma história de sempre. Eu descobri que ele está tendo um caso. – Yasmin parou de tirar a sobrancelha dela, levantou a cadeira e entregou um espelho a Roo. – Aqui está. Dê uma olhada e veja o que acha.

Roo olhou para seu reflexo e viu uma vagabunda egoísta e destruidora de lares com sobrancelhas deslumbrantes.

– Está bom assim ou você quer mais fina?

– Está ótimo assim. – Era difícil encarar a si mesma. Roo deixou o espelho de lado.

– Bom, a pele está um pouco vermelha. Vou passar um gel de aloe vera para acalmar a região. Fique deitada e relaxe.

Quando o gel foi aplicado, Roo perguntou:

– Quem foi?

– Quem foi o quê?

– A outra mulher.

– Ah, eles trabalhavam juntos. Ela é representante de vendas de outra empresa agora.

– Que horrível. – O que seria *mesmo* horrível seria se ela mencionasse acidentalmente o nome de Vivica. Roo fechou a boca para que o nome não escapasse.

– É horrível, mas eu estou bem. Obrigada por se solidarizar tanto comigo. – Yasmin apertou o ombro dela com gratidão. – Você veio se cuidar, não tem que me aguentar resmungando sobre meu casamento.

– Você não está resmungando.

– Se eu ficar chata, é só me mandar parar.

Roo precisava saber.

– Mas o que houve? Como você descobriu?

– Foi totalmente clichê. Cheguei em casa na hora errada e peguei os dois no ato.

Ah, meu Deus, podia ter sido eu. Não podia ter sido porque ela nunca tinha ido à casa deles, mas Roo cobriu a boca, horrorizada, mesmo assim. Ela engoliu com dificuldade e disse:

– E depois?

– Para falar a verdade, fiquei com muito orgulho de mim mesma. – As covinhas das bochechas de Yasmin apareceram. – Joguei uma lata de spray de cabelo nele. Em geral, tenho a mira péssima, meus amigos dizem que eu jogo dardos como se fossem arpões. Mas acertei na testa dele. Foi um daqueles momentos brilhantes que a gente queria que alguém tivesse filmado. Eu adoraria ter colocado no YouTube.

Ela parecia estar levando aquilo superbem. Bem melhor do que Roo, cujo coração estava em disparada.

– E você o expulsou de casa?

– Não, eu não quis ficar lá. Eu e Ben estamos na casa da minha mãe. – As covinhas de Yasmin apareceram de novo. – É ótimo.

– Você não parece tão chateada.

– Falando sério? Não estou. Ser casada com Niall era como ser mãe solo. Ele nunca se esforçava para nada. É muito egoísta. Eu acabava fazendo tudo. Vou te contar um segredo. – Yasmin baixou a voz quando outro cliente passou a caminho da sala de bronzeamento. – Tenho quase certeza de que essa não foi a primeira. Acho que ele teve outros casos.

Por um momento desesperador, Roo sentiu os olhos arderem com lágrimas. *Pare, pare, não ouse fazer isso...* Mentalmente, ela ordenou que as lágrimas não escorressem.

– É mesmo?

– Ah, é. Mas não importa. A culpada sou eu. Niall nunca foi o que se pode chamar de um bom marido. Eu me enganei dizendo que ficaria tudo bem entre a gente. – Distraidamente, Yasmin passou mais gel de aloe vera nas sobrancelhas de Roo. – Minhas amigas tentaram me avisar, mas eu não quis ouvir. Engraçado, não é? Eu tinha tanta certeza de que poderia mudá-lo. Achava que amá-lo seria suficiente. Mas não foi. E ele não queria mudar. Por que mudaria se podia continuar jantando em casa e jantando fora também?

Roo engoliu em seco. Ela tinha sido um dos jantares fora.

– Então... ele ainda está com a garota? – arriscou ela. – A ex-colega de trabalho?

– Não faço ideia. Diz ele que não. Mas esse é o problema do Niall: ele diz um monte de coisas. Eu só não quero mais ouvir. Pronto, a vermelhidão está passando. Quer se sentar?

Roo fez o que Yasmin falou. Será que Yasmin estava se fazendo de forte ou estava mesmo encarando bem o rompimento?

– Posso perguntar uma coisa? – indagou Yasmin.

O chão tremeu. *Ah, meu Deus, o que foi agora?*

– Pode falar.

– Na primeira vez em que você veio aqui, você estava cheia de maquiagem. Mas, depois, não usou mais nenhuma. Não é uma crítica – acrescentou Yasmin rapidamente. – Você é bonita assim. Apenas fiquei curiosa para saber por que você parou de usar, só isso.

Ela finalmente podia ser sincera.

– Eu queria mudar. Ser uma pessoa diferente. – Roo se levantou, seguiu Yasmin até o caixa e pegou a bolsa. – Eu não gostava de quem eu tinha me tornado. E a maquiagem era minha armadura. Eu gastava uma fortuna em sombra, rímel... Era uma loucura. Então, decidi abrir mão de tudo e voltar a ser só eu.

– Uau, que bom. Nossa, obrigada. – Os olhos de Yasmin se arregalaram quando Roo entregou a ela o pagamento pela sobrancelha e uma gorjeta de 20 libras. – Tem certeza?

Era dinheiro carregado de culpa, pura e simplesmente. Mas fazia com que ela se sentisse melhor; era um dos principais motivos para ela ir lá. E ela ainda tinha muita coisa para dar.

– Claro – disse Roo.

☾

Zack estava em Monte Carlo. Ellie tinha acabado de receber uma mensagem dele: "O helicóptero foi fantástico. Só vou querer viajar assim agora. Obrigado por pensar nisso. Tudo bem no escritório? Z."

Ela sorriu sozinha ao imaginá-lo no helicóptero, sobrevoando Monte Carlo, tão empolgado quanto um garotinho vendo os iates de muitos milhões de libras balançando na água clara do porto.

Ellie respondeu: "Vendi sua empresa e fugi para Barbados com o que ganhei. Beijoooooo..."

Ela apertou o botão de enviar e começou uma segunda mensagem: "Só que não. Sabia que você ia amar o helicóptero. Não precisa agradecer, sou sua assistente maravilhosa. Tudo bem aqui. Divirta-se!"

Quando ela estava enviando a mensagem, a correspondência entrou pela caixa de correio no corredor. Se fosse algo de trabalho, ela abriria e resolveria se necessário. Se parecesse um assunto pessoal, deixava para Zack. Mas, no meio da entrega do dia, havia um cartão-postal. Na frente, havia a imagem de cangurus lutando boxe. A canguru fêmea, com batom e bolsa na barriga e tudo, estava levantando as patas da frente em comemoração de vitória. O canguru macho, segurando uma lata de cerveja e um chapéu de brim, estava caído de costas.

Na parte de trás do cartão havia uma mensagem:

Oi, Zack, estou voltando para casa! Perdi o celular e não tenho seu número. Me liga na casa da minha mãe depois do dia 29 de agosto. Estou morrendo de saudade e ansiosa para revê-lo. Beijos, Meg

Meg. A mistura de emoções à qual ela vinha se acostumando reapareceu. Zack tinha mencionado Meg uma ou duas vezes quando eles conversaram sobre relacionamentos antigos. Ele estava ocupado montando a empresa, Meg era jornalista de uma revista de moda, e eles terminaram e reataram várias vezes ao longo de uns meses, até que Meg foi convencida por uma amiga a fazer uma viagem pelo mundo. E foi assim que ela foi embora.

Quando Zack contou para ela, Ellie dissera:
– Você sentiu muita falta dela?
– Sim, senti – respondera ele.
– O que teria acontecido se ela tivesse ficado?
Zack dera de ombros.
– Quem sabe?

Ellie olhou para o cartão-postal e se perguntou o que poderia acontecer agora que aquela antiga namorada estava voltando. Como será que ela era? Tinha mudado enquanto estava longe? Ela o merecia?

Será que Zack diria casualmente "Ah, a propósito, não precisa abrir mão do seu fim de semana para ir ao casamento da minha irmã. Vou levar Meg agora"?

Só de imaginá-lo dizendo isso, Ellie sentiu vontade de enfiar os dedos nos ouvidos e fazer "Lá lá lá, não estou ouvindo!", enquanto por dentro se sentia doente de decepção, porque, com ou sem Joe, a viagem à Cornualha com Zack era uma coisa pela qual ela vinha aguardando ansiosamente, mais do que admitiria para qualquer pessoa.

Até para Jamie.

Triiiiimmmmmm.

Feliz pela distração, Ellie jogou o cartão-postal na bandeja de Zack. O papel girou pelo ar, deslizou pelos envelopes já na caixa e escorregou para trás do aquecedor.

Será que aquilo *era* para acontecer? A tentação de deixar lá, de fingir que ela não tinha visto o cartão desaparecer, foi enorme. E se fosse o jeito do destino de avisar que Zack e Meg não deveriam ficar juntos?

Bom, a porta primeiro. Ao abri-la, Ellie ficou cara a cara com uma mulher atarracada de 50 e tantos anos, olhos claros e sobrancelhas peludas que pareciam lacraias. Ela estava usando uma blusa de microfibra cor de pêssego e uma saia plissada turquesa, e daria para supor, quase com total certeza, que não era uma das antigas namoradas de Zack.

Ela esperava que não, pelo menos.

Capítulo 43

– Oi, querida. Zack está em casa?
– Desculpe, ele está viajando. Mas eu posso ajudar.
– Ah, espero que possa! Sou Christine, querida. Eu era a assistente pessoal do Zack.

Ellie já tinha ouvido falar dela. Tinha o apelido de Christine Microfibra, dado por Zack, com saias que invariavelmente reagiam com o náilon das meias-calças e com a anágua, o que criava uma carga de eletricidade estática cada vez que ela se mexia. Apertar a mão dela, explicara Zack com seriedade, era um risco sério à saúde. O pobre Elmo tinha tanto medo dela que não entrava no escritório.

– Entre. Sou Ellie. É um prazer conhecê-la – apresentou-se. Pelo menos, era um prazer se ela não estivesse lá para pedir o emprego de volta.

– Ah, ali está. Ainda está aqui, graças aos céus por isso!

Christine estava apontando para a maior planta do parapeito da janela, uma criatura temperamental que sempre ameaçava murchar e morrer, com flores vibrantes em laranja e rosa e folhas brilhantes em formato de coração.

– Essa aqui? – Ellie foi na direção da planta. – É sua?
– Não a planta. O vaso. Minha irmã mandona me deu de Natal – explicou Christine. – Você não faz ideia de como ela é. Ela está vindo amanhã para passar uns dias em Londres. Antes de desligar o telefone hoje de manhã, disse: "Espero que você esteja usando aquele vaso lindo que eu dei; é bom que não esteja escondido no fundo de um armário." Bom, vou te contar, meu coração quase saiu pela boca. – Ela balançou os dedos em for-

mato de salsicha com consternação. – Por alguns segundos, não consegui lembrar o que tinha feito com o vaso. Mas aí lembrei. Eu tinha deixado aqui. Olha, é meio abuso, mas você acha que Zack se importaria muito se eu levasse o vaso?

Ellie garantiu a Christine que Zack não se importaria nem um pouco. Aliviada, Christine perguntou se ela estava gostando de trabalhar para ele. Depois, começou a perguntar como Zack estava e se ele ainda estava saindo com Louisa. Quando Ellie se deu conta, a outra tinha feito chá para as duas e se acomodado para conversar.

Ah, tudo bem, ela não estava com pressa. Podia tirar uns dez minutos.

Christine ficou satisfeita de saber que o relacionamento dele com Louisa tinha acabado. Ela se inclinou para a frente na cadeira e confidenciou:

– Eu sempre achei que ela me olhava com desprezo. Uma vez eu trouxe um bolo que tinha feito em casa e lhe ofereci um pedaço. Minha nossa, parecia que eu estava oferecendo salamandras vivas para ela comer!

Ellie passou a gostar mais dela.

– Ela era meio chata comigo também. Me acusava de dar em cima do Zack.

Os olhos claros de Christine cintilaram.

– E você estava dando em cima dele?

– Não!

– Eu não te julgaria se você estivesse. Ele é um charme, não é? Se eu fosse 25 anos mais jovem, teria partido para cima!

Opa, moça. Talvez não fosse só o tecido que estivesse causando toda aquela eletricidade estática.

– E como estão as coisas para você? – indagou Ellie, mudando de assunto, impressionada com quanto Christine parecia alegre. – Zack me contou que seu marido não estava muito bem. Deve ser mais fácil para você não ter mais que trabalhar em tempo integral.

– Bem, na verdade eu estou trabalhando. – Houve um estalo alto de estática quando Christine se mexeu na cadeira e apoiou o pires no colo. – Foi bastante fortuito. O centro de atividades não quis mais cuidar do Eric. Eu amo meu pobre maridinho, mas nós dois em casa foi demais. Não me importo de contar, é um trabalho solitário. Meu médico sugeriu uma casa de repouso e eu pesquisei um pouco. Acabamos procurando um lar não muito distante de onde moramos e, enquanto estávamos lá, vi um aviso no quadro dizendo que estavam procurando funcionários com horários flexíveis. Bom, conversei com a gerente e chegamos a um acordo. Eu trabalho lá três dias por semana e Eric vai comigo. E uma ou duas vezes por semana ele dorme lá, para eu poder ir para casa e sair à noite, ou só descansar sozinha e dormir direito a noite toda. Está indo muito bem, dentro do possível. – Christine abriu um sorriso corajoso. – É bom conhecer outras pessoas na minha situação. E Eric gosta. Não é porque ele está perdendo a memória que não pode apreciar a companhia de outras pessoas. É um bom lugar, a Casa Stanshawe. A equipe é maravilhosa e todo mundo é muito compreensivo. Ninguém se importa se Eric começar um jogo de xadrez e sair andando antes de terminar.

Casa Stanshawe, Casa Stanshawe, por que aquilo parecia familiar? Ela só demorou alguns segundos para fazer a conexão. Será que ela deveria mencionar? Ou ficar quieta?

– Acho que um amigo meu conhece uma pessoa que mora lá.

Por um momento, Ellie não conseguiu se lembrar do sobrenome; ela precisou conjurar uma imagem mental da pintura do apartamento, pendurada acima da lareira da sala. Ao visualizá-la, concentrou-se na assinatura no canto inferior direito: Martha Daines.

Christine tomou um gole de chá.

– Um dos residentes? Quem é?

– Sr. Daines.

– Henry?

– Ele mesmo.

– Ah, minha querida. Sinto muito. Seu amigo não contou? Henry morreu algumas semanas atrás.

Ellie se encostou na cadeira.

– Ah. Eu não sabia. Bom, que... triste. O que houve?

– Nada de dramático. – Christine deu de ombro. – O coitado era uma alma tão querida e gentil. Ele faleceu dormindo, o que não é o pior jeito de ir. Não sofreu nada. Você acha que seu amigo sabe que ele morreu?

Ellie balançou a cabeça. Tony tinha ligado para conversar na noite anterior e teria mencionado se soubesse.

– Acho que não.

– Ah, minha nossa. Espero que eu não tenha falado demais. – Christine fez expressão de preocupação. – Talvez ele devesse conversar com a família... com a esposa do Henry...

– Martha. – Ellie precisava verificar se elas estavam falando do mesmo homem.

– Sim, Martha. Pobrezinha, foi muito difícil para ela.

– Deve ter sido horrível para ela mesmo – concordou Ellie, assentindo. – Ele vai falar com ela. Vou avisar.

Elas conversaram mais um pouco sobre Zack, depois Ellie pegou a planta com o vaso azul e levou até o carrinho de Christine.

– Tchau, querida. Obrigada pela planta. E fico feliz de você estar bem aqui. Mande lembranças para Zack. – Com um brilho inesperado nos olhos, Christine acrescentou: – Pode dar um beijo nele por mim se quiser.

Foi meio alarmante e irônico pensar que Zack tinha contratado Christine para não se estressar, mas assustadoramente parecia que ela sentira uma paixonite por ele o tempo todo.

Isso só mostrava que, por mais que a aparência não revelasse, sempre podia haver uma alma paqueradora por baixo.

Dentro de casa, Ellie se encostou na porta do escritório e olhou para o aquecedor.

Por um tempo.

Não, não adiantava, ela não conseguiria. Ela não era esse tipo de pessoa.

Droga.

Ela teve que usar o mata-moscas para mexer atrás do aquecedor até o cartão-postal da Austrália deslizar para o lado. De joelhos, Ellie o pegou no chão embaixo da escrivaninha, se levantou e o colocou na bandeja de Zack.

Uma farpa solta de uma das tábuas de carvalho abriu um buraco na meia-calça dela, que era novinha.

Que ótimo.

Era sua recompensa por fazer a coisa certa.

Capítulo 44

Sinceramente, você se esforça e às vezes tudo funciona com perfeição.
Outras vezes, dá tudo errado.
Ellie culpava o álcool. Ou, mais precisamente, a falta dele. Quando convidou Roo para jantar na casa dela, o plano foi amaciá-la e fazer com que ela percebesse que tinha chegado a hora de ceder. E umas duas garrafas de vinho poderiam ter feito a mágica. Quando a campainha tocasse e Todd aparecesse, os violinos metafóricos poderiam começar a tocar e, anos depois, eles se lembrariam com carinho da noite em que Ellie conseguiu convencê-los de que deveriam mesmo ficar juntos.
Além do mais, ela seria dama de honra do casamento deles.
Mas, na realidade, sem o álcool, Roo estava totalmente sóbria e Todd irritado.
– Eu vou embora. – Roo botou o copo d'água na mesa.
– Não. – Da porta, Todd balançou a cabeça. – Eu é que vou.
– Os dois não podem ficar? – Era assim que se sentia um advogado de conciliação? – Não podemos ter uma noite agradável juntos? – disse Ellie, cheia de frustração.
Todd olhou para Roo.
– Eu te mandei cartas, mensagens e e-mails e você ignorou tudo. Agora que estou aqui, a gente pode pelo menos conversar?
– Sobre a gente? Melhor não. – Roo estava respirando rápido. – Não faz sentido.

O ar estava carregado de tensão sexual, como papel celofane estalando ao ser amassado.

– Certo, que tal vocês dois ficarem e *não* falarem sobre aquelas coisas? – sugeriu Ellie. Ela se virou para Todd: – Você é um dos meus amigos mais antigos. E você – ela se virou para Roo – é minha amiga mais recente. Não quero ficar no meio disso. Que tal a gente tentar?

Silêncio.

Seguido de mais silêncio. Fora o zumbido quase audível de tensão sexual.

– Por favor – tentou Ellie de novo. – Por que sou *eu* que tenho que sofrer? Eu já não passei por poucas e boas?

Ah, sim, quando Ellie queria, não tinha vergonha na cara. Jamie não se importaria.

– Não acredito que você mandou essa – disse Roo.

Todd balançou a cabeça para Ellie.

– Que golpe baixo.

– Tudo bem. Você vai ficar ou não?

– Vou.

Mas as duas horas seguintes não foram fáceis. A tensão não diminuiu nem por um segundo. Na superfície, Roo e Todd comeram e conversaram, mas os sentimentos de um pelo outro eram como elefantes na sala.

Finalmente, Todd cedeu.

– Isso é loucura. – Ele colocou a cerveja na mesa e disse abruptamente: – Roo, posso falar com você na cozinha?

– Não.

Os olhos dele ardiam de emoção.

– Só um minuto.

– Nem um segundo – retrucou Roo.

Eles se encararam por cima da mesa. Foi quase insuportável de assistir. Ellie empurrou a cadeira para trás.

– Eu só vou ao banheiro...

– Fica onde está! – declarou Roo.

– Oi?! Eu preciso fazer xixi. E, não – Ellie se levantou –, você não vem comigo.

Ela não precisava fazer xixi, mas ficou enrolando alguns minutos no banheiro. Sinceramente, não era uma situação ridícula?

Finalmente, houve uma batida à porta.

– Se você estava tentando ser discreta, pode sair agora – disse Todd.

Ellie saiu do banheiro.

A sala estava vazia.

– Onde ela está?

– Foi embora.

– Ah, meu Deus. Me desculpe. – Ellie se sentou na cadeira.

Ele passou a mão na cabeça.

– Ela pediu para agradecer pelo jantar.

– Certo.

Todd mostrou a mesa e os pratos e o resto de tiramisu.

– Eu agradeço também.

– Não foi nada. – Ela comeria o resto no café da manhã.

– E por se esforçar também. Boa tentativa.

– Teria sido melhor se tivesse dado certo.

– Essa história toda está acabando comigo. – Todd parecia derrotado.

– Eu sei. Desculpe.

– Eu me sinto a maldita da Bridget Jones. – Ele soltou uma bufada de irritação e abriu outra garrafa de cerveja. – Pareço uma *garota*, todo tenso. Estou dizendo, isso está me enlouquecendo.

– Aqui também. – Ellie assentiu.

– Eu estou falando como uma garota?

– Um pouco.

Todd fez cara de nojo.

– Se Jamie estivesse aqui agora, ele não ia parar de pegar no meu pé. Bom, vou calar a boca. – Ele fez um gesto de zíper nos lábios. – Não vamos mais falar sobre mim. Vamos falar sobre você. Como vai o lance com Joe?

Ellie sorriu e assentiu; tinha passado pela mesma coisa antes, quando Roo fez a mesma pergunta. Só que havia menos chance de Todd querer saber se o sexo era bom.

– A gente está se divertindo. Estou me sentindo normal de novo.

– Que fantástico. Ótimo – falou Todd com sinceridade. – Mal posso esperar para conhecê-lo.

Eles se dariam bem. Ellie assentiu.

– Vamos nos encontrar, vou marcar alguma coisa.

Todd foi embora às onze. Havia duas coisas que ela não tinha contado para ele. A primeira foi o que ela descobriu mais cedo com Christine. Tony tinha contado a ela sobre Martha, mas Todd não sabia nada daquilo e não havia motivo para contar.

Mas Ellie achava que tinha que fazer alguma coisa. Mesmo sem ter certeza do quê.

Ela limpou a mesa de jantar e botou a louça na máquina, se sentou no sofá e ligou o notebook. Mandar um e-mail para Tony estava fora de cogitação. Seria errado contar que o marido da amante dele tinha morrido. Se Martha quisesse que ele soubesse, já teria feito contato.

E ela não tinha. Claro que não. Devia estar tão consumida pela culpa quanto pela dor.

Ellie digitou Martha Daines no Google e encontrou o link do site. Lá, acessou a página principal. Examinou a galeria de quadros. Encontrou um endereço de e-mail.

Ela escreveu o e-mail de coração, sem hesitar.

Prezada Martha,

Acabei de saber, por meio de uma pessoa que trabalha na Casa Stanshawe, sobre a morte de seu marido, Henry. Lamento muito. Meus sentimentos. Meu sogro, Tony, é um grande admirador do seu trabalho. Eu não contei a ele sobre Henry. Mas eu era casada com o filho dele, Jamie, e sei como é a dor de perder o marido. Por isso entendo um pouco o que você está passando e o que deve estar sentindo agora. Se desejar conversar comigo por e-mail ou pessoalmente, pode entrar em contato quando quiser.

Ellie escreveu seu número de telefone e o endereço de casa e deu o link de um fórum on-line para viúvas que ela achou útil no ano anterior, quando estava no auge do luto. E concluiu com: "Um beijo, Ellie Kendall. P.S.: estou falando sério sobre você entrar em contato. Não precisa se você não quiser, mas conversar ajuda."

Ela se recostou nas almofadas do sofá e Jamie entrou na sala.

– E aí? Devo enviar?

Jamie ficou perto da porta, o cabelo brilhando por causa da luz do corredor. Ele estava usando uma camisa amarela bem clara e a calça jeans de sempre.

– Manda ver. – Ele deu de ombros com tranquilidade. – É o que você quer mesmo.

Se ela se esforçasse, poderia até conjurar o cheiro dele.

– Eu sei, mas é a coisa certa a fazer?

– Querida, você quer ajudá-la. Vocês têm uma coisa em comum. – Jamie fez uma pausa. – E não só o óbvio. Manda.

Com *não só o óbvio*, ele estava falando do peso da culpa.

Ele sabia. Claro que sabia.

Ellie apertou o botão e o e-mail saiu voando pelo ciberespaço. Ela talvez tivesse notícias de Martha. Talvez não.

Havia um brilho malicioso nos olhos de Jamie agora.

– Não quero falar sobre aquela outra coisa.

– Tem certeza?

– Absoluta, obrigada.

O sorriso dele estava brincalhão.

– Tudo bem. Mas eu sei mesmo assim.

– Claro que sabe.

– Não se preocupe, não vou contar para ninguém. Tchau!

Jamie saiu com um leve gingado no caminhar. Ellie fechou os olhos. Aquele era o segundo segredo que ela não revelara para Todd naquela noite. Roo também não sabia de nada. Não era o tipo de informação que ela podia contar para alguém. Não enquanto estivesse num relacionamento, pelo menos.

Como um homem que se dá ao respeito se sentiria se descobrisse que, enquanto fazia amor com a nova namorada, ela fingia que ele era outra pessoa?

Capítulo 45

– Seu namorado está esperando lá fora.

Havia algum motivo específico para Zack estar parecendo meio irritado? Ellie olhou o relógio: três minutos para as cinco.

– Ele me perguntou que horas eu terminaria o trabalho. Tudo bem ele se encontrar comigo aqui, não é? – Ela percebeu que estava na defensiva; Zack não andava com o melhor dos humores. – Você precisa de mim para mais alguma coisa ou eu posso ir?

Ele a encarou com impaciência e um leve revirar de olhos. Em retaliação, Ellie fechou o computador e empurrou a cadeira para trás.

– Bom, vou embora, então. Até amanhã. Tenha uma ótima noite!

Ela abriu um sorriso largo para disfarçar o fato de que ter que passar por ele para chegar à porta estava tendo o efeito habitual de fazer seu coração disparar.

Evidentemente entediado agora, Zack voltou a atenção para o calendário da parede enquanto ela saía.

– Você também.

Do lado de fora, Joe abriu os braços e deu um grande abraço em Ellie.

– Estou esperando há séculos.

– Eu sei. Zack falou que você estava aqui.

– Eu o vi na janela de cima. Ele podia ter me convidado para entrar.

O céu estava escuro e carregado de chuva. Ellie estava um pouco constrangida porque Zack não o tinha convidado para entrar.

– Desculpe. Ele anda meio estranho ultimamente.

– Falando em estranho, preciso te falar uma coisa.

– Ah, meu Deus, é meu cabelo? – Ela sabia que não devia ter cortado a franja na noite anterior. Ellie ergueu as mãos e puxou as pontas. – Está torto?

Joe balançou a cabeça.

– Não é seu cabelo. Escuta, é uma coisa importante.

O que estava acontecendo? Ellie não conseguia imaginar.

– Importante bom ou importante ruim?

– Importante bom. – Joe olhou para ela daquele jeito intenso e narigudo dele. – Pelo menos eu acho.

Estava chovendo agora. Eles estavam parados na calçada em frente à casa do Zack, se molhando. Será que Zack continuava lá, mal-humorado, vendo os dois e imaginando o que estaria acontecendo?

– Vem, vamos para casa. – Ellie começou a andar. – Me conta no caminho.

– Tudo bem. – Joe se juntou a ela, passou o braço pelos ombros dela, a jaqueta cáqui larga balançando. – Lá vai. Recebi uma ligação de Stephen.

Stephen era o agente que eles haviam contratado, da agência de Los Angeles.

– E...?

– Mac Zeller entrou em contato.

– Certo – disse Ellie. Mac Zeller era o produtor-diretor que tinha comprado o roteiro dele e de Kaye.

– Ele quer que a gente trabalhe exclusivamente com ele em um roteiro novo...

– Uau, fantástico!

– ... e ele também produziu uma sitcom que está quebrando todos os recordes na primeira temporada nos Estados Unidos. *The Afternooners*. Deve fazer mais sucesso do que *Friends*. – As palavras estavam saindo em turbilhão agora. – E Mac quer que a gente entre para a equipe de roteiristas. Eu e Kaye! É inacreditável. Eu nem consegui respirar direito quando Stephen me contou... Só de pensar que ele acredita tanto na gente... – Joe parou de andar e segurou as mãos dela, os óculos de armação prateada pontilhados pela chuva.

– Que ótimo. – Ellie levantou a mão e limpou as lentes, para que ele pudesse enxergar. – Quer dizer que vocês vão passar um tempinho lá.

– Mais do que isso. – O pomo de adão de Joe subiu e desceu quando ele engoliu em seco. – Quer dizer que vamos ficar lá por um bom tempo. Uns seis meses, no mínimo. Dois anos, de preferência. Não é uma coisa que a gente possa fazer daqui. Vamos ter que nos mudar para Los Angeles. – As mãos dele estavam tremendo. – Ellie, ele fez uma proposta irrecusável. É a maior oportunidade das nossas vidas. Não podemos dizer não.

Ele estava observando a reação no rosto dela. Ellie o abraçou.

– Claro que não! Se mudar para Los Angeles e trabalhar com Mac Zeller? É incrível. Vocês merecem.

Joe se afastou com uma expressão ilegível.

– Sério?

– Nossa, com certeza! – Por que ela não estaria falando sério?

– A questão é que eu meio que esperava que você ficasse um pouco mais chateada, e aí eu poderia dizer: "E quero que você vá comigo!"

– Ah.

O sorriso torto dele brilhou como uma lâmpada lutando para não se apagar.

– E aí? O que você acha disso?

A 50 metros dali, na sala do andar de cima, Zack observava da janela enquanto Ellie e Joe se encaravam, alheios à chuva cada vez mais forte. Ele teria uma vista melhor se abrisse a janela e se debruçasse por ela ou se por acaso tivesse um periscópio, como os que ele tinha comprado para os sobrinhos no Natal, para eles poderem espiar pelos cantos.

Só que isso não tinha como acontecer. Ele não podia ouvir o que os dois diziam, mas Ellie tinha abraçado Joe e agora ele estava fazendo carinho na bochecha dela. Ela estava sorrindo para ele. Zack se virou, sentindo um ligeiro desprezo por si mesmo. Então, o celular tocou no bolso.

Quando o pegou, ele viu o nome na tela: Meg.

Na Nevis Street, Ellie tirou a jaqueta molhada e botou a chaleira no fogo, enrolando enquanto pensava no que dizer.

Mas Joe não era burro. Ele já sabia.

– Então você não ficou tentada?

Ela se virou para encará-lo.

– Não posso, desculpe. Não.

– Que pena. Eu tenho que ir. Você entende, não entende?

Ellie assentiu.

– Entendo.

– Vou sentir saudades.

– Eu também vou.

– Não tanto quanto eu. – O sorriso torto estava de volta. – Senão você iria junto.

Bom, lá vai.

– Joe, as últimas semanas foram incríveis. A gente passou momentos fantásticos juntos.

Ele interveio com resignação triste:

– Isso quer dizer que você não vai mudar de ideia.

– Você não ia querer isso. Olha, a gente pode ser sincero um com o outro? De zero a dez, o que você sente por mim? – Ellie ergueu as mãos. – E não diga dez. Você tem que ser *totalmente* sincero.

Joe passou os dedos pelo cabelo úmido.

– Nove. Bom, nove, não. Oito e meio. Mas isso é bom, muito bom.

– Obrigada. Agora é minha vez. – Ellie ia dizer oito. Para ser gentil, falou: – Você também ficou no oito e meio.

– São notas bem altas, na minha opinião.

– E são. Mas não o suficiente. Se você planeja viver com alguém, tem que ser só dez.

Ele ergueu as sobrancelhas.

– Você me mandou não dizer dez.

– Porque não teria sido verdade. – Ellie pegou as mãos dele. – Mas você me ajudou a recuperar a autoconfiança, e esse é o melhor presente do mundo. Graças a você, sei que consigo me sentir normal de novo, fazer todas as coisas que as pessoas normais fazem, transar e gostar.

– É um talento especial que eu tenho. Eu sempre fui excelente no sexo – acrescentou Joe seriamente.

Tudo ia ficar bem. Ellie sentiu-se relaxar.

– Você é ótimo na cama. E fora dela.

– Tipo um oito e meio, de zero a dez.

Ellie abriu um sorriso.

– Quando você conhecer sua mulher dez, quero que me telefone e diga: "Agora entendi, agora saquei. Ellie, me desculpe. Você estava certa e eu estava errado."

– Vem cá, você. – Joe a puxou para um abraço. – Tudo bem. Eu já sei que você está certa. É que vou sentir saudades, só isso. A gente se divertiu muito junto, não foi?

– Muito mesmo. – Ela deu um beijo carinhoso na boca de Joe. – Obrigada. Por tudo.

O rosto dele se suavizou.

– Acredite em mim, foi um prazer.

– Para mim também. – Tinha parado de chover. – Vem, temos que sair para comemorar. Por minha conta. Você vai para Hollywood!

– Você voltou ao normal.

– A gente teve um lance incrível – concordou ela com alegria.

– E sexo incrível – lembrou Joe com modéstia.

Ellie sorriu e o beijou de novo. Foi bom. Mas, na cabeça dela, nem sempre foi com Joe que ela fez um sexo incrível.

Mas ela não contaria isso para ele. Não havia necessidade de ele saber.

Capítulo 46

Yasmin terminou de tirar o esmalte das unhas dos pés de Roo e começou a massagear os pés dela cuidadosamente com esfoliante.

– Vamos, conta mais!

Roo sorriu; Yasmin adorava ouvir sobre os acontecimentos do bazar.

– Ontem apareceu uma garota. Vinte e poucos anos. Magrela, peitos enormes, cabelo louro com megahair, grandes olhos azuis. Ela nos entregou duas sacolas enormes de roupas. Só coisa boa, tudo tamanho 38. Falou que esperava que a gente conseguisse vender tudo por um bom preço.

Yasmin olhou para ela com expectativa.

– E...?

– Hoje cedo ela voltou. Só que, dessa vez, não estava sorrindo. Estava cuspindo fogo. Eu acenei para ela e ela disse: "Aquela vaca esteve aqui?" De repente, viu um dos vestidos dela e surtou, começou a gritar e xingar e a tentar arrancar do manequim...

– Por quê? – perguntou Yasmin, intrigada.

– Ontem de manhã ela teve uma briga horrível com a irmã – contou Roo. – Irmã gêmea.

– Ah... – Yasmin começou a rir. – Que incrível! A gente atendeu umas gêmeas aqui ano passado. Eram professoras aposentadas, mas elas ainda brigavam por qual cor iam pintar as unhas. Uma delas queria rosa perolado e a outra tinha decidido por ameixa brilhante, mas...

– Yaz? – Jackie, uma das outras funcionárias que cuidava da recepção, estava olhando pela janelinha. – Desculpe interromper, mas ele está voltando. Está a caminho.

O sangue de Roo gelou; havia alguma coisa na urgência da voz de Jackie que deixou bem claro. Yasmin tinha ficado paralisada também. Não podia ser ele, não mesmo... E se fosse, o que ela poderia fazer?

– Ele trouxe flores! – Jackie se afastou rapidamente da janela. – Lá vem ele...

Roo ouviu a porta se abrir atrás dela. Yasmin se levantou. Ah, meu Deus, ah, meu Deus, que pesadelo. O coração de Roo estava disparado e descontrolado, a cabeça dela girava, ela estava enjoada...

Tudo ficou escuro e, por uma fração de segundo surreal, Roo achou que tinha desmaiado. Mas, calma, não podia ser, o cérebro dela ainda estava funcionando. Momentos depois, ela sentiu a toalha macia sendo colocada no rosto e na cabeça, como se estivesse fazendo relaxamento facial.

Só que ela não estava.

O que dava a entender que...

Como era possível?

– Niall, isso é loucura. – Ainda prendendo as beiradas da toalha em volta da cabeça de Roo para que o cabelo dela não ficasse visível, Yasmin disse: – Já falei que você não pode aparecer aqui. Estou ocupada.

A disparada no peito de Roo estava tão alta que parecia que uma cavalaria sairia de dentro dela. Ela estava deitada em uma cadeira reclinável com a calça jeans enrolada até os joelhos, os pés cobertos de gosma cinza e a cabeça enrolada numa toalha azul-marinho. A menos de 2 metros de Niall. Ela sentia o cheiro da loção pós-barba dele. Percebia o desespero dele. Ouvia o tremor na voz dele.

– ... mas você não me deixa entrar na casa da sua mãe e se recusa a voltar para casa, então o que posso fazer? Yaz, me desculpe. – Ele estava tagarelando agora. – Já falei mil vezes. Cometi um erro e vou passar o resto da vida arrependido. É você que eu amo. Você e Ben. A gente é uma família e deveria ficar junto... Toma, pelo menos pega as flores, são as suas favoritas.

Embaixo da toalha macia, Roo ouviu o estalo de papel de seda e do celofane do florista.

– Deixa na mesa, Niall. – Yasmin pareceu tão desinteressada quanto se ele fosse o entregador do FedEx com uma encomenda. – Não vou permitir que você faça isso na frente da minha cliente. É antiprofissional. Além do mais, você está fazendo papel de idiota.

– Yaz, você não entende? Eu não ligo! Quero que me perdoe. – A voz de Niall falhou com a emoção. – Quero reconquistar você e acho que ninguém se incomodaria de me dar alguns minutos para tentar. – A mão de alguém pousou no ombro dela e Roo, perplexa, se espremeu na cadeira reclinável com tanta força que o plástico estalou. – Não é verdade?

Ainda estava difícil pensar racionalmente, mas ela estava ciente, de uma forma meio ressentida, que a situação era de Yasmin. Aquele era o local de trabalho dela, era ela que estava no controle. *E foi ela que cobriu o rosto de Roo com uma toalha.*

Isso queria dizer... ah, meu Deus... que ela *sabia*?

Fosse como fosse, não cabia a ela se sentar e revelar sua identidade tirando a toalha do rosto no melhor estilo Scooby-Doo.

E devia ser melhor assim.

Mas Roo balançou a cabeça e se pegou usando um tipo estranho de rosnado com sotaque.

– Ah, tudo bem. – Céus, parecia que ela estava com bronquite.

– Olha, a gente é uma família. – A mão soltou seu ombro; Niall estava falando com Yasmin de novo. – Sinto tanto a sua falta. E do Ben. Faço o que você quiser. – Ele estava suplicando agora. – Nunca mais vou ver Vivica e juro que é verdade. Gata, foi um erro, só isso. Me dá outra chance, *por favor.*

– Quero falar três coisas. – Yasmin respirou fundo. – Não gosto quando você me chama de gata. Nunca gostei.

Ui. Niall parecia estar balançando a cabeça.

– Desculpe, desculpe.

– Também não quero te dar outra chance.

– Mas...

– E a terceira coisa – continuou Yasmin como se ele não a tivesse interrompido – é que você continua mentindo para mim agora. Um erro, você disse. Só que isso não é verdade, é? Vivica não foi a única mulher com quem você teve um caso.

Aimeudeus. O zumbido nos ouvidos de Roo parecia o de um jumbo. Foi por isso que Yasmin cobriu o rosto dela com uma toalha, para que ela própria pudesse executar a revelação triunfante. Uma parte de Roo teve que admirá-la. Seria um momento glorioso, o golpe final que sinalizaria a morte do casamento. Eles só precisavam de um rufar de tambores...

– Juro que não teve mais ninguém – falou Niall com segurança.

Roo mordeu o lábio.

– Teve, sim, Niall. Você sabe que teve.

– Gata... hum, Yaz, juro por Deus que estou falando a verdade!

É agora, é agora. Roo cravou as unhas nas palmas das mãos. *Lá vem a grande revelação...*

– Está? Bom, como você quiser. Mas nosso casamento acabou mesmo – decretou Yasmin. – E tenho que trabalhar. Agora que você já falou o que queria, será que pode ir embora e nos deixar em paz?

Ei! O quê? E eu?

Houve um longo silêncio. Finalmente, Roo ouviu Niall suspirar derrotado. E passos quando ele saiu do salão. A porta foi aberta e fechada em seguida.

Todo mundo esperou.

– Ele está no carro. Indo embora. Foi – anunciou Jackie.

A toalha foi retirada do rosto de Roo.

Yasmin olhou para ela.

– Opa.

A boca de Roo estava tão seca quanto o Saara. Ela desgrudou a língua.

– Como você soube?

– Olha só – disse Jackie. – Para começar, você é Daisy Deeva.

– O quê? – Roo virou a cabeça; Jackie estava parada atrás da recepção com os braços cruzados em cima dos seios empinados. – Você quer dizer que *todo* mundo sabe disso?

– Claro que sabemos. – O tom de Jackie foi tranquilo. Ela olhou pela janela de novo. – Yaz, a Sra. Simpson chegou. Está pagando o táxi.

– Certo. – Yasmin indicou as unhas sem esmalte de Roo. – Vamos limpar você e deixar sem pintar hoje? Depois da próxima cliente é meu almoço. Que tal você esperar no café do outro lado da rua e eu encontro você lá em vinte minutos?

Ela não ia revelar nada. Roo engoliu em seco.

– Tudo bem.

Que outra opção ela tinha?

Não foram vinte minutos. Foram uns quarenta. Roo não conseguia parar de tremer. O estômago estava embrulhado. Será que ela tinha ido ao café errado? Como poderia saber?

Finalmente, a porta se abriu e Yasmin entrou. Ela conversou com a garçonete no balcão, pediu um café com leite e foi até a mesa de canto onde Roo estava sentada.

– Eu sinto muito – começou Roo. – Sinto mesmo. Eu me odeio. E sei que não devia ter acontecido, mas já acabou, eu juro.

– Sei que acabou – disse Yasmin.

As palmas das mãos de Roo estavam úmidas; ela as secou discretamente na calça jeans.

– Como você descobriu?

– Bom, desde o começo? Ao longo dos anos, eu passei a conhecer meu marido muito bem. E sei que ele mente bem. Fora com uma coisa. A mentira pode ser boa, mas ele não consegue controlar o pescoço. – Yasmin bateu no próprio pescoço. – Talvez você tenha reparado. Fica meio vermelho. Entrega na hora. Na primeira vez em que você foi ao salão, a gente achou que você era a Daisy Deeva, mas você negou. Naquela noite, eu contei a Niall sobre você e aconteceu uma coisa estranha. O pescoço dele ficou vermelho!

Pelo amor de Deus, ela estava falando sério?

– Foi isso? Só o pescoço dele?

– Bom, eu não tinha certeza. Mas você tinha mentido – observou Yasmin. – Eram duas coisas para me deixar desconfiada. E teve a noite em que a gente saiu e encontrou sua amiga Ellie. Foi meio estranho ela não conseguir lembrar o nome da própria filha.

Roo umedeceu os lábios, pois ainda não tinha ideia de onde aquilo ia dar.

– E aí você descobriu?

– Bom, a coisa do pescoço aconteceu de novo, só que pior. Ficou bem óbvio que Niall estava aflito para saber o que estava acontecendo!

– Já tinha acabado tudo. Eu já tinha terminado com ele.

– Certo. – Yasmin assentiu, juntando as peças mentalmente. – Ele também estava saindo com Vivica?

– Estava.

– E foi por isso que você parou de vê-lo?

Roo ficou vermelha e assentiu, cheia de vergonha.

– Só por curiosidade, Niall contou onde eu trabalhava?

– Não. Eu encontrei uma lista de coisas que você tinha pedido para ele comprar. Escrita no papel do salão.

– Ah. Agora faz sentido. – Yasmin se inclinou para a frente e tomou um gole do café com leite.

– Por que você não me contou que sabia?

– Sinceramente? Não faço ideia. Eu estava tão curiosa... Você voltou outras vezes. E parecia ser uma pessoa legal, o que me deixou confusa. Eu não sabia o que você queria. Ninguém conseguiu entender o que estava acontecendo. Eu não queria te colocar contra a parede, senão você ia desaparecer. – Os cantos da boca de Yasmin se ergueram. – E posso até parecer mercenária, mas ninguém nunca me deu gorjetas tão boas.

Roo estava ocupada dobrando a borda da toalha azul e branca.

– Você deve me odiar.

– Qualquer um acharia isso, não é? Mas é isso que é estranho. Eu não odeio. Nunca odiei.

– Na primeira vez em que fui ao salão, eu queria descobrir como você era.

– Para ver se eu era tão horrível quanto Niall falava? Que reclamava, resmungava, vivia de mau humor e sempre chateada? Posso imaginar o que ele contou. E às vezes era verdade. – Yasmin continuou com ironia. – Ter que trabalhar e cuidar de um bebê e da casa enquanto seu marido não faz nada tem esse efeito.

– Sinto muito.

– É o que você diz.

– Eu devia ter dado um pé na bunda dele assim que descobri que ele era casado. Eu sou uma pessoa ruim. – Os olhos de Roo se encheram de lágrimas. – Estou me esforçando para me redimir, eu juro.

– Ah, meu Deus, não chore! Eu não queria te chatear. – Yasmin empurrou um guardanapo de papel para ela. – Escuta, você ouviu o que eu falei para Niall hoje. Eu não o quero de volta! Estou melhor sem ele. Se ele ainda estiver com Vivica, pode apostar que vai arrumar outro rabo de saia até o Natal. Acho que uma mulher só nunca vai ser suficiente. Ele sempre vai estar caçando uma emoção nova.

O guardanapo de papel era áspero. Roo secou as lágrimas e se obrigou a se controlar.

– Acho que você está certa. Mas ainda sinto muito. E *nunca mais* vou fazer isso.

– Como você descobriu sobre Vivica?

– Eu li uma mensagem dela no celular dele enquanto ele estava no banheiro.

Yasmin balançou a cabeça e fez um som de reprovação.

– Erro básico de principiante. Ele não vai mais fazer isso tão cedo.

– Eu achei que você ia tirar a toalha da minha cara quando ele estava no salão.

– Passou pela minha cabeça. Mas isso só faria Niall culpar você por ter destruído o casamento. Não. – Yasmin sorriu brevemente. – Prefiro assim. Foi uma forma de sair por cima da situação. E quero que você continue indo ao salão. – Ela olhou o relógio. – Na verdade, a gente pode voltar lá, se você quiser. Posso fazer seu pé.

Roo conferiu as horas: 13h15.

– Não posso. Começo no trabalho às duas.

– Foi isso que a gente não conseguiu entender. – Yasmin pareceu intrigada. – Você é Daisy Deeva. Por que está trabalhando num bazar beneficente?

– Já falei. Estou tentando me tornar uma pessoa melhor, me redimindo de todas as coisas ruins que eu fiz.

– Sério? – Um pensamento passou na cabeça de Yasmin. – É por isso que você...? Não, desculpe, não importa.

– Por isso o quê?

– Aquele lance da maquiagem. Fiquei curiosa.

Roo assentiu.

– Eu dei tudo. Minhas roupas também.

– Meu Deus.

Falando em Deus...

– E tenho ido à igreja. Fui duas vezes. – Ela parou de ir depois da segunda vez, quando uma mulher mandona brigou com ela pelo barulho dos saltos no piso de pedra.

– Caramba. – Yasmin pareceu bastante impressionada. – Tudo isso por causa do Niall.

– Nem tudo. Teve outra coisa. Eu quase beijei o namorado da Ellie. – Pronto, ela confessou. Agora Yasmin sabia tudo, tudo de ruim que havia nela.

Yasmin arregalou os olhos.

– Ela sabe disso?

Roo assentiu com cansaço.

– Sabe, sim. Eu contei.

– Ela ficou com raiva?

– Não, ela ficou aliviada. – Ah, meu Deus, as lágrimas estavam de volta. – Ela queria terminar com ele, mas não sabia como. Só que essa não é a questão. Eu não sabia disso na época. E quase o beijei mesmo assim.

– Olha, sem querer ofender. – Pronta para sair agora, Yasmin pegou a bolsa de couro azul-claro. – Quando eu arrumar outro homem, acho que não vou apresentá-lo para você.

Outra onda de vergonha tomou conta de Roo.

– Eu não faria nada, juro que não faria. É isso que estou tentando dizer. – Ela ficou desesperada para explicar antes que Yasmin fosse embora. – Eu faço qualquer coisa, *qualquer coisa* para consertar...

– Roo – interrompeu Yasmin. – Calma. Era piada.

Capítulo 47

LITTLE VENICE. O SOL ESTAVA ARDENDO em um céu azul sem nuvens, cintilando na superfície da água e fazendo Ellie desejar não ter se sentado por acidente nos óculos escuros na noite anterior.

Ela tinha caminhado de Camden Lock pelo Regent's Canal. Agora, lá estava ela, finalmente, no cruzamento em que se encontrava com o Grand Union Canal e a bacia de Paddington. Barquinhos coloridos seguiam para lá e para cá, patos nadavam despreocupados entre eles e as pessoas estavam sentadas nos conveses, tomando vinho. A tarde estava linda e os caminhos ao longo do canal estavam lotados de turistas e moradores da cidade apreciando o bom tempo inesperado. Salgueiros-chorões deixavam indefinidos os contornos das casas de estuque atrás deles. Ellie cobriu os olhos, observou a cena e procurou na margem oposta.

Lá estava ela, usando um vestido verde-esmeralda florido, com o cavalete montado no caminho. Ellie foi até a ponte de ferro azul e a atravessou. Seria estranho encontrar Martha? Seria constrangedor? Elas teriam dificuldade de arranjar assunto para conversar?

Ninguém ficou mais surpresa do que Ellie quando Martha respondeu à mensagem impulsiva que ela tinha enviado. Breve e direta, Martha agradeceu pelo e-mail e insistiu que *não* queria que Tony soubesse da morte do marido dela. Foi só isso.

Até que, dois dias depois, do nada, outro e-mail chegou à caixa de entrada de Ellie:

Prezada Ellie,
Fui grosseira no e-mail anterior? Muito direta? Se fui, peço desculpas. Agradeço muito sua oferta gentil. Não acho que seria apropriado eu ir até seu apartamento, mas estarei pintando em Little Venice na tarde de domingo. Se você estiver livre e passar por ali, seria bom conhecê-la.
Felicidades,
Martha.

De perto, Ellie viu que o cavalete estava montado, mas nada tinha sido pintado. Martha estava sentada no banco segurando um pedaço de carvão, mas só os contornos básicos tinham sido feitos. Tony a descrevera como voluptuosa e reluzente. Bom, ela não estava assim agora. Podia ser bonita, com as maçãs do rosto salientes e a cabeça com um formato lindo, mas o rosto estava contraído, havia olheiras e era evidente a ausência de qualquer brilho.

Mas, quando se virou e viu Ellie parada a alguns metros de distância a observando, ela abriu um sorriso que fez diferença.

– Oi. É você?

– Sou eu – confirmou Ellie.

– Imaginei. Querida, é um prazer conhecer você. – Martha suspirou e fez um gesto com ar de impotência para as poucas linhas desenhadas no bloco à frente. – Acho que vou desistir disso. Vamos procurar um lugar para tomar um chá?

– A gente não pode ficar aqui?

– Não tem lugar para você se sentar... – Houve um momento de pânico de anfitriã. – Ah, eu não pensei nisso direito.

– Ei! Você está insinuando que sou uma velha decrépita? – Ellie estava usando uma calça jeans velha e uma camisa branca com as mangas dobradas. Ela se sentou de pernas cruzadas no chão, fora do caminho dos pedestres, à direita de Martha. – Estou bem assim.

– Só se você tiver certeza. Me avise quando seu bumbum ficar dormente. Eu tenho tentado pintar. Mas não consigo mais. Eu quero, só não me vem nada. – Ela pareceu abalada. – Talvez eu nunca mais pinte.

– Como você está se sentindo? Pode me contar. E eu digo contar de verdade – garantiu Ellie. – É por isso que estou aqui.

– Querida, eu sei. E obrigada mesmo por ter vindo. Honestamente? – Martha fez uma pausa e rolou o pedaço de carvão entre o polegar e o indicador. – Estou me sentindo como um coelho que foi atropelado por um carro e largado à morte numa vala. Como uma casa vazia com todas as janelas abertas e um vento frio soprando dentro. Me sinto culpada e sozinha, e às vezes me pergunto se Henry está em um lugar melhor agora, depois me odeio por pensar isso... Na verdade, eu me odeio quase o tempo todo. E sinto falta dele, sinto tanta falta dele que poderia arrancar meu coração, porque não tem como doer mais do que isso. Que tal?

– Honestamente? – ecoou Ellie. – Me parece familiar.

– Você sabe sobre mim e Tony? Deve saber.

– Sei. Ele me contou. – Será que Martha percebia que estava girando a aliança sem parar? Estava frouxa no dedo dela; ela tinha emagrecido.

– E, enquanto era casada com Jamie, você teve um caso com outro homem?

– Não. – Ellie balançou a cabeça. – Não tive.

– Então pronto. Você não teve esse fator para aumentar a culpa.

– Eu sei. Deve ser horrível. Só que a culpa vem de qualquer jeito. Eu me culpava por não ter obrigado Jamie a ir de trem em vez de ir de carro.

– Isso é parte do processo de luto. – Martha se recostou. – Eu li os folhetos. Mas eu tenho um motivo válido para me odiar.

– Seu marido não era mais ele mesmo.

– Não é uma boa desculpa.

– Olha, não tem nada que eu possa dizer que vá fazer você se sentir melhor. – Ellie viu dois cisnes nadando. – Só se passarem algumas semanas. As coisas vão ficar mais fáceis com o tempo.

– É o que todo mundo diz. Não consigo imaginar.

– Vai, sim. Olha para mim. Eu nem conseguia me imaginar me envolvendo com outra pessoa. Mas aconteceu – disse Ellie.

– Ah, sim. Tony me contou. – Um sorriso surgiu no rosto dela. – Ele ficou tão feliz por você. O melhor amigo do Jamie. Eu ouvi a história toda. Que ótimo.

Ah, caramba.

– Na verdade, aquilo nem chegou a acontecer direito. Não deu certo. Mas outra pessoa apareceu e foi ótimo. Eu me senti normal de novo.

Martha pareceu interessada.

– Você ainda está com ele?

– Bom, não...

– O que houve?

– Ele vai se mudar para os Estados Unidos.

– E terminou com você? – Ela ficou furiosa.

– Não, ele me chamou para ir com ele. Eu é que não quis.

– Por que não?

Por que mesmo?

– Porque ele era o cara quase certo – respondeu Ellie. – Não o totalmente certo.

– Sabe o que significa ser artista? Reparar em cada detalhe. No tipo de detalhe que as outras pessoas podem deixar passar. – Martha fez uma pausa. – O que estou interessada em descobrir é por que você começou a piscar muito rápido agora.

Ellie engoliu em seco.

– Você quer dizer quando eu olhei para a água e o sol fez meus olhos arderem?

– Não. O que você está escondendo? – Martha apontou para ela com o pedaço de carvão. – E sabe esse jeito de engolir em seco? Eu também vi.

Pelo amor de Deus, o que ela era, uma bruxa?

Ora, elas estavam lá para serem sinceras uma com a outra. Ellie tirou a franja dos olhos.

– Você poderia ser queimada na fogueira por fazer isso, sabia? Mas tudo bem, cá entre nós, tem outra pessoa. Mas é constrangedor e nunca vai dar em nada.

– Por que não? Ele é casado?

– Não! É que... ele é meu chefe. – Pronto, ela falou.

– Ah, esse tipo de coisa acontece. Tudo bem. Ah – disse Martha quando outra coisa surgiu na mente dela. – Ele é gay?

Ellie sorriu; seria até mais fácil se fosse.

– Ele não é gay.

– Então o que te impede?

– Ele não está interessado em mim. E a última coisa que quer é esse tipo de complicação. Ele só me contratou porque eu deixei claro que nunca rolaria nada. Porque, na ocasião, era verdade – garantiu Ellie com voz firme. – Eu não sentia nada.

– Ah, querida, mas você mudou de ideia. Ele conquistou você. Isso não é bom? – Martha fez uma expressão esperançosa. – Talvez ele também tenha mudado de ideia.

– Acredite, não mudou. E ele nunca vai descobrir o que sinto. Se descobrisse, eu teria que pedir demissão. – Ellie balançou a cabeça. – E isso seria horrível, porque ele é um chefe fantástico. E eu amo meu trabalho. Fora a parte do que sinto por ele, obviamente. O que você está fazendo?

Ah, meu Deus, Martha estava de pé, dobrando o cavalete e guardando tudo na bolsa. Será que ela tinha ficado chateada?

– Você está me animando. Não vou conseguir fazer nada hoje aqui. Não sou muito de beber, mas acho que um drinque cairia bem agora. Venha, foi tão bom conhecer você. Posso lhe oferecer uma taça de champanhe?

☾

– Você está atrasada. – Roo abriu a porta da frente. – Eu falei para você vir às seis. São seis e meia.

– Eu sei. Desculpe.

– Por onde você andou? – As narinas de Roo tremeram. – Você está bêbada?

– Não, eu tive uma tarde ótima – protestou Ellie.

– Bebendo! Estou sentindo o cheiro!

A nova abstemia de Roo tinha seu lado ruim: ela estava correndo o risco de virar a patrulha estraga-prazeres antiálcool.

– A gente ia tomar só uma taça cada uma. Mas era mais barato comprar uma garrafa. Ficamos num bistrô em Little Venice conversando um século. Nem reparei no tempo passando.

– Com quem você estava?

O interior da casa tinha cheiro de rosbife com molho. O estômago de Ellie roncou de expectativa; ela não ia reclamar daquele aspecto da nova e melhorada Roo. Também não ia contar a verdade. Não havia necessidade de Roo saber sobre o encontro dela com Martha. Foi um evento único perfeito, que não se repetiria. Ela tinha prometido não contar a Tony sobre a morte de Henry, e Martha prometeu guardar segredo sobre sua paixonite constrangedora pelo chefe.

– A comida está com um cheiro ótimo. Você fez empanadas?

– Fiz, mas queimaram um pouco. – Na cozinha, Roo espiou criticamente pela porta do forno. – É culpa sua, por ter se atrasado.

– Desculpe.

Ellie olhou para as panelas borbulhando no fogão. Havia cenouras e favas. Ao lado delas, na bancada de granito, havia tigelas de batatas assadas, cebolas refogadas com vinagre balsâmico e o que parecia ser... Não, não podia ser...

– O que é aquilo? – Ela apontou.

– Recheio de sálvia e cebola.

– Para acompanhar o rosbife?

– Eu *gosto* de recheio de sálvia e cebola – argumentou Roo, na defensiva.

– Eu também.

Ellie escondeu um sorriso. Com o avental listrado azul e branco e o cabelo todo espetado, Roo era meio deusa doméstica, meio galinha esfarrapada.

– E por que você não quer contar com quem esteve? – Quando falou, Roo pegou um batedor e começou a misturar furiosamente o molho.

Ellie pensou por um momento. Todd sempre foi doido por molho; ele e Jamie uma vez tomaram um pote inteiro em uma aposta.

– Eu estava com Todd – mentiu ela e viu um pouco de molho espirrar na parede.

– Ah, certo. Não me conte, vou adivinhar. – A voz de Roo estava tensa. – Ele ainda fala que preciso parar de ser teimosa pra gente poder ficar junto.

A coisa boa do álcool era que ele tinha o benefício de rearrumar seus processos mentais e fazer pensar em coisas de uma forma que você jamais pensaria.

– Ele não falou isso. Aliás, ele nem tocou no seu nome. – Ellie esticou a mão e roubou uma batata crocante do prato azul. – Cá entre nós, tenho certeza de que você já pode relaxar. Ele superou.

O molho saiu voando. Só um pouquinho. Sem virar a cabeça, Roo perguntou casualmente:

– Ah, é?

– Uhum.

Ellie abanou a mão num sinal de que não podia falar de boca cheia. O talento de Roo na cozinha podia ser errático, mas ela assara batatas perfeitas. Ellie mastigou e engoliu e viu que Roo ainda esperava uma resposta.

– Ele conheceu outra pessoa. – Aquilo era ótimo; como um mágico tirando fitas da boca, as mentirinhas inocentes não paravam de sair dali. – Foi sobre isso que conversamos. Ele não parava de falar. O nome dela é Lisa. Quer saber? Ele está caidinho!

– Ah. Que bom para ele. Que… ótimo. – Roo abriu um sorriso largo de quem não poderia estar mais feliz.

– E ele diz que ela é linda!

– Você pode me passar a jarra de molho? Está no armário atrás de você.

– Ela é professora de matemática. Não é incrível? Você já viu algum professor de matemática bonito na escola? Porque a gente não teve.

– Está quase pronto. – Roo se movia na cozinha como um coelho hiperativo. – Por que não espera na sala? Levo tudo em um minuto.

– Nem te conto como eles se conheceram – comentou Ellie. – Adivinha como foi!

– Não sei. Aqui, leve meu copo de água.

– O carro dela quebrou em Fulham. Ela estava esperando no sinal, que ficou verde, mas o carro morreu. Todo mundo ficou irritado, buzinando. E estava chovendo. Ninguém parou para ajudar. Mas Todd tinha acabado de sair do supermercado e viu o que estava acontecendo. Ele botou as sacolas no chão e empurrou o carro pela esquina para fora da pista…

– Está bom de rosbife para você? Quer mostarda?

– Quando ele voltou para pegar as compras, adivinha? Alguém tinha roubado tudo! O engraçado é que acabaram fazendo um grande favor, porque, quando ele contou para Lisa, foi isso que quebrou o gelo. Ele esperou com ela até o reboque chegar, eles ficaram conversando debaixo da chuva, e Lisa disse que, como era culpa dela terem roubado a comida dele, o mínimo que ela podia fazer era levá-lo para jantar. Foi isso que aconteceu e só melhorou a partir daí! Não é romântico à beça?

– É, sim. A gente pode mudar de assunto agora? – Roo praticamente a expulsou da cozinha. – Não quero saber.

Era impressionante o nariz dela não ter crescido até bater na parede. Satisfeita, Ellie carregou os copos de água para a sala. Deixe quieto, não diga mais nada. Trabalho encerrado.

Capítulo 48

Ellie estava na internet montando uma complicada agenda de viagem para os compromissos de Zack em Copenhague e na África do Sul. Até o momento, o maior problema parecia ser que havia duas reuniões já marcadas, em horários que significavam que ele só teria uns vinte minutos para fazer a conexão da Cidade do Cabo até Johanesburgo.

Basicamente, não era de um avião que ele precisava. Era de uma nave espacial.

Zack desceu a escada e entrou no escritório.

– Você viu o e-mail do Bob Nix?

– Não, mas a gente tem que resolver isso aqui. Vem dar uma olhada. – Ela bateu com o dedo na lista de horários e datas no bloco ao lado do computador. – Você marcou essa reunião e eles marcaram essa outra. Posso ver se consigo mudar a da Cidade do Cabo?

– Ah, entendi. – Com uma das mãos apoiadas na mesa, Zack se inclinou por cima do ombro dela para olhar. – Sim, liga para a Anika e pergunta se a gente pode se reunir logo de manhã cedo. Mas faça isso daqui a pouco – pediu ele, pegando o mouse e minimizando o site na tela do computador. – Tem outra coisa que quero mostrar. – Ele entrou rapidamente na conta de e-mail e clicou na mensagem que tinha chegado poucos minutos antes.

Ellie concentrou a atenção na tela. Estar tão fisicamente próxima de Zack lhe provocava um caos interior. Ela já devia estar acostumada, mas só piorava. Tentava não pensar no cheiro dele, no calor do corpo dele, na movimentação dos músculos e tendões da mão enquanto ele manobrava e clicava o mouse...

Oi, Zack,
   Parabéns pela negociação com a SpencerInc na semana passada. Fiquei sabendo pelo Ted. Estou impressionado.
   Bibi me pediu que enviasse a foto anexada e mandou um beijo. Você pode mostrar para Ellie? Espero que ela ainda esteja trabalhando com você!
Bob

– Pode abrir – assentiu Ellie, indicando que ele podia abrir o anexo.
Uma página de uma revista surgiu na tela. Bob e Bibi tinham sido fotografados em um baile beneficente chique em Dallas. Os dentes deles brilhavam. Bob parecia um urso jovial enorme de smoking. Bibi estava usando um vestido prateado de lantejoulas que exibia os seios enormes e a cintura fininha. Os olhos turquesa pareciam cintilar. O cabelo, em uma explosão de cachos, estava preso com grampos prateados com pedras.
Embaixo da foto, Bibi tinha escrito: "Ellie! Eu nunca ouvi tantos elogios!"
Ellie sorriu. Ela conseguia sentir perfeitamente a respiração quente de Zack na sua nuca.
– Esses grampos de cabelo... – Ele pareceu intrigado. – Parecem os que você estava usando na noite em que os conhecemos.
– Parecem um pouco.
Zack observou com mais atenção e seu braço roçou no ombro dela.
– São idênticos. – Ele mudou de posição e olhou para Ellie. – São os seus?
– São.
– Você os deu para Bibi?
Ellie ficou vermelha; será que ele estava irritado com ela? Constrangido por ela ter dado grampos tão baratos à esposa de um bilionário?
– Ela disse que gostou. Não achei que fosse usar. – Ela indicou a foto na tela. – Ainda mais em um evento desses.
– Ei, não estou reclamando. – Zack se empertigou e virou a cadeira para ela encará-lo. Ao observar o rosto dela, ele perguntou: – Você achou que eu estava?

– Não sei. – Ellie sentiu que estava corando; quando Zack olhava para ela assim, era difícil se concentrar. – Depois que cheguei em casa, pensei que talvez não devesse ter dado a ela. – Meu Deus, era *muito* difícil se concentrar. – Você não imagina como eles foram baratos... Só espero que ninguém diga isso a Bibi... As pessoas poderiam rir dela por usar aqueles grampos e ela vai morrer de vergonha.

– Posso só dizer uma coisa? – Zack interrompeu a falação dela. – Bibi é uma mulher inteligente e sabe o que faz. Ela usa o que quer e eu não seria a pessoa que tentaria rir dela. Além disso, ela é faixa preta de caratê.

– E não somos todas? – retrucou Ellie.

Ele parou e olhou para ela com mais atenção.

– Você é?

– Isso só eu sei, e quem sabe um dia você possa descobrir. – Ela não era faixa preta, mas tinha chegado à verde aos 14 anos. Depois de conquistar a verde, não era difícil mentir sobre o resto.

– Agora fiquei com medo. – Ele sorriu brevemente. – Mas foi uma coisa legal que você fez. Bob e Bibi gostaram muito de você.

– Eu gostei deles também.

Ellie se mexeu na cadeira de rodinhas; o clima tinha mudado? Nas semanas anteriores, Zack estivera distante e profissional. Agora ele estava encostado na escrivaninha, com as pernas a centímetros das dela. E era como se toda a tensão tivesse desaparecido. O jeito dele estava mais tranquilo, ele tinha voltado a ser o Zack descontraído e relaxado que se preocupava com ela e foi uma companhia tão boa quando ela ficou de cama, gripada.

Na verdade, mais do que isso. Era imaginação ou ele estava olhando para ela quase como se quisesse dizer alguma coisa, mas não sabia como? Ou será que ela simplesmente desejava que ele falasse? Ah, meu Deus, lá estava ela de novo, inventando fantasias como uma fã iludida de uma boy band!

– Nunca se sabe, uma coisa assim pode fazer toda a diferença. – Zack pegou a agenda e virou as páginas distraidamente. – Bob está procurando um sócio para uma nova empresa de eletrônicos. Talvez ele me faça uma proposta. Se isso acontecer, vou precisar ir para o Texas por umas duas semanas, provavelmente no começo de dezembro. – Ele franziu a testa, pensativo. – Sabe, seria bem tumultuado. Muita coisa para fazer, de trabalho e eventos sociais. Talvez eu precise que você vá comigo.

Ebaaaaaa, gritou uma vozinha na cabeça da Ellie. Uma viagem para o Texas com Zack! Ah, meu Deus, como seria se eles pegassem um voo noturno e tivessem que dormir lado a lado no avião?

Só que aquilo não ia acontecer, não é? Ele provavelmente ficaria mergulhado nos luxos da classe executiva enquanto ela ficaria esprimida na econômica no fundo do avião, cheia de crianças gritando em volta.

Em voz alta, ela respondeu:

– Tudo bem.

Ele a observava com atenção.

– Não vai atrapalhar seus planos?

Ele achava que ela ainda estava com Joe. Será que era o momento de contar que tinha acabado? Mas, se ela contasse, ele não acharia que ela levou um fora de novo? Ellie balançou a cabeça.

– É meu trabalho. Não tem problema nenhum.

– Que bom, que bom.

Ele continuou virando as páginas da agenda. Ela o viu olhar os compromissos de setembro. No fim do mês era o casamento da irmã dele. Ele passou direto sem dizer nada. Zack não voltara a comentar o assunto desde o dia em que ele pediu que ela fosse junto. Será que tinha esquecido que a havia convidado? Ou estava com esperanças de que *ela* tivesse esquecido? Tinha planejado levar outra pessoa?

Era por isso que o humor dele estava melhor? O estômago de Ellie se contraiu de ansiedade. Zack não ter lhe contado nada não significava que não estava acontecendo.

Pergunte a ele.

– Hã... – Droga, a garganta dela ficou esquisita e a boca secou. Ela empurrou a cadeira para trás e indagou: – Quer chá? – Seria mais fácil fazer a pergunta quando ele não estivesse tão perto.

– Obrigado. – Mas, quando ela entrou na cozinha, ele foi atrás. Bom, era melhor resolver logo. Ellie jogou sachês de chá em duas canecas. – E o casamento da sua irmã?

– Está um caos. – Zack relaxou visivelmente. – Tem um milhão de coisas para fazer, sem tempo suficiente para tudo. As gêmeas dizem que só serão daminhas se puderem usar uns tênis que acendem luzinhas. Além do mais, querem que os cachorros entrem com elas. Steph está arrancando os cabelos. Mas vai dar tudo certo no final.

Os sachês de chá se encheram de ar quando Ellie despejou a água fervente.

– Olha, se você não precisa mais que eu vá, tudo bem.

– Por quê? – Zack enrijeceu. – Você não quer mais ir?

– Não... quer dizer, eu quero... – Ela mexeu o chá com tanto vigor que respingou na bancada.

– É Joe?

– Não, eu só achei que você talvez quisesse levar outra pessoa. – Sinceramente, será que ele tinha noção de como era difícil falar casualmente com ele olhando para ela assim?

– Outra pessoa quem?

Era melhor ela contar logo.

– Bom, eu vi aquele cartão-postal que chegou para você na outra semana. Da Austrália. Eu não estava me intrometendo – acrescentou Ellie apressadamente –, só não tive como não ler.

– O da Meg. – Ela percebeu um breve sorriso. – O que te faz pensar que eu ia querer levá-la para o casamento da Steph?

– Bom, ela já foi sua namorada. E pareceu ansiosa para te ver de novo. – Nossa, ela estava falando como uma intrometida. – Desculpa, mas é mais fácil se eu souber o que está acontecendo.

– Não tem nada acontecendo. – Zack tirou o leite da geladeira e passou para ela. – Você está certa. Meg estava ansiosa. Eu fui tomar um drinque com ela no Queen's Head. Foi bom vê-la de novo, botar as novidades em dia, mas foi só isso. A gente não vai voltar.

– Ah. Certo.

– E eu não vou convidá-la para ir comigo ao casamento da Steph.

Leite. Um respingo. Leite. Mais respingos. Opa. Ellie ficou vermelha.

– E você ainda me quer?

Ah, meu Deus, eu falei mesmo isso?

Depois de um momento, Zack respondeu:

– Sim. Se você ainda quiser ir.

Opa. Ellie sentiu um calor.

– Eu quero. Estou animada. – O jeito como ele estava olhando para ela provocava um efeito estranho nos joelhos dela. – Para conhecer sua família.

– Vai ser divertido. Talvez você precise usar tampões de ouvido, mas vai gostar deles. Vocês vão se dar bem.

E agora ele estava olhando para sua boca. Era essa a sensação de ser hipnotizada? Ellie nem estava conseguindo pensar direito.

– Eles parecem ótimos.

Ela ficou em dúvida se tinha falado direito ou se seus lábios tinham ficado moles e perdido o controle. Suas palavras estavam fazendo sentido ou estava tudo saindo como um blá-blá-blá? E ele continuava olhando para ela de uma forma que era quase...

– Au! Au-au!

Capítulo 49

Ellie deu um pulo quando a aba da portinhola voou e Elmo irrompeu na cozinha. Ela ouviu Zack suspirar em aparente frustração – ou será que era o que ela queria pensar? Ela se arrastou mentalmente de volta ao mundo real, pegou um paninho e limpou a bancada no local onde tinha derramado o leite.

– Não está na hora de sair – disse Zack para Elmo, que ainda estava latindo e pulando como um salmão se debatendo fora d'água. Ele balançou a cabeça para o cachorro, mas acabou cedendo. – Ah, que se dane, vamos, então.

Ele pegou a guia vermelha, pendurada num gancho ao lado da porta dos fundos. Essa foi a deixa para Elmo parar de pular e ficar quieto, para permitir que Zack prendesse a guia na coleira dele. Quando Zack se inclinou para fazer isso, Elmo recuou, virou para o outro lado e saiu correndo pela portinhola.

– O que ele está querendo? – Zack franziu a testa e pendurou a guia de volta.

Ellie foi até a janela. Elmo estava correndo pelo jardim, pulando para cima e para baixo do muro. Momentos depois, ainda latindo alto, ele entrou na cozinha. Ellie pegou o telefone e ligou para Geraldine, na casa ao lado.

– Ninguém atende. – Ela olhou para Elmo e para Zack. – Ela avisou que ia sair?

Ele balançou a cabeça.

– Não.

– Onde está a cópia da chave?

– Ela pediu de volta na semana passada, quando a irmã veio passar uns dias. Ainda não devolveu.

– Vamos ver se ela está lá.

Ellie abriu a porta da cozinha. Os três pularam o muro baixo. Não se via nada de diferente pela janela da cozinha de Geraldine, mas Elmo ainda estava latindo, em estado de total agitação. Gritar o nome de Geraldine não gerou resposta.

– Bom, vou tentar.

Ellie retirou o cardigã rosa de algodão, entregou-o para Zack e olhou para a portinha de cachorro na porta dos fundos de Geraldine.

Pense em você magra, pense em você magra.

– Você consegue passar? – Zack tinha uma expressão de dúvida. Era uma porta feita para um cachorro de porte médio.

– Obrigada pelo voto de confiança. – Ela deu um tapinha nele. – Se eu entalar, é sua culpa por comprar tantos donuts. E nada de filmar e botar no YouTube. Pronto. – Ela tirou os sapatos. – Você vai ter que fazer a coisa com o sensor.

Será que era uma boa ideia? Se ela ficasse entalada, a brigada de incêndio teria que ser chamada e a porta desmontada? Ela teria que ser tirada com um pé de cabra? Ellie se ajoelhou e esperou que Zack soltasse o sensor da coleira de Elmo. Ele o segurou ao lado da aba, permitindo que ela a abrisse.

– Acho bom que você não esteja rindo de mim.

Sem conseguir vê-lo agora, Ellie enfiou os braços primeiro e começou a remexer os ombros para passar na parte apertada.

Atrás dela, Zack respondeu:

– Eu nem sonharia.

Ele estava rindo. Ellie rezou para que a saia não tivesse subido. Pronto, metade já tinha passado. Agora eram os quadris e a bunda. Seria apertado. Ela se preparou e disse:

– Se eu não conseguir passar, não chame a brigada de incêndio. Me deixe aqui até eu ter perdido peso.

Mas ela acabou conseguindo. Quando ficou de pé, pensou que talvez eles estivessem exagerando. Geraldine devia ter saído para visitar uma amiga.

Ou isso ou estava no andar de cima tomando um banho de banheira ou tirando um cochilo e Elmo fez aquela cena de supercachorro ao resgate para fazer graça.

– Geraldine? – Ela ergueu a voz e Elmo entrou pela portinhola atrás dela. – Oi! Geraldine!

Ela ouviu Geraldine baixinho, dizendo:

– Ellie? Graças a Deus. Estou aqui em cima.

Ellie se virou, destrancou a porta da cozinha e a abriu para Zack entrar.

– Ela está no andar de cima.

Eles seguiram Elmo até o andar de cima. Geraldine estava caída na porta do quarto, com um exemplar enrolado da revista *World Medicine* à direita e a bengala à esquerda.

– A cavalaria chegou. – Ela conseguiu abrir um sorriso fraco quando os viu. – Não toquem em mim. Eu fraturei o fêmur direito.

Zack já estava chamando uma ambulância. Elmo lambeu a mão de Geraldine e ela fez carinho nas orelhas dele com gratidão.

– Garoto esperto. Você latiu para eles em Código Morse?

– Pensando bem, valeu a pena ter forçado o Elmo a assistir todos aqueles DVDs da Lassie. – Ellie se ajoelhou no tapete ao lado dela. – Como aconteceu isso?

– Tinha uma aranha enorme na parede e eu tentei bater nela com uma revista enrolada. Mas ela saiu correndo para o lado. Eu fui tentar bater de novo – narrou Geraldine com exasperação. – Foi nessa hora que perdi o equilíbrio e caí como uma árvore cortada.

– Isso é carma – brincou Ellie.

– Nem me diga. Estou caída aqui há vinte minutos e ela está rindo da minha cara esse tempo todo.

Ellie seguiu o olhar de Geraldine e soltou um grito. A aranha estava mesmo lá, com expressão maléfica e medindo uns 8 centímetros de diâmetro.

Zack encerrou a ligação.

– Bom, a ambulância está a caminho.

– Obrigada por vir ao resgate. Ah, meu Deus. – Geraldine suspirou. – Vão me levar para o hospital. – Ela olhou para Ellie. – Você pode fazer uma boa ação e me ajudar a fazer uma malinha?

– Claro. Zack, você pode matar a aranha?

– E acabar como Geraldine? Melhor deixá-la viva. Vou descer e ficar esperando a ambulância.

Quando ele saiu, Geraldine murmurou, achando graça:

– Parece meu marido. Tem medo do bicho, mas preferiria morrer a admitir.

Por um momento, Ellie se viu hesitando; poderia contar a Geraldine? Mas ela viu o brilho malicioso nos olhos da mulher mais velha e voltou a si. Contar a ela sobre seus sentimentos por Zack seria loucura; Geraldine não tinha papas na língua.

– Não se preocupe com Elmo. A gente vai cuidar dele. – Ellie se levantou e passou um zíper mental na boca. – Me diga onde está sua malinha e o que quer que eu pegue.

☾

Zack acompanhou Geraldine até o hospital e esperou até ela ser examinada na emergência e levada para um quarto. Marcaram uma cirurgia para botar um pino e estabilizar a fratura intracapsular logo cedo na manhã seguinte e administraram remédios para controlar a dor. Quando ele voltou para casa, chegou uma mensagem de Ellie.

Agenda de viagem resolvida, reuniões remarcadas. Estou levando Elmo para dar uma volta, volto às seis. Mande beijos nossos para Geraldine. Bjs

Nem era preciso dizer que os beijos eram para Geraldine, não para ele. Mas isso não o impediu de ler a mensagem três vezes. De ímpeto, quando o táxi chegou a Primrose Hill e à Regent's Park Road, Zack pediu que o motorista parasse. A colina estava banhada de sol e ainda havia muita gente andando. Ele foi subindo e ficou de olho em Ellie. Naquela tarde, ele poderia jurar que o comportamento dela em relação a ele tinha mudado; só de pensar na vontade incrível de beijá-la, a sensação voltou com tudo. Ele queria tanto, esteve prestes a fazer exatamente isso, até o momento em que Elmo entrou com tudo pela portinha.

Ele a viu. Ao chegar ao alto da colina, Zack viu uma mancha rosa. Lá estavam eles, Ellie com o cabelo comprido e escuro esvoaçando e o rabo de Elmo balançando em expectativa alegre enquanto ela jogava a bola vermelha no ar e ele corria atrás. Ellie esperou que ele chegasse à bola e saiu na direção oposta. Quando Elmo a alcançou, ela estava deitada na grama fingindo estar dormindo. Com um pulo alto, o cachorro saltou na barriga dela e largou a bolinha no peito. Ela se curvou de tanto rir e o ergueu no ar, fazendo Elmo latir de prazer e balançar as patas furiosamente. Em seguida, Ellie jogou a bola e os dois saíram correndo de novo atrás.

Ela não tinha ideia de que ele estava lá. Zack não queria se mexer. Poderia ficar lá a olhando para sempre; a total entrega dela àquele momento era irresistível. Tomado por uma onda de desejo, ele se decidiu. Depois dos eventos do dia, tinha a desculpa perfeita para convidá-la para jantar na casa dele. Eles poderiam conversar sobre o que aconteceu com Geraldine, discutir a rotina com Elmo nas semanas seguintes, talvez recapturar o momento que parecia prestes a acontecer antes de o maldito cachorro entrar na cozinha e interrompê-los. Quando ele verificou com Ellie mais cedo se ela poderia cuidar de Elmo caso ele ficasse preso no hospital, ela dissera que tudo bem, que ela não sairia com Joe naquela noite.

Isso só podia ser uma boa notícia. Onde quer que Joe estivesse naquela noite sem ela, era conveniente para Zack.

☾

– Ei! – Ao ver a pessoa andando em sua direção, ela acenou animada com os dois braços.

Quando eles se encontraram, ela disse:

– Não acredito que você está me obrigando a fazer isso.

– Não fale assim. Vai ser ótimo.

– Não vai ser ótimo! Você já me contou que vai ser horrendo. Você só me quer lá para compartilhar a dor.

Mas Ellie estava sorrindo; ela não conseguia evitar. Roo tinha ligado vinte minutos antes, desesperada por ajuda. Brian, com 40 e tantos anos e uma caspa terminal, era o tipo de pessoa ao lado de quem você esperava não ter que sentar no ônibus. Ele era colega voluntário no bazar, falava sem parar e era meio excêntrico; também deixava todo mundo louco com seu entusiasmo inadequado por... bom, praticamente tudo em que você pudesse pensar.

– Tudo bem, é verdade – admitiu Roo. – É que ele não tem amigos. Ele entrou no grupo de teatro amador para tentar fazer umas amizades, mas não deu certo. O que eu poderia dizer?

Era a estreia da primeira peça de Brian e aconteceria num salão de igreja em Crouch End. Naquela tarde, ele ofereceu com orgulho duas entradas para Roo ver a apresentação.

– São os ingressos para amigos e família – explicara Roo durante o telefonema suplicante –, e ele não tem mais ninguém para convidar. Por favor, *por favor*, diga que vai comigo.

Prometer se tornar uma pessoa boa era muito admirável, mas Roo não era tão boa a ponto de não arrastar mais gente junto com ela.

– Porque, se eu for sozinha – observara ela –, Brian pode cismar que é um encontro. E vai insistir em me levar em casa depois.

Ellie protegeu os olhos do sol enquanto via Elmo brincar de brigar com dois terriers para pegar a bola e acabar rolando pelo gramado inclinado.

– Que horas temos que estar lá?

– Oito horas começa o espetáculo. Mas Brian disse que, se quisermos pegar um lugar bom, temos que chegar às sete. – Roo estava inclinando a cabeça para o lado. – Aquele é quem eu estou pensando?

Ellie seguiu a direção do olhar dela e sentiu o estômago se contrair. Ver Zack inesperadamente tinha aquele efeito nela.

Por outro lado, também já tinha acontecido quando não era inesperado. Ela assentiu.

– É o Zack.

– Imaginei. E aquilo é o que eu chamo de um corpo. – Roo ergueu uma sobrancelha maliciosa. – Não fique com essa cara de chocada. Não vou fazer nada. – Ela sorriu. – Só estou observando caso você não tenha reparado.

Caso ela não tivesse reparado. Ah, meu Deus, a vida seria bem mais fácil se ela não tivesse reparado.

– Oi! – disse Ellie com animação demais quando Zack se aproximou. – Como está Geraldine?

– Está bem, na medida do possível. – Ele acenou para Roo. – Você é Roo? Finalmente nos conhecemos. Ouvi falar muito de você.

– Eu também.

Roo colocou os óculos escuros no alto da cabeça e sorriu para Zack. Em seguida, Elmo veio correndo, a língua pendurada e o rabo girando como uma hélice.

– Você falou que ia levar Elmo para um passeio – disse Zack –, por isso eu imaginei que encontraria vocês aqui.

– E estou feliz de você ter vindo – comentou Roo. – Se não tivesse voltado a tempo, Ellie talvez tivesse dito que precisava ficar em casa e cuidar do seu cachorro. Mas você chegou, então a gente pode sair hoje!

– Já era minha desculpa. – Ellie olhou para Zack. – Obrigada.

Houve uma curta pausa. Zack perguntou:

– Aonde vocês vão?

– Ao teatro. Ver uma peça. Vai ser horrível.

– A gente não tem como saber isso – disse Roo.

– Tem, sim, mais ou menos. – Ellie balançou a cabeça. – Você contou que Brian ia fazer o papel de um malabarista cantor espanhol. Também me disse que ele é azul de tão pálido, é desafinado e não sabe fazer malabarismo.

– Bom, a gente vai e pronto. – Roo botou os óculos escuros de volta. Ela pegou a coleira de Elmo da mão de Ellie e a entregou para Zack. – A gente tem que ir para casa trocar de roupa. Tchauzinho. – E abriu outro sorriso de novo. – A gente se vê qualquer hora dessas.

– Aposto que você está com inveja. – Ellie revirou os olhos com bom humor para Zack. – Se a gente tivesse mais um ingresso, você poderia ir junto, mas parece que são *muito* cobiçados.

– Esgotaram – confirmou Roo por cima do ombro quando começou a descer a colina.

Ellie se inclinou para fazer carinho nas orelhas de Elmo.

– Tchau, querido, até amanhã.

E outro plano morre na praia.

– Tchau – disse Zack.

Capítulo 50

— Estamos tentando pensar em formas de arrecadar dinheiro para a Clínica St. Mark – disse Yasmin. – Minha tia ficou lá até ano passado, quando morreu. É um lugar incrível, mas estão desesperados por dinheiro. Se não chegarem ao valor necessário até o Natal, talvez tenham que fechar.

— Que terrível. *Ai.* – Yasmin era boa em depilar a perna, mas não tanto assim. Ainda doía.

— Desculpe! Enfim, a gente decidiu fazer uma rifa aqui no salão. E, como você é uma das nossas clientes celebridades, a gente queria saber se você doaria um prêmio.

Mais dor. Roo se encolheu.

— Claro que sim, mas eu não sou celebridade.

— Eu sei, mas você era. Talvez possa ceder uma foto autografada. Ou um dos seus antigos figurinos de palco. Qualquer coisa mesmo. – Yasmin continuou arrancando com alegria os pelinhos das pernas de Roo. – É só para juntar o máximo de dinheiro possível. Na última vez em que fizemos uma rifa, conseguimos 280 libras.

Roo se sentiu mal. Ela não tinha nenhum figurino de palco para doar. Ninguém ia querer uma foto autografada dela. Não havia nenhuma outra forma de ajudar? *Ai.*

— A quem mais você está pedindo?

— Nossa, quase todo mundo! Estamos oferecendo prêmios de tratamentos aqui no salão, claro. E outros clientes ofereceram de trazer caixas de chocolate, bolos caseiros, esse tipo de coisa. Estão sendo uns fofos. Todos querem ajudar.

E era ótimo, mas não seria o suficiente para salvar uma clínica que estava quase fechando.

– Quem são seus outros clientes celebridades?

– Bom... – Yasmin fez uma careta. – Este aqui não é o tipo de salão que recebe celebridades.

Jackie, sempre otimista, observou:

– Gary Barlow, um dos rapazes daquela banda Take That, passou pela porta outro dia.

– Isso não conta – disse Yasmin.

– Aah, teve aquela mulher que apresentava a previsão do tempo na televisão. Como era mesmo o nome dela? – Jackie fez um gesto com a caneta de quem não conseguia lembrar. – Lembra? Ela ficou enorme. Veio fazer uma massagem com toalhas quentes e faltaram toalhas para embrulhar o corpo dela todo.

– O engraçado foi que ela nunca mais voltou depois disso. – Yasmin continuou a depilação.

Jackie pensou por um momento.

– E aquela atriz que sempre fazia papel de mulher louca? Thelma alguma coisa. A dos cotovelos ossudos e dentes estranhos. Ah, lembrei, ela se mudou para o Canadá.

Yasmin revirou os olhos.

– Não é à toa que nossas clientes celebridades mudam de país.

– Opa, desculpe! Ainda temos Ceecee Milton!

Outra pessoa do passado. Roo tinha encontrado Ceecee Milton algumas vezes, na época em que as duas estavam no auge. Como ela, Ceecee fez sucesso brevemente e teve um momento sob os holofotes do estrelato antes de sumir na obscuridade sépia. Isso foi mais pelo fato de que o marido dela, um empresário safado que também era seu agente, conseguiu afugentar a maioria dos grandes produtores da indústria fonográfica. Não era culpa da voz poderosa da Ceecee, mas, quando cada agendamento tinha que ser feito com alguém que criava dificuldades e reclamava sem parar de cada detalhe, era mais fácil contratar outra pessoa para o trabalho. E, assim, outra carreira promissora foi para o buraco.

– Quem mais tem? – perguntou Roo.

– Hum, só isso. – Yasmin pareceu pedir desculpas.

– Só eu e Ceecee? – Ah, caramba. Isso que era raspar o fundo do tacho das celebridades. – Duas ex-famosas.

– Ela é muito legal. Com certeza vai ceder alguma coisa boa para a rifa.

Roo ficou paranoica e começou a se perguntar o que aquilo queria dizer. Yasmin estava dando a entender que Ceecee era mais legal do que ela?

– Eu também vou te dar alguma coisa. Só não sei o que ainda. – *Ai.* – Ela ainda é casada?

– Não com aquele sujeito horrível. Ela o largou um tempo atrás. Arrumou um novo marido que é um amor. – Yasmin abriu um sorriso. – Está vendo? Pode acontecer. Tem esperança para todo mundo.

☾

A chuva estava forte quando Roo saiu da estação do metrô. Em segundos, o cabelo ficou grudado na cabeça e a camiseta tinha ficado transparente. As pessoas na rua desviavam dela quando a viam, o que podia significar que ela parecia meio doida, mas Roo não se importava. Seu corpo estava exausto, mas o coração estava cantando, o cérebro vibrando de empolgação. Eram dez para as nove, ela não tinha dormido nada e aquilo era uma coisa que ela nunca tinha vivido. Ao menos, não sem a ajuda de álcool ou outras substâncias que alteravam o estado mental.

– Ah, minha nossa. – Yasmin, ao chegar para abrir o salão, a encontrou esperando na porta. – O que houve? Você está bem?

– Estou ótima. – Roo tirou o cabelo molhado do rosto e a seguiu para dentro. – Fiquei acordada a noite toda. Escrevendo.

Yasmin entregou uma toalha para ela.

– Aqui, se seque. Eu não sabia que você estava fazendo isso agora. O que é, uma autobiografia?

– Não é esse tipo de escrita. Eu compus uma música. Ficou muito boa. – Roo balançou a cabeça e tentou de novo. – Na verdade, é mais do que isso. É incrível.

– Aah, que ótimo! Canta para mim!

Em sua melhor forma, a voz cantada de Roo parecia a de um gato esperando para entrar no consultório veterinário.

– Não posso. Preciso de Ceecee para isso. Você pode me dar o número dela?

Yasmin ficou intrigada.

– Ceecee Milton? Por quê?

– Porque essa é a melhor música que eu já compus. Não acredito que consegui, mas eu consegui. E quero que a gente lance como um single beneficente. Para a sua clínica. Se a gente fizer isso direito, pode dar certo. De um jeito grandioso.

– É mesmo? Sério? Ah, meu Deus, como?

– A gente fala. Implora. Aciona todos os contatos possíveis. – A cabeça de Roo estava explodindo com possibilidades. – E criamos expectativa.

– Como fazemos isso?

– Bom, acho que precisaremos usar uma mistura de boato, fofoca e tecnologia. – Seus olhos estavam brilhando? Roo achava que estavam. – E umas mentirinhas enormes.

☾

Ellie nunca tinha visto nada parecido. Ela tinha sido chamada para uma casa em St. John's Wood, eram oito da noite quando ela chegou. A grande extensão nos fundos da casa tinha sido transformada em estúdio de gravação, havia pessoas com cara de técnicos fazendo coisas técnicas nas mesas de mixagem e a vibração no ar era tangível. Roo estava no centro de tudo, funcionando à base de Coca Diet e adrenalina. Depois de puxar todas as cordinhas em que conseguiu botar as mãos, ela reuniu um grupo de especialistas para fazer a mágica acontecer. Músicos, produtores musicais e backing vocals andavam pelo estúdio, ouvindo e contribuindo e entrando em contato com outros que poderiam ajudar na causa. E lá estavam Yasmin com o filho bebê no colo, conversando com a escultural Ceecee Milton, que era preta e linda e também tinha uma bebê no colo.

– Oi! – Yasmin a viu e fez sinal para ela se aproximar. – Dá para acreditar que isso tudo está acontecendo? Essa é Ceecee.

– Oi. – Ceecee tinha um sorriso maravilhoso. – Você deve ser a moça que tem um bebê imaginário.

– Desculpe por isso. – Ellie olhou para Yasmin. – A parte boa é que as fraldas também são imaginárias. – Ela parou para ouvir alguém mexer num interruptor e os acordes iniciais de uma música ocuparam o ambiente. – Isso é incrível.

– Espere até você ouvir tudo. – A música parou. – A voz da Ceecee é fantástica. Não consigo acreditar que eles fizeram tudo em um dia. E a música...

Alguém levantou a mão pedindo silêncio, a música começou de novo e todo mundo prestou atenção. Em trinta segundos, Ellie percebeu como era especial. Os vocais emocionantes de Ceecee arrepiavam os pelos dos braços dela. Conforme a música continuou, os backing vocals entraram e a voz de Ceecee começou a crescer: "Você é a luz da minha vida... você é tudo... quando está escuro, você é minha luz, é meu mundo, tudo em que acredito..."

Ah, meu Deus, havia tanta emoção nas palavras que Ellie precisou virar o rosto. Ela ia chorar, que constrangedor. Remexeu na bolsa e pegou discretamente um pacotinho de lenços. Momentos depois, Yasmin também precisou de um. Ellie olhou ao redor e viu que elas não eram as únicas. A música, emocionante, poderosa e emotiva, era irresistível; te agarrava pela garganta e não soltava. Até os homens tinham lágrimas nos olhos. O filho de Yasmin, Ben, alegremente indiferente, se remexeu e puxou o cabelo dela e tirou um dos sapatinhos. O homem magrelo de cavanhaque que estava na mesa de som passou o braço pelos ombros da Roo e a apertou de leve quando a música chegou ao ponto alto...

Ellie só sabia que uma reação tão extrema a uma música que se estava ouvindo pela primeira vez era coisa rara. Quando as notas finais se desvaneceram, todos fizeram silêncio absoluto por alguns segundos. Ceecee secou os olhos e disse com voz rouca:

– Caramba, eu sou boa mesmo. – E o estúdio explodiu com gritos e comemorações e aplausos.

– Nós conseguimos. Não foi? Acho que conseguimos – disse Roo, atordoada. Ela afundou em um sofá de couro marrom e escondeu o rosto nas mãos.

Em volta dela, as pessoas continuaram a comemorar. Em trinta segundos, Roo estava dormindo profundamente.

Às onze horas, o vídeo estava pronto. Não demorou muito. Alguém foi enviado a um restaurante chinês da região para buscar vários sacos de papel pardo. Uma câmera filmou o processo da canção sendo gravada com todo mundo com sacos na cabeça e buracos para os olhos para evitar acidentes infelizes. Ceecee e os backing vocals também usaram. Todas as pessoas seriam anônimas.

À meia-noite, o vídeo tinha sido editado e postado no YouTube. Em seguida, a campanha de espalhar a notícia começou. Todo mundo postou links em sites, no Twitter, no MySpace e no Facebook, dando palpites quanto a quem podia estar envolvido: Bono, Jay-Z, Elton John, Beyoncé... Em seguida, ligaram pedindo favores a jornalistas, profissionais da televisão, outros contatos do meio musical, qualquer pessoa em quem conseguiram pensar. Foi pedido a cada contato que ouvisse a música só uma vez e espalhasse a notícia de que era, primeiro, beneficente e, segundo, a música do ano.

À uma hora da manhã, a notícia estava se espalhando como um incêndio na floresta, o vídeo tinha alcançado quase quinhentas mil visualizações no YouTube e a especulação de quem poderia estar por trás era abundante. O cara do cavanhaque teve que entrar em contato com Bono, Jay-Z, Elton John e Beyoncé para pedir que mantivessem o mistério, sem confirmar ou negar o envolvimento para promover a causa.

Ceecee levou a filha adormecida para casa à uma e meia. Yasmin tinha ido embora antes da meia-noite com Ben. Às duas horas, Ellie botou a mão no ombro de Roo e a sacudiu de leve para acordá-la.

– Ei, tem um táxi lá fora se você quiser vir. Mas Denny disse que você pode ficar aqui se quiser.

Roo piscou para ela, momentaneamente confusa. Em seguida, ela tirou as pernas do sofá e se sentou.

– Não, tudo bem, vou voltar com você. – Ela esfregou os olhos e olhou o relógio. – Vou trabalhar no bazar amanhã de manhã. Não posso me atrasar.

Capítulo 51

Tinham sido mesmo só dez dias? Roo estava incrédula; era possível que pudesse ter acontecido tão rápido? Onze dias antes, a música sequer existia, nem mesmo na cabeça dela, mas agora era conhecida de milhões, até bilhões, de pessoas no mundo todo. Que surreal.

Roo estava nos bastidores esperando ser chamada no set. Televisão ao vivo sempre era assustador. Bom, exceto no passado, quando ela estava quase sempre embriagada e sempre foi divertido, mas sóbria era completamente diferente. Como saber que tipo de coisa sairia de sua boca?

Logicamente, você sabia que não aconteceria, mas havia aquele medo lá no fundo de olhar para a câmera e começar a gritar um monte de palavrões.

– Tudo bem? – Um dos assistentes simpáticos se aproximou dela. – Tem certeza de que não quer uma taça de vinho?

– Não, obrigada.

Era uma enorme mentira, obviamente, pois ela adoraria tomar uma. Só não ia fazer isso. Ainda mais porque ela já tinha quebrado uma promessa; foi perda de tempo tentar explicar mais cedo para a maquiadora perplexa que ela tinha parado de usar maquiagem.

– Ah, não, você tem que me deixar fazer sua make! É para a televisão! – A garota foi firme. – Você não quer parecer um defunto que acabou de sair da cova, quer? Não tem como... Você vai assustar os espectadores!

A vaidade disputou com a exaustão. Ciente de que estava promovendo uma causa digna e que deveria deixar uma boa impressão, Roo cedeu. Só uma vez não faria mal, não é?

E, agora que seu crime hediondo tinha sido cometido, ela pôde admitir que era bom se sentir bonita de novo.

A porta se abriu e Ceecee, sem esse tipo de problema, voltou da sala de maquiagem. Com o vestido de veludo vermelho e o batom brilhoso combinando, ela estava gloriosa. Batendo as pálpebras douradas cintilantes e os cílios postiços extravagantes para Roo, ela deu uma voltinha e disse:

– Olhe para nós. Para duas ex-estrelas, acho que estamos arrasando.

– Eu estou arrasando – disse Roo. – Você está meio mais ou menos.

– Amiga, olha só esses cílios! Estou arrasando e você sabe muito bem disso! – Feliz da vida no segundo casamento, Ceecee rebolou os quadris generosos. – Estou dizendo, meu Nathan não perde por esperar quando eu chegar em casa à noite.

Em cinco minutos, elas entrariam. No dia seguinte, dariam, junto com Yasmin, uma série de entrevistas para jornais e revistas. Era o fim do anonimato dos envolvidos, que durou um total de quatro dias. Mas foi suficiente para cumprir o propósito, despertar o interesse de milhões de pessoas e instigar uma torrente de especulação. Quando todos foram desmascarados (ou desensacados), o trabalho estava feito. A música ficou em primeiro lugar na lista de downloads. O vídeo do YouTube teve sete milhões de visualizações e a música era considerada uma das melhores de todos os tempos. Quando ficou claro que não tinha sido escrita e cantada por artistas superfamosas, o público em geral passou a amar ainda mais. Naquela semana, o single virou o número um nas paradas e vendeu muito mais do que todos os outros.

Roo e Ceecee foram pressionadas para irem aos Estados Unidos e aparecerem nos programas de entrevistas mais famosos. Os dias anteriores foram uma loucura. Roo não tinha ideia do que aconteceria em seguida; só sabia que, quando a notícia do envolvimento dela se espalhou, ninguém conseguiu entrar nem sair do bazar por causa da quantidade enorme de paparazzi esperando lá fora. E a situação não melhorou quando a equipe descobriu que ela estava arrecadando dinheiro para uma causa rival e não a deles. Depois, a loja começou a ficar cheia de gente tirando fotos com o celular e pedindo o autógrafo de Roo e a gerente perdeu a paciência. Aquele nível de perturbação não podia ser tolerado.

E foi isso, ela recebeu a ordem de pegar as coisas e ir embora. Demitida na hora.

De um bazar beneficente. Esse era o agradecimento que se recebia por tentar ser uma boa pessoa.

Como sempre, apesar de seus melhores esforços, Roo viu seus pensamentos se voltarem para Todd. O que será que ele estava fazendo? Com quem estava? Será que ele e Lisa estavam encolhidos no sofá agora, vendo televisão? Quando ela aparecesse na tela, será que Todd a compararia mentalmente com a gênia da matemática alegre e linda que ele tinha nos braços e agradeceria às estrelas por ter feito a escolha certa?

Lisa sorriria para ele e diria: "É essa aí?" Ao mesmo tempo, pensaria: *Oba, sou mais bonita do que ela.*

Chega disso, não pense nisso agora. As telas de televisão mostravam que a primeira entrevista estava chegando ao fim, e uma assistente de fone de ouvido estava atravessando os bastidores na direção dela. Hora de ir.

☾

Ellie estava fazendo compras na Oxford Street, em busca de uma roupa para usar no casamento da irmã de Zack. Como queria voltar logo e ver o programa, acabou levando três roupas sem experimentar. O plano era comprar alguma peça azul-pavão que combinasse com os sapatos novos, então claro que ela voltou para casa com um vestido-envelope carmim, uma blusa e uma saia cinza-claro com renda prateada por cima e um vestido verde-garrafa com jaquetinha combinando e forro fúcsia de seda metálica.

Porque escolher o que vestir para um casamento nunca era fácil, era?

Depois de fechar a cortina da sala e ligar a televisão, ela ficou só de sutiã e calcinha e experimentou o vestido-envelope primeiro. Como esperado, ficou bonito, mas meio básico demais. E, ao se inclinar, o decote se abria, o que não era básico, mas também não era adequado para um casamento.

Não. De volta para a sacola.

A roupa de renda prateada em seguida. Ah, caramba, como é que você via uma coisa numa loja e achava que poderia ficar linda em você, mas na realidade a roupa te deixava totalmente cafona?

Ellie tirou a blusa e a saia e jogou-as na segunda sacola. Às vezes, ela tomava decisões ruins quando se tratava de escolher roupas. Certo. Ela pegou a terceira e última roupa e rezou para que ficasse boa. Droga, o vestido tinha aquele tipo de zíper nas costas que só um contorcionista conseguia fechar sozinho.

E de repente, no momento mais indesejado, aparecia Jamie, deitado no sofá com um braço atrás da cabeça.

– Está difícil isso aí – observou ele.

– É um casamento. Eu quero ficar bonita.

Ela tinha colocado o vestido e fechou o zíper o máximo que conseguiu. Ah, caramba. Ela usava tamanho 42. Mas aquela roupa não era 42 nem a pau.

Jamie fez uma careta.

– Talvez fique melhor com a jaqueta.

Seria ótimo. Ela botou a jaqueta e se olhou no espelho acima da lareira.

– Você parece uma daquelas pessoas que vão receber o prêmio de quem emagreceu mais – disse ele, querendo ajudar –, vestindo roupas antigas para mostrar quanto perdeu de peso.

– Ah, meu Deus.

– Mas as cores são bonitas. – Como se isso melhorasse as coisas.

– Que desastre – murmurou Ellie. – Vou ter que devolver tudo. – Era tão frustrante. – O que vou *usar*?

– Que tal meu favorito? Aquele que compramos na nossa lua de mel.

– Eu já usei antes. Quando fomos ao Claridge's.

– Fomos? Não me lembro disso. – Os olhos de Jamie brilhavam de malícia; ele estava fazendo de propósito.

– Quando eu fui com Zack. – Ellie tirou o vestido e a jaqueta grandes demais.

– E isso quer dizer que você não pode usar de novo?

– Não. É que eu queria usar uma coisa diferente.

Ele pareceu intrigado.

– Por quê?

– Porque não é bom sair por aí usando as mesmas roupas o tempo todo, até elas furarem. – Para deixar claro, ela olhou para a calça jeans rasgada dele, com um joelho bronzeado aparecendo no meio dos cortes horizontais.

– Pode ser isso. – Jamie aceitou o que ela disse com um sorriso. – Ou pode ser porque você não quer usar seu vestido de lua de mel em uma viagem de fim de semana com outro homem.

Será que ele estava certo? Era esse o verdadeiro motivo? Ellie pegou as sacolas de roupas e passou por ele. Largou-as no corredor, entrou no quarto e voltou usando um moletom e um short. Na televisão, o comercial acabou e a segunda metade do programa de entrevistas estava prestes a começar.

– Bom, você tem que ficar quieto agora – anunciou ela –, eu quero ver isso. Roo vai aparecer.

– Você quer dizer que prefere vê-la a me ouvir? – Jamie fingiu estar irritado. Ele sempre gostava de ser o centro das atenções.

– Ela é real. Você não.

– ... da decadência ao sucesso! – Vince Torrance, que se orgulhava da personalidade irreverente e simpática e do uso amplo de ironia, estava apresentando. – De fracassadas e azaradas a sensações do mundo da música! Da sarjeta ao estrelato... E agora bem aqui, no estúdio... senhoras e senhores, deem as boas-vindas a Ceecee Milton e Daisy Deeva!

Em casa, em Primrose Hill, com uma lata de refrigerante e um saco grande de batatas fritas ao alcance da mão, Ellie se sentou para ver o programa. Por baixo da superfície exagerada e reluzente, Vince Torrance era um homem inteligente e um entrevistador astuto.

Ela esticou a mão por cima do sofá para pegar o celular e apertou o botão para ligar. Quando foi atendida, perguntou:

– Está vendo?

Ele sabia que ia passar. Ela tinha avisado mais cedo.

– Não – respondeu Todd.

– Liga aí.

– Eu tenho cara de masoquista?

Então ele deu um suspiro de quem ia ceder, não de quem estava irritado. Momentos depois, ela ouviu a televisão ecoando do outro lado da linha.

– Ela não está fantástica? – Incrivelmente, Roo tinha sido convencida a usar maquiagem naquela noite.

– Está, sim. Mas me explica uma coisa: por que você acha que ver isso vai me fazer bem?

– Shh, não estou ouvindo o que estão dizendo.

Ellie voltou a atenção para a televisão, onde Vince fazia comentários brincalhões sobre o período que Roo passou trabalhando no bazar beneficente.

– ... e essa roupa que você está usando hoje. – Ele indicou de brincadeira a jaqueta carvão e a calça branca justinha. – Estou supondo que você comprou essas peças lá.

Roo assentiu.

– Foi, sim.

– Ah! Entendi. – Pego de surpresa, ele riu. – Bom, isso é admirável. Então, me perdoe, mas essa é uma transformação e tanto para você. Podemos dizer que você era bem doidinha antes.

– Ah, eu era.

– E o que levou a essa mudança?

– Ah, eu não estava gostando muito de quem eu era – esclareceu Roo. – Decidi que era hora de me tornar uma pessoa melhor.

– E agora? Você acha que está melhor? – Vince pareceu genuinamente interessado.

Roo passou os dedos pelo cabelo platinado espetado e deu de ombros.

– Espero que sim. Acho que estou, sim.

– E você compôs essa canção fenomenal e doou todo o dinheiro arrecadado para a Clínica St. Mark. É algo de que você deve se orgulhar muito. Você deve estar nas nuvens.

Constrangida, Roo se remexeu na cadeira.

– Bom, sim, estamos animadas com o sucesso que está fazendo.

– Então esse é o momento mais feliz da sua vida? – Vince a estava observando com atenção, pressionando. – Só pode ser! Você deve estar incrivelmente feliz!

Por um momento, os enormes olhos castanhos de Roo ficaram cheios de lágrimas; ela jogou a cabeça para trás, olhou para o teto e encarou Vince de novo.

– A clínica ia ter que fechar. Agora, isso não vai mais acontecer. Não fui só eu, foram Ceecee e todo mundo envolvido na campanha. E deu certo, a gente conquistou tudo o que queria e muito mais. – O sorriso dela estava largo, mas qualquer um que a conhecesse melhor podia ver que não era verdadeiro. – Claro que estou feliz.

Em uma sincronia exasperada nos dois aparelhos de telefone, Ellie e Todd gritaram para a tela da televisão:

– Mentirosa!

Capítulo 52

Serviram bebidas nos bastidores depois do programa. O primeiro convidado, um comediante, estava no meio do palco, virando vodca em uma velocidade enorme e fazendo gracinhas e barulho.

– Ei, você está bem? – Vince se aproximou de Roo, encostada na parede olhando o celular. Muitas mensagens, mas nenhuma de alguém para quem ela quisesse ligar logo de volta.

– Estou bem, obrigada.

– Desculpe por perguntar das roupas. Achei que eram de marca.

– Tudo bem. – Roo guardou o celular.

– Exatamente. Só fez com que as pessoas gostassem mais de você. – Ele fez uma pausa. – Tem certeza de que você está bem?

– Estou ótima.

– Você voltou a ser famosa. De agora em diante, vai poder fazer tudo que quiser.

Roo deu de ombros, indiferente; a última coisa que queria era voltar a ser famosa. Além do mais, isso impediria que ela fizesse tudo que quisesse.

– Ei, que tal a gente sair de fininho? – Os dedos de Vince estavam percorrendo as costas dela de forma supostamente sedutora. Ele abriu o sorriso atrevido típico e chegou mais perto do ouvido dela. – Para onde você quer ir? Pode ser qualquer lugar. Posso só dizer uma coisa? – murmurou ele. – Você é linda.

Pronto. Aquele era um ótimo exemplo do motivo exato pelo qual ela não queria voltar para aquele mundo. A Velha Roo sairia com ele na mesma hora, sem reparar e nem ligar de ele ser uma pessoa nojenta com um ego enorme. A única pessoa que Vince Torrance amava era ele mesmo; se ela passasse a noite na cama dele, a história estaria no Twitter de manhã.

E olha que eu já achei esse tipo de coisa engraçado.

– Não, obrigada. – Uma onda de vergonha pelo seu antigo comportamento tomou conta dela. – Na verdade, acho que vou embora agora.

– Ah, não. Não faça isso. Você não pode ir embora... A noite está só começando.

A mão dele estava na cintura dela agora. Roo se soltou com um movimento para o lado.

– A minha já acabou. Vou para casa.

– Tudo bem. – Vince não planejava se lamentar por causa disso, obviamente. – Achei que você ia querer se divertir um pouco, mas não tem problema. Tom vai providenciar seu carro.

Ele fez sinal para Tom, deu um beijo protocolar na bochecha dela e seguiu até o comediante que ainda estava sendo o centro das atrações.

Roo se sentiu um pouco melhor consigo mesma. Deixou a água com gás de lado e pegou a bolsa enquanto Tom, o responsável pelo transporte, se aproximava.

Ao mesmo tempo, ela nunca tinha se sentido tão solitária na vida.

☾

O carro dobrou a esquina da Nevis Street e parou em frente à casa de Roo. Eram dez e meia da noite, a lua crescente pairava no céu e as estrelas estavam brilhando com tudo. Roo desceu do veículo, agradeceu ao motorista e o viu se afastar.

Será que Ellie estava em casa, acordada? A luz da sala estava acesa, mas Roo tinha enviado uma mensagem vinte minutos antes dizendo que estava indo para casa e não recebera resposta.

O sentimento de solidão sufocante retornara; era como ser enrolada em um edredom de veludo preto. Roo pegou o telefone de novo, preparada para ligar para Ellie, mas parou quando viu um movimento na janela. A cortina foi puxada e Ellie apareceu. Ela acenou, abriu a janela e se inclinou para fora.

– Ei, eu te conheço! Você é aquela compositora que vi na televisão mais cedo.

Roo se sentiu relaxar. O que seria dela nos dois meses anteriores sem Ellie? E pensar que, se ela não tivesse esquecido a chave na porta naquele dia, elas talvez nunca tivessem se conhecido. Muitas pessoas nas cidades grandes eram vizinhas por anos sem nem dizer oi.

Por outro lado, se não fosse por Ellie, ela jamais teria conhecido Todd. Bom, não importava agora. *Não pense em Todd.*

Roo protegeu os olhos do brilho da luz do poste.

– O que você achou?

– Você foi ótima. Só uma coisinha. – Ellie apoiou os cotovelos no parapeito da janela. – Por que esse não é o momento mais feliz da sua vida?

Roo estava atravessando a rua. Ela parou bem no meio.

– O quê?

– Você ouviu. Nós duas sabemos a resposta. É porque você continua doida pelo Todd.

O estômago de Roo se contraiu. Não era justo; ela não queria ouvir outro sermão, não agora, não naquela noite.

– Não me olhe assim. – A voz de Ellie se suavizou quando Roo ficou calada. – Ah, Roo, você já não se puniu o suficiente?

Os olhos de Roo começaram a marejar. Ela mordeu o lábio.

– Olha, você fez umas coisas ruins – prosseguiu Ellie. – Mas agora você fez o bem. Mais do que suficiente. Eu *juro*.

Uma única lágrima rolou pela bochecha de Roo até o queixo. *Mais do que suficiente...* Será que ela tinha virado a balança a seu favor, tinha mudado a situação, finalmente? Ela encarou Ellie e perguntou, esperançosa:

– Você acha?

– Acho. – Ellie assentiu. – Acho mesmo.

Pela primeira vez, Roo se viu capaz de admitir que talvez, apenas talvez, Ellie estivesse certa. Ela se endireitou. Mas ainda havia a questão da namorada do Todd; ela não poderia simplesmente mudar de ideia.

– Olha, isso é loucura. Por que estou parada aqui como um poste? – Ela continuou atravessando a rua. – Abra a porta, vou subir.

– Não vai dar. – A voz de Ellie a fez parar. – Desculpe, mas estou exausta, e Zack pediu que eu chegasse bem cedo amanhã. Tenho que ir dormir.

– Ah. – Magoada pela rejeição inesperada, Roo respondeu: – Tudo bem. *Cinco minutos não fariam mal algum, não é?*
– Mas espere. – Ellie se empertigou. – Tenho uma coisa para você.
– O que é?
– Espere um segundo.
Ela desapareceu de vista. Ainda chateada, Roo achou que ela voltaria com cupcakes nas mãos de novo. Alguns segundos depois, a porta de Ellie se abriu.
E ali estava Todd. Parado, olhando para ela. Com algo parecendo determinação nos olhos.
Ah, meu Deus...
Roo não conseguiu se mexer. Tinha dificuldade até de ficar de pé. Agora ele estava diminuindo a curta distância entre os dois e ela estava com a boca aberta, impotente como um peixinho dourado, o que não devia ser muito atraente.
– Shh. – Todd balançou a cabeça. – Não diga nada. Pare – avisou ele quando um grunhido estrangulado saiu. – Nem uma palavra.
Mas Roo conseguiu falar. Ela tinha que falar:
– Onde está Lisa?
– Lisa. – Outro balançar de cabeça. – Não se preocupe. Ela já era.
Já era, sim, obrigada...
Momentos depois, Todd se aproximou e a tomou nos braços. O rosto dele, o rosto que ela não conseguiu tirar da cabeça por tanto tempo, estava agora a centímetros do dela. No brilho da luz do poste, ela viu os pontinhos âmbar nos olhos cinzentos, a forma como os cílios se curvavam nos cantos, a pequena cicatriz abaixo da sobrancelha esquerda. E a boca... Ah, meu Deus, será que não havia mesmo problema?
– Vem cá – murmurou Todd, colocando uma das mãos atrás do pescoço dela.
De repente, ela *estava* lá. As bocas se encontraram, e ela tremeu de leve, involuntariamente, porque... *aquele* era o beijo pelo qual ela tinha passado tanto tempo esperando. Só que agora ela estava estragando tudo, porque a emoção era forte demais e ela estava quase caindo no choro. E, se havia duas coisas que não dava para fazer ao mesmo tempo, era beijar e chorar...
Roo recuou na hora em que um soluço enorme escapuliu. Qualquer pessoa que ouvisse acharia que tinha um burro solto na rua.

– Ei, ei. – Meio rindo, Todd a abraçou. – Eu não sou tão ruim assim, vai.

– D-Desculpa. É que estou tão f-feliz. – Meses de tensão acumulada tinham que ser aliviados de alguma forma. Ela se agarrou a ele, sufocada e tomada de emoção. – Não acredito que você está aqui...

– Nem eu. – Ele massageava delicadamente os braços dela, como se ela fosse uma vítima de acidente em estado de choque. – Isso não foi planejado, só para você saber. Ellie me ligou e me convidou. Não era para você saber que eu estava lá em cima.

Roo deu um beijo rápido nos lábios dele e sorriu e o beijou de novo. Tudo bem, o choro explosivo já tinha passado. Ela se virou para olhar pela janela. Estava fechada agora, depois de Ellie sair de fininho em uma recuada diplomática.

– Eu amo aquela garota – declarou ela.

Todd sorriu.

– Eu também.

– O que aconteceu com Lisa?

Ela precisava saber. Houve algum grande desentendimento ou o relacionamento seguiu o rumo natural? Foi Lisa que terminou ou foi Todd?

– Ah, sim, Lisa. A professora de matemática. A que tinha o carro ruim.

Roo prendeu o fôlego. Será que ele tinha percebido que havia só uma mulher certa para ele e que essa mulher não era Lisa?

– Ela desapareceu – prosseguiu Todd com seriedade. – Voltou para a cabeça da Ellie.

Ela demorou uns momentos para entender.

– Você quer dizer que não era verdade? – Roo observou o rosto dele.

– Nada foi verdade. Ellie inventou. Ela criou a coisa toda. Eu nunca mais vou acreditar em uma palavra que ela diga.

– Nem eu. – A ironia era que, se não envolvesse Todd e outra mulher, ela teria amado a história de como eles se conheceram.

– Mas ela estava certa sobre você não estar feliz. Ela viu na televisão. Bom, a gente viu.

Roo passou os dedos pelo cabelo dele.

– E ela me fez perceber que eu já tinha feito o suficiente. Finalmente. Ela é tão inteligente.

– Eu te amo.

– Eu também.

Ela se inclinou na direção dele. Os narizes estavam praticamente se tocando. Quantos beijos eles teriam pela frente? Era um pensamento inebriante. E não só beijos...

– Estou tão orgulhoso de você. – A expressão de Todd se suavizou. – Você é incrível.

– Eu cometi uns erros horríveis. – Ela estava sentindo o calor emanando do corpo dele.

– Todo mundo comete erros. Mas você parou de cometê-los e os consertou. A maioria das pessoas nem liga.

Naquele momento, um BMW branco entrou na Nevis Street e os iluminou com os faróis. Ao passar por Roo e Todd, as janelas foram abertas e eles foram sujeitados a um coral bem-humorado de assovios, comentários prestativos e gritos indecentes.

– E pensar que esse era um bairro de família. – Roo fez um ruído de reprovação. – Está indo ladeira abaixo.

– Por outro lado, eles têm razão – comentou Todd.

Juntos, eles atravessaram a rua até a casa dela. Roo entrelaçou os dedos nos dele e apertou. Ela mal podia esperar.

Em voz alta, ela falou:

– Com certeza.

Capítulo 53

Tinha chegado a última semana de setembro, e Ellie estava com aquele friozinho de ansiedade pré-férias na barriga. O veranico tinha chegado num momento perfeito, não havia uma nuvem no céu azul luminoso, e ela e Zack estavam a caminho de Perranporth. Finalmente estava acontecendo e a parte mais difícil era conter o entusiasmo. Se Zack tivesse ideia de quanto ela estava ansiando por aquilo... bom, ele sairia correndo. Ele provavelmente surtaria de pânico, abriria a porta do passageiro do Mercedes e a jogaria para fora.

Mas ele não sabia e não ia descobrir. Ellie se remexeu no assento e se recostou para apreciar a sensação do sol no rosto e observar a paisagem da M4. Elmo estava dormindo no banco de trás do carro. Geraldine já tivera alta do hospital e estava se recuperando bem; fora ficar com a irmã em Exeter. Roo e Todd estavam tão apaixonados que mal conseguiam ficar longe um do outro, pareciam dois ímãs que não suportavam ser separados. O melhor de tudo foi que Roo e a mãe de Todd tinham se conhecido e se deram bem logo de cara. Maria ficou tão doida pela nova namorada do filho quanto Todd e já estava fazendo planos para uma megafesta em que apresentaria Roo para todos que ela conhecia.

Eles passaram por Berkshire. No banco de trás, Elmo dormia fungando, as patas tremendo enquanto ele caçava pombos londrinos nos sonhos. Ele era um cachorro da cidade mesmo. Ellie pegou um pacote de jujubas na bolsa e ofereceu a Zack.

– Quer uma?

– Obrigada. Tem verde?

– Verde? É sério? – Ela fez uma careta. – Tem certeza?

– Tenho. Por quê?

– Ninguém gosta da verde! São as que a gente só come quando todas acabam. Você só pode estar desesperado.

– A verde é minha favorita.

– Bom, isso te torna oficialmente estranho. Mas também meio útil de se ter por perto. – Ellie encontrou uma e entregou a ele. – Pode ficar com todas as amarelas também se quiser.

Ele olhou para ela.

– Quais são as favoritas do Joe?

– Não faço ideia. Nunca ofereci jujuba para ele.

– Já tem um tempo que não pergunto como estão as coisas entre vocês.

– Bem. – Ellie pegou uma vermelha. Eram as melhores, disparado.

– Você o viu ontem?

Ela assentiu, feliz por estar de óculos escuros e pelo sabor doce na boca.

– Aham.

– Ah. Que interessante. – Zack fez uma pausa. – Porque ele postou uma foto hoje de manhã no Twitter tirada ontem à noite numa festa no Beverly Hills Hotel.

Ellie parou de mastigar. Droga. Zack acrescentou:

– Que fica em Beverly Hills.

Bom, ia acabar acontecendo, mais cedo ou mais tarde. Ela terminou a jujuba e a engoliu.

– Achei que você não tinha Twitter.

– Não tenho. Joe me mandou um e-mail ontem. Só uma conversa de amigos para me contar como estão as coisas em Los Angeles. Depois disso, fiquei curioso. – Ele disse secamente: – Não é preciso ter Twitter para pesquisar uma pessoa.

Ellie soltou um suspiro e mexeu na fivela da bolsa. Foi só uma mentirinha inocente, mas ela sempre parecia destinada a ser desmascarada.

– Fica a dica – comentou Zack. – Da próxima vez, talvez seja melhor avisar à outra pessoa para ela saber o que deve ou não dizer.

– Vou me lembrar disso. – A paisagem continuava linda; eles estavam no limite de Wiltshire agora.

– Você podia ter me contado, sabe. – Ela sentiu que ele a olhava de esguelha. – Por que não contou?

Porque estou louca por você e não quero fazer papel de boba. Porque é mais fácil se você pensar que estou namorando.

Em voz alta, Ellie respondeu:

– É que era... constrangedor. – Era tão difícil encontrar as palavras. – Você nunca pareceu aprovar meu relacionamento com Joe. E a sensação foi horrível. É como quando você tem 16 anos e sua mãe avisa para você não se envolver com o bad boy do bairro. Você começa a sair com ele e, no fim das contas, ele é um pesadelo, um filho da mãe que te trata como lixo e fica com outras garotas pelas suas costas. Mas você não consegue admitir para sua mãe que ela estava certa.

Zack não pareceu achar graça.

– Joe te sacaneou?

– Não, meu Deus, não! Foi ótimo enquanto durou, só não era o cara certo. Bom, não certo o suficiente. – Será que ele entenderia se ela falasse? Ellie decidiu tentar: – Ele era um oito.

– Não é que eu não gostasse de Joe. Ele era um cara legal. – Zack inclinou a cabeça. – Ainda é. Mas logo vi que ele não fazia o seu tipo.

– Ah. – Ela ficou na defensiva na mesma hora. – Ele não terminou comigo, sabe? Me chamou para ir morar com ele em Los Angeles.

– E por que você não foi?

– Bom, eu trabalho para um cara, uma pessoa incorrigível. Só Deus sabe como ele conseguiria se virar sem mim para organizar a vida dele. – Isso foi melhor, ela o fez sorrir. Ellie relaxou. – Sinceramente? Não ia dar certo. Não dá para mudar para outro continente com uma pessoa que não é um dez.

Outro olhar de esguelha, outra sobrancelha erguida.

– E o que é preciso fazer para ser um dez?

Ela ergueu o queixo; ele estava de provocação agora.

– Não precisa fazer nada. Só ser você mesmo e ser a pessoa certa. E você? – Hora de virar o jogo. – O que torna uma garota perfeita?

Eles estavam ultrapassando um caminhão-tanque. Os cantos da boca de Zack começaram a tremer.

– Ajuda muito se ela não me chamar de Zacky.

– Bom, se prepara. – Eram cinco da tarde, a longa viagem tinha acabado, e eles estavam se aproximando de Perranporth. – Às vezes, minha família pode ser meio sufocante. Se minha mãe fizer alguma pergunta impertinente, é só ignorar.

O estômago de Ellie estava embrulhado; ela achava que a família dele descobriria que ela era só uma amiga. Só quando eles deixaram a M5 para trás foi que Zack explicou que seria mais fácil dizer que eles tinham começado a namorar recentemente.

– Fez sentido para mim. Não sei por que não passou pela minha cabeça antes. Minha família não sabe guardar segredo por nada nesse mundo; alguém ia acabar contando para Mya. Assim, só nós sabemos a verdade.

A adrenalina gerada pelo medo estava agora vibrando pelas veias de Ellie. Ela já tinha visto em filmes românticos o velho plano de ter que fingir que são um casal, mas só no começo do filme, quando o casal realmente não se suportava. Fazer isso quando você tinha uma paixonite do tamanho do monte Kilimanjaro pelo seu chefe e ele não sentia nada por você seria bem mais complicado.

Minutos depois, eles dobraram uma esquina e lá estava, afastada da rua no fim de um longo e sinuoso caminho: uma fazenda georgiana ampla, construída de pedra cinza-claro e coberta de hera, com telhado prateado de ardósia e um jardim de inverno elaborado de estilo antigo na lateral. Os jardins ao redor eram espetaculares, mas não formais. A porta da frente da casa tinha sido pintada de verde-esmeralda. Quase todas as janelas do andar de baixo estavam abertas. Atrás da casa, dava para ver um toldo rosa e branco. O efeito geral era incrivelmente acolhedor...

– Olha essas janelas abertas – disse Zack. – Aposto o que você quiser que minha mãe andou queimando bolos de novo.

Ele parou o carro. Elmo, no colo de Ellie, soltou um latido de reconhecimento e começou a bater com as patas na janela do passageiro. Momentos depois, a porta verde se abriu e uma horda de gente e cachorros começou a sair.

Será que essa era a sensação de ser a Beyoncé?

– Bem-vinda à minha família. – O tom de Zack foi seco. – E aí? Você acha que rola seguir em frente?

Se Jamie a visse agora, estaria morrendo de rir da saia justa em que ela tinha se metido. O único jeito era mergulhar de cabeça e atuar da melhor forma que ela pudesse.

Ellie sorriu para ele.

– Zacky, não entre em pânico. Vai ficar tudo bem.

– Querido, que maravilha! Faz tanto tempo! – Teresa McLaren deu um abraço entusiasmado no filho e se virou para ela. – E você deve ser Ellie. Prazer maior ainda em conhecê-la!

– Mãe, pode chamá-la de Leitão. Todo mundo chama – brincou Zack.

– Não chama, não. – Ellie balançou a cabeça para Teresa. – Pode ignorar isso, ele acabou de inventar.

– Ele é terrível. Mas todo mundo me chama mesmo de Tizz e você pode fazer o mesmo.

Tizz estava sorrindo largamente. Com 60 e poucos anos, ela tinha o cabelo castanho preso num coque apressado e com fios se soltando e os mesmos olhos escuros de Zack e estava com uma mancha de farinha na testa. Usava uma camisa listrada azul e branca e uma calça jeans e tinha o corpo esguio de um menino.

– Estávamos tão ansiosos por isso. Agora, vamos apresentar você a todo mundo... – disse ela.

– Mãe, por que todas as janelas estão abertas? – perguntou Zack.

– Você sabe exatamente o motivo, querido. Muita coisa acontecendo, muita falação, eu esqueci de botar o timer do forno. – Tizz não parecia arrependida. – Eu queimei a porcaria do bolo.

☾

Às oito da noite, Ellie já sentia como se conhecesse a família de Zack havia anos. Bom, exceto por não ter conseguido decorar todos os nomes e rostos do contingente mais jovem. O interior da casa era espaçoso e confortável, decorado com uma mistura eclética de gótico, provinciano e chique despretensioso. O pai de Zack, Ken, voltou de uma ida ao mercado para comprar bolo não queimado e um estoque de gim Bombay Sapphire. Ele era alto, bronzeado e tinha uma gargalhada explosiva, olhos cinzentos desbotados e brilhantes e um nariz adunco que Zack não tinha herdado.

As irmãs de Zack foram igualmente receptivas, cada uma com uma mistura reconhecível dos genes dos pais e um senso de humor estridente. Claire era a mais loura; Paula, a que tinha a risada mais alta e contagiante. E Steph, que se casaria em menos de 48 horas, era a noiva mais tranquila que se podia imaginar, mesmo vendo as filhas gêmeas, Joss e Lily, determinadas a usar tênis com os vestidos de daminhas.

Bom, Joss e Lily, gêmeas idênticas, ok.

Gareth, o futuro marido de Steph, ok.

Os filhos de Paula eram Tom e Zaylie, com cabelo escuro liso, cabelo escuro cacheado, ok, ok.

Claire e o marido, Paul... não, *Phil*, tinham duas meninas e um menino, Suki e Belle e... só um segundo... Lewis, era isso. Ok, ok, ok.

Quanto aos cachorros, eles eram uma mistura barulhenta de labradores, vira-latas e terriers, e Ellie não ia nem tentar entender qual cachorro era de qual ramo da família. A única coisa que importava era que agora Elmo estava se divertindo como nunca.

Até o momento, a família toda tinha ido à praia com os cachorros para eles correrem um pouco antes do pôr do sol, antes de pedir a melhor comida de Perranporth. Em casa, eles se sentaram do lado de fora, no terraço iluminado, para comer peixe frito com batata, tomar gim e discutir os planos do casamento.

Depois de um tempo ficou ainda melhor: a conversa passou a ser sobre quando Zack era criança.

– Ele me fez pular um muro – contou Claire com prazer – e havia dez milhões de urtigas do outro lado.

Zack estreitou os olhos.

– Só para me vingar por você ter botado caranguejos vivos nas minhas galochas.

– Mas você mereceu – disse Paula. – Você tinha escondido peixinhos usados de isca na mochila dela.

– Ah, Deus, eu tinha me esquecido dos peixes. – Claire estava ultrajada. – Como fediam!

As crianças gritavam de tanto rir. Joss, sentada aos pés de Ellie, deu um gritinho.

– Vou fazer esse negócio do caranguejo amanhã com todo mundo da minha sala!

– Você não pode. – Zack apontou uma batata para ela. – Porque não é engraçado nem inteligente.

Belle balançou a cabeça.

– É engraçado, sim, eu achei. *E* bem inteligente.

– Na hora, foi hilário. – A expressão de Zack estava solene. – No dia seguinte, quando calcei as galochas e os caranguejos beliscaram meus dedos, não foi tão engraçado.

– Eu poderia fazer uma coisa assim – disse Zaylie. – Ninguém me descobriria. Todo mundo me acha legal!

– Eu já gostei mais dessas crianças. – Zack pegou Zaylie no colo e começou a fazer cócegas nos pés descalços dela.

Em segundos, ela se acabou em gargalhadas impotentes.

– Ellie é sua namorada?

– Sim, ela é minha nova namorada.

A respiração de Ellie entalou na garganta. *Quem dera.*

– Ela já te viu sem roupa?

Ah, caramba, só de pensar... Ainda bem que a iluminação estava fraca.

– Não, não vi. – No meio das gargalhadas, Ellie disse com horror: – Eca, que *nojo*.

– Eu sei onde tem uma foto do tio Zack sentado numa piscininha *pelado*. – O rosto de Zaylie exibia triunfo. – Está num álbum de fotos no quarto da vovó. Ela mostrou pra gente outro dia. Quer que eu vá buscar?

– Mãe, eu não mandei jogar essa foto fora? – Zack fez expressão de sofrimento.

– Ah, querido, como eu poderia? Você estava tão lindo.

Ellie manteve o rosto sério.

– Foi tirada recentemente?

– Engraçadinha. Eu tinha 2 anos. E você não vai querer ver – avisou Zack.

Às vezes, uma oportunidade surgia, uma oportunidade boa demais para deixar passar. E ela em teoria era namorada dele, não era?

– Na verdade – o olhar de Ellie era de inocência –, acho que quero, sim.

Capítulo 54

– Boa noite, Ellie. Durma bem. É tão bom ter você aqui.

Tizz deu um abraço carinhoso nela e um beijo na bochecha. Claire e Paula tinham ido embora com suas famílias mais cedo. Steph e Gareth, que iam ficar lá até o casamento, haviam colocado as gêmeas para dormir algumas horas antes. Agora já passava da meia-noite e todos estavam subindo para os quartos.

– Obrigada por tudo. Boa noite.

Pelas janelas abertas, elas ouviram Zack e Gareth lá fora, dando aos cachorros uma oportunidade de correrem pela última vez pelo jardim antes de irem dormir. Se aquilo fosse um filme, a mãe de Zack diria com alegria: "Não tenho quartos sobrando e botei vocês dois juntos! Vocês não se incomodam, não é?" Como resultado, uma série de situações constrangedoras e cômicas aconteceria.

Mas aquela casa era grande, com seis quartos, sendo que Tizz já tinha dito:

– Perguntei ao Zack se vocês dormiriam juntos, mas ele disse que seriam quartos separados. O seu fica aqui. – Ela aproximou sua cabeça da de Ellie e disse em tom conspiratório: – Boa estratégia, aliás. Muito bem!

Ela achava que Ellie estava bancando a difícil, provocando o novo namorado para mantê-lo interessado. Ellie morreu de culpa, mas o que poderia fazer?

Pelo menos assim ela teria uma boa noite de sono.

Zack estava subindo a escada cinco minutos depois, no momento em que ela saiu do banheiro.

– Está se divertindo?

– Estou.

Só de ficar parada na frente dele de pijama de algodão dava uma sensação de intimidade; era uma coisa que não acontecia desde o episódio em que ela deu uma de gripada inválida.

– Você está indo muito bem. – Ele estava falando baixo. – Fora a parte da foto pelado.

Ele exalava um suave cheiro de loção pós-barba, conhaque e maresia. Ellie guardou o aroma delicioso na memória.

– As crianças acharam hilário.

Depois de deixar os cachorros em suas caminhas na cozinha, Gareth estava agora subindo a escada. O coração de Ellie disparou quando Zack chegou mais perto, parecendo que eles eram um casal de verdade prestes a trocar um beijo de boa-noite. Não um selinho, mas uma coisa mais importante. Por um momento, ela achou que realmente aconteceria. Mas, como se reparando na presença de Gareth, ele recuou e falou:

– Boa noite.

– Boa noite, vocês dois.

Gareth passou por eles, acenou com a mão e desapareceu no quarto no fim do corredor. E os deixou sozinhos novamente.

Aquilo era loucura: ela estava parada ali, *como alguém esperando ser beijada*. Ela se arrancou do transe e deu um passo deliberado para trás.

– A gente se vê amanhã.

Zack olhou para ela por alguns segundos antes de se afastar.

– Sim, amanhã. Durma bem.

Ellie fechou a porta do quarto, se encostou nela e rezou para que nada parecido voltasse a acontecer. Que tortura. Se Zack soubesse quanto ela queria beijá-lo, ela nunca mais conseguiria olhar na cara dele. Ah, meu Deus, mas como teria sido se tivesse acontecido?

Ah, fantasiando de novo. Pare com isso, tome jeito. Vá dormir.

☾

Quando estava em Londres, trabalhando loucamente e desejando poder estar na Cornualha, Zack costumava olhar a lista de favoritos no notebook e clicar na webcam de Perran Sands para se lembrar de casa. Naquele dia, ele não precisava; estava lá, vendo pessoalmente.

Era uma tarde de sexta-feira ensolarada e com brisa, as aulas escolares da semana tinham acabado e o tempo bom levara muita gente para a praia. O oceano Atlântico cintilava, agitado, e os surfistas aproveitavam o mar de ondas grandes.

Zack sorriu ao ver duas surfistas em particular. Joss, com o traje de neoprene, estava sofrendo uma crise de autoconfiança. Ellie a ajudava havia trinta minutos, mostrando-lhe como manter o equilíbrio na prancha, gritando frases motivadoras cada vez que ela tentava uma nova onda e acolhendo-a e consolando-a quando caía.

Os preparativos de última hora para o casamento ocupavam seus pais na casa. Eles tinham encorajado Zack e Ellie a fugirem para a praia com Steph, Gareth e as gêmeas por umas horinhas. Tizz tinha chamado Zack de lado e murmurado de forma não muito sutil:

– Essa vale segurar, sabe. Ela é incrível.

E ele se sentiu dividido em tantos aspectos, porque, por um lado, ele odiava enganar a mãe, mas, por outro, ela era a tagarela mais incurável do mundo.

Além do mais, ela estava certa. Ele sabia muito bem que Ellie era do tipo que valia a pena segurar. Mas também estava morrendo de medo de revelar os sentimentos e estragar o relacionamento profissional amigável. Pior do que isso, correr o risco de estragar *tudo*. Ter medo não era uma emoção familiar para Zack, mas era o que o dominava agora. Na noite anterior, ele quis tanto beijá-la que esteve prestes a ceder à tentação. Só conseguiu desistir ao imaginar o constrangimento no casamento se ela o rejeitasse.

E lá vinham elas agora, correndo pela praia juntas com as pranchas embaixo do braço e os outros atrás.

– Estou c-c-congelando. – Joss, com os dentes batendo violentamente, caiu na toalha e tirou o traje de neoprene.

– Ela não foi incrível? – Ellie pegou uma toalha turquesa e começou a secá-la energicamente.

– Foi mesmo. – Zack amava o entusiasmo de Ellie, a luz nos olhos acinzentados, o jeito como a pele dela brilhava e a ponta do nariz rosada de frio. – Aqui, se esquente. Vou ajudar Joss.

E foi um gesto muito nobre dele, porque, das duas, ele sabia muito bem quem preferia esquentar.

– Ellie, olha para mim! Eu não estou com frio! – Lily, que amava competir com a irmã mais do que tudo, foi dançando até elas. – A gente pode jogar vôlei agora? Vôlei é meu jogo favorito.

– Só um minuto, querida. – Ellie estava secando vigorosamente o próprio cabelo. Quando ficou parecendo um espantalho, fez uma cara vesga cômica para as duas meninas.

– Zack, eu sou boa no vôlei, não sou? – Joss se virou para ele, irritada e indignada. – Sou melhor do que Lily.

– Ah! – Lily apontou por cima do ombro de Zack.

– O quê?

Zack começou a se virar para ver o que estava acontecendo atrás dele. E foi nessa hora que tudo ficou preto.

☾

Então aquela era Mya. Ellie a vira atravessando a areia na direção deles, levando um dedo brincalhão aos lábios. De cabelo escuro, curvilínea e bonita, com uma quantidade surpreendente de maquiagem para uma ida à praia, ela usava uma blusa de renda, uma calça jeans preta apertada, muitas joias prateadas e... nossa, pelo cheiro, meio frasco de Chanel nº 5.

E agora ela estava ajoelhada atrás de Zack, as mãos cobrindo os olhos dele e o sorriso de orelha a orelha.

– Surpresa! – Mya afastou as mãos. – Oi! Acabei de falar com a sua mãe e ela contou que você estava aqui, então pensei em dar um pulinho. – Ela deu um beijo e um abraço entusiasmados de amigos antes de cumprimentar o resto das pessoas com um sorriso alegre. – E aí, crianças? Animadas para amanhã?

– Ellie, essa é Mya. – Zack fez as apresentações. – Mya, essa é minha namorada, Ellie.

– Ah, oi. Steph me falou que você vinha ao casamento. É um prazer conhecê-la.

Mya era simpática e alegre, mas Ellie sabia que ela estava fazendo uma avaliação detalhada dela e devia achá-la deprimente. Ah, bem, não havia nada a se fazer. Ela ajeitou o cabelo de espantalho e disse:

– É um prazer te conhecer também. – E abriu um sorriso de "sim, sou namorada dele, que sorte".

– Vem! – Lily ficou em pé com impaciência, espalhando areia. – Vamos jogar vôlei! Mya, você também pode jogar.

A favor dela, era preciso dizer que Mya levou na esportiva e participou mesmo. Com as pulseiras e os colares tilintando como um chaveiro de carcereiro, o cabelo sem mover 1 milímetro graças ao spray fixador poderoso, ela entrou no jogo com entusiasmo e em várias ocasiões se jogou "sem querer" na frente de Zack. Mas Ellie não tinha como não gostar dela; quando Zack descreveu Mya como um filhote de labrador, ele acertou na mosca.

O jogo foi divertido, barulhento e agitado. Depois, Zack passou os braços pelos ombros de Ellie e deu um beijo carinhoso de namorado na testa dela.

– Muito bem. Se seu time não tivesse roubado, a gente teria ganhado.

Ele só fez aquilo para montar uma cena, mas foi fantástico mesmo assim; ela imaginou como seria se fosse de verdade. Ellie deu uma cutucada divertida de namorada nas costas dele.

– Lamento dizer isso, mas você não teria tido a menor chance de qualquer jeito.

Enquanto eles estavam voltando para a casa, Mya alcançou Ellie enquanto Zack tentava controlar os cachorros.

– Oi. Olha, desculpe se exagerei mais cedo. Steph acabou de me falar que fui meio óbvia dando mole para Zack. A questão é que não queria fazer isso, só não consigo me controlar. Minha linguagem corporal me entrega. Quando se tem uma paixonite por alguém por tanto tempo assim, é difícil de lidar.

– Tudo bem. Não tem problema. – Ellie ficou encantada com a franqueza dela.

– Mas não precisa se preocupar, eu não *faria* nada. Não enquanto ele estiver com você. – Mya balançou a cabeça vigorosamente. – Não sou esse tipo de pessoa. – Ela suspirou. – Ah, mas ele é lindo. Você tem tanta sorte.

– Eu sei. – Ellie ajeitou a bolsa de praia listrada no ombro. – Ele é ótimo.

– E vocês parecem tão felizes juntos.

– Nós estamos felizes, sim.

Bom, eu estou. Principalmente quando ele passa o braço no meu ombro e me beija na testa como um namorado de verdade.

– Você era como eu? Quando você se deu conta de quanto gostava dele, sua linguagem corporal entregava? Você ficava de olhos esbugalhados querendo tocar nele, sem conseguir se controlar? – Mya fez gestos de toques no ar e as pulseiras tilintaram como sinos de trenó. – Você ficou assim com Zack ou conseguiu se controlar?

– Acho que eu provavelmente... disfarcei mais. – Zack e Steph estavam se aproximando por trás delas, o que era, no mínimo, uma distração. – Fiquei com medo de me revelar por trabalhar para ele. Se não desse certo, eu corria o risco de perder o emprego. O que teria sido horrível.

– Ah, meu Deus, eu sabia. Você não revelou e fez com que ele ficasse interessado. Em vez de ficar pulando como quem grita "Eu, eu!". Eu sou um fracasso. – Mya estava com expressão de desesperança. – Estou só dando um tiro no meu próprio pé.

– Talvez, mas linguagem corporal é honestidade. É o jeito da natureza de mostrar para as outras pessoas o que você sente. Acho que seu jeito talvez seja o melhor. – *Só em teoria, obviamente.*

– Você acha? Ah, que gentileza sua. – Sem nem perceber o que estava fazendo, Mya apertou o braço de Ellie com gratidão. – Mas vou tentar me controlar mesmo. Vou tentar e ver o que acontece. – Por baixo de camadas e mais camadas de rímel, os olhos âmbar estavam brilhando de determinação. – Afinal, seu jeito funcionou para você.

Elmo os alcançou. Zack se materializou ao lado de Ellie e perguntou com tranquilidade:

– Sobre o que vocês duas estão conversando?

– Como Ellie ficou calma e não demonstrou quanto gostava de você. – Mya esticou a mão e o cutucou. – Aposto que você também disfarçou seus sentimentos por ela, não foi?

– Foi. – Zack deu um leve sorriso. – Foi exatamente isso.

– Rá, eu sabia! Nenhum de vocês falou nada, sem linguagem corporal entregando, só um monte de emoções incríveis fervendo debaixo da superfície. Imagino a empolgação, a adrenalina, a eletricidade. – Mya deu um suspiro de inveja. – *Tão* romântico.

Por um momento, ninguém falou nada. Ellie não conseguiu encarar Zack. Finalmente, ela disse em tom baixo:

– Sim, foi mesmo.

– Ellie! – Um segundo depois, a mão dela foi agarrada. – Rápido, vamos disputar corrida até em casa e temos que ganhar do Zack e da Lily. – Joss já estava tentando pular atrás dela. – Vai, segura minhas pernas, você tem que me carregar nas costas!

Capítulo 55

Dois pares de tênis piscaram com luzes de cores diferentes a cada passo conforme Lily e Joss entraram na igreja atrás da mãe. Elas venceram, mas de forma tão esperta que ninguém se ressentia da vitória delas.

Ellie, ao lado de Zack em um dos bancos da frente, sorriu com a lembrança. Ela estava fazendo café na cozinha mais cedo enquanto as meninas olhavam sem entusiasmo para os sapatos de cetim lilás de daminhas que tinham nos pés. Em determinado momento, Joss dissera:

– Mãe, por que você escolheu esse vestido para seu casamento? Por que esse?

Steph, fabulosa de cetim perolado, respondera:

– Porque foi o que gostei mais, querida.

Isso fez Joss retrucar com voz triste:

– Ah. Eu gostava mais do meu tênis que pisca.

Uma em cada canto da cozinha, Ellie e Steph trocaram um olhar. E foi aquele o momento em que Steph cedeu. Afinal, explicou ela para o resto da família, eles estavam se casando pelo bem das filhas.

E agora lá estavam eles em uma igreja linda do século XIV, cercados de amigos e familiares. A cerimônia estava sendo celebrada por um vigário animado que conhecia Steph desde que ela tinha 7 anos. Como ele observou para a congregação, era altamente provável que ela mesma preferisse calçar os tênis que piscam se tivessem sido inventados tantos anos antes.

O clima durante a cerimônia foi de harmonia e celebração. Mya, com flores no cabelo e o vestido lilás colado em cada curva do corpo, estava lindíssima. Quando eles fizeram os votos e o vigário declarou que Gareth podia beijar a noiva, Lily gritou com uma voz de desespero:

– Eles fazem isso toda hora!

Isso gerou risadas e aplausos quando Gareth anunciou que ia fazer de novo.

Zack se virou e sorriu para Ellie. Pegou a mão dela e apertou. Momentos depois, um dedo ossudo bateu no ombro dele por trás.

– A gente estava comentando agorinha – sussurrou meio alto uma idosa com penas de pavão explodindo do chapéu. – Vocês dois podem ser os próximos.

E depois da cerimônia todos saíram para o sol. Um dos saltos de Ellie escorregou em um degrau e ela quase saiu voando. Zack a segurou bem na hora e a puxou de volta.

– Você está bem? – Ele passou o braço pela cintura dela. *Que sensação maravilhosa.*

– Estou ótima. Foi um escorregão de verdade, aliás. Não um escorregão no estilo Mya. – Ela não queria que ele pensasse que foi de propósito.

– Eu sei.

– Ah, minha nossa. Olhem para mim. – Tizz estava secando os olhos com um lenço. – Chorando como um bebê, que ridícula. Não estou acostumada a usar tanta maquiagem. – Ela ofereceu o rosto para Ellie inspecionar. – Eu borrei alguma coisa? Estou parecendo um panda?

Como nenhuma delas tinha espelho, Ellie pegou o lenço e limpou com cuidado a mancha de rímel.

– Pronto, resolvido.

– Você é demais. – Tizz se inclinou e murmurou de forma não muito discreta: – Nunca se sabe, você e Zack podem ser os próximos!

– Mãe! – berrou Zack.

– O quê? Só estou falando que *pode ser*.

– O fotógrafo está chamando. – Zack apontou para o local onde um homem rechonchudo cheio de câmeras penduradas no pescoço tentava juntar os convidados mais importantes em um grupo.

– Ele vai querer que todo mundo apareça. Vamos.

Ah, que constrangedor. Ellie tentou ficar para trás.

– É uma foto de família. Não quero atrapalhar.

– Não seja boba, claro que não atrapalha.

Zack estava sendo arrastado por algumas das crianças. Assim que estava longe, Tizz segurou o ombro de Ellie.

– Estou com um pressentimento tão bom em relação a você – continuou ela.

– Estou falando sério, querida. Altas expectativas. Estamos esperando há tanto tempo que Zack encontre a garota certa, e acho que isso finalmente aconteceu.

Que coisa terrível. Ellie odiava ter que mentir.

– Ainda está muito no começo, é cedo para dizer...

– Talvez seja, mas eu vejo como ele olha para você. – Elas estavam se aproximando do fotógrafo agora. – E vou te contar uma coisa, Zack está mesmo apaixonado. Sou a mãe dele. – Os olhos de Tizz estavam cintilando. – Acredite em mim, eu sei.

O fotógrafo a puxou e levou para a posição designada à mãe da noiva. Zack murmurou no ouvido de Ellie:

– O que ela falou agora?

Os lábios dele roçaram acidentalmente no alto da orelha dela, o que provocou um tremor novo. Quando passou, Ellie sussurrou a resposta:

– Basicamente, que você está fazendo um ótimo trabalho.

– Como assim?

– Sua mãe está convencida de que você gosta de mim. Ela diz que consegue perceber. – Ellie ficou maravilhada com sua capacidade de parecer estar achando graça. – Estou impressionada. Eu não sabia que você era tão bom ator. Você pode acabar ganhando um Oscar por isso.

Às três da tarde, eles estavam em casa, e a festa do casamento seguia a pleno vapor. Uma banda punk cigana de St. Austell tocava uma música russa insanamente contagiante, com violinos e balalaicas duelando com a batida hipnótica da bateria. Os convidados dançaram, cantaram, até os cachorros participaram. Depois, chegou a hora de todos se sentarem para comer. Quando estava indo para a mesa deles debaixo do toldo, Ellie foi parada pelo vigário.

– Oi! Está se divertindo?

– Ah, sim.

– Você é a namorada do Zack, não é?

Será que ela seria atingida por um raio imediatamente se mentisse para um homem de Deus? Ellie assentiu e respondeu com alegria:

– Eu mesma!

O raio não caiu. Ele sorriu para ela.

– Vocês dois podem ser os próximos a se casar!

Bom, ela não ia conseguir. Mentir para um vigário era errado.

– Na verdade, não vamos. A história entre nós não é bem essa. Somos apenas amigos. – Pronto, ela confessou.

O vigário jogou a cabeça para trás, às gargalhadas, revelando várias obturações com amálgama nos dentes.

– Muito bom. – Ele riu mais. – Onde é a minha mesa? Ah, eu estou ali...

As mesas estavam cobertas de toalhas brancas com flores e confete prateado. O vinho já estava sendo servido havia uma hora e todos pareciam relaxados. Quando a equipe do bufê começou a servir o primeiro prato, Zack apresentou Ellie aos outros convidados da mesa: dois antigos vizinhos dos McLarens, três amigos de escola de Steph e um homem bem-vestido de 60 e poucos anos que se apresentou como o padrinho de Gareth.

– E então, vocês vão ser os próximos da lista? – A mulher que foi vizinha de Zack por muitos anos deu um cutucão brincalhão nele.

– Quem sabe? Sempre é uma possibilidade.

Ellie se viu recebendo o tipo de sorriso de Zack que faria qualquer um acreditar nele. Meu Deus, ele era incrível naquilo. Por outro lado, o jogo sempre podia ser jogado pelos dois.

– Você teria que me dar um aumento primeiro – disse ela em tom brincalhão.

Ele balançou a cabeça.

– Você pega muito pesado.

– Talvez. – Ellie se virou e olhou fundo, fundo *mesmo*, nos olhos dele. – Mas eu mereço.

Do outro lado da mesa, uma das amigas de Steph disse com alegria:

– Vocês dois, é só avisar se quiserem ficar sozinhos!

Isso trouxe Ellie com tudo de volta à realidade, concentrada na entrada de vieiras com vinho Pernod.

Quando os pratos foram recolhidos, Zack tinha começado a conversar com o padrinho de Gareth, que se chamava Paul. Momentos depois, Elmo apareceu para uma visita e pulou, pedindo para subir no colo de Zack.

– Desculpem por isso. *Não*, Elmo. Desce.

– Ah, ele pode ficar aqui com a gente. Não tem problema. Adoro cachorros. – Paul coçou as orelhas de Elmo e ajeitou a coleira de couro, que tinha entortado com toda aquela animação. – Mas, se seu sobrenome é McLaren, por que está escrito Castle na plaquinha de identificação? – Ele olhou para Ellie. – É você?

Ellie balançou a cabeça.

– Ele é um cachorro de guarda compartilhada. Zack e a vizinha cuidam dele. Nenhum dos dois pode assumir em tempo integral. Zack leva Elmo para passear quando está em casa. Quando ele viaja, Elmo fica com Geraldine.

Paul assentiu.

– Faz sentido. É um bom plano. – Ele sorriu e fez carinho na cabeça do Elmo. – Geraldine Castle, isso me lembra alguém... Eu conheci uma pessoa com esse nome anos atrás.

– Se você tiver conhecido nossa Geraldine, nunca vai esquecê-la. Ela é uma figura – disse Zack.

– A que eu conheci também. Uma figura. – Paul se encostou para abrir espaço para a garçonete, que estava agora servindo o jantar. – Ela dançou uma vez com um esqueleto no nosso Baile de Maio.

Ellie e Zack trocaram um olhar.

– Nossa Geraldine é médica – revelou Ellie.

Paul abandonou a lembrança carinhosa e as peças começaram a se encaixar. Ele botou a taça de vinho na mesa.

– Eu também sou.

Houve uma curta pausa. Poderia ser a mesma Geraldine?

– Onde você fez faculdade? – perguntou Ellie.

– Em Edimburgo.

– Isso mesmo. – Ellie assentiu. – Ela estudou em Edimburgo. Ela me contou uma vez sobre um grupo que fez corrida de carrinho de mão pela Princes Street.

– Por que não estou surpreso? – indagou Zack.

– Por acaso ela comentou que estava de sutiã de biquíni e uma saia de havaiana na corrida? – Paul estava balançando a cabeça sem acreditar. – Isso é incrível. Eu estava lá. A gente tinha ido a uma festa à fantasia. Era meia-noite, havia uma obra na rua e tinham deixado os carrinhos de mão no local, por isso decidimos usá-los...

– Você e Geraldine! Ah, que legal! – Ellie bateu palmas entusiasmadas; não havia nada melhor do que fazer uma conexão dessas. – Vocês dois foram namorados?

– Não, não, nada assim. Eu tinha namorada. Geraldine tinha namorado. Mas devo confessar que eu tinha uma queda por ela. Ela era uma garota deslumbrante na época.

Ellie não conseguiu afastar o olhar dele; o cabelo podia estar grisalho agora, podia haver rugas em volta dos olhos e o maxilar podia estar menos firme, mas antigamente ele devia ter sido um pedaço de mau caminho também.

– Não digam para ela que falei isso! – observou ele rapidamente.

– A gente tem que ligar para ela – disse Ellie. – Isso é incrível.

– Não... – Ele pareceu entrar em pânico.

Zack já estava com o telefone na mão.

– A gente tem que ligar. – Ele apertou uns botões e esperou. O resto da mesa estava em silêncio. – Oi, Geraldine! Sim, Elmo está ótimo. Não, não tem nada errado, está tudo bem. Escuta, lembra aquela vez que você andou de carrinho de mão pela Princes Street? – Ele apertou o viva-voz a tempo de ouvir o gritinho de reconhecimento de Geraldine.

– Ah, meu Deus, como você descobriu isso? Não acredito.

– O que você estava vestindo? Pouca roupa, pelo que dizem.

– Um colar havaiano, um biquíni vermelho e uma saia de grama. O que é bem intrépido para Edimburgo, diga-se de passagem. Mas ainda não consigo imaginar como você ficou sabendo.

– Tem uma pessoa aqui que conheceu você naquela época. – Os olhos de Zack cintilaram de diversão. – O nome dele é Paul.

– Paul Fletcher. – Paul pareceu envergonhado, pois não esperava que ela se lembrasse dele nem pelo primeiro nome.

– Minha nossa, Paul *Fletcher*? Você está falando sério? Ele nunca soube disso, mas eu era doida por esse garoto! A gente o chamava de deus grego! – exclamou Geraldine. – Ele era *lindo*.

Todos viram o médico de 60 e poucos anos corar profundamente. Zack desligou o viva-voz e continuou ouvindo.

– Não, não, claro que não vou contar que você falou isso. Espere, vou procurá-lo. Vou passar para ele e vocês dois podem conversar – disse Zack.

Ele cobriu o telefone. Todos em volta da mesa estavam ansiosos. Paul tremia.

– Não vou conseguir fazer isso. Ela acha que sou um deus grego.

– Não é Skype. – Ellie deu uma batidinha reconfortante no braço dele. – Ela não vai poder te ver. E você continua bonito. – *Ah, que coisa errada de dizer.*

– Obrigado. – O sorriso de Paul foi irônico.

– E os tempos de corrida de carrinho de mão já passaram para Geraldine – disse Zack. – Ela está se recuperando de uma fratura no fêmur. – Ele tirou a mão do telefone e o entregou a ele. – Toma.

Paul pegou o celular e empurrou a cadeira para trás.

– Não posso falar com ela com vocês ouvindo. Vocês não têm ideia de como isso mexe comigo. É como me pedir para falar com a Barbra Streisand.

Ele se afastou, seguiu por entre as mesas e andou até o jardim para depois levar o aparelho ao ouvido.

Capítulo 56

Vinte minutos depois, o jantar de Paul esfriara no prato e todos já tinham devorado os seus.

Chegou a sobremesa, pavlova de morango. A conversa na mesa estava animada e pontuada com gargalhadas. Ellie teve que proteger o pudim de Paul de ser roubado pela amiga de Steph, Tara.

Finalmente, uns quarenta minutos depois, na hora em que os discursos iam começar, ele reapareceu, esforçando-se para não parecer alegre demais após ter falado com Geraldine ao telefone.

– Pronto. – Ele balançou a cabeça e se sentou.

– Não conseguiu pensar em nada para dizer? – Zack se ofereceu para encher a taça de vinho dele.

– Não, obrigado. Quer dizer, sim. – Atordoado, Paul cobriu a taça. – Chega de vinho. Foi incrível. Que mulher... Sim, obrigado, pode levar. – Ele descartou o prato intocado e abriu um sorriso distraído para a garçonete. – Desculpe, sei que devia estar delicioso... Nossa, quem diria que uma coisa assim poderia acontecer do nada? A gente não conseguiu *parar* de conversar. Não, obrigado. – Agora a garçonete tentava encher a taça de vinho dele. – Só água, por favor. Ela está em Exeter, vocês sabiam?

– Sim. – Ellie assentiu. – A irmã dela tem um chalé perto da universidade.

– Fica só a 110 quilômetros daqui. Geraldine me convidou para ficar lá. – Ele olhou o relógio. – Consigo chegar lá em uma hora.

– Você vai embora *agora*?

– Estou bem para dirigir. Só tomei meia taça de vinho. Gareth não vai se importar se eu sair mais cedo. Meu Deus, só ouvir a voz dela de novo foi incrível. – Ele levantou a mão para ajeitar o cabelo grisalho. – Como eu estou?

Ele estava atordoado, feliz, apaixonado como um adolescente.

– Está ótimo. – Ellie sorriu; havia um quê de manhã de Natal na empolgação dele.

Na mesa principal, o padrinho se levantou e bateu com uma colher na taça para chamar a atenção de todo mundo.

– Discursos – disse Paul. – Vou esperar que acabem. – Ele pareceu querer que acabassem em cinco minutos. – Depois vou embora.

Ele cumpriu a palavra. Meia hora depois, quando os discursos foram concluídos e a dança ia recomeçar de verdade, ele foi se despedir de Gareth e Steph. Finalmente, apertou a mão de Zack e beijou a bochecha de Ellie.

– Estou feliz de terem me incluído na mesa de vocês.

– Dirija com cuidado. – Ela o abraçou. Que incrível ele fazer aquilo.

– Pode deixar.

Quando ele saiu de debaixo do toldo, uma das amigas de Steph do outro lado da mesa disse:

– Nossa, essa velha guarda não perde tempo, hein?!

Tara, ao lado dela, falou:

– Eles não têm esse luxo. Por que perder tempo quando você pode estar perto de morrer? – Ela se virou para Zack. – Você vai ter que contar tudo pra gente. Temos que saber se o final vai ser feliz.

– Pode deixar. – Zack apoiou o braço no encosto da cadeira de Ellie e inclinou a cabeça. – E então? Vamos para a pista de dança agora?

– Ah, sim, com certeza. – Mas o vinho estava fazendo efeito; Ellie precisava ir ao banheiro. Ela empurrou a cadeira. – Só me dá dois minutos.

Fora do toldo, as árvores cintilavam com luzinhas e o ar estava fresco. Ellie foi até a casa. O lavabo de baixo estava ocupado, e ela esperou no corredor livre. Havia gente conversando na cozinha. Ouvindo distraidamente, ela reconheceu a voz de Mya e percebeu que estavam falando dela. Por isso, começou a prestar atenção.

– Ela é legal e tudo. Eu gosto dela. Mas as gêmeas me contaram que eles estão dormindo em quartos separados! Sou só eu ou vocês também acham estranho?

– O marido dela morreu. – Ellie não reconheceu a voz da segunda pessoa e a porta estava só entreaberta; devia ser uma amiga de Steph. – Talvez tenha alguma coisa a ver com isso.

– É, mas eu fiquei observando os dois. Eles *parecem* loucos um pelo outro, mas ele não a beijou na boca até agora, nem uma vez. E vocês têm que admitir que isso é *muito* estranho.

A porta do lavabo se abriu e a mãe de Gareth saiu. Ela sorriu para Ellie do jeito que as mulheres sempre sorriem para a pessoa seguinte na fila do banheiro.

Um minuto depois, Ellie deu descarga e lavou as mãos. Era um lavabo bonito, espaçoso e decorado em prateado e branco, com um piso preto e branco e um espelho veneziano sobre a pia.

E Jamie, refletido no espelho, usando a camisa polo verde-clara e um short rosa.

Ellie não ficou surpresa de vê-lo. Ela o invocou. Jamie era a criação conjurada dela, desde o cabelo desgrenhado pós-praia e o cheiro da loção pós-barba até as pernas magrelas e a areia nos pés bronzeados e descalços.

– É um casamento. – Jamie apontou para si mesmo. – Se você vai me trazer aqui, eu não deveria estar usando uma roupa mais formal?

– Você não gosta de usar terno. E também não vai sair do banheiro. Agora, escuta, o que você acha? Devo beijar Zack ou não?

– Você quer?

– Claro que quero! Só estou com medo de não conseguir parar! E se eu virar coisa de desenho animado, minha boca não soltar e ele precisar me arrancar da cara como se eu fosse um desentupidor de pia?

Jamie pareceu pensativo.

– Quer que eu vá com você?

– Não! – Ela não queria nem pensar naquilo.

– Então por que isso de repente?

Ellie suspirou.

– Paul e Geraldine. Ele não quer perder tempo porque eles têm mais de 60 e quem sabe quanto mais eles têm? Mas olha para nós. – Ela sentia o coração disparado como uma batucada. – Quanto tempo a gente tem? Eu poderia morrer amanhã. Então, pronto, vou resolver isso logo. Se der tudo errado, você vai poder rir de mim depois. Você vai voltar comigo no ônibus da vergonha até Londres.

– Ei, lembra como a gente se conheceu?

Ele a encarava com um jeito brincalhão. Claro que Ellie lembrava. Como poderia esquecer? Eles estavam cada um com seu grupo de amigos numa boate em Piccadilly. Quando a viu olhando para Jamie, sua amiga Lisa deu uma cutucada nela e disse: "Duvido que você vá lá e o beije sem dizer nada. Se ele tentar falar com você, finja que não fala inglês."

Ela foi.

O beijo foi incrível. Depois, ela falou umas coisas inventadas:

– Ke, mi andzengo. Vamejski.

– Vamejskiola! – Sem hesitar um momento, Jamie abriu um sorriso e tocou de leve no rosto dela. – Laksadi ja, pelodria. Tibo!

E foi assim: naqueles poucos segundos milagrosos, eles souberam que a coisa ficaria séria. Foi imediato.

Até que a morte nos separe.

Mas isso foi naquela época. Agora era diferente. *Ela* era uma pessoa diferente.

– Querida, vai com tudo. – Jamie também estava se lembrando daquela noite, ela percebeu pelo sorriso no rosto dele. – Funcionou maravilhosamente bem comigo.

Ellie desejou poder esticar o braço e tocar nele.

– Eu sei que a gente não faz mais isso com a mesma frequência de antes. Mas eu continuo sentindo a sua falta.

– Ei, não precisa sentir culpa. Eu vou sempre estar aqui se você precisar de mim. – A expressão dele ficou mais suave. – Daqui a cinco, dez, vinte anos... não importa. Bom, exceto por uma coisa.

– O que é?

O sorriso irreverente tinha voltado.

– Você vai ficar velha e enrugada, querida. Já eu vou ser sempre lindo assim.

☾

Só que os planos nem sempre dão certo. Quando Ellie voltou para o toldo, outra mulher determinada tinha tirado vantagem da ausência dela e arrastado Zack para a pista de dança.

Sororidade para quê?

Ela se sentou e se serviu de mais vinho. Em seguida, viu Zack rir e brincar com a rival. E seu coração deu aquele apertinho de amor, porque havia algo mais irresistível do que um homem que não ligava de fazer papel de bobo na frente de todo mundo porque estava deixando a parceira de dança feliz e só isso importava?

Zack e Lily estavam dançando com animação ao som de "All the Single Ladies". Joss atravessou a pista e foi dançar junto. Eles bateram os pés no melhor estilo Beyoncé, rebolaram, bateram palmas e balançaram as cabeças. O essencial era a atitude. Os três formavam um time e tanto. Quando a música acabou, todo mundo aplaudiu e Zack pegou uma gêmea em cada braço. Ele fingiu cambalear de exaustão. O DJ, com pena dele, começou a tocar uma música lenta. E Zack olhou para ver se ela tinha voltado do banheiro, viu que ela estava sentada à mesa e abriu um sorriso.

Ah, céus, ali estava ele, parado na frente dela, a mão esticada.

– Nossa vez agora. Desculpe por aquilo. Fui sequestrado.

– Reparei. Não se preocupe, a gente filmou. Você vai estar no YouTube até a meia-noite.

Eles chegaram à pista de dança e Zack a tomou nos braços. *Paraíso*. Eles começaram a se mover lentamente com a música. *Mais paraíso*. Ellie respirou fundo.

– Tem uma coisa que vamos ter que fazer.

– O que é?

Ela o amava. Tudo que sentia agora era amor.

– Ouvi Mya na cozinha. Ela está desconfiada.

– Por quê?

Os olhos dele. O jeito como ele olhava para ela. As mãos, uma na cintura dela, outra na lombar.

– Ela está de olho em nós. Está prestando atenção. Não demos nenhum beijo. – *Pronto, falei*. Ellie olhou com expressão firme para ele. – Acho que vamos ter que nos beijar.

– Você acha?

A expressão dele estava ilegível, mas ela sentiu a tensão nos ombros dele. Ah, meu Deus, será que ele estava horrorizado?

– Nada muito grandioso. Só... um beijinho. – Ela não confiava mais em si mesma; qualquer coisa além de um selinho seria demais para ela.

– Um beijinho. Você quer dizer... aqui, agora?

– É melhor. Para resolver logo isso. – O coração dela parecia prestes a explodir. Não tinha mais volta. – Desculpa, mas acho que a gente precisa fazer isso. Olha, Steph e Gareth estão se beijando.

– Não sei...

Ele estava enrolando, prestes a recusar e a dançar com ela com os braços esticados para que ela não pudesse fazer nada. Não, era intolerável, ele não podia pular fora, ela *tinha* que fazer...

– Não seja criança. É só um beijo, vai acabar em dois segundos. – Ellie ergueu a mão e a fechou na nuca dele. Ao detectar resistência, ela murmurou com um toque de desespero: – É só *fingir*, tá?

Ela ficou nas pontas dos pés, o rosto inclinado para o dele. A boca roçou na dele, um raio de eletricidade percorreu o corpo dela e seus lábios se abriram...

Ah, meu Deus, será que o paraíso era assim? As bocas se encaixavam perfeitamente, o excesso de adrenalina a deixava tonta e o que ela temia que acontecesse estava mesmo acontecendo, porque, agora que tinha começado, não havia como parar. Só que não importava mais, porque Zack também não parecia querer que parasse. Ele tinha decidido não resistir e estava jogando o jogo. A mão esquerda estava no cabelo dela, a direita na lombar e os corpos encostados... nossa, aquilo era ainda melhor do que ela tinha sonhado... só que eles ainda estavam parados no meio da pista de dança.

– Pronto, virou um show.

Ele se afastou e quase fez com que ela soltasse um choramingo de desolação. Zack segurou a mão dela e a puxou para a saída. As pessoas estavam olhando? Sim, estavam. Ela estava conseguindo andar mais ou menos normalmente? Bom, mais ou menos. Mya estava lá? Sim, do outro lado da pista de dança, olhando para os dois com expressão de decepção...

Quando eles chegaram ao lado de fora, ele a levou para os fundos da casa, até estarem fora do campo de visão alheio. E eles começaram a se beijar de novo... Foi como uma droga que não conseguiam largar, e Ellie estava pegando fogo de desejo de um jeito que nem conseguia imaginar o que significava.

Só que, inacreditavelmente, Zack parecia estar sentindo a mesma coisa, com a mesma intensidade que ela. A respiração dele estava agitada, as mãos estavam no rosto dela... Nossa, ele beijava bem demais! E eles não paravam, apesar de não haver mais nenhuma ex-namorada desconfiada por perto para ver.

O que *talvez* significasse que...

Não, ela não podia se permitir imaginar.

Zack recuou e a observou. Estava escuro, mas não tanto a ponto de ela não enxergar o rosto dele.

– E aí? – indagou ele. – Que tal?

Que pergunta capciosa. Ela estava ofegante?

– Foi... bom.

– Acho que bom é melhor do que ruim.

Ela mal conseguia engolir.

– Eu não sei o que dizer.

– Por quê? – Havia um brilho no olhar dele, um ligeiro sorriso. – Foi você que começou.

– Eu não estava esperando que você retribuísse.

– Era só para Mya ver?

– Um pouco. Mas ela não foi o único motivo. – Bom, hora de mergulhar de cabeça. – Eu queria. – Ellie fez uma pausa, ainda lutando para recuperar o fôlego. Impulsivamente, ela falou: – Você vai me demitir agora por impertinência e assédio sexual?

As mãos dele estavam nos ombros dela; os polegares roçaram de leve no pescoço, provocando tremores de desejo no corpo de Ellie.

– Você nem faz ideia. – Zack balançou a cabeça. – Não faz a *menor* ideia de há quanto tempo eu queria que isso acontecesse.

Ele estava falando sério?

– Mentira.

– Verdade.

– Sério? Não é possível.

– Por quê?

– Porque você não queria isso! Você queria uma assistente pessoal que *não* fosse ficar *coisando* por você. Uma profissional que trabalhasse sério. Sem palhaçada.

– Verdade, era o que eu queria. – Zack admitiu isso. – Até você aparecer e me enfeitiçar. – Ele fez uma pausa. – *Coisando?*

– Saiu sem querer. Às vezes só uma palavra inventada serve.

O cérebro dela tinha sido atacado por uma batedeira; era impressionante que ela ainda conseguisse falar. Ela se agarrou a ele sem acreditar.

– Eu te enfeiticei mesmo?

– Ah, sim. E isso foi antes de você me conhecer. Quando você se encontrou com Tony para almoçar no The Ivy, lembra? – Os olhos escuros de Zack cintilaram na luz fraca. – Você passou por mim na rua com o casaco rosa e eu senti uma coisa aqui. – Ele apertou a mão no peito. – Eu nunca tinha sentido nada assim. Mas, naquele dia, senti.

Ellie estava tremendo.

– Você nunca falou nada. Nunca deu nenhuma pista.

– Você não estava pronta. – Ele tocou no rosto dela. – Para ninguém, na verdade. O que não era problema, eu estava disposto a esperar. Aí aconteceu aquele lance com Todd. E demorei um pouco para aceitar, posso te confessar. Aí você e Todd terminaram...

– Eu fiquei com vergonha de te contar. Eu me senti idiota e desesperada, um fracasso.

– Aí veio Joe. – Ele levantou uma sobrancelha. – Eu não *acreditei* que tinha perdido a oportunidade de novo.

O tremor estava aumentando. Os joelhos dela estavam bambos e descontrolados. Aquelas palavras estarem saindo da boca do Zack era extraordinário demais para ela entender.

– E esse tempo todo eu estava tentando desesperadamente esconder os *meus* sentimentos. Achei que você ficaria horrorizado.

Ellie pulou quando uma aranha de pernas compridas passou na parte de baixo de um galho iluminado do sicômoro acima.

– Eu não consigo parar de pensar em você. De alguma forma, você sempre estava fora do meu alcance. – Ele a puxou para perto e ela sentiu o calor emanando do peito dele. – Acho que estou apaixonado por você.

Será que aquilo era um sonho?

– Sério?

– Pensando bem, não, não é verdade. Eu *sei* que estou apaixonado por você.

A cabeça de Ellie girava. Ela tinha se esforçado, mas as coisas não deram certo entre ela e Todd. Depois veio Joe e foi melhor, mas não tão bom assim.

E, agora, aquilo. Nunca dava para ter certeza, mas poderia ser... perfeito.

☽

No toldo, o DJ tinha subido no palco com a camiseta do Status Quo, sua banda favorita, e começou a tocar a música "Rockin' All over the World", acompanhada de uma gritaria animada e muitos pés batendo no chão quando todo mundo foi dançar.

– ROCKIN' ALL OVER THE WORLD! – As pessoas meio bêbadas gritaram a plenos pulmões.

No jardim dos fundos, Ellie se entregou a outro beijo sublime. Zack era mesmo bom naquilo. Momentos depois, eles se separaram tardiamente ao ouvirem passos nas pedras.

– Opa, desculpem... – Tizz tinha saído da casa e voltado para o toldo. Ela parou e sorriu para eles. – Ora, que carinhas felizes!

Zack olhou para Ellie. Ellie olhou para Zack e se esforçou para ficar séria. O silêncio se prolongou. Intrigada, Tizz falou:

– Falem logo! O que houve?

– Tudo bem. Eu falo. A gente contou uma mentirinha antes. Ellie e eu não estávamos juntos até o dia de hoje. – O braço de Zack deslizou pela cintura de Ellie. – Mas estamos agora.

– Não estavam? E agora estão? Que notícia maravilhosa! Você devia ter me perguntado se vocês foram feitos um para o outro. – O olhar da mãe dele dançou. – Eu poderia ter dito que sim. – Um pensamento surgiu na mente dela. – Rá, então foi *por isso* que vocês pediram quartos separados!

– Desculpa. – Ellie sorriu. – E você achou que eu estava bancando a difícil.

– Ah, minha querida, não peça desculpas. Isso só me faz te amar mais. Vem, vamos voltar para a festa! Vocês não *amam* Status Quo?

Eles não iam poder fugir para o quarto, então. Não seria fácil. Tizz foi insistente e, no fim das contas, não importou nem um pouco. Serviu para criar uma expectativa deliciosa. Nas três horas seguintes, Ellie e Zack dançaram e comemoraram e socializaram com amigos e familiares, o tempo todo curtindo a tensão sexual que existia entre eles havia tanto tempo, mas que só agora foi finalmente admitida. As veias de Ellie estavam tomadas de adrenalina. Era difícil ter olhos para qualquer pessoa que não fosse Zack. Repetidamente, ela agradeceu aos céus. Como teria sido se eles não tivessem se encontrado?

Finalmente, quando ela estava começando a se perguntar quanto tempo mais aguentaria, Zack murmurou no ouvido dela:

– A gente tem que ir agora. Está ótimo aqui, mas eu sou de carne e osso.

Oba!

De mãos dadas, eles fugiram discretamente do toldo e entraram em casa. Passaram pela porta dos fundos, atravessaram o corredor vazio e subiram a escada.

– As pessoas vão querer saber aonde a gente foi. – Ellie empurrou a porta do quarto dela.

– Ninguém vai reparar que a gente sumiu – disse Zack enquanto a batida da música continuava reverberando. – Estão se divertindo sem nós.

– Talvez a gente se divirta mais sem elas.

Podia dar certo ou não, mas Ellie sabia que jamais se arrependeria. Às vezes, era preciso correr o risco. Talvez aquilo se tornasse um romance breve e maravilhoso, talvez durasse o resto da vida. Ela se virou para Zack e fechou a porta.

– Sem querer ofender, mas sei onde prefiro estar agora. E não é lá, dançando uma música do Coldplay.

Naquele momento, a música acabou e eles ouviram o DJ dizer:

– Agora vem o Eminem, na versão mais leve. Essa foi pedida pela Ellie, mas não a vejo na pista. Vem, Ellie, aparece aqui. Cadê você?

– Opa. – Ellie fez uma careta. – Eu tinha me esquecido disso. Será que a gente deveria voltar?

Pelo alto-falante, o DJ gritou:

– E Zack? Também não vejo sinal dele. Fala com a gente, amigão! Estamos esperando vocês!

– Ah, meu Deus. – Zack a apertou mais e deu um sorriso pesaroso. – A gente não vai.

– Que bom – disse Ellie.

Debaixo do toldo, a constatação de que os dois tinham sumido da festa deu lugar a risadas e gritos sugestivos.

– Não? Nenhum sinal deles? Sinceramente, que absurdo – concluiu o DJ. – Fugir cedo assim, qual é o problema dessa gente? Acho uma vergonha. Se vocês não vão estar aqui para reconhecer meu esforço, não vou tocar Eminem. Vamos ouvir mais Status Quo!

Epílogo

Onze meses depois

ELLIE SE INCLINOU PELA JANELA do segundo andar e viu o que estava acontecendo lá embaixo. Todd jogava futebol com uma maçã, driblando os sobrinhos de Zack enquanto ziguezagueava pelo gramado aparado e pelos aros de croqué. Tizz e Ken conversavam com Paul e Geraldine enquanto admiravam as flores no entorno. E Steph estava ajoelhada amarrando os cadarços dos sapatos de Lily. Nada de tênis piscando daquela vez. Lily encontrou e escolheu os sapatos. Eram verdes com borboletas de lantejoula; ela estava passando por uma fase muito brilhante que fazia Joss repuxar os lábios, impressionada e incrédula.

E pensar que havia quase um ano que Steph e Gareth tinham se casado. E, agora, era a vez dela. Como a vida tinha mudado em onze meses...

O celular tocou e Ellie olhou para a tela antes de atender.

– Você está a cinco minutos daqui? Ótimo. Sim, tudo bem. A gente se vê em breve.

Ela se virou da janela e verificou rapidamente se o cabelo ainda estava bom. Faltava pouco agora. Foi ideia de Zack fazer o casamento lá, no Colworth Manor Hotel, onde eles tinham passado um fim de semana maravilhoso em novembro. Foi logo depois que ele pediu sugestões a Roo para um pedido romântico de casamento e ela disse com animação que ele devia botar a aliança de noivado dentro de uma taça de champanhe. Ela tinha visto isso num filme e foi tão romântico que ela chorou baldes.

Os olhos de Ellie se iluminaram com a lembrança. Zack também quase chorou quando ela deu um gole grande da bebida e quase engoliu a aliança.

Mas o sentimento estava lá. Foi a intenção que contou, e os três diamantes lindíssimos brilhavam orgulhosamente no seu dedo desde aquele dia. Ellie sabia sem sombra de dúvida que Zack era o homem certo para ela; na verdade, mais do que isso. Ele era perfeito. Estavam tão apaixonados quanto naquela primeira noite. Atualmente eles riam, se amavam e discutiam, e todos os dias juntos eram uma alegria. A dor terrível que ela sentiu depois da morte de Jamie diminuiu mais do que achava possível.

Ela também não via mais Jamie com tanta frequência. Não era mais necessário. Ocasionalmente, Ellie o conjurava por alguns segundos, só para dar um "oi", mas ele não ocupava mais a mente dela do mesmo jeito. As longas conversas eram agora coisa do passado. Já bastava saber que Jamie aprovava Zack e o passo que eles estavam prestes a dar.

Ellie se virou e se olhou no espelho elaborado de corpo inteiro. Nossa, olha só, ela parecia uma noiva de verdade! O cabelo estava preso, mas de um jeito meio descontraído, e não certinho demais. O vestido era de seda marfim, cortado enviesado e longo. Paula, irmã de Zack, tinha feito a maquiagem dela. Elas resistiram bravamente ao pedido de Lily de acrescentar purpurina rosa. No geral, se é que ela podia falar, estava bem bonita.

– Que bom – disse Jamie, aparecendo no espelho atrás dela e abrindo o sorriso fácil habitual. – Senão Zack poderia sair correndo e isso seria constrangedor.

Ellie sorriu. Parecia justo ele aparecer logo naquele dia.

– E aí? – Ela levantou as mãos, fez uma pose. – Estou bem?

Jamie a observou por dois segundos.

– Você está lindíssima. Estou muito orgulhoso.

– Obrigada. – Ela não ia chorar. – Eu ainda te amo. – Ela precisava dizer, só para ter certeza de que ele entendia. – Não vou esquecer você só porque vou me casar de novo.

– Eu sei. Mas você tem Zack agora. – Jamie pareceu pensativo. – A única coisa que não me deixa muito feliz são as pernas dele. Não são tão magrelas quanto as minhas.

– Eu sei. Mas os joelhos dele são ossudos. Então vocês estão quites.

– Fico feliz em saber. Vou embora agora. Seja feliz, querida.

Tudo bem, uma lágrima só.

– Obrigada. Tchau.

Ellie secou os olhos com cuidado com um lenço. Quando ergueu o rosto, Jamie tinha sumido.

Momentos depois, houve uma batida à porta. Ela gritou para a pessoa entrar e Tony apareceu.

Eles se abraçaram com força.

Tony recuou e a observou com orgulho.

– Ah, querida... Sinto tanta saudade do meu garoto... E nunca pensei que ia dizer isso, mas hoje vai ser um dia muito bom. Vai ser... esplêndido.

Emocionada, Ellie ajeitou a gravata cinza-claro dele. Tony ainda estava bem-vestido, mas dava para ver o peso que o ano anterior cobrara de sua aparência. O cabelo estava bem mais grisalho. As linhas de expressão, mais evidentes. Ele bancava o forte, mas ela sabia que Tony trabalhava arduamente em vários projetos para tirar a cabeça do vazio da própria vida. Ele ficara com o apartamento da Nevis Street depois que ela fora morar com Zack, mas agora quase não o usava, já que o trabalho dele se concentrava nos Estados Unidos.

E Ellie tinha quase certeza de saber o motivo. Ele soubera da morte de Henry pela internet, mas respeitara o desejo de Martha de não entrar em contato. Ninguém conhecia melhor o peso do luto do que Tony.

– Vai, sim. – Ela tirou um pedaço de linha do ombro dele. – Você está muito bonito.

– Puxa-saco. – Ele era do tipo que não abandonava o papel de ator e preferia esconder a solidão atrás do sorriso fácil e carismático. Tony olhou pela janela. – A propósito, será que mulheres grávidas deviam correr como loucas?

Ele estava se referindo a Roo, o vestido amarelo-topázio grudado na imensa barriga de sete meses enquanto ela corria descalça pelo gramado, perseguida por Lily, Joss e Elmo. Com os sapatos na mão e o brinquedo barulhento novo de Elmo na outra, ela não parava de apertá-lo, deixando Elmo em um frenesi. Em seguida, os quatro caíram por cima de um canteiro. Parecia uma corrida de cavalos com obstáculos, só que na versão jardim de infância.

– Roo está ótima. É um bom exercício. Eu falei que ela faz Todd correr 5 quilômetros com ela todo sábado de manhã?

Ellie tinha recusado o convite gentil deles para ir junto, mas respeitava muito o esforço de ambos. Depois que o bebê nascesse, Roo tentaria a maratona de Londres do ano seguinte. Ela se virou da janela e olhou para Tony de novo.

– Agora, escuta: você pode me fazer um grande favor?

A expressão dele ficou mais leve.

– Pode pedir o que quiser.

– Todo mundo na festa conhece todo mundo. Mas convidei uma amiga que não conhece ninguém. – Ela fez uma careta. – Isso significa que ela vai se sentir meio deslocada. Eu queria que você fizesse a gentileza de dar atenção a ela. Por você, tudo bem?

– Ah, meu Deus, eu preciso mesmo? – Não muito animado, Tony hesitou por uma fração de segundo, mas os bons modos venceram. – Desculpe. Tudo bem, claro que a acompanho. É uma colega de trabalho antiga?

Ellie olhou para o relógio.

– Vem, ela deve estar esperando lá embaixo. Vamos procurá-la. Eu apresento vocês.

Juntos, eles desceram a escadaria impressionante. Ellie treinou andar como uma noiva sem cair do salto. O casamento começaria dali a vinte minutos. Tony, seu amado ex-sogro, a conduziria até a sala de painéis de carvalho onde a cerimônia aconteceria e a levaria ao altar.

Mas, antes que isso acontecesse, havia outra coisinha que ela tinha que fazer.

Uma coisinha muito *empolgante*, ela esperava.

Ela levou Tony pela porta da esquerda e ali estava Martha os esperando, mais magra, mas ainda linda, usando um vestido florido roxo com jaquetinha, segurando nervosamente uma sacola prateada de presente com fitas prateadas e brancas enroladas e caindo das alças.

Tony parou na mesma hora quando a viu. Ellie soltou o braço dele e se afastou discretamente para o lado. Martha se esforçou para sorrir para ela, mas sua atenção estava voltada para Tony, que não conseguia desviar o olhar.

– Martha... Meu Deus, você está *aqui*.

– Ellie me convidou. A gente andou conversando. – O sotaque e o calor na voz dela não tinham mudado. – Ela me fez ver que não tinha problema. Mas não podia ter sido assim antes. Agora, eu consigo. Foi um ano horrível. – Martha fez uma pausa, o sorriso hesitante. – Estou me recuperando.

Tony deu um passo hesitante na direção dela.

– Não acredito que isso esteja acontecendo.

– Ela estava com medo de você tê-la esquecido – disse Ellie, atenciosa. – De ter conhecido outra pessoa.

– Não. Nunca. – Ele balançou a cabeça. – Sinto muito pelo Henry.

– Obrigada. – O colar de pedrinhas cor-de-rosa balançou no pescoço de Martha.

– E como vai Eunice?

– Muito bem. Está morando em Carlisle agora, perto da filha. – O brilho nos olhos dela indicava que era questionável se a filha de Eunice estava feliz com esse novo desenrolar. – E meu filho conheceu uma garota maravilhosa, estou torcendo por eles. Eu vivo fazendo ele passar vergonha, falando que mal posso esperar para ser avó. – Momentos depois, ao se lembrar do presente prateado na mão, Martha o entregou para Ellie e disse: – Desculpe, isso é para você.

– É muita gentileza. Não precisava. – Elas se abraçaram.

– Ah, querida... Estou feliz de ter conseguido.

– Certo. Vou deixá-los em paz por cinco minutos. – Ellie apontou para Tony. – Depois, você tem uma noiva para levar ao altar.

A expressão dele revelava que Ellie tinha feito a coisa certa.

– Obrigado.

– Tem certeza de que não se importa de dar atenção a ela?

Tony apertou a mão dela.

– Vou fazer o melhor que puder.

Ellie fechou a porta ao sair. No corredor, ela tirou o quadro da sacola de presente.

Ali estava, um dia ensolarado de verão em Little Venice. Martha tinha voltado ao lugar onde elas se conheceram para mostrar que era capaz de pintar novamente. E que seu entusiasmo pela vida voltara.

Momentos depois, outra porta se abriu e ela ouviu a voz de Zack uma fração de segundo antes de ele sair da sala onde a cerimônia ia acontecer.

– Fecha os olhos – pediu Ellie.

Zack apareceu, o cabelo escuro penteado para trás, o maxilar bronzeado e barbeado. Os olhos estavam fechados.

– Dá azar ver a noiva antes do casamento – lembrou Ellie.

– Então sai daqui – disse Zack. – Você vai ter que sair, não consigo enxergar o caminho.

Bem, às vezes uma situação era boa demais para deixar passar. Ao atravessar o corredor, Ellie deu um beijo naquela boca linda e inocente.

– Como vou saber que é você? – Zack manteve os olhos fechados. – Pode ser qualquer pessoa.

– Sou eu.

– Não sei se acredito. – A boca linda estava tremendo.

– Vamos dizer assim... – Ela se aproximou e apertou a bunda dele. – Melhor que seja eu.

Zack tocou no rosto dela, explorou os vários traços e ângulos e a beijou de novo.

– Tudo bem, é você. Reconheço agora. – Ele abriu um sorriso lento. – Ellie Kendall, você não tem ideia de quanto eu te amo. Quer se casar comigo?

Seria possível se sentir mais feliz?

– Se você fizer tudo direitinho – ela passou o dedo brincalhão pela frente do colete creme –, pode ser que eu case.

Agradecimentos

AGRADEÇO IMENSAMENTE ao meu querido filho Cory, que criou o título perfeito para este livro.

CONHEÇA OS LIVROS DE JILL MANSELL

Onde mora o amor

Desencontros à beira-mar

Muito além do infinito

Para saber mais sobre os títulos e autores da Editora Arqueiro,
visite o nosso site e siga as nossas redes sociais.
Além de informações sobre os próximos lançamentos,
você terá acesso a conteúdos exclusivos
e poderá participar de promoções e sorteios.

editoraarqueiro.com.br